译文经典

萨哈林旅行记
Остров Сахалин
Антон Павлович Чехов

〔俄〕契诃夫 著

冯玉芝 译

上海译文出版社

译 序
契诃夫与《萨哈林旅行记》

安东·巴甫洛维奇·契诃夫（1860—1904）是一位跨越了文化界限的作家。两个世纪以来，在很多国家的文学史中，著名的文学家经常被冠以"某国的契诃夫"称号。这充分说明了，契诃夫在世界上广受喜爱的程度。除了具有持久声誉的大部分作品之外，契诃夫作为创作者最为令人瞩目的是他的作者形象，也就是他内心千军万马而落笔不动声色的别样面目；至于作品的构思，契诃夫承担了思想狂野而落笔轻盈的角色；在文本处理上，契诃夫的素材普遍而轻飘却主题千钧。在契诃夫的生活年谱中，他承担的社会义务有悬壶济世的医生、在乡村中奔走的人口普查员、积极的救灾赈济者、俄国科学院院士、自治学校的资助人、救助贫困儿童的热心募捐者、为结核病人建疗养院的集资人、为抗议不公而毅然声明放弃名誉院士称号的斗士……而在这位伟大作家的写作史中，有一部作品占据了独一无二的位置，这就是完成于1893年的《萨哈林旅行记》。这是契诃夫一生世界观和文学实践的宣言书，诚如其本人所言，他的一切"都萨哈林化"了。因而，要了解契诃夫的整体创作主题和艺术手法，《萨哈林旅行记》是一个可供估量的维度，它不仅显示出文学创作史方面承前启后的独一无二的价值，更是契诃夫具有世界意义的起点和观照。

《萨哈林旅行记》于1893至1894年间在《俄罗斯思想》月刊陆续发表，1895年单行本出版。尽管它的体裁被圈定在"旅行摘记"上，但是，这本书所具有的严谨性和多方面的精细研究引起了当时社会各界的巨大反响，尤其是其中的人道主义思想和哲学思考，将契诃夫的写作主题、创作的性质和文学史意义凸显出来，形成了广阔的文学阐释空间；尽管契诃夫本人称这部书是他的"散文衣柜里的一件粗硬的囚衣"，但是，毫无疑问，《萨哈林旅行记》是作家世界观和文学观的全面展现，具有19世纪现实主义潜在的惊人新意。

一、《萨哈林旅行记》：契诃夫的创作体裁

《萨哈林旅行记》属于俄罗斯文学中的"病室文学传统"。在19世纪，有陀思妥耶夫斯基的《死屋手记》、契诃夫的《萨哈林旅行记》；在20世纪，有索尔仁尼琴的《古拉格群岛》和沙拉莫夫的《科雷马故事》。这些作品都有强烈的作者形象，即作者为亲历者或者是记录者。作为一种文学体裁，监狱、苦役地、劳改营等拘禁空间是主要的写作地点和历史感受来源，因而其真实性从未受到过怀疑；每一位写作者，都不是单一的自然主义描绘者，而是以自己的真实感受来体悟这个叙事空间多侧面的现实主义问题；陀思妥耶夫斯基的《死屋手记》全书由回忆、随笔、特写、故事等独立成篇的章节组成，发表于1860年到1862年之间，在两部二十一章的篇幅中，作家对沙俄时代西伯利亚苦役犯监狱进行了冷静、客观的描述，对社会制度、人性、犯罪心理、个人和社会的终极救赎等问题进行了深刻反省和思考；对监禁制度和强制性劳动的质疑和批判成为陀思妥耶夫斯基关注人的灵魂这一终极关怀之基本底色。伟大的民主主义者赫尔岑评论说："《死屋手记》是一部了不起的书，一部惊心动魄的伟大作品，这部作品将永远赫然屹立在尼古拉黑暗王国的出口处，就像但丁题在地狱入口处的著名诗句一样惹人注目，就连作者本人大概也未曾预料到他讲述的故事是如此使人震惊；作者用他那戴着镣铐

的手描绘了自己狱友们的形象,他以西伯利亚监狱生活为背景,为我们绘制出一幅幅令人胆战心惊的鲜明图画。"由此开始的病室文学,不断在各个方面强化"纪实"文体的内涵与外延,每一部作品都呈现出"灰色史诗"所特有的体裁特征,每一位作家都是那样的善于隐瞒自己的主观印象,而完全倾向于客观与理性,却绝不会将叙事引向神秘或者超自然的领域;伟大的作家们在面对特定的人群即囚犯的时候,洞察的是周围的一切没有什么是虚构的这一现实主义要义。契诃夫也一样,他作为叙事者,而不是偶偶独行的先知与高高在上的权威,也不是一个大声疾呼的揭发者,他和读者的关系在于,他不向读者隐瞒自己的怀疑和困惑,他需要的是"弄清楚"和"求道问世解惑"。因此,谈及《死屋手记》《萨哈林旅行记》《古拉格群岛》和《科雷马故事》,是无法将它们从体裁上视为简单的"旅行记"的。尽管契诃夫本人并不曾作为被囚禁的一员居于其间,但是,他绝不是为了做一次"地理上的旅行"而出发的,他在19世纪80年代所感受到的"精神上的苦闷"是萨哈林之行的起点。他自己确定了这部书的体裁是"考察报告",应该是文艺性和学术性兼而有之;无独有偶,索尔仁尼琴在确定自己的《古拉格群岛》的体裁时,认定小说的全称是《古拉格群岛,1918—1956,文艺性调查初探》……显然,两个世纪以来,伟大的作家们探索的是一种全新的文学体裁,这是一种特定艺术作品的种类和样式,诸如《死屋手记》《萨哈林旅行记》《古拉格群岛》和《科雷马故事》这样的作品,在文学史上已经是一种具有极其稳定的艺术结构的文体了,它不仅有整合各种一般体裁的能力,而且,其本身就是一种混合了各种文体的体裁样式。"病室文学体"包括人物特写、环境描写随笔、大量资料数据,结构宏大,卷帙浩繁;将自传、他传、考证、资料融于一体,犯人的证词、回忆录、历史文献穿插其间,监狱、劳改营、流放地的全貌跃然纸上。

因此,《萨哈林旅行记》是以旅行记的外壳,写了一份文学化的起诉书。

二、没有禁锢:契诃夫的创作题材

站在《萨哈林旅行记》的远处来回望契诃夫19世纪90年代前后的写作题材,特别令人深思。在涉猎戏剧剧本和短篇小说创作的过程中,契诃夫以一种罕见的"克制"来整理自己的素材。因为如果没有"克制",这些题材无一例外的别名都是"沉沦"和"毁灭",而这毁灭的深度和广度,只消看契诃夫的小说名称就一目了然了——1884年,作者从莫斯科大学医学院毕业,之前在地方自治医院实习,1883—1885年,发表的小说有一百五十九篇,其中包括《现代祷告辞》《问题和答案》《萝卜》《冤家路窄》《冠军路》《盗贼》《沙拉酱》《新病和老处方》《补习教师》《打猎》《有自尊心的人》《荒唐的想法》《人间仙境》《变色龙》《越描越黑》《在墓园》《祸从口出》《野鹅的闲谈》《面具》等等。社会生活的方方面面,所有日常所见的生活事件和生活现象,所有生活场景中的各色人等都进入了契诃夫的广阔视野之中;不惟如此,各行各业的人的心理流程也在题材之中涌动。有的小说直接冠以主观词汇,例如《可恶的孩子》《混乱的广告》《文官考试》《傻瓜》等等。但,对一切必须面对的现象与人,契诃夫的态度是《宽恕》:在宽恕日这一天,遵循基督教的习惯和出自我的慈悲心肠,我宽恕了一切……选材广泛,却在概括、集中、提炼上面采取无限"克制"的剪裁方式,这是契诃夫写作之初就已经确立的原则。

契诃夫早期创作的底色是"灰色的世界"和"忧郁的人",这一底色在19世纪80年代末期达到了高潮。除了小说,作家写了一系列的"小品文""戏剧小品"以及"须知"类的各色故事,《丈夫须知》的标题还煞有介事地标注上"科学论文"。《噩梦》和《白嘴鸦》就是这类小说的代表。关于知识分子的"沉沦"已经是不少小说的主题,包括相关知识阶层的各类人物:律师、作家、教师、警察、公务员、农业专家……"我"以第一人称进入了小说,成为人物之一,我,"不愚蠢,也得不到安慰"。显然,看,观察,思考……都已经达到了极限,追问的意愿浮升至作家思维的高度,这已经不是"生活的烦恼",而是需要"详解"的生活。

19世纪90年代前创作的两部剧本《无父之人》和《伊万诺夫》选择了"多余的渣男"来演绎对生活的绝望。《无父之人》中的普拉东诺夫说:"哈姆雷特害怕做梦,我害怕生活。"而伊万诺夫则觉得全世界都在嘲笑他,"我耻笑我自己,觉得就是那些鸟,那些树,也都在耻笑我啊"……戏剧中清晰地出现了死亡的意向,出现了生和死的纠缠。生存还是死亡,俄国的哈姆雷特既想自杀,又渴望生活,契诃夫在选择写作素材的时候,对玩世不恭者、心理变态者、不安分的人、多余的人以及痛苦的人,表达了一种完全的承担:写作,这是一种十字架,他强烈的使命感出现了。对于卑微的芸芸众生,他还没有完全付出自己应尽的同情;1888年,在发现自己第二次咳血之后,契诃夫对自己的精神危机和身体预后进行了评估,决定到苦寒之地、人性边缘的萨哈林岛上进行考察,实际上,是期望对自己的"苦闷"进行一场救赎。

萨哈林岛之行是契诃夫写作题材的一次升华。19世纪80年代,俄国社会特别重视道德问题,契诃夫甚至对托尔斯泰的道德探索充满兴趣,然而,在社会的病态已经成为急迫问题的情况下,"怎么办"的答案却在社会生活的法定准则之外。在暴力镇压的司法程序之内,苦役地中身体的囚禁与物质条件的苛刻,还有自由的禁锢和希望的缺失,正是契诃夫关注的俄国生活的悲剧现实的集中体现和社会病理学根源所在,他不愿意在哲学的抽象意义上来探索这个问题，而是想在书中以文学的形式将其形象地再现出来。可以肯定，这是契诃夫在托尔斯泰还是陀思妥耶夫斯基的分岔路口的一次转身，显然，这个华丽的转身是更具陀思妥耶夫斯基色彩的，是追随《死屋手记》而来的，只不过，他比陀思妥耶夫斯基走得更远，越过了西伯利亚，来到了萨哈林，而且，比起被迫至此的前辈，契诃夫的自觉实践是对道德说教和道德沉沦并粗野化的一种离弃。因此，《萨哈林旅行记》本身是作家写作题材种类的一次塑形和汇总，在总共二十三章中，有随笔，人物特写，人口普查数据汇总，监狱日常生活实录，殖民区的生产生活，苦役犯的待遇，地理与气候、气象条件阐述，殖民地人员分类：流放犯、强制移民、农民，乡间政权情况，流放犯居民的性别研究：女性流放犯与自由民妇女，居民的家庭状况：年龄、婚姻、出生率，流放犯的劳动技能概述：务农、狩猎、捕鱼等，流放犯的生活概况：饮食、着装、礼拜与识字，自由民种类：士兵、屯监、知识阶层，流放犯在当地的犯罪、审判、刑罚，萨哈林的逃犯的出身、重新犯罪的原因和类别等，流放犯居民的疾病与死亡情况、医疗与医院的基本情况，监狱、殖民地和司法机构的管理等情况，凡此等等，不一而足。显然，在这里，灰色的世界已经是暗无天日的世界，忧郁的人已经是绝望的人群了。题材内容的扩展已经是契诃夫式的全景化空间场景了。

《萨哈林旅行记》之后，即19世纪90年代以后，契诃夫的写作题材没有了任何的禁忌。选取素材的视野进一步扩大，《无名氏的故事》《第六病室》《决斗》《枯燥无味的故事》《脖子上的安娜》《女人王国》《凶杀》《三年》……评论家别尔德尼科夫认为，契诃夫是在处理政治题材的过程中建构一个社会伦理机制，这不是新的内容，而是旧题材。是的，民意党人、自由主义集团的代言人、地主、贵族、医生等知识分子在资本实力和私有制关系对人的压抑和扭曲之下，成为社会不公的新配合者和牺牲者。

"拯救心灵生活"所要求的高度使陷入混沌之中的人,哪怕是小市民,都有了对生活、环境、制度不合理的痛苦控诉。"为什么人世间的事情安排得这么古怪,人生仅只有一次,却在一无好处中度过,这是为什么?"(《罗德希尔德的小提琴》)

契诃夫在《萨哈林旅行记》上处理所有的篇目时,并没有隐藏他作为全能叙述者的立场。因而,这是一个非常复杂的任务,即艺术地处理叙事者和叙述对象之间的平衡关系。一方面,一切事件与现象都因为社会基础的扭曲和人的心灵不完善而似是而非,另一方面,契诃夫强烈地流露出作为小说的叙事者的抵抗和不妥协,对,正是:作家的职责是摧毁同时代人的幻想,全力筑就真理的长城。无论这个真理是在现实的废墟(监狱、苦役地)上,还是在精神的废墟(精神病院)里。同样,在戏剧创作中,契诃夫贯彻了这个由《萨哈林旅行记》发散的思想,所有的无能为力,所有的怀疑,所有的逃避,所有的幻想、自我陶醉以及伪善和欺骗,都需要用实践性的认识来摹写,把生活的潜流和"变革的引信"展示出来,萨哈林之行的意义即在于此。与后来的索尔仁尼琴和沙拉莫夫相比,不是"监狱"和"苦役"亲历者的契诃夫的苦心孤诣更值得记取。

三、不是淡淡的忧伤:契诃夫的创作主题

《萨哈林旅行记》是一场精神跋涉,从文学上确立同情心就是在精神上服苦役。在评判一个微缩社会和它的精神景观的时候,严峻深沉的话语用最为隐忍的方式来表达,这导致了轻浮的评论者对契诃夫创作主题的误解,即作家的小说和戏剧表达了一种"淡淡的忧伤"……呜呼!选择了特定空间表达的作者,恰恰是重视空间题材的隐喻性内涵,全篇笼罩着全方位、无死角的反思话语,把以病态社会为中心的历史文化对人、对知识分子的摧

残,对思想的禁锢,对人性的极端压抑,对人的基本权利的践踏以及对自由和真理的蔑视冷静地表达出来,这是契诃夫最为清醒的主题意识。

契诃夫小说的开篇永远是不动声色的,他的批判与控诉是社会心理根源的集中表达,因此,即使是在旅途中,对于外在环境乃至于地理环境的认识也是冷静的,"亚洲大陆在这里已经到了尽头,而且可以说,若是没有萨哈林岛横亘在对面,阿穆尔河就直接由此注入到太平洋里了。眼前就是浩荡宽阔的河口湾,前方就是隐约可见的黑色带状目的地——苦役岛;左边的海岸线蜿蜒曲折,在一片雾霭中隐匿到不可思议的北方。就好像那里才是世界的尽头,再往前就无处可去了。心底里涌上一种悱恻莫名的感觉,就像是古代的希腊史诗中的俄狄浦斯,在陌生的海域漂泊不定,心里惶惶不安地预感到可能会与各种妖魔鬼怪遭遇的场景"。一切固有秩序的断裂都与非正常的系统运行联结起来,殖民地政策和苦役地司法像是一个黑洞,吞噬着人对于世界的正常认知。庞大的终生流放苦役犯群体的存在,使自由与价值判断失去了依凭,"皮鞭"主宰下的腐败政治和司法,黑暗人性盛行的监狱,村屯殖民过程中官僚体系的颟顸无知,都在每一篇章的"简约"叙述中流淌出来。契诃夫的"游踪"只有一个粗略的线条,所有的景观和情感中浸透的,无不是悲惨人生的摹写。不仅是犯人,还包括了各行各业服务于此的人们,例如,"水兵送我回舢板船,他仿佛猜到我要问他什么,叹了一口气,说道:'要是让自己选的话,谁会乐意到这个鬼地方来啊!'"以及,"船上的机械师在发现我对岸上的景象忧心忡忡的时候,对我说:'等您看到杜埃就知道了!那里呢,海岸陡峭难行,峡谷昏暗,煤层都黑黑地裸露着……那才是阴森森的海岸!我们这艘"贝加尔湖"号曾经朝杜埃运送苦役犯,每次都是二百至三百人,他们中间的许多人啊,看到海岸就大声地哭嚎起来了。'"因此,"所有人都想逃离这个地方，"总督说，"无论是苦役犯、移民还是官员无一例外。我暂时还不想逃离，但工作千头万绪，我已经殚精竭虑，疲倦不已了"。契诃夫就是这样，像一架精密的扫描仪，一只睁大了的、万分警觉的眼睛，扫过了历史时间（1890）的横断面，在萨哈林岛的各个空间驻足，解构了充满暴力的历史的每一方面。《第六病室》《恐惧》和《在流放地》的写作时间距离《萨哈林旅行记》都很近，这是契诃夫意犹未尽的诗学在主题方面的延伸，像索尔仁尼琴的《第一圈》《癌症楼》，就像沙拉莫夫的《红十字》《生意人》《一手好字》……均为"病室"的异曲同工之作。

《萨哈林旅行记》这部文本充分体现了在一切荒谬之中的精神悲剧和信仰失落，而作者偏偏是在这里注入了最为深切的人道主义溪流。在人口普查中，在入户走访中，在各个村屯的移民情况调查中，在对监狱和矿井事无巨细的讲述中，契诃夫看到了每一个人群的苦厄，每一个生命的凋零。渔业的粗放、农业的凋敝、气候的恶劣，使苦役地的人们既无法安身立命，也没有任何的人身保障，只能随波逐流，任凭人命被草菅。契诃夫写道："如果生活不是自然地、按照应有的程序流淌，而是靠人为的安排，不取决于自然状况和经济条件，而是依赖个别人物的理论和独断专行，那么，类似的偶然性就必然决定着生活的性质，不可避免地成为一种人为的粗糙生活的法律法条。"苦役地的很多人物的人生境遇实属荒唐，比如，第六章中的伊戈尔的遭遇，他明明没有杀人，但是，"但是法官不相信呐，他说：'你们全都这样说，一会赌咒发誓，一会谎话连篇。'就这么着了，把我们判了，扔进了高墙大狱"。契诃夫在文本中为妇女和儿童设立了专章，详细描述了"弱势群体"的生存状况，写得简约，点到为止，很多地方都用数字说明；字里行间，可信度极高，对读者来说，振聋发聩的效果胜过了长篇大论，比起引人入胜的情节，戏剧性的张力一点也不缺少。

四、无望与绝望：契诃夫的创作意义

在很多作家的传记中，"出走（уход）"是一种特别重要的精神标识。契诃夫也毫不例外。如何突破写作的瓶颈、局限与困境，如何诊断历史文化与时代要求，在深刻领悟了"事件的无解性"之后，又当如何自处呢？

《萨哈林旅行记》是契诃夫的一次"精神出走"，是他作为写作者调整人与生活的关系的一份精神考量系统的坐标。在讲故事获得成功之后，一个作家需要做的无非就是"正眼看人"，而人的意识与想象，人的历史与未来，人的局限与困境，究竟在哪一个层面上，值得一个拥有盛名的作家的良心检视呢？在最底层。契诃夫的全部创作都在阐释人与生活的冲突，而不是人与人的冲突，这正是他艺术思维中最为重要的理念，这也是作家创作《萨哈林旅行记》的意义。从这个入口处，可以见到契诃夫构建的"文学人类学"的全部风景和文学史认识价值。苦役地的囚犯作为在可见法条禁锢下生活的人群，物质上和精神上的附属特征昭然若揭（契诃夫就像写教科书和学术著作一样引用数据详细地写出来），但是，伴之而来的是随遇而安、猥琐自私、逃避现实的生活中的懦弱者。浸透在苦役地的希望、彷徨、失望、无望、绝望也是过着庸常生活的"知识阶层"的精神写照。经过《萨哈林旅行记》的洗礼，经过苦役地的犯人们对"永远回不到故乡"的真实描述，契诃夫的"三姊妹"心心念念回不去的"莫斯科"，契诃夫获得了完整的精神世界的图谱，在随后的写作生涯中，镶嵌上去的还有《海鸥》《套中人》《醋栗》《关于爱情》《樱桃园》……在这些作品中，生活的循环往复"像莠草一样窒息着我们"，而我们只是渴望生活的人群，我们每个人都对自身所在的"苦役地"不甚了了,以至于契诃夫认为,那些苦役地非常隐性、非常狭小,大不了是一个家庭、一段关系、一个不起眼的中学、一个模糊的外省小城等等,但是,"心之为役",百般无解。无数的芸芸众生延续的只是"以前的生活秩序","仿佛再过一会,我们就知道为什么活着,为什么痛苦似的",契诃夫平淡无奇地处理小说中和戏剧中的一切冲突,意在说明,精神的恐惧完全是以一种生活的本来面目出现的,不狰狞,无恐惧,毫无逃避和变革的可能性。

在《萨哈林旅行记》中,有一个意味深长的片段,省长对契诃夫说:"我允许您自由出入您想去的任何地方。"科尔夫男爵说:"我们这里没什么可隐瞒的。您可以在这里好好观察,会发给您出入所有监狱和移民村屯的通行证,您可以使用对您的工作来说有用的所有材料和文件,一句话,所有地方的大门都会向您敞开。只有一件事我不能允许您做:就是无论如何不许与政治犯有任何的交往,因为我没有任何权利允许您这样做。"(第二章)这个片段是典型的契诃夫式的"境遇",即,虽然有一个广阔的社会图景的存在,有轰轰烈烈的殖民运动,有被钉上连车镣铐的政治犯,但,表面的野蛮、暴力、麻木、落后、极端之外,微观的人性和生活的激情都在不断地被毁灭,这才是生活在别处,这才是形而上学的关于人之为人的整体的思考。契诃夫"在杜埃监狱,目睹了鞭刑实施的整个过程"(第二十一章),他详细写出了整个场景,特别是所有人的不同感受,包括作家、医生、典狱长、录事、"强烈要求旁观"的军医助理、负责实施鞭刑的刽子手、受刑的犯人普罗霍洛夫(契诃夫只记录了他的名字)。在作者对血肉横飞、犯人悲惨哀嚎忍无可忍而退出行刑处的时候,他注意到,"我离开这里,走到外面去了。外面的街道上,一片寂静,但我觉得,看守房里那刺耳的声音能够传遍整个杜埃。一个穿着便装的苦役犯,正从看守房旁边路过,他朝房子那里瞥了一眼,他的脸上,甚至走路的姿势里都流露了内心里的恐惧。我又走进看守房,看守还在数呢,我又退出来了。看守仍然在数鞭数"。而军医助理则说:"我太愿意看行刑的场面了!"他兴高采烈地说道,他非常满意自己把这个恶心的场景看了一个够,"太喜欢看啦!这些坏蛋!这些该死的家伙……把他们都绞死才好呢!"

契诃夫总结说:"肉体惩罚不仅使犯人变得冷酷和残暴,而且也让在场观看的人变得野蛮和残忍。甚至连受过教育的人也不例外。至少我没有看出来,受过大学教育的官员们对待行刑场面与这个军医助理、士官学校或者神学校的毕业生有什么不同。有些人已经如此适应用树条子或者皮鞭子抽打犯人这种事了,他们变得相当野蛮,已经开始从这种对犯人的肉体处罚中找到乐趣了。"因此,从冷静的笔触和力求客观的态度来看,契诃夫的"怎么办"是文学性的,以人学为中心的,这也是契诃夫文学文本的现代性价值,《萨哈林旅行记》的美学超越性即在于此。在契诃夫与《死屋手记》之后、寻求宗教解释善恶的陀思妥耶夫斯基和宣称"内心寻求冷漠胜利"的索尔仁尼琴互为确证。据说,托尔斯泰创作《复活》期间,他的家庭每晚朗读的作品正是《萨哈林旅行记》。

《萨哈林旅行记》的可读性并不在于文本中数据的"实事求是",而是字里行间闪耀的"人类的良心"。在翻译的过程中,根据作者的叙述内容,译者按照作者的叙述顺序,逐章添加了标题,使中文读者对每一章的主要内容有醒目清晰的了解;作家不仅在文中字字玑珠,而且做了大量的注疏,作为正文的补充内容。译者根据《俄罗斯契诃夫全集》,将原文作者所做的、与全书内容紧密联系的注释悉数译出,为了阅读的流畅性,相关注释内容附列于每一章节后。

冯玉芝
2022 年 12 月 14 日译竣
2023 年 12 月 21 日改定
于南京河西

目 录

第 一 章	从尼古拉耶夫斯克至鞑靼海峡沿岸	001
第 二 章	地理概况：码头、宴会和灯会	016
第 三 章	人口普查：我的提问与得到的回答	031
第 四 章	河谷之地：萨哈林的巴黎	043
第 五 章	监狱、牢房和作坊	055
第 六 章	苦役犯伊戈尔的故事	069
第 七 章	灯塔、村屯和气象站	076
第 八 章	河谷沿岸各屯住房、隧道、监狱和戴镣囚犯	093
第 九 章	特姆河漫游	115
第 十 章	小特姆屯	132
第十一章	拟建中的行政区基本概况	142
第十二章	南部、西海岸、洋流和气候	159
第十三章	哨所、农场、村屯和大海	175
第十四章	移民、日本人和日本领事馆	194
第十五章	流放犯、强制移民、农民和乡间政权情况	212
第十六章	流放犯居民的性别：女性流放犯与自由民妇女	231
第十七章	居民的家庭状况：年龄、婚姻和出生率	247
第十八章	流放犯的劳动技能：务农、狩猎和捕鱼	261
第十九章	流放犯的生活概况：饮食、着装、礼拜与识字	277

萨哈林旅行记 | 001

第 二 十 章	自由民种类：士兵、屯监和知识阶层	295
第二十一章	流放犯在当地的犯罪、审判和刑罚	311
第二十二章	萨哈林逃犯：重新犯罪的原因、出身和类别	331
第二十三章	流放犯居民的疾病与死亡情况：医疗与医院	349

第一章 从尼古拉耶夫斯克至鞑靼海峡沿岸

阿穆尔河畔的尼古拉耶夫斯克城①。"贝加尔湖"号轮船。普隆戈岬和河口湾入海口。萨哈林②半岛。拉彼鲁兹、布劳顿、克鲁森施滕和涅维尔斯科伊。日本的考察者们。扎奥列岬。鞑靼海峡沿岸。德-卡斯特里。

1890年7月5日,我乘坐轮船抵达尼古拉耶夫斯克城,这是俄国最东极点之一。流经此处的阿穆尔河水面异常宽阔,距离入海口只有27俄里③;这里的景色壮观而瑰丽,然而,回想起这个偏僻之地的往昔历史,回想起旅途上同伴们对此地的严寒以及同样严酷的地方风俗的述说,再加上苦役之地的步步临近和眼前这座城市呈现出的荒凉与凋敝景象,如此种种,使人完全失去了欣赏自然风光的勃然兴致了。

尼古拉耶夫斯克城建城时间并不久远,是由那个大名鼎鼎的远征军军官格纳季·涅维尔斯科伊在1850年始建的,这可能是这个城市历史上最为辉煌的一页了。在19世纪的50年代,牺牲了大量的士兵、移民和囚犯的生命,才在阿穆尔河沿岸种下了文化的种子,当时管理边疆区的官员就驻扎在尼古拉耶夫斯克城,各色俄罗斯人等和外国的冒险家们纷纷涌入此地,一批又一批的移民因丰富异常的鱼类和狩猎的便利条件而留下定居,而且就当时看来,这座城市也不乏人世间的乐趣,因为甚至还有过这种事儿:一个学者曾经途经此地,认为在此地俱乐部举行一次公开的演讲是有必要,也是可能的。可是现在呢,几乎有一半的房屋已经被房主弃置，处于半倒塌的状态，窗户连框子也没剩下，只有黑幽幽的洞口一般，像是骷髅的眼窝，阴森森地看着我们。剩下来的居民都过着死气沉沉、麻木的生活，普遍是一副听天由命的、吃不饱也饿不死的状态。他们主要是靠往萨哈林岛上贩卖渔获、掠夺黄金、盘剥异族原住民和向中国人出售可提取兴奋制剂的鹿茸为生；从哈巴罗夫斯克④到尼古拉耶夫斯克城的途中，我就遇到了不少走私贩子；他们在这里从不避讳说到自己的职业。他们中还有一个走私贩子拿出自己的金沙和一对鹿茸，不无骄傲地对我说："我父亲也是一个走私贩子！"他们盘剥异族人，除了总是用烈性酒将这些异族人灌醉、进行诈骗之外，有时候还采用其他不寻常的方式。比如，尼古拉耶夫斯克城的已故商人伊万诺夫，每年夏天都会去萨哈林岛，向那里的基里亚克人收取贡赋，如若有人不能如数如期交付，就会遭到这帮人的严刑拷打甚至被绞死。

  这座城市里根本没有旅馆。吃过午饭之后，我就被招呼到俱乐部大厅里去休息，据说，这个顶棚举架十分低矮的地方是以前冬天举行舞会的场所；我问，哪里可以过夜呢？对我的问题，听到的人只有耸一耸肩算是回答。无计可施的我，只好又回到轮船上住了两夜；之后轮船返航到哈巴罗夫斯克去了。我像被冲到浅滩上的虾一样，一筹莫展地陷入了无处可去的困境。我把行李放在码头上；人则在岸上踽踽独行，徘徊良久，不知道如何安顿自己才好。幸好发现在城市对面，离河岸也就两三公里的地方，停泊着一艘名为"贝加尔湖"号的轮船，我正好是搭乘这艘轮船

---

① 阿穆尔河即黑龙江，尼古拉耶夫斯克城原属中国，旧称庙街，后被俄国攻占，改为今称。本书中脚注均为译者注，此后不再一一说明。
② 萨哈林岛即库页岛，历史上曾被中国多个朝代直接或间接辖治，近代以来被俄国通过不平等条约迫使清政府割让。
③ 1俄里约为1.067公里。
④ 哈巴罗夫斯克原为中国领土，旧称伯力，经《中俄北京条约》割让给俄国，改为今称。

去鞑靼海峡，尽管表示起航的船旗已经在桅杆上迎风招展，但据说，它至少要在四五天之后才会出海，绝不可能早于这个时间。要不，我现在就上船，到"贝加尔湖"号上去？可是实在是不好意思呀：真怕船上的人以为时过早为理由把我回绝掉，不让我上船啊。这时，起风了，阿穆尔河就像大海一样，河上乌云密布，河里怒涛翻滚。弄得人的心绪也随之惆怅不已。我只好先到俱乐部去了，在那里一边磨磨蹭蹭地吃着午饭，一边听邻桌的食客喋喋不休地谈话，他们一直在说黄金、鹿茸，还有来到尼古拉耶夫斯克城的魔术师和那些日本人，讲日本人拔牙是不用钳子的，就是直接用手把牙薅下来。要是仔细听上一阵子，你就会发现，天呐，此地的生活距离俄罗斯何其遥远，天差地别！从这里食用的下酒菜熏咸鲸鱼肉，到各色人等的谈话，一切都令人感到一种独特的、非俄罗斯的风情。我在阿穆尔河上乘船航行时，就产生过这样的感觉，仿佛我不是置身于俄国，而是在阿根廷的巴塔哥尼亚或者是美国的得克萨斯的某个地方；更不要说自然景色的独特了，它完全是非俄罗斯情致的，我因此而随时觉得我们俄国人的生活方式与阿穆尔人格格不入，就是普希金和果戈理在这里也不会被理解的，也就因此没人需要他们。俄国的历史被看成是枯燥乏味的，我们这些来自俄国的人，被看成是外国人。我还发现，政治和宗教在这里是被漠视的，没人关心这些。我在阿穆尔城和航行时遇到的神父们都会在斋戒期间荤素不忌，大口吃肉。别人跟我讲，其中一个神父还常穿白绸缎做的袍子，他从事的是黄金掠夺生意，比起他的教民来，那是有过之而无不及。对于阿穆尔人来说，你只要一跟他们谈起政治话题，聊到俄国政府，说说俄国艺术，那他们保准会感到无聊透顶，哈欠连天。道德嘛，这里也是另有其特色的那一套，不是我们俄国的。倒也崇拜对待妇女的骑士风度，然而同时嘛，为了钱财将自己的妻子典当出让给别人也不被认为是一桩不体面的丑事；还有更为出格的事：说是这里没有什么等级偏见,可以和流放的犯人平等地友好相处,但是呢,在森林里向一个流浪的中国人开枪,就像打死一条狗一样使其一命呜呼,也是常见的。当然啦,一般的车匪路霸式的拦路抢劫就更不在话下了。

但是,我还是讲自己的事情吧。在没有找到住宿地的情况下,临近傍晚的时候,我决定动身去"贝加尔湖"号轮船。但是,倒霉的事一桩接一桩:河里巨浪翻滚,不管我出多少钱,基里亚克人无论如何也不肯用小船载我过去。我又开始在岸边上踟躅,不知如何是好。太阳即将落山,阿穆尔河的波浪也变得幽暗起来。沿河两岸,基里亚克人家的土狗对着暮色狂吠不已。我为什么要到这里来?我问我自己,我觉得自己的这次旅行太轻率了。我想,苦役地已经近在咫尺,几天之后,我就可以踏上萨哈林的土地了,但是这种想法又被另一种思虑代替:我没有随身携带任何的举荐文书,我可能被拒绝登岛并劝返,这一想法令我十分不安。幸好最终有两个基里亚克人同意以一卢布的价钱,用三块板子钉成的小船送我过去,我就是这样安全地抵达了"贝加尔湖"号轮船。

这是一艘中等吨位的海运商船,在乘坐过贝加尔湖和阿穆尔河航线上的内河轮船之后,我觉得它已经是相当不错的交通工具了。这艘船一直航行在尼古拉耶夫斯克城、符拉迪沃斯托克①和各个日本港口之间,运送邮件、士兵、犯人、旅客以及货物,主要是官衙的货物;依据与官衙签订的合同,船东会得到来自官衙的一大笔补贴,这就要求它每年夏天都要多次奔赴萨哈林岛:到亚历山大哨所和南科尔萨科夫哨所送补给。这种货运费用之高,恐怕是举世罕见的。殖民地开发所要求的,首先就是交通的通畅和便捷,但是如此高昂的运费确实是令人百思不得其解的。"贝

---

① 符拉迪沃斯托克,原属中国,旧称为海参崴,后割让给俄国,改为今称。

加尔湖"号轮船上的统舱和客舱虽然空间狭窄局促,但是收拾得非常干净,都是欧式的房间布置,还有一架钢琴。中国人在船上充任仆役,他们都留着长辫子,都被按英语称作"男侍"。厨师也是中国人,但是做的却是俄式料理,所有的菜肴都因为调料过多而味道发苦,散发出一种类似波斯菊的浓烈味道。

因为读了太多有关鞑靼海峡里风暴和浮冰的内容,我一直期待在"贝加尔湖"号轮船上能够遇到声音喑哑的捕鲸人,嘴里嚼着烟草,滔滔不绝地讲他们的海上奇遇,可是,实际上我遇到的都是一些相当有学识的人。船长勒先生①是出生于西部的人,在北方海域航行了三十多年,是一位四海为家、见多识广而且博学多才的人物,讲起故事来饶有风趣。他在堪察加半岛和千岛群岛一带度过了自己的大半生,可能他比莎士比亚的奥赛罗更有资格说"荒凉的沙漠,恐怖的深渊,突兀的崖嶂"。我写这部随笔也是多亏了他提供大量的可用资料。他有三名助手:布先生是著名的天文学家老布的侄子,另外两位都是瑞典人,伊万·马尔登内齐和伊万·维尼阿米纳奇,他们都是为人和善、待人彬彬有礼的绅士。

7月8日,午饭前,"贝加尔湖"号轮船起航了。和我们同船的有三百多名士兵,一名带兵的军官,还有几个犯人。有一个犯人还带着一个五岁的小女孩,说是他的女儿。在他登上舷梯的时候,那女孩一直用手紧拽着他的镣铐。囚犯当中还有名女犯人,也引起了大家的关注,因为她的丈夫自愿跟着她一起来服苦役。[1] 在头等舱的乘客当中,除了我和一位军官之外,还有另外的几名乘客,而且其中还有一位是男爵夫人。请读者不要为在这穷乡僻壤中出现这诸多的有见识之人而感到惊奇吧,因为在阿穆尔河沿岸和滨海边疆区,居民人数虽少,但是知识分子所占的份

---

① 原文中仅保留了此人姓氏的首字母,翻译中保留了这一形式,并非此人姓氏只有一个字。下同。

额还是不少的,这里的知识分子的比例倒比任何一个俄国省份都要高。阿穆尔河畔的一座城市里,光是有职位的文官武将就有十六名之多。现在可能更多了。

这一天海面上风平浪静,阳光普照。甲板上热浪袭人,船舱里闷热无比。水温已经升至 18℃。这温度要是在黑海还说得过去。右岸上的森林着火了;绿色的莽莽森林喷吐着火红色的烈焰,浓烟不断汇聚在一起,形成一条长长的、黑色的、仿佛静止了的云带,就那样长时间地悬浮在森林的上空……火势巨大,但周围却是一片寂静和安宁,森林即将损毁,却与任何人无干系。可见,在这个地方,这绿色的财富只属于上帝一家所有。

6 点钟,吃过了午饭之后,我们已经到达了普隆戈岬。亚洲大陆在这里已经到了尽头,而且可以说,若是没有萨哈林岛横亘在对面,阿穆尔河就直接由此注入到太平洋里了。眼前就是浩荡宽阔的河口湾,前方就是隐约可见的黑色带状目的地——苦役岛;左边的海岸线蜿蜒曲折,在一片雾霭中隐匿到不可思议的北方。就好像那里才是世界的尽头,再往前就无处可去了。心底里涌上一种悱恻莫名的感觉,就像是古代的希腊史诗中的俄狄浦斯,在陌生的海域漂泊不定,心里惶惶不安地预感到可能会与各种妖魔鬼怪遭遇的场景。果然,没一会儿,从右侧的河口转弯处,从基里亚克人居住的小村落里,就有两条小船向我们驶了过来,船上的人都很奇怪,手里拿着不知是什么东西冲着我们挥舞,嘴里高喊着莫名其妙的话。一开始无法看清楚他们手里的东西,但他们驶近了之后,我才看出来,他们手里拿的是一些灰色的禽鸟。

"他们这是想向我们兜售打死了的大雁。"有人解释了。

我们的船右转舵继续航行。在我们的船只行走的航线上沿途设有各种航行标志物。船长一直在驾驶舱坐镇,机械师也寸步不离机舱;"贝加尔湖"号轮船的行进越来越小心翼翼,完全是摸索前行，这需要极其小心谨慎，因为在这里特别容易搁浅。轮船的吃水量为12.5英尺，而此处某些地方水深却只有14英尺，有那么一会我们甚至还听到了船底和水底沙子的刮擦声。正是这条极浅的航道和这种在鞑靼海峡和萨哈林沿岸航行中的罕见景象，让欧洲人长期以来一直认为萨哈林是个半岛。1787年6月，法国著名航海家拉彼鲁兹伯爵在萨哈林岛西海岸登陆，即北纬48度的地方，他和当地的原住民进行了交谈。从他留下来的笔记来看，他登陆后不仅和居住于此的阿伊努人有过交往，而且还遇到过来此地与阿伊努人做买卖的基里亚克人，而基里亚克人可是熟悉鞑靼海峡和萨哈林岛的老水手。这些人给拉彼鲁兹伯爵在沙滩上画示意图，向他解释，他们现在的位置是在一个岛上，这个岛呢，与大陆和日本的北海道中间隔着海峡呢。[2] 后来拉彼鲁兹伯爵就沿着西海岸继续向北方航行，他想找到从北日本海到鄂霍次克海的通道，以此来缩短去往堪察加半岛的路途；但是，他在航行中越是上行，海峡的吃水深度越浅，每上行1海里，水深就减1俄丈①。他向北方一直航行到他的船所能承受的水深处，即海水的水深度为9俄丈之处，便止步不前了。海底是逐渐增高的，海峡底部的洋流就不易被察觉到，这样一来，他就产生了错觉，认为这里不是海峡，而是一个海湾，亦即萨哈林岛是通过地峡和大陆连接在一起的。在德-卡斯特里，拉彼鲁兹伯爵再次与基里亚克人进行了沟通交流。当他在纸上画出了一个与大陆分离的岛屿时，一个基里亚克人从他手里拿过笔来，在海峡处画了一条横线，给他解释说，他们基里亚克人有些时候不得不拖着自己的小船通过这个地峡，尽管有时候那地峡上都长着青草呢——拉彼鲁兹伯爵将萨哈林理解为半岛的来源即在于此。[3]

在他来过之后的第九年，英国人布劳顿（Broughton）来到了

---

① 1俄丈约为2.134米。

鞑靼海峡。他乘坐的轮船也不大,其吃水量也是不超过9英尺,因此,他可能只比拉彼鲁兹伯爵向北多走了一小段的行程。在行驶到水深2俄丈的地方,布劳顿自己停下了,派他的助手继续向北航行以便测量水深;他的助手在航行中也经过了深水区,但是,越走海水就越浅,走着走着就到了萨哈林的岸边,再走呢,就又回到了另一侧沙子见底的浅滩岸边,出现了这样一幅景象,就好像两岸在往一起靠拢,仿佛这里是海湾的尽头,前无他路了。如此一来,布劳顿得出了和拉彼鲁兹相同的结论就不奇怪了。

1805年,我们俄国著名的探险家克鲁森施滕考察了萨哈林岛沿岸,得出的也是同样错误的结论。他的先入为主的偏见来源于他航行的时候,使用的是拉彼鲁兹版的航海地图。克鲁森施滕是沿着东部海岸北上的,绕过了萨哈林北部的各个岬隘,进入鞑靼海峡后自北向南航行,这样已经非常接近于解开这个谜底了,但是,随着水深不断降低至3.5俄丈,不只是水深的缘故,更主要的是先前那种先入为主的偏见,使他不得不承认有地峡的存在了,尽管他根本没看见这个地峡。然而,他的怀疑并未完全消失。"很有可能,"他这样写道,"就在不久以前,相当近的时期,萨哈林还是一个岛屿。"可见,在返航时,他对没弄清楚萨哈林的问题相当不安;直到在中国第一次读到了布劳顿所写的札记时,他才"略有喜悦之色"。[4]

这个错误一直到1849年才由涅维尔斯科伊予以纠正。在几位前辈考察者的权威性面前,涅维尔斯科伊显然属于无名之辈,所以在他向圣彼得堡相关部门汇报自己的发现时,没有人相信他,人们都认为他的行为过于狂妄,应该受到惩处,并且"已经决定了"将他革职,假如不是当时沙皇出面庇护,说他的所作所为是勇敢的、高尚的和爱国主义的,[5]那还不知道他的人生会遭遇什么呢。涅维尔斯科伊是一个精力充沛、热情似火的人,他教养良好，极其富于自我牺牲精神和人道主义精神，他具有崇高的理想并以全部的身心忠于自己的理想，他是一位具有纯洁的道德感的君子。一位了解他的人曾经这样写他："我还没有见过比他更为诚实的人呢。"他用五年的时间在东部沿海和萨哈林岛上做出了一番辉煌的业绩，但失去了自己的女儿，他的女儿是饿死的。他衰老得很快，他的妻子也憔悴不堪并且失去了健康。原先他的夫人"年轻，貌美，待人亲切友好"，却勇敢地经受了充满艰难困苦的生活。[6]

为了结束有关地峡的问题，我认为再讲几个细节问题也不为过。1710年，中国皇帝下诏给在北京的外国传教士，命令他们绘制一幅鞑靼地区舆图；在绘制这幅地图时，传教士们显然是参照了日本地图，因为在那个时期，只有日本人才知道，拉彼鲁兹海峡和鞑靼海峡是可以通行的。这幅地图被传到了法国，才为世人所知，即地理学家唐维尔的地图册采用了这幅地图[7]的缘故。这幅地图还引起了一点小误解，也就是萨哈林名称的匹配问题。萨哈林岛的西海岸正对着阿穆尔河口处，绘图的传教士标示为：Saghaline-angahata,蒙古语的意思是"黑河出口处的峭壁"。这个名称可能意思是阿穆尔河口的某个崖岬，但是法国地图却做的是另一番解释，被认为指的是岛屿本身。萨哈林岛的名称来源于此，并被克鲁森施滕所引用。此后，俄国地图上就使用这个名称了。日本人把萨哈林岛叫做桦太岛，意思是中国的岛屿。

至于日本人的著作传到欧洲，要么是因为时间太晚，要么是不被需要，也可能是被篡改过了。在传教士绘制的地图上，萨哈林岛是独岛，可是，唐维尔对这幅地图也持怀疑态度，所以在岛屿和大陆之间画上了一个地峡。日本人最早于1613年开始上岛考察萨哈林，但是欧洲普遍对此地重视不够，以至于后来，当俄国人和日本人着手解决萨哈林岛的归属问题时，只有俄国人谈及并记录过萨哈林岛的首次考察权[8]。

鞑靼海峡和萨哈林地区沿岸早就需要来一次新的、尽可能详细的考察勘测了。现在使用的地图完全不能令人满意，军用的舰船和商用的船只时常搁浅和触礁的消息常常见诸报端，显然并不仅限于有报道的几起。主要问题还在于，地图不行，因此这里的船长都十分的谨慎，戒备心十足，神经相当紧张。"贝加尔湖"号轮船的船长根本不相信官方印制的地图，用的是自己亲手绘制的地图，那是他在航行中不断加以订正形成的。

勒船长为了船不至于搁浅，决定夜间停航，太阳一下山，我们的船就在扎奥列岬附近抛锚了。崖岬的山顶上有一座孤零零的小房子，海军军官鲍先生住在这里，他负责设置和检查航标。房子的后面是一大片茂密的原始森林。船长勒先生送了大块的新鲜肉给鲍先生；我就利用这个机会乘坐舢板登上岸边。岸上没有设码头，还有光滑的巨大石头。人们只能在这些石头上跳上跳下，然后有一个阶梯通往山上的房子，这些阶梯都是用木桩子搭成的，木桩的一头是杵在土里的，与地面形成了直角，往上攀爬的时候必须用双手抓紧抓牢。上去的时候简直惊心动魄！当我向山顶上的房子的方向攀爬的时候，被成群结队的蚊子包围了，它们黑压压的一片，像是乌云一般，脸和手被蚊子叮得火烧火燎的，又痒又痛，但不可能腾出手来轰赶。我当时在想，要是留在这露天地里过夜的话，不点几堆篝火来驱蚊，那我可要被蚊子叮死了，最起码会痒得发疯了。

那所小房子中间是一条小走廊，分成了两个部分：左边的房间住着水兵们，右边是军官先生一家人。主人鲍先生不在家。我见到了他的妻子和两个女儿，他的妻子穿着得体，受过教育，两个小姑娘年龄很小，被蚊子叮得浑身是包。所有房间的墙壁上都挂着枞树的绿枝，窗花上还挂着除菌用的纱布，屋里面熏着烟，但是，这一切都无济于事，蚊子还是四处飞舞，不停地叮咬这两个可怜的小姑娘。房间的布置不奢华，有营区生活样子，但收拾得非常温馨、舒适。而且墙上还挂有素描画,是用铅笔勾勒出的女性的头像。看起来鲍先生还是一位画家。

"你们在这里过得还好吧?"我问这位妻子。

"还好,只是这些蚊子太可恶。"

她对送来的鲜肉没有表示高兴;据她讲,她和孩子们已经习惯吃咸肉了,对鲜肉反而不太喜欢了。

"而且我们昨天刚刚炖了一锅鲑鱼。"她还说了这么一句。

一个无精打采的水兵送我回舢板船,他仿佛猜到我要问他什么,叹了一口气,说道:

"要是让自己选的话,谁会乐意到这个鬼地方来啊!"

第二天,一大早我们就继续航行了,当天有一个温暖无风的好天气。鞑靼海岸峰峦叠嶂,山崖兀立,好似一个巨大的圆锥体矗立在群山峻岭之中。在它的上空轻轻环绕着一层淡蓝色的云雾:这正是从远处森林火灾现场飘来的青烟,据说有的时候,这种烟雾会很浓重,对航海者来说,其危险程度不亚于浓雾。假如有一只鸟儿此刻飞越这崇山峻岭,那么恐怕它在这方圆五六百里的地方,既看不到一所房屋,也不会看见一个活人……只有阳光下的海岸显得苍翠,生机勃勃,在荒无人烟之处愈显壮美。6点钟,轮船驶入了海峡的最狭窄之处,即波哥比岬和拉扎列夫岬之间,窄到两岸可同时互见,8点钟,轮船通过了"涅维尔斯科伊帽子山",这是一座因山顶有一座形似帽子的山峰而得名的山峦。早晨阳光明媚而灿烂,我因为目睹了两岸秀丽的风光而沉浸在自豪和喜悦的享受中。

下午1点多,我们的船驶进了德-卡斯特里湾。这是各类船舶航行于此时唯一可以躲避风暴的地方,要是没有德-卡斯特里湾的庇护,船舶行驶在天气、地理都那么诡异的萨哈林沿岸完全是不可想象的。[9] 甚至已经有了那么一句成语:"要想保平安,速去德-卡斯特里湾。"整个海湾造型优美,仿佛是大自然听令之后的鬼斧神工一般。这是一个看上去整体为圆形的大池塘，直径约为3俄里，周围是高高耸起的海岸，形成天然的避风屏障，只有一个并不太宽的出口直通海上。如果单从外观上判断的话，这个港湾实在是太理想了，但是，实际情况绝非如此！这只是看上去那么好而已；这个港湾每年都会有七个月的时间被冰雪所覆盖，根本无法抵御东风的侵袭，而且由于水浅，船舶基本都会在离岸两公里的地方就必须抛锚。出海口处还盘踞着三个小岛，或者确切地说，是三块巨大的礁石，倒是给港湾平添了独特的魅力；其中一块礁石名为牡蛎礁：这是因为它的水下繁殖着个头大且肥美的牡蛎。

岸上有几座房子和一座教堂。这里是亚历山大哨所的驻地。哨所的司令官、书记员和报务员们常住在这里。一位地方官员到我们船上来吃午饭，这位先生是个无聊的人，所作所为也让别人更无聊了，他吃饭的时候一直喋喋不休地说话，不间断地大吃大喝，讲一些老掉牙的奇闻逸事，讲拔毛鹅，说，几只老鹅吃了浸酒的浆果，所以醉倒啦，被路人认为已经是死鹅啦，所以被人拔光了身上羽毛扔路边了，后来鹅酒都醒啦，就光着身子一丝不挂地走回家啦；这个官员一边讲这个故事，还一边信誓旦旦地说，这个醉酒鹅的故事就是发生在德-卡斯特里湾他家院子里的真事儿。教堂倒是没有神父，如果有需要了，神父会从马林斯克过来的。这里的好天气和在尼古拉耶夫斯克是一样少见的。据说，在今年的春天，地测队来这里工作过，当时是5月份，但是只有三个出了太阳的晴天。不出太阳，还能测量个什么鬼呢！

在停锚地，我们遇到了军队的"海龙"号和"通古斯"号运兵船以及两艘鱼雷艇。还有一个能够记下来的细节：我们的船刚刚抛锚，天色便已经暗了下来，山雨欲来，水面呈现出不寻常的、明艳的绿色。"贝加尔湖"号上承运的四千普特重的官方货物需要卸载，所以，我们必须留在德-卡斯特里湾过夜。为了消磨时间，我和船上的机械师开始在甲板上钓鱼，钓上来了个头很大的虾虎鱼，无论是在黑海还是在亚速海，我都不曾钓上来过这么大尺寸的鱼。后来还钓上来一些比目鱼。

在这里卸货时间拖得很长，等得让人难受，弄得人心烦意乱。而且，我国所有的东方港口都给了乘客这种悲惨的待遇，没什么例外。在德-卡斯特里湾，是先把货物都卸到载重量并不大的平板拖驳船上，这种船呢，只有在涨潮的时段才能靠上岸，因为装满了卸载的货物，所以，搁浅是常有的事情。常常发生这样的情况：一些轮船只是为了卸下百十来袋的面粉，在退潮和涨潮这一段时间里，就只好眼睁睁地停在那里耗费时间。在尼古拉耶夫斯克那里，这种混乱情况更甚。"贝加尔湖"号停泊在那里的时候，我站在甲板上看到，一艘拖驳船拽着一艘载有两百多名士兵的大驳船，它的缆索竟然掉下去了；大驳船就在停锚地随波逐流地漂起来，径直冲向停在离我们的轮船不远处的一条帆船的锚链。我们都吃惊得心脏都要停跳了，那一瞬间之后，锚链还不得将驳船一劈两半嘛，但是，总算幸运，那些好人及时地抓住了驳船的锚链，士兵们才捡回了他们的小命，虚惊一场。

注释：

［1］在阿穆尔河上航行的诸多轮船上，以及"贝加尔湖"号上，送往苦役地的囚犯都是被安置在三等舱所在的甲板上，与那里的乘客混杂在一起。有一天，我在黎明时分去甲板上散步，看到士兵、女人、孩子、两个中国人和戴着镣铐的囚犯们挤在一起，睡梦正酣，露水打湿了他们的衣衫，颇有凉意。负责押解犯人的士兵就在这一堆人中间，怀里抱着枪，也睡着了。

［2］拉彼鲁兹是这样写的：他们把自己的岛屿称为乔廊（音译），但是，显然，基里亚克人的这个称呼是指别的什么东西，他当时没有弄清楚指的是什么。我国的克拉申尼科夫绘制于1852年的地图上，在萨哈林岛的西海岸，有一条河流，叫做"乔哈"。这个乔廊和"乔哈"是否有

关系呢？而且，拉彼鲁兹还写了这样一段话：那个基里亚克人画了一个岛屿，说这是乔廓，同时在边上画了一条河，基里亚克人口中的乔廓，翻译出来就是"我们"这个词。

［3］此处可以引用涅维尔斯科伊的一项观察：当地的原住民一般是在两岸中间画一条线，表明是可以坐船到对岸去，即两岸之间存在着一个海峡。

［4］三位考察者不约而同地犯下了同一个错误的情形本身，就说明问题之所在了。要是他们没有发现进入阿穆尔河的入口，绝对是因为他们掌握的研究资料十分有限，而更主要的在于，他们都是极有天分的人，都对此有所怀疑，几乎猜到了另一个真相，并准备予以证实。有一个地峡，或者萨哈林是一个半岛的传说，并非神话，事实上某个时期是存在的。现在已经被证实了。

［5］详见涅维尔斯科伊的著作《俄国海军军官在俄国远东的功勋，1849—1855》。

［6］涅维尔斯科伊的夫人卡捷琳娜·伊瓦诺夫娜到远东来探亲，在二十三天的时间里，骑马走了一千一百俄里的路程。她拖着病体，穿越了泥泞的沼泽地，翻过了原始森林覆盖的崇山峻岭，从冰封的鄂霍次克驿路逶迤通过。涅维尔斯科伊的战友，鲍·康·波什尼亚克，非常有才华的一个人，他是皇家港的发现者，同事都称他为"幻想家"和"自然之子"，当时只有二十岁。他在自己的札记中写道："我们大家乘坐的'贝加尔湖'号抵达了阿扬，并且在那里换乘功率不大的'舍列霍夫'号帆船。在帆船出事即将沉没的时候，谁也劝不动涅维尔斯科伊的夫人先上岸。她说：'既然船长和军官们都最后上岸，所以，我也会等船上一个妇女和小孩都不剩了再离船上岸。'她践行了自己的诺言，那时，帆船已经倾斜了……"鲍·康·波什尼亚克写道，他与涅维尔斯科伊的夫人交往频繁，但是，从来也没有听到过她的抱怨和不满，相反，倒是总能在她的身上发现一种淡定、从容的态度，她骄傲地承受着命运加诸她的虽然痛苦然而高尚的处境。她常常一个人关在气温只有5℃的屋子里过冬，因为男人们都外出执行任务去了。1852年，运送给养的船只没能从堪察加开出来，生活陷入了绝境。处于哺乳期的孩子没有牛奶喝，病

人也没有任何的新鲜食物可吃,因患坏血病,有几个人已经死了。涅维尔斯科伊的夫人把自己唯一的一头奶牛献出来供大家食用牛奶。所有的食品由大家一起分享。她对本地的原住民态度和蔼可亲,关怀备至。连不开化的野蛮人也感觉到了这一点。而当时,她才十九岁。(波什尼亚克中尉:《阿穆尔地区考察记》,载《海洋文集》1859 年第 2 期)她的丈夫也在札记中谈到过她与基里亚克人的关系。他这样写道:"卡捷琳娜·伊瓦诺夫娜让那些基里亚克人在地板上围坐成一圈,中间摆放一只盛放着茶或饭食的大碗。这是我们的住房里最大的一间屋子,充做招待间、客厅、餐厅。这些基里亚克人在这里享受着款待,经常拍着女主人的肩膀,一会叫她给上茶,一会叫她给拿一点烟草。"

[7]指《中国、中国所属鞑靼西藏最新地图册》①,1737 年。

[8]1808 年,日本土地测量学者间宫林藏乘船沿西海岸旅行,到达阿穆尔河口附近的鞑靼海峡,其后不止一次在大陆和岛屿之间往返旅行。他第一次证实了萨哈林是一个岛屿。我们俄国的旅行家费·施密特对他绘制的地图十分赞赏,认为他的地图"特别精彩,显然是实地考察之后绘制的"。

[9]关于这个港湾在目前和未来的作用,请参见斯卡利科夫斯基所著的《太平洋上的俄国贸易》一书的论述,详见第 75 页。

---

① 原书名为法语,本书中除俄文以外的外文均用楷体字排印。

第二章　地理概况：码头、宴会和灯会

> 地理概况。抵达北萨哈林。森林大火。码头。城郊村寨。前流放犯列先生家的午餐。新相识们。科诺诺维奇将军。省长大人莅临。午餐与灯会。

萨哈林位于鄂霍次克海中，绵延约一千公里，把西伯利亚的东海岸和阿穆尔河口同太平洋隔绝开来。它自北而南呈长条形状，有一个作者在书中把它的样子形容为像一条鲟鱼。萨哈林的地理方位是：从北纬的 45°54′ 到 54°53′，从东经 141°40′ 到 140°53′。萨哈林的北部有一条永久冻土带穿岛而过，从纬度上看，与梁赞省的地理方位相像。而南部则相当于克里米亚。整个岛屿长度超过 900 俄里；最大宽度为 125 俄里，最窄处只有 25 俄里。总面积比希腊大一倍，是丹麦的一倍半之多。

以前是把萨哈林全岛划分为北部、中部和南部三个部分，但在实际操作中有诸多的不方便，所以，现在只分为南、北两个区域了。北部三分之一地区的气候和土壤条件都不适合屯民，所以往往不在考虑之中；中部的三分之一地区才被叫做北萨哈林，再往南，就是南部地区了；南北两个部分之间也不存在严格的分界线。目前来看，北部的流放犯基本就居住在杜伊卡河与特姆河沿岸；杜伊卡河注入鞑靼海峡，而特姆河则流入鄂霍次克海，从地图上看，这两条河的上游是交汇的。在西部沿海，杜伊卡河的河口处上下游不太大的空间里都有人口居住。被萨哈林的行政区划分为两个管理区：亚历山大区和特姆区。

我们在德-卡斯特里湾度过了一夜之后，于第二天，也就是7月10日的中午横越鞑靼海峡，驶向坐落于杜伊卡河口的亚历山大哨所。海上风平浪静，阳光普照，在当地，这可是一个不寻常的好天气。在光滑如镜的海面上，成双成对的鲸鱼出水嬉戏着，高高地喷出水柱来。这种壮丽的海上奇观让我们开心了一路。但是，我得承认，越是离萨哈林近了，我的心情也就越糟糕。心里总是忐忑不安。就连那位带兵的军官，在知道了我此番来萨哈林岛的目的之后，也非常吃惊，他开始说服我，我是没有任何权利接近苦役地和移民区的，因为我并不在国家事务机关中任职。当然，我也知道，他说得并不对，但还是因为他的这一番话，心情变得更烦闷了。我担心的是，上了萨哈林岛之后，人们真的会拿这种想法对待我的走访调查。

过了8点，我们的轮船就抛锚停泊了。在萨哈林岛的岸上，还有五处熊熊燃烧的原始森林大火。弥漫的黑烟笼罩着海面，我几乎看不见码头和岸上的建筑物，只能勉强分辨出哨所里昏暗的灯光，有两盏灯的光亮是火红色的。这是一幅诡异的画面：海面上晦暗灰色，黑黝黝的山峰无言矗立，滚滚的浓烟，燃烧的大火和哨所里刺眼的红色灯光忽闪在一起，这一切显得更神秘莫测了。在左边的岸上竟还燃烧着怪异的篝火。上空，是群山矗立，直插云霄，远处暗红色的火舌就从那背后腾空而起；看上去就好像是整个萨哈林岛都在燃烧。右面的戎克里埃海岬犹如黑色的庞然大物，颓然地一头倒在大海上，形状像极了克里米亚的阿尤-达格岬；在它的岬顶最高处，有航行灯塔在闪烁，而在它的底部，在水面以下，在海船和海岸之间耸立着三块尖顶礁石，名为"三兄弟"。现在这一切都淹没在浓烟雾霭之中，好比在地狱一般。

一艘小艇驶向我们的轮船，它的后面跟着拖驳船。这是运送苦役犯人并为轮船卸载货物的。不一会鞑靼口音的说话声和骂骂咧咧就传过来了。

"别放他们上到轮船上来!"有人在船舷上大喊,"别放他们上来!夜里他们会把轮船洗劫一空的!"

"在亚历山德罗夫斯克,这点混乱没什么大不了的,"船上的机械师在发现我对岸上的景象忧心忡忡的时候,对我说,"等您看到杜埃就知道了!那里呢,海岸陡峭难行,峡谷昏暗,黑黢黢的煤层裸露着……那才是阴森森的海岸!我们这艘'贝加尔湖'号曾经朝杜埃运送苦役犯,每次都是两百至三百人,他们中间的许多人啊,看到海岸就大声地哭嚎起来了。"

"在这里,他们不是苦役犯,我们才是!"船长也气呼呼地说,"现在这里够安宁的了,但是,您等到秋天看吧:大风、暴雪、寒冷,大浪掀过船舷……要多难受有多难受!"

我就留在轮船上过夜了。第二天一大早,才5点多钟,我就被吵醒了:"快起床!快点!小艇最后一次载人上岸了!我们可立即就开船了!"一分钟之后,我已经坐在小艇上了。一个睡眼惺忪的小官吏气呼呼地坐在我的身旁。小艇尖啸一声,拉着我们向岸边飞驰而去,后面还拖着苦役犯们乘坐的拖驳船。囚犯们干了一整夜的活儿,没有合眼睡觉的时间,因而个个都是无精打采、精疲力竭的样子,他们一脸难过的神情,默然无语。他们的脸上还挂着水珠。我至今记得那几个高加索人棱角分明的面部长相,以及他们那压在眉毛上的皮帽子。

"我们认识一下吧,"那个官吏跟我说话了,"我是十四等文官,姓达。"

这是我到萨哈林认识的第一个人,他是一位诗人,著有揭露性的诗集《萨哈林诺》,诗篇的开头就是:"告诉我吧,医生,这一切是并非徒然地……"后来他就经常来探望我,和我一起在亚历山德罗夫斯克和郊区徒步旅行,给我讲各种奇闻轶事或者是没完没了地朗读他自己创作的诗篇。他在漫长的冬夜里创作那些充满自由主义气息的小说，但是一逮住机会，就会逢人便说，他虽身为十四等文官，但是高配在十等官的要职上呢；有一次，有个女人来找他办事，称呼他为"达先生"，他大为光火，气势汹汹地吼她："我不是你的什么达先生，请叫我大人！"在往岸上来的途中，我向他打听在萨哈林的生活情况，就是一般情形，他特别阴郁地叹气，说道："可够您好受的！"现在已经是艳阳高照了。昨天晚上那种阴森恐怖、昏天暗地的情形真是令人失魂落魄，现在已经消失得无影无踪了；体形庞大的戎克里埃海岬和岬顶的灯塔，"三兄弟"尖顶礁石，十几公里之外从两侧皆可看见的高耸的陡峭岸崖，山上缭绕的薄雾，森林大火持续喷发的浓烟，这一切在耀眼的阳光和波澜不兴的大海的衬托下，显得相当不错。

这里没有港湾，海岸险要，一艘名为"阿特拉斯①"号的瑞典的轮船的遭遇令人印象深刻，它就是在我来之前不久遭遇海难的，现在仍然横放在岸上。一般情况下，船舶都停在距离海岸1俄里的地方，偶尔也可以停得稍微近一点。这里虽然有码头，但这是为小艇和拖驳船使用的。码头是一座T字形框架结构的建筑，有几俄丈高，一直延伸到海里；有许多粗壮的木桩子被牢牢钉入海底，形成一个围框，里面装满了石头，上面盖上了木板；沿着整个码头上去形成了一个推车的轨道。在T字的最上端，坐落着一个漂亮的小房子，这是码头管理处，房子旁边是一根高高的黑色旗杆。整个设施还算完善，但是，牢固性并不尽然。据说，在狂风暴雨大作的时候，海浪有时候都能舔到那座小房子的窗户，甚至浪头都会飞溅到旗杆的桅桁上去，那时连整个码头都会随之颤动。

在岸边的码头上，有大约五十名苦役犯，这会儿没什么活儿，他们正在闲极无聊地游荡，在打扮上有人穿着囚衣，有人穿

---

① 原文为瑞典语。

萨哈林旅行记 | 019

着短棉袄，还有的穿着灰色的粗呢子上衣。我一出现，他们全都把帽子摘下来了。迄今为止，恐怕还没有任何一个文学家获得过如此的殊荣。岸上还停着一辆无弹簧的带篷马车。苦役犯们把我的行李搬进了马车，一个蓄着黑胡子的人，露着衬衣的下摆，坐到驾驶座上了。我们就上路了。

"大人，您要到哪里去呢？"他转过身子，并摘下了帽子，问我。

我问他，此地是否有出租的房子，哪怕只有一个房间也行。

"可以的，大人，能租到的。"

从码头到亚历山德罗夫斯克约有2俄里，与西伯利亚的道路比较起来，这里的路铺得很好，既平坦又整洁，道路两侧的排水沟和路灯齐全，完全可以称得上豪华。旁边并行的路上已经敷设了铁轨。但是，沿途的自然景色则乏善可陈，一片荒芜。杜伊卡河流经的亚历山大河谷四周，满是崇山峻岭和丘陵，上面遍布烧焦的树桩子和被烈风吹得像豪猪刺一样的松树枝干；山下的河谷里，到处是长满苔草和苔藓的草墩子，还有各类酸性的禾草，就是说，这里不久以前还是一大片无法通行的沼泽地。新挖的排水沟侧壁清晰可见土质层相当的贫瘠，实际下面仅有沼泽地过火之后干涸的那一层薄薄的黑土质覆盖其上，厚度只有半俄寸[①]。植物嘛，没有松树，也没有橡树和枫树，只有一种落叶松，树形难看，枝叶尽失，就像被啃食过的一样，这松树杵在这里，不像是在俄罗斯公园里和森林里那样来点缀自然的美丽，而是像要证明此地沼泽衍生土壤的贫瘠和气候的恶劣一样。

亚历山大哨所，或者直接叫亚历山德罗夫斯克，是一座很西伯利亚式的设施齐全的小镇，有三千多居民。城里没有一栋房子是用石头建造的，全都是用木料搭成的，教堂、住房以及人行

[①] 1俄寸约为4.45厘米。

道，都是使用的落叶松。这里是萨哈林总督府所在地，是萨哈林文明的中心。监狱也坐落在中心街道附近，但它的外观跟军营相差无几，因而，亚历山德罗夫斯克并不是像我想象的那样，是一座戒备森严得令人恐怖的城市。

马车夫把我拉到了亚历山德罗夫斯克近郊的一片郊外居民区，来到了流放犯出身的农户彼得家里。他们领着我看了一下房子。院落不大，也是西伯利亚式的原木房子，屋檐四周有遮阳的板棚；房内有五间宽敞整洁的卧房，有一间厨房，但是，没有任何家具的影子。房东是一个年轻的女人，她搬过来一张桌子，过了五分钟又拿来一只凳子。

"连烧柴在内，房费是22卢布，不用烧柴就15卢布。"她说道。

过了一个小时之后，她又端着茶炊进来了，一副唉声叹气的样子，说到：

"您可够倒霉的，跑到这个鬼地方来了！"

她是在很小的时候和妈妈一起到这里来找父亲的，她父亲是个苦役犯，至今仍然没有服满自己的刑期；现在呢，她已经嫁给了一个由流放犯转为定居者的农民，是一个面色阴郁的老头子，我刚从院子里经过的时候，用眼睛的余光瞥了一眼，应该是得了什么病，就那么躺在遮阳的板棚下哼哼唧唧的。

"现在这会儿呀，在我们坦波夫省肯定都开始割麦子啦，"女房东说，"可是，在这里，地里有什么看头呢。"

确实没什么好看的啊：从窗户里一眼望出去，肮脏的排水沟，围着几垄不高的白菜苗，再远一点，几棵干枯的落叶松就那么杵着。这家的男主人一手扶着自己的腰部，嘴里唉哟哟地哼唧着走了进来，就落座开始和我叨咕如何连年歉收，这里的气候如何能冻死人，这里的土地啥也长不出来。也讲了：他倒是顺利地服满了刑期，定居下来了，现在有了两栋房子，养了不少牛、马,还雇了不少帮工,他自己已经什么活儿都不干了,还娶了年纪比较小的老婆,而且他已经获得了可以移居到大陆上去生活的权利,但是,他不满意生活,整天牢骚满腹。

中午时分,我到屯垦区稍远的地方去散步了。那里有一座带有阳台的漂亮房屋,门上钉着一小块铜牌,旁边紧邻的,是一家杂货店。我就信步走进去,想买点吃的东西。在我至今留存的已出版的和未出版的手稿清单里,我总是称这类地方为"商行"和"贸易货栈"。这家不大的商店的老板是曾经的流放犯人廖先生,他以前是禁卫军的军官,十二年前因谋杀罪被圣彼得堡地方法院判处流放。他服满了苦役期,现在经商做买卖,同时经营旅行线路安排等各种委托业务,他因此能够领到相当于看守长一级的薪俸。他的妻子是自由民,出身贵族,现在是监狱医院的一名医助。商店里出售的东西五花八门:军服上的肩章军衔星标,土耳其糖果,钢锯,镰刀,"帽子,女士夏季之用,最时髦的款式,最美观的设计,每顶帽子价格从4卢布50戈比至12卢布不等"。我正在和店里的营业员说话的时候,店老板走了进来,他穿着一身的丝绸礼服,领口系着一条花领带。我们互相打招呼就相识了。

"您能赏光到寒舍吃午饭吗?"他邀请我。

我同意了,这样,我就跟他一起回家。他的家里布置得很舒适。漂亮的维也纳家具,桌子上摆着鲜花,美国产的八音琴盒和一张躺椅,这是廖先生每天午饭后打盹儿的去处。除了这家的主人,我在他家的餐厅里还遇到了四位客人,他们都是官员。其中一个上了年纪,但是没有蓄须,只是在两个腮边留着连鬓胡子,已经花白,长得颇有几分像是戏剧家易卜生呢,原来,他是本地医院的医生。还有一位也是老头子,他自我介绍了一番,说他是奥伦堡哥萨克部队的一名少校参谋。这名少校一开口说话,就给我留下了好印象:他是一位善良的人并且身心充满了爱国主义的激情。他讲话倒也温和,看起来宅心仁厚,一副老成持重的样子。但是,每当一谈起政治,他就完全不能控制自己的理智了。他为俄国的强大侃侃而谈,毫不做作,但是对德国和英国人则是满口的轻蔑,尽管他连他们长什么样都没有见过。据说,在经由海路来萨哈林的途中,他在新加坡想给妻子买一条丝绸围巾,但是他被要求将俄国现钞兑换为美元才行,此事令他大为光火,骂道:"还有这种事,竟要把我们国家的现钞换成什么埃塞俄比亚的纸票子才行!"围巾就因此而没有买成。

午餐上了红菜汤、炸仔鸡和冰淇淋。还有葡萄酒。

"什么时候这里才会下最后一场雪呢?"我问。

"5月份。"廖先生回答。

"不对,是6月份。"长得像易卜生的老先生说。

"我认识一个移民,"廖先生说,"他种的是加利福尼亚品种的小麦,收成比其他品种好22倍。"

医生又反驳他的说法:

"不可能。您的萨哈林啥收成都不会有。这是一片被诅咒的土地。"

"对不起,"其中一位官员说,"但1882年的小麦收成是其他品种种植的40倍呢。我很清楚这一点的。"

"别相信这些,"医生对我说,"他们这是给您灌迷魂汤呢。"

吃午餐的时候,也有人讲了那个传闻,说是俄国人占领了萨哈林之后,总是迫害基里亚克人。于是,一个出身基里亚克人的萨满巫师就诅咒萨哈林,预言以后岛上不会得到任何好处。

"果然应验啦!"医生叹息道。

午餐之后,廖先生开始演奏八音琴。医生邀请我搬去他家住,当天晚上,我就住进了中心大街上的一栋大房子里,这里距离总督府办公地非常近。从这天晚上开始,我就开始给神秘的萨哈林把脉。医生告诉我说，就在我来之前不久，他在滨海的码头上给上岛的牲口进行医学检疫，与岛上的最高长官总督大人发生了一次严重的龃龉，以至于在最后总督大人用棍子打了他一下子；第二天这位总督就宣布批准他辞职，尽管他本人并没有递交辞呈。医生说着，就拿出一大捆文件向我展示，这都是他写的，他说他这是为了维护真理和出于对人类的爱。这是一大沓子的给上级的呈文、告状信、申诉报告以及……告密信。[10]

"您住在我这里，总督大人是会不高兴的。"医生说着，意味深长地眨巴眨巴眼睛。

第二天，我去拜访了岛上的最高长官、总督科诺诺维奇将军。将军不顾劳累和公务繁忙，非常热情地接待了我，并饶有兴致地和我谈了约一个小时。他相当有教养，博学多闻，此外还是一个经验和阅历丰富的人，在来萨哈林任现职之前，他曾主掌喀拉岛苦役地十八年之久；他谈吐不凡，文笔优美，给人的印象是真诚而富于人道精神。我一直记着和他谈话给我带来的愉悦之感，他关于厌恶体罚的一番话，在我刚刚听到时，我相当高兴。肯南在他自己写的那本著名的书里对总督钦佩不已。

当得知我还要在岛上逗留数月的时候，将军预先提醒我说，岛上的生活可是艰难而枯燥的。

"所有人都想逃离这个地方，"他说，"无论是苦役犯、移民还是官员，无一例外。我暂时还不想逃离，但工作千头万绪，我已经殚精竭虑，疲倦不已了。"

他答应给我全力的支持，但要求我等一段时间：因为现在全岛都在做迎接省长到来的工作，大家都很忙碌。

"我很高兴您能住在我们的医生家里，"和我告别时他这样说，"这样更方便您了解我们身上的弱点。"

这样，在省长莅临萨哈林岛之前，我就一直住在亚历山德罗夫斯克的医生家里。日子过得可不那么寻常。每当早上醒来，会有各种各样的噪声提醒我，身在何处。对着街道的窗户大敞四开，戴着镣铐的犯人就随着那银铛的金属镣铐的碰撞声音，慢腾腾地列队走过；房子对面的军营里，为了迎接省长的到来，那些士兵军乐手在演练他们的进行曲，横笛吹出的是一个腔调，低音长号是另一个腔调，竖笛则演奏的是自己的调门，鼓吹喧阗，一片嘈杂热闹。而屋子里也不平静，医生养的金丝雀一大早就叽叽喳喳叫个不停。我那个房东医生不停地在房子里来回踱步，一边捧着法律书翻来翻去，一边口中喃喃自语个不停："根据此条款，我向贵处呈请……"等等，翻来覆去地念叨。

不来回走的时候，医生就坐下来，和自己的儿子一道来起草诉讼状子。要是上外面走走吧，还热得不行。都说今年旱情严重，军官们都穿上了白色的制式军装，不是每年夏天都这样的。街上的景象显然比我们内地的县城要繁荣一些，这倒是可以理解的，毕竟是在准备迎接边区的最高长官，更为主要的是，这里的本地居民大多数是成年人，每天的大部分时间都不会蜗居在家里。而且呢，这里地上空间虽然不大，却有一座上千人的监狱和一所五百人的军营聚集在这里。杜伊卡河上正在紧急地施工建造桥梁，几座迎接用的拱形门已经搭好了，街道上的房屋都在清洁和粉刷之中，士兵们在加紧操练他们的庆典队形。两驾马车和三驾马车都挂着铃铛在街上疾驶——这都是为省长到来准备的马车。这种繁忙的景象就仿佛要过节了一样。

那边路上，通往警察局的方向，有一群本地的原住民基里亚克人正在走过去，脾气一向温顺的萨哈林看家狗冲他们狂吠个不停，这些狗就只对着基里亚克人乱叫，谁知道为什么。还有另一群人也走过来了：这是一队戴着镣铐的犯人，有的还戴着帽子，有的光着头，他们拉着沉重的装满沙子的平板车，身上的铁镣发出的一连串哗啦哗啦的撞击声音，几个孩子紧跟在这个车队的后面看热闹，两侧是押送的士兵，他们因为炎热而汗流浃背，脸颊通红，肩上还扛着枪，无精打采地走着。犯人们在总督府门前的广场上卸下了沙子，就又开始原路返回，铁镣发出的一连串哗啦哗啦的撞击声音就更加响亮了，简直不绝于耳。街上，一个苦役犯穿着一件印有扑克牌上红方块标志的囚服，挨家挨户地叫卖野生蓝莓浆果。一般走在街上的时候，这里坐着的人都会站起来，迎面相遇的人都互相摘帽示意。

除了极少数的例外，苦役犯人和被流放的移民是可以在街上自由走动的，不用戴着镣铐，也没有人押送。因而，街上的人每走一步都会遇见成群结队的犯人，或者一个人踽踽独行的犯人。在民居的院子里和家里也有这样的犯人，他们充任马车夫、看门人，当厨师、厨娘和保姆。这种近距离的亲密关系，最初让人难以习惯，无所适从。随便从哪一处建筑工地路过，都会看见苦役犯们手里拿着斧头、锯子和锤子在看你。你焉能不吓得魂飞魄散！或者你到自己的朋友家里去，恰巧他不在家，你想坐下来给他写张便条，这时候一个苦役犯，也就是他的仆人正站在你的身后，等你写好，此人手里拿着一把刀，他刚才正在厨房里削马铃薯皮。或者，一大早上，才四点多钟的时候，你被某种窸窸窣窣的声音弄醒了，睁开眼睛一看，一个苦役犯正踮着脚尖，屏住呼吸，一步一步地朝你的床边走过来。怎么回事？这是要干什么呢？"大人，我来擦擦皮鞋。"这些呢，我看得多了，也就习惯了。所有人都这样，甚至妇女和儿童也都习惯了。本地的太太们很放心地让小孩子们跟着那些来家充任保姆的无期徒刑犯外出散步。

一个记者写过，一开始他连路过的每一棵矮树丛都害怕，在大路上和小路上遇到一个囚犯走过，就去摸大衣兜里的手枪，后来他才放心走路了，他得出了一个结论，即"一般来说，苦役犯们都是羔羊一样温顺的，胆子小，又懒惰，每天都吃得半饥不饱的，见人就巴结讨好"。这种认为俄国的囚犯们只是出于胆小和懒惰才不杀人和抢劫路人的想法太有害了，这是完全不了解人何以为人的看法。

滨海边疆区的省长科尔夫男爵乘坐"海龙"号运兵船，于7月19日抵达萨哈林岛。在萨哈林总督府和教堂之间的广场上，他受到了全体官员、流放的移民和苦役犯们殊为隆重的欢迎。仪式上演奏了我在上面提到的那首乐曲。一位姓波将金的老人，仪表堂堂，气度非凡，端着本地制造的银质的托盘，向省长大人敬献了面包和盐，这位波将金也曾是一名苦役犯，后来在萨哈林发家，富甲一方。我的房东，就是那位医生，当时穿着黑色礼服，戴着帽子，也在广场上观礼，但是手里拿着呈情书。我是第一次近距离地观察到萨哈林的老百姓，他们独有的悲惨没有逃过我的眼睛：这观礼的人群中有成年的男人和女人，也有老人和儿童，但绝对没有青少年。就好像萨哈林不存在13岁到20岁这个年龄段的人一样。我不由自主地给自己提出了一个问题：这个现象是不是就意味着，在萨哈林，只要孩子一长到青少年时期，只要一有可能，就都离岛去自谋生路了呢？

在抵达萨哈林的第二天，省长就开始视察监狱和移民区。移民们都对省长大人翘首以盼，每到一处，移民们就向这位长官递交呈情书并向他提出自己的请求。有的人是代表自己这么做，有的人是代表全体屯垦移民，也因此，在萨哈林演讲的技巧盛行一时，不会说话，离开演讲就没法办事呐；在杰尔宾斯科耶，移民马斯洛夫在自己的讲话中，多次把省长治下称为"最为仁慈的统治时期"。令人遗憾的是，大多数人求见省长科尔夫男爵所谈的事情远不是他们真正需要的。这种情况与俄罗斯本土上的境况是相类似的，农民那种令人沮丧的愚昧无知是显而易见的：他们请求的事情往往不是那种办学修路、司法公正、兴工赚钱的大事，而是各种琐碎的一地鸡毛：比如申请一点官方救济啦，准许收养义子啦，一言以蔽之，向省长提出的呈请内容都是下面地方当局就完全可以做到的。省长科尔夫男爵极其关注这些呈请，非常关心某些内容；他被他们的不幸遭遇深深触动，他总是许诺承办，因而激发了这些人对更好生活的期望。[11] 在阿尔科沃，副典狱长向他汇报说："阿尔科沃诸事顺遂。"科尔夫男爵指着越冬小麦和春播小麦早苗对他说："诸事倒是顺遂，但阿尔科沃就是没粮吃。"在亚历山德罗夫斯克监狱，因省长莅临视察，犯人们吃上了新鲜的肉，甚至还有鹿肉呢；他走遍了每一个监室，接受了几份呈情书，并下令除掉了几个犯人的镣铐。

7月22日，在祈祷和阅兵结束之后（这一天是规定的假日），一个宪兵过来找我，说是省长大人要见我。我就去了。省长非常热情地接见了我并和我谈话约半个小时。我们谈话时，萨哈林总督一直作陪。这个科诺诺维奇将军当时还向我提了一个问题，即我这次出行有没有官方的授权。我回答："没有。"

"那您怎么也是接受了某一个学术团体或者是报纸的委托才来的吧？"科尔夫男爵问道。

我的衣兜里本来是有记者证的，但是，因为我并不想在报纸上刊发什么萨哈林相关的报道，不想因此引起人们对我本人不必要的误会，我就回答：没有。

"我允许您自由出入您想去的任何地方，"科尔夫男爵说，"我们这里没什么可隐瞒的。您可以在这里好好观察，会发给您出入所有监狱和移民村屯的通行证，您可以使用对您的工作来说有用的所有材料和文件，一句话，所有地方的大门都会向您敞开。只有一件事我不能允许您做：就是无论如何不许与政治犯有任何的交往，因为我没有任何权利允许您这样做。"

告辞的时候，科尔夫男爵说：

"明天我们再谈一次吧。您可以带着纸笔来记录。"

当天，我出席了在萨哈林总督府官邸举办的欢迎午宴。在那里我几乎见到了萨哈林所有的政界人士。午宴上，乐曲回荡，祝词频频。科尔夫男爵作为答谢,也发表了简短的讲话,我现在还记得他当时说的话:"我相信,在萨哈林岛上,'不幸者'的生活要比在俄罗斯和欧洲的任何地方都要轻松。为此,我们需要做的工作还有很多,因为通往良善之路是没有止境的。"他在五年前来过萨哈林岛,现在看到这里的进步十分显著,完全超出了当时的预期。他的这些奖掖之词与这里普遍的饥馑、女流放犯的卖淫、残酷的体罚等现象其实格格不入,但是,听众们还是应该听信他的话:现在与五年前相比,似乎可以说是黄金时代的开端了。

晚上安排了灯会。沿街满是照明的小油灯和五彩的火把,一派灯火通明,士兵、移民和苦役犯们都成群结队地游荡到深夜。监狱的大门敞开着。杜伊卡河平日里河道淤积,肮脏不堪,两岸光秃秃的,现在沿着两岸都装饰了五颜六色的彩灯和五彩的火把,炫彩的水中倒影特别漂亮,把这条河映衬得十分好看,颇有气势,但也挺滑稽,就像是给厨娘的女儿穿了一件小姐的华丽礼服一样。总督府的花园里还在演奏音乐,歌手仍然在唱歌。甚至还鸣放了礼炮,一门大炮因此还爆炸了。尽管街上是如此的热闹,但显然没什么意思。外面既没有歌声,也没有人演奏手风琴,连一个醉汉都没有;人们就像是幽灵一样游荡着,没有欢歌,也没有笑语。一派灯火通明之下的苦役地仍然还是苦役地,永远也回不到故乡的人听到远处传来的音乐声,心底里只能泛起绝望的哀愁。

我带着纸笔去见省长的时候,他向我阐述了其对萨哈林岛苦役地和殖民区的看法,建议我把他说的这一切都记录下来,当然,我是愿意完成这项任务的。省长建议把记录下来的内容加一个标题:"不幸者的生活纪实"。要是从我们的最后一次谈话和我记录下来的东西来评述的话,我坚信,他本人是一位仁慈且高尚的官员,但是,他对"不幸者的生活"所知悉的程度并不像他本人确信的那样深广。请看"纪实"里就有这样一段话:"没有人被剥夺成为完全平等之人的愿望；也不存在终生的惩罚。所说的无期苦役都是不超过20年的。苦役劳作并不沉重。至于说到沉重，那也只是表现在强制的劳动不会给劳动者带来私利，而不表现在体力强度上。这里的苦役犯并不是全都披枷戴锁，不是必须有人看守，也不是非剃光头不可。"

一连几天，天气都不错，晴朗无云，空气清新，类似我们内地秋高气爽的时节。傍晚时分景致就更美了；我永远忘不掉日落西山时那一抹火红的晚霞，蓝幽幽的大海，高山之后冉冉升起的皎洁的明月。每当这样的夜晚，我都喜欢在哨所和新米哈伊洛夫卡之间的谷地里徜徉；此地道路平坦、开阔，有小火车轨道和电报电话局。从亚历山德罗夫斯克越往前走，河谷地就越来越窄。群山的暗影就越来越浓重，高大的牛蒡树看上去像是热带植物一样；四周高山就那样黑黝黝地围拢过来。远处有熊熊的火光，那是燃烧的裸露煤炭，也有的是森林火灾。只有一轮圆月高挂在夜空中。突然一幅奇幻的景象出现了：一辆小平板车厢沿着轨道向我飞驰而来，一个身穿白色囚衣的苦役犯，不断用木棍击打着铁轨，朝着不大的站台驶过来。我一下子感到毛骨悚然。

"该回去了吧？"我问车夫。苦役犯车夫调转了马车的车头，然后望着四周的群山和远处的火光，说："大人，这里没什么意思。我们俄国比这里好多了。"

注释：

[10] 这里有一份告密电报的样本：出于良心所要求的责任，依据第三卷第七百一十二条之规定，提请阁下采取措施，维护法制，伸张正义，对某某人贪污受贿、伪造文书、鱼肉百姓之行为予以严惩。

[11] 他甚至会给出一些无法实现的许诺。在一个屯子里，他就针对流放犯出身的农民有权移居到大陆的问题，说："以后你们还可以回到故乡，回到俄国去。"

第三章 人口普查：我的提问与得到的回答

人口普查。人口普查表上的内容。我的提问与得到的回答。房舍及其住户。流放人员对人口普查的意见。

为了尽可能地访遍所有当地居民的住所，深入地了解大多数流放犯人的生活状况，我采用了人口普查的方法，这对我所处的地位来说，是唯一可行的办法。我就选择了人口普查。我走访了我所到之处的所有村屯，所有的房舍，把所有的屋主、家庭成员、寄居者和家庭佣工都进行了造册登记。为了减轻我的工作量并节省时间，行政当局给我配备了几名助手，但是，因为我做人口普查的主要目的不在于搞清楚最终的数据结论，而是需要体验这个普查过程给我的印象和感受，所以，只是在非常个别的情况下，我才使用别人的助力。这项工作由我一个人在三个月的时间之内完成，实际上不应该称其为人口普查；普查的结果不可能是完全准确和完整无缺的，可是，由于现存资料中和萨哈林管理部门手中都没有正式而详尽的调查结果，我的统计可能还是比较有用的一批数据呢。

为了进行普查，我使用了警察局附属的印刷厂为我印制的表格。普查的主要过程如下：首先我会在每一张表格的第一行标记上哨所或者村屯的名称；第二行写上官方户籍中记载的门牌号；然后第三行记录的是被普查人口的身份，是苦役犯、移民、流放的农民或者自由民等。对于自由民，只有在下列情况下，我才对其进行登记，即他同流放犯人事务有直接的关系，比如，（以合法或者非法的方式）同流放犯人结婚者，是流放犯人的家庭成员，或者作为雇用人员以及寄居在同一屋檐下的，等等。按照萨哈林本地的情况，身份是十分重要的。毫无疑问，苦役犯会因自己的身份而感到羞愧；在回答："你是什么身份？"这个问题时，通常他们的回答都是："做工的。"如果他在服苦役之前是一个士兵，那他肯定会补上这么一句："大人，我是士兵出身。"服满刑期后，按他们自己的话说是"服刑期限"到了之后，他们就会成为移民了。犯人会认为这个新的身份并不低贱，因为"强制移民"①和"移民"是相差无几的，至于这个新身份能够享有的权利，就更不必说了。当你问到一个强制移民，他是什么人的时候，他通常会说是"自由民"。强制移民在过了十年，而管理流放犯的条例中规定的是不得少于六年，可以取得流放犯出身的农民身份。这样的一个农民，在被问及自己的身份的时候，那是相当自负，颇有不屑于和其他人为伍的感觉，就好像身上某个部分有别于其他人一样，说："我是农民。"却从来不加上"流放犯出身的"这个定语。对于流放犯，我不问他们以前的身份，因为官方文件里关于他们的身份有足够多的佐证材料。除了士兵以外，无论他们从前是商人、小市民还是神职人员，他们都对自己失去了的身份避而不谈，就像他们已经忘了以前的一切那样，只是简单地用"自由民"来称呼自己以前的身份。如果这时候有人提到往昔的一切，那么一般都是这样说起的："在我还在自由生活的时期……"和其他类似的话。

表格的第四行要填的是名字、父称和姓氏。说到名字，我记得好像没有一次能够准确地记录下来鞑靼女人的名字。在一个有许多女儿的鞑靼家庭里，父亲和母亲勉强懂那么一点俄语，很难弄清楚他们说话的意思，只能连猜带蒙地记下来。在管理机构的

---

① 也称为移民流放犯，相对于苦役（流放）犯，更自由一些。

文件中，鞑靼人的名字往往写的也不正确。

一个受过东正教洗礼的俄国农民，在回答他叫什么名字的问题时，一本正经地回答"卡尔"。这一看就是一名潜逃犯，在逃亡的路途中，随便改换了一个德国人的名字。我还记得，我就登记过两个这种名字：卡尔·兰格尔和卡尔·卡尔洛夫。有一个苦役犯人名字就叫拿破仑。有一个女逃犯名字是普拉斯科维娅，实际上她叫玛丽娅。至于姓氏，由于某种奇怪的巧合，在萨哈林岛上姓鲍格丹诺夫和别斯帕洛夫的特别多。也有许多稀奇古怪的姓氏，比如施康蒂巴、热鲁多克、别兹波日内、捷瓦卡。有人告诉我，尽管在萨哈林岛已经被褫夺了一切特权，鞑靼人的姓氏却仍然保留了尊贵身份和原有封号的前缀和词尾。这说的是不是正确，我不知道，但是可汗、苏丹和奥格雷之类的称谓，我可是登记了不少呐。潜逃犯们最常用的名字是伊万，姓氏嘛，则是涅波姆尼阿西（俄语"记不得了"）。下面这些都是潜逃犯的外号：记不得了的穆斯塔法、没爹的瓦西里、记不清楚的弗朗茨、记不清楚的二十岁伊万、无名氏亚科夫、三十五岁的浪人伊万[12]、身份不明的人。

在这一栏里，我还要填写被登记人与户主的关系：是否是妻子、子女、同居女人、帮佣、寄居者、寄居者子女等等。我在登记子女关系的时候，我还要区分婚生子女和非婚生子女、亲生的或者是收养的子女。还要说一句，在萨哈林岛上，收养关系很普遍，我在普查中不仅遇到被收养的子女，而且还有被收养的父亲。在一户房舍里，有许多人是与户主一起搭伙的从业者或者产业股份共有人。在北部的两个区，一块地常常有两到三个的拥有者，一多半农户都有此类情形；一个强制落户于此的移民，盖了房舍，建起自己的家业，过上两三年，就会再派给他一个此类从业者或者直接将一块地指派给两个强制移民的人使用。这种情况的出现是管理当局懒政造成的，他们不愿意为强制留居的移民费力寻找新的宜居之处。也有此类情况：一个服满刑期的苦役犯请求准许他定居在某哨所驻地或居民村屯，但是该处已经没有地方可建安居之所，所以就不得不让他和已经有家有产的人一起搭伙经营。每当上面颁布了大赦令的时候，地方当局就不得不为数百人找到居住的处所，搭伙从业者的人数就会陡然间上升至几百人。

表格的第五行需要填写的是年龄。40岁往上的妇女往往都记不清自己的岁数，在回答多少岁的问题时，总是要先想一下再说。来自埃里温省的亚美尼亚人直接就回答不知道自己的岁数。其中一个亚美尼亚人是这样回答我的提问的："可能三十来岁，也可能已经年过五十了。"在这种情况下，只能根据相貌，主要是看眼睛，来判断其大致的年龄，然后再根据已有的户籍名册进行核实。15岁以及再大一点的青年通常会将自己的年龄报得很低。原因在于，有的姑娘在这个年龄已经出嫁或者开始从事卖淫活动，但其实她们是只有十三四岁。而家庭贫困的青少年可以从当局领取生活补贴。这种补贴的领取年龄线是15岁以下的儿童和少年，青年人和他们的父母隐瞒实际年龄的原因即在于此。

表格的第六行需要填写的是宗教信仰。

表格的第七行是填写出生地点。对这个问题的回答，一般都没有什么难度，只有曾经的潜逃犯回答起来会用比较微妙的双关语或者直接说"不记得了"。有个小姑娘名字就叫"记不得了的娜塔莉娅"，在我问她是哪个省的人的时候，她回答我说："哪个省都沾点边儿。"同一个地方来的老乡明显地会互相庇护，抱团取暖，就是逃跑，也会一起结成团伙；图拉人会找图拉人一起搭伙定居，巴库人也会找巴库人一起干活。看样子，同乡会一类的组织肯定是存在的。假如你问一个不在场的人的情况，那他的老乡会提供有关他的最详细的情况。

表格的第八行需要填写来萨哈林的时间。对这个问题，萨哈林人没有直接回答的,都要很紧张地想一下。来萨哈林岛的那一年就是可怕的不幸降临的年头,然而他却记不清楚了或者是忘记了。你要是问一个女苦役犯,她是哪一年被押送到萨哈林岛的,她会毫不思索,根本就无精打采地说,"这谁知道呢?大概是1883年吧。"她的丈夫或者是同居的男人插嘴说道:"哎呀,你干什么要瞎说呢?你是1885年来此地的。""咳,或许是1885年吧。"她叹了一口气,同意了这个说法。我们合计了一下,觉得她的男人说的比较靠谱。这里的男人虽说不像女人那么迟钝,但回答起这个问题却也不那么干脆,总是想过了,合计过了,才会说出来。

"你是哪一年被赶到萨哈林岛来的?"我问一个被强制移民来的住户。

"我是跟随格拉特基一起浮运来的。"他望着自己的伙伴们,迟疑地说。

格拉特基是第一次浮运来的,第一次浮运是志愿商船队的船只第一次来萨哈林岛,那是在1879年。这样他的登岛年份就依此登记为1879年。有时候问登岛年份,还会得到这样的回答:"我是服了六年的苦役,后来定居为移民,现在是第三个年头……您合计一下吧。""就是说,您来萨哈林岛已经是第九个年头了?""那倒不是。来萨哈林岛之前我还在中央监狱蹲了两年呢。"等等。还有这样回答的:"我是在杰尔宾被打死的那一年来的。"或者说:"我是米楚利死了的那一年来的。"我特别重视六十年代和七十年代来到此地的人能够对登岛年份有一个准确的回答。我不想漏掉他们其中的任何一个人,但是,看来我是做不到这一点啦。二十至二十五年前来到这里的人究竟有多少人活下来了呢?这个问题对萨哈林的行政管理当局来说,可是十分致命的呀。

表格的第九行需要填写工作和职业。

萨哈林旅行记 | 035

表格的第十行需要填写文化程度。这个问题通常是这样问的："你上过学吗？"有的时候我也这样问："你识字吗？"在大多数情况下，后一种提问方式会令我得到比较准确的回答，因为很多农民不会写字，但是能看懂印刷文告，他们总是认为自己是没有受过教育的。也有的人是出于谦逊，故意装作愚昧无知，嘴上说："可拉倒吧，我们算什么呀？我们哪上过学呀？"只是在反复追问下，才会说："以前还能看点书，现在可全都忘个精光啦。我们都是一些大老粗，一句话，就是庄稼汉呐。"视力不好的人和盲人都说自己是睁眼瞎。

表格的第十一行需要填写婚姻状态。选项是：已婚、丧偶、未婚。如果是已婚，那么要回答何时何地结婚，在故乡还是在萨哈林，已婚、丧偶、未婚这几项在萨哈林还不能说明婚姻状况；已婚者在这里过的常常是单身生活，因为他们的妻子或者她们的丈夫还在故乡，并没有同他们或者她们离婚；但是，这些身在萨哈林的人，未婚者和丧偶者都过上了家庭生活并且生了好几个孩子啦；因此，有的人只是形式上的单身状态，而实际上却过着已婚的生活，这也应该算作已婚，但没有正式的婚姻关系，我觉着应该标注为"独身"。非法婚姻在俄罗斯的任何地方都没有像在萨哈林岛上如此的广泛而公开地普遍流行，任何地方都没有像萨哈林岛这样放任如此独特的形式。非法同居，或者一如当地人所说，自由地同居，无论是官方还是教会都不反对，相反，这却是一种得到了鼓励和批准的婚姻状态。有些村屯里，竟然找不到一户人家具有合法的婚姻生活状态，倒是自由同居的夫妻完全是按照合法婚姻原则来安家立业的；他们在强制移民的地区生儿育女了，也就没有什么理由在孩子落户口时专门作出一个特殊的规定来。

最后，表格的第十二行需要填写的是：是否从政府获得了补贴。我想从对这个问题的回答里弄清楚，有多少居民会因为缺少政府的救济而无法生活，换言之，是谁在养活这些移民：是他们自己还是官府呢？有资格领取政府的救济、物质和钱款的人应该包括所有服满苦役期最初几年的苦役犯、鳏寡孤独的赤贫者和来自赤贫家庭的儿童。除了这些官方认可的有资格领取补贴者，我还记下了靠官府补贴为生的另外几类流放犯人，比如充任教师、文书、巡警的，他们充任在各种公务中，领取一点薪水。但是，这还不够全面。除了一般的薪水、定额补助和补贴之外，一些比较广泛采用的资助形式在普查的表格中是无法填写出来的。比如，结婚补助，比如有意提高移民粮食的收购价格，更主要的还有向他们借贷种子、牲畜等生产资料。有的说是借贷，但有移民欠了官府好几百卢布，而且是永远也不会还清欠款的。对这种人，我也只好登记为不领取补贴者。

我把每一位服过苦役的妇女姓名下面都用笔画了一道红线。我觉得，这样一来就比表格上单独列一栏来说性别更为妥当。我只登记现有的家庭成员；如果他们告诉我，大儿子已经去了符拉迪沃斯托克做工，小儿子在雷科夫斯科耶屯当雇工，那么我就不登记大儿子的信息，而是把小儿子填进表格的现在居住地的一栏中。

我一个人走家串户地进行调查；偶尔也会有一名苦役犯或者是移民陪同我，给我当向导。有时候呢，我身后还会有一名挎着枪的巡警跟着，像一个影子一样，远远地和我保持着一定的距离。派他跟来，是为了我有什么疑难问题的时候好咨询他。可他倒好，我一问什么问题，他就满额头大汗淋漓，只会回答："大人，我不知道！"常有的情形是，我的同伴光着脚，也不戴帽子，手上端着我的墨水瓶，跑到我的前面，哐哐拍门，然后就站在门厅外边和这家的主人小声耳语几句，大概是讲一下对我过来登记意图的推测吧。然后我就跟着进了房舍。在萨哈林，可以见到各类的房舍，建造人的不同，决定了房屋的不同之处，可能是西伯利亚人建造的,也可能是乌克兰人或者是芬兰人盖起来的,但是共同之处是房舍面积都不大,都是俄式的原木建筑,高度6俄尺①,有两扇或者三扇窗户,没有任何的外部装饰,房顶盖着甘草、树皮或是几张薄板材。一般没有庭院。房子周围也不种树木。这里很少见有西伯利亚式的仓房或者浴室。即便是有的人家养了狗,那狗也是温驯的,我曾经说过,这里的狗只咬基里亚克人,大概是基里亚克人总穿着狗皮做的鞋子的缘故吧。但是不知道为什么,这些狗虽然温顺并不凶猛,却都用绳子拴着。如果有哪家养着猪,那猪的脖子上还会有木枷锁着,连公鸡腿也是拴着的。

"你们这里为什么都把狗和鸡拴起来呢?"我问户主。

"在我们萨哈林一切都拴着锁链呀,"他俏皮地说,"这里就是这种地方呀。"

房子里面有一间烧了俄式炉子的房间。铺了木头地板。一张桌子,两三个板凳,一把靠椅,一张有铺盖的床,或是直接铺在地板上的被褥。一般都这样,要不就是没有什么家具,只在房间的地板上铺上一个皮毛褥子而已,一看就是刚在上面睡醒觉;窗台上会放着一只碗,里面是吃剩的饭菜。从屋内的陈设物品来看,这不像是一个住家,不像是一个房间,倒是挺像一个单人牢房。如果房舍里有女人和孩子,不管摆设如何简单,倒也还像个过日子的样子,像个农民的家,但是即便如此,还是总像是缺少了点什么重要的东西一样:没有爷爷奶奶,没有古老的圣像,没有祖传的家具,缺少老一辈的治家传统。屋子里没有供奉圣像的角落,即使设了这个地儿,也会十分狭小、暗淡,没有长明灯和必要的装饰,总之,是没有传统习俗;物品的陈设简陋凑合,就像不是在自己的家里生活,而是租住在某家客栈一样,像是刚刚

---

① 1俄尺约为71厘米。

到达，还没有来得及打理行李；没有人养猫，在冬季的夜晚听不到那种窸窸窣窣的声音……而主要的是，这里不是故乡。

我所见到的这些情景使我意识到，这里可没有过日子的氛围，看不到家里特有的舒适温暖，也没有殷实的家境。我在房舍里见到过的男主人都是一副孤苦无依的样子，满面愁容，像是给别人临时跑腿的，好像是因为无所事事而烦闷，每天都怔怔地发愣；他穿的倒是自由民的打扮，但是却按照犯人的生活习惯将大衣斜披在肩上，要是他是不久前才从监狱被放出来的，那他就会连同无檐帽一起放在桌子上。炉子根本没有生火，厨房里的厨具嘛只有一口锅和一只用纸塞上了瓶嘴的瓶子。一谈到他的生活和家务，他就总是一副嘲弄的口气，态度冷漠而轻蔑。他倒是说了，什么方法都尝试过了，但，没有得到什么甜头；只有最后一招可使啦：那就是随它去吧，爱咋咋地吧。在和他聊天的时候，邻居们聚拢过来，话题就扩大到各种各样的事情上去了：长官啦，气候啦，女人啦……由于无聊嘛，大家都想说说话，都想听听别人的话题，一谈起来就没完没了。有的时候，除了房舍的主人，屋子里还会聚集一大群的寄居者和帮佣；连门槛上都会坐着一个在此处寄居的苦役犯，他手里的皮条子上下翻飞，在缝制皮鞋；屋子里就有一股子皮革的味道和硝皮子的芒硝味儿；他的孩子们就窝在门厅边上的破棉被堆里，他的老婆则是躲在黑暗狭窄的旮旯里，正在一张小桌子上做着馅饼，他老婆是自愿跟他来的；这是一个不久前才从俄国搬过来的家庭。在另一处房舍里，住着五个男人，有的是寄居者，有的是帮工；有一个人站在炉子跟前，鼓着腮帮子，瞪着眼睛，在焊接什么东西；另一个人，看样子，是一个活宝，正在扮鬼脸出洋相，嘴里还振振有词，逗得其他人都哈哈大笑。床铺上坐着一个巴比伦妓女①，她正是女主

---

① 出自《圣经·新约·启示录》，这里指放荡的女人。

人卢克里娅·涅波姆尼亚西娅，她顶着一头乱蓬蓬的头发，憔悴瘦弱，脸上长满了雀斑；在回答我的问题时，她竭力使人发笑，不断地抖着双腿。她的眼睛浑浊，难看，我从她那张面容枯槁、毫无生气的脸上就能够判断出，她在短短的一生当中肯定经受过无数次的监禁、押解和疾病的折磨。这个卢克里娅就是这所房子的生活特征的说明，由于她的存在，使整个的房屋环境处在一种几近荒淫无道和疯狂无耻的流浪汉据点般的状态。这哪里还能聊得上认真过日子的话呢。在我来之前，这里兴许还有一大帮子的人聚集在一起，正在赌牌局的兴头上；人人脸上都写着困窘、无聊和期待的神情，心里想的都是：你什么时候能走哇，我们还要继续打牌呢！还有的房舍，你走进去一看，一件家具也没有，炉子上也是光秃秃的，几个契尔克斯人就那么靠墙坐在地板上，有的戴着帽子，有的光着头，头发都是又粗又硬，他们就眼都一眨不眨地望着我。如果我要是碰到的是一个女同居者一个人在家，那么她往往是躺在床铺上，回答我的问话时，打着哈欠，伸着懒腰，欠起身来。我刚一走开，她就又重新躺倒在床铺上。

流放地的居民都把我当成是来自官方的人士，把人口普查当作是司空见惯的官府整治程序，啥用也没有。也就是我不是萨哈林本地人这一点，不是萨哈林的官员这一点，引发了流放移民的好奇心。他们老是问我：

"为啥您要给我们大家登记造册呀？"

接下来他们就提出了各种猜测。一些人说，上头官府可能想给流放的犯人发放补贴，另一些人说，大概是要最终作出决定了，把所有人都迁居到大陆上居住去，这里的人总是坚信，或早或晚，苦役地的居民都会迁居到大陆上生活，还有一些人是怀疑论者，总是说，他们已经不期待有什么好事降临了，因为上帝早就弃他们于不顾了，这样说的意思显然是要我开口来反驳。门厅和炉子边上的人群里响起了一个声音，就好像嘲笑这些猜测和期

待打搅了自己的安宁一样,用疲乏而烦闷的声音沮丧地尖叫道:

"他们就会不停地记呀,他们就会不停地写呀,他们就会不停地登记呀,圣母马利亚保佑!"

我在萨哈林的整个旅程中,还没有挨过饿,也没有遭受到别的什么艰难困苦。我读了农学家米丘尔的著作,他在考察这个岛屿的时候,经受了巨大的困厄,甚至连自己的狗都吃掉了。但是,从那时起,情况已经大为改观。现在的农学家可以坐在车上,游走在修建得很不错的道路上了;甚至在最为贫困的村屯,也有监护所或者所谓的驿站,在这些地方都可以找到暖和的住处、茶炊和铺位。在考察人员出发去岛屿的腹地原始森林时,都会随身携带美制罐头、葡萄酒、盘子碟子、刀叉、枕头以及一切可以由苦役犯的肩头承载的东西,在萨哈林,苦役犯代替了驮东西的牲口。即便是现在,也还有靠腐烂食物和一把盐活命的人,甚至人吃人的情况也没有灭绝,但是,这些与旅行者、与官员们毫不相干。

在后面的几章里,我会写到哨所和村屯,并向读者介绍我在沿途所看到的苦役犯的工作和监狱的情形,尽管我和他们相处的时间相当短暂。在萨哈林岛上,苦役犯人从事各种各样高强度的劳作;他们不仅仅是要淘金和挖煤,而且还要承担包含全部萨哈林日常生活运转的一切工作,他们被分散在岛上一切有人居住的地方。伐木、建房舍、疏浚沼泽、捕鱼、刈草、在轮船到港时装卸货物。苦役犯从事的活计是各种各样,无所不包的。这些劳作不可或缺,已经与整个殖民地的生活融为一体,把他们同这些劳作分开来,单独来谈苦役犯或者是他们单独存在的看法,已经是相当陈腐的观点了。要是根据这样的观点,就只能去矿山或者工厂里找苦役犯的服刑地了。

我先从亚历山大河谷、杜伊卡河上的村屯居所讲起。当局最早选择在北萨哈林河谷安置第一批移民,不是因为经过考察觉得这里最好，符合殖民的目的，而只不过是出于偶然而已，也就是因为这条河谷离最早出现的苦役地杜埃最近而已。

注释：
[12] 数字是其姓名的一部分，实际上，他已经48岁了。

第四章 河谷之地：萨哈林的巴黎

杜伊卡河。亚历山大河谷。城郊屯亚历山德罗夫卡。英俊的潜逃犯。亚历山大哨所。哨所往昔。地窝棚。萨哈林的巴黎。

杜伊卡河，又名亚历山德罗夫卡河，1881年，动物学家波利亚科夫曾来此考察。那个时候，这条河的下游水宽达10俄丈，两岸上面是被河水冲上来的大片倒伏的原木，低洼地上尽是古老的原始森林，冷杉树、落叶松、赤杨和柳树密密蓬蓬，周围还有无法通行的泥泞的沼泽地。现在，这条河就像是一个大的水洼子，又窄又长。两岸上已经是一片光秃秃的裸地，水流缓慢，令人想起莫斯科的排水沟。

只要读一遍波利亚科夫对亚历山大河谷的描写，再来看看现在的河谷，哪怕只看上一眼，就会明白，为了这个地方的发展，付出了多少苦役性的实实在在的劳作。波利亚科夫写道："从邻近的山顶望过去，亚历山大河谷空气混浊，偏僻静谧，密不透风……高大的针叶林覆盖着整个河谷里的大片土地。"他描写了那些沼泽地，那些无法通行的烂泥塘，劣质的土壤和森林，在那里，"除了生长着高大的树木以外，地面上常常横七竖八地倒卧着一根根巨大的几近腐烂的原木，它们有的是因为过于衰老而枯朽，有的是毁于风暴，倒伏的树干与根部之间，往往会有长满青苔的土堆，旁边则是坑坑洼洼的土沟。"现在呢，在从前的密林、深沟、水塘之上耸立着一座完整的城市，道路铺好了，草坪铺好了，麦田和菜园子都开出来了，人们都开始抱怨森林不足了。在这个过程中付出了多少的劳动和斗争啊。必须在齐腰深的水塘地干活，在严寒之中，在冷雨之中，在对故乡的无尽思念中，在屈辱和鞭笞中——无论何时，那些恐怖的身影就会浮现在我们的回想之中。怪不得，有一位稍有良心的萨哈林的官员，每当我们一同乘车外出时，他都会给我读涅克拉索夫的《铁路》一诗。

杜伊卡河口不远处的右边有一条小河注入其中。这条河叫小亚历山德罗夫卡河。亚历山大屯就坐落在它的两岸，这个屯又被称为城郊屯或亚历山德罗夫卡。我曾经提到过这个屯子。这是驻地的边缘地带，与哨所已经连接在一起，但是，它和哨所还有所不同，生活方面还有一些有别于哨所的独特之处。所以值得专门谈谈。这是建屯比较早的地方之一。当年刚在杜埃建立苦役工作管理机构不久，这里就开始殖民了。正如米丘尔所写的那样，选中这个地方，而不是别的什么地方，是考虑到了这里有茂盛的草地，有可以就地取材进行建筑的森林，河流有通航的条件，土地也足够肥沃……这位视萨哈林为应许之地的狂热者写道："看来，大可不必怀疑殖民成果的有效性，尽管1862年为了殖民目的派来此地的8个人中，只有4个人在杜伊卡河河口附近定居了下来。"那4个人干了什么呢？他们用十字镐和铁锹开垦土地，播种，有时候春天播种下去的不是春小麦，而是冬小麦，结果是都干不下去了，只好要求回到大陆上去了。1869年，这里建起了一个农场。计划以此来解决一个重要的问题：利用流放犯来进行强制性的农业生产劳动，能否解决产出的效率呢？苦役犯们用了三年的时间来清理场地，建造房舍，疏浚沼泽泥塘，铺设道路和种植粮食，但是一到三年期满，苦役犯们就没有人想留在这里了，他们向省长提出申请，要求回到大陆上去，就是因为粮食歉收，也没赚到什么钱。这一批人的请求被批准了。但是所谓的农场仍然继续存在。杜埃的苦役犯随着时间的流逝逐渐就变成了强制移民,陆续从俄国来的携家带口的苦役犯需要分配土地,萨哈林就被硬是说成了富饶之地,适宜农业种植;生活不能自然地进行的时候,农业殖民是人为采取的一些措施,强制进行,浪费了大量的人力、财力和物力。1879 年,当奥古斯丁诺维奇医生来到这里的时候,城郊屯已经有 28 座房舍了。[13]

目前在城郊屯有 15 家农业种植户。房舍都是薄板盖顶,足够宽敞,有的还是几间卧室的呢,院子里建有附属用房,房前屋后也有菜园子,平均来看,每两座房舍会有一间浴室。

目前登记在册的耕地有 39.75 俄顷①,草地 24.5 俄顷,23 匹马和 47 头牛羊。

城郊屯的从业居民,按社会地位来说,可以称得上是贵族了:1 名是娶了移民女儿的七等文官,1 名是随苦役犯亲属来岛上的自由民,7 名流放犯出身的农民,4 名强制移民,只有 2 名是苦役犯人。

在这里居住的 22 户人家中,只有 4 户是非法成家的。从居民的年龄构成上来看,城郊屯跟一般的村子相差无几,比较正常;处于壮年的人口较多,但不像其他村屯那样占据绝对的优势;这里既有儿童、青少年,也有 65 岁甚至 75 岁以上的老年人。

这里的境况已经是比较富裕的了,但是城郊屯的从业居民们仍然要到处宣称"靠种庄稼没有办法活下去"。这又该如何解释呢?为了回答这个问题,需要列举几个原因。在一般情况下,这些原因会有助于顺利地安居乐业。比如说,在居民当中,1880 年以前来到岛上的老住户所占比例是不小的,他们这批人已经习惯了此地的土地并适应了这里的条件。还有一点也很重要,那就是

---

① 1 俄顷约为 1.09 公顷。

有19名妇女是追随自己的丈夫一起来萨哈林岛上的,而且所有分到这个地段的人都有家室。女人数量较多,单身的男人只有9名,而且他们都是有家业资产的。总的来说,城郊屯是幸运的,它的有利条件还有一个有必要指出来,那就是文化程度较高,有26名男人和11名妇女是识字的。

那个七等文官在萨哈林岛上任职为土地测量官,我们姑且先不谈他。那么,那些自由民和流放犯出身的农民,在有了迁徙权之后,为什么不要求离开此地去大陆上呢?据说,是他们对在城郊屯农业种植方面的成功使他们滞留于此,但并不是所有人都是这样的境况。城郊屯的草场和耕地并非掌握在所有人的手里,而是只有一部分人才拥有。只有8户拥有草场和牲畜,12户耕种土地,无论如何,这里的农业生产规模还不是很大,靠农业还不足以完全保障有一个良好的经济景况。没有任何的其他收入,没有人从事任何方面的手工业,只有以前的一个军官廖先生开着一个小杂货店。那么到底为什么城郊屯的居民能够过得这么富裕呢?没有任何正式的官方资料能够解释这个问题,因此,只好做出一个结论为唯一的解释,即他们的富裕生活建立在不道德恶行的基础上。从前,在城郊屯,贩卖私酒的活动曾经是达到了规模化的。萨哈林岛上是严格禁止私运倒卖烧酒的,这是一种特殊形式的走私贩私活动。私运烧酒的容器是一种类似俄国糖块形状的圆形大桶,还有烧茶炊的大肚子壶,还有那种可以挎在腰间的弧形扁桶,但是,最常用的还是那种普通的铁桶和常用的器皿,因为下层的官员都被收买了,上层的官员视而不见,佯装不知。在城郊屯,一瓶劣质烧酒可以卖到6卢布甚至10卢布;北部萨哈林的所有监狱都从这里弄酒过去。在官员们中间,有一些不可救药的酒徒也不嫌弃这种劣等酒。我就认识这样一个酒鬼,他的酒瘾一旦犯了,为了一瓶酒恨不能把自己的老婆抵押给囚犯。

如今在城郊屯私酒贩售活动已经不那么甚嚣尘上了。现在这里人谈论的是另一桩生意，那就是倒卖"破烂儿"，即贩卖囚犯用过的东西，旧的囚服。他们都廉价收购外套、内衣、衬衣、大衣，然后把这些"破烂儿"打包运送到尼古拉耶夫斯克出售。这里还有开设地下钱庄放高利贷的。省长科尔夫男爵在一次谈话中，把亚历山大哨所这个驻扎地称为萨哈林岛的巴黎。这个嘈杂、贫瘠的巴黎充满着瘾君子、酒鬼、赌棍和懦夫，当他们想烂醉一番，或者倒卖赃物，又或者把灵魂出卖给魔鬼的时候，去的正是城郊屯。

在海岸线和哨所的驻扎地之间，除了这个城郊屯和铁路线之外，还有一个好去处。那就是杜伊卡河上的摆渡航线。在河里行走的不是小木船或者轮机船，而是一种体积巨大的平底大箱子。这唯一一艘独特大船的船长是一个绰号为"记不得族属的帅哥"的苦役犯人。他已经 71 岁啦。背也驼了，瘦骨嶙峋，一根肋骨是断的，一只手上缺了一根大拇指，全身都是被狠狠鞭笞过后留下的疤痕。他的头发没有全白，只是像褪了色一样暗淡。倒是他的眼睛明亮，眼神闪动着全是友善和快乐的表情，一身打扮完全是衣衫褴褛，从不穿鞋，打赤脚。他为人机敏，爱说爱笑。1855 年，他"出于愚蠢"从服役的军队开了小差，开始了流浪生涯，自称是"记不得族属的人"。他被抓到官府，遣送到后贝加尔地区，就像他说的那样，当了哥萨克。

"我那时一直以为，"他对我讲他的往事儿，"西伯利亚的人都住在地底下呢，啥也没想就开了小差，沿着大路逃跑了，一直逃出了秋明。在逃到卡梅舍夫之后，才被抓住了。大人，他们判了我 20 年苦役和 90 下鞭刑。他们把我弄到了卡拉，这些鞭痕就是那会儿给打出来的，打完了就从那里把我送到萨哈林的科尔萨科夫来了；我带了一个同伴一起又出逃了，但是，只逃到杜埃就停下了：我病倒了，不能再继续逃了。我那个同伴则一直逃到了布拉戈维申斯克去了。现在我开始服第二个刑期了，在萨哈林岛上我已经呆了整整22年了。我的全部罪行就是我在军队里开了一个小差。"

"那么,你为什么到现在还隐瞒自己的真实姓名呢?有什么必要呢?"

"我去年夏天向长官说出了自己的姓名。"

"结果呢?"

"没啥结果呦。长官说了:'等我们把你的事都调查清楚了,那时候你也死啦。你呀,你就这么活着吧,你姓甚名谁对你还有啥用呢?'这倒也是实话,说得没错……反正也活不了几天了。哎可是呢,要是我的亲人们能够知道我现在在哪里就好了!"

"你叫什么名字呢?"

"大人,我在本地有一个名字,叫伊格纳吉耶夫。"

"那你的真实姓名呢?"

帅哥想了一下,说:

"尼基塔·特罗菲莫夫。我是梁赞省的斯克宾斯克县人。"

我就乘他的摆渡"大箱子"过河。帅哥用一根长长的竿子撑住河底,他那瘦骨嶙峋的全身紧紧地绷在竿子上头。这个活儿相当不轻松啊。

"这么累,你受得了吗?"

"这没什么,大人;没有人拿刀架在脖子上,挺快活的。"

他对我说,他在萨哈林岛上呆了快22年了,没有挨过一次毒打,没有蹲过禁闭。

"因为让我干啥我就干啥,打发我去伐木,我就去。把这根竿子交到我手里,我就操起来撑船;让我去总督府里生炉子,我就去烧火。我得服从呗。没啥可抱怨的啦,生活已经挺好的啦。托上帝的福!"

夏天他就住在渡口旁边的窝棚里。他的窝棚里一大堆全是他的破烂儿,还有大块的面包和一杆枪,里面散发着一股子熏人的酸腐味道。问他弄一杆枪干什么用,他笑着说,是用来提防小偷和酒鬼的,枪已经坏了,不好用的,放在这里就是装装样子。冬天一到,他就去烧锅炉,住在码头上的管理处那里。有一次,我见到他了,当时高高地挽着裤腿,腿上的青筋暴突,紫色的血管清晰可见,在和一个中国人一起拖渔网,网里很多脊背肥厚的大马哈鱼泛着银色的光泽,跟我们那里的梭鲈鱼个头差不多。我冲他打招呼,他特别高兴地回应我。

亚历山大哨所始建于1881年。有一位在萨哈林岛上住了十年的官员,他对我说,他刚到亚历山大哨所的时候,差一点陷到沼泽地里淹死。一个东正教的修士大司祭伊拉克利跟我讲过,他在1886年以前,一直住在亚历山大哨所,这里当初只有三栋房子,现在乐队住的地方,那时候是一座监狱。街道上都是砍过了的树桩子。现在的砖厂,1882年的时候还是黑貂捕猎场呢。伊拉克利拒绝了当地把看守岗楼给他做教堂的建议,觉得那里过于窄小了。天气好的时候,伊拉克利在广场上作弥撒,赶上坏天气,他就在兵营里,或者是在随便什么地方做个小型的晚祷。

"你在作弥撒的时候,四周犯人的镣铐在哗啦哗啦作响,"他说,"人声鼎沸,锅子里丝丝地冒着热气。这里在说'荣耀属于主宰一切的圣主',那边在喊'日你娘的'……"

亚历山德罗夫斯克真正的繁荣滥觞于萨哈林的新条例颁布之后,依据此条例,增设了不少新的职位,其中就包括一名将军的位置。总督府和附设下属机构纷纷建立。需要新的地方设立办公机构。在这之前苦役管理局的所在地是杜埃,已经显得拥挤和晦暗。城郊屯位于离杜埃6俄里的一片开阔地上,当时杜伊卡河畔已经有一所监狱了,于是沿着这里,驻在的机构就一点一点地依次往邻近的村屯发展,官员们的房舍和总督府办公厅、教堂、仓库、商店等都建起来了。就出现了萨哈林不可或缺的一座城市,萨哈林的小巴黎,城里有各种各样的社交场所,谋生的场所,和赖以为生的城市人群,他们过着名副其实的城市生活,做的是城市里的活计。

苦役犯们承担了所有的建筑房舍、场地清理和疏浚泥塘的工程。1888年以前,现在的监狱还没有建起来呢,苦役犯那时候都住在地窝棚里。这是一种向地下深挖2至2.5俄丈的原木屋舍,上面是两面坡的泥屋顶。这种房子窗户又小又窄,几乎与地面处于同一个水平线上,里面昏暗,特别是在冬天,地窝棚整个会被埋进雪堆里。有时候,由于地下水位会升高,和地板一样平齐,屋子上下的涂泥房顶和疏松的墙壁都会发霉,湿漉漉的,完全令人难以忍受。人们睡觉时都穿着短大衣。周围的土壤以及水井经常会受到人的粪便和各种肮脏垃圾的污染,原因就是当时根本没有垃圾坑和厕所。苦役犯和他们的妻子、孩子就住在这种窝棚里。

现在亚历山德罗夫斯克的面积大约2平方俄里;但是因为它已经和城郊屯连接成一片,还有一条路通往科尔萨科夫屯了,不远的将来,也会和它连接成一体,三个部分合并起来成为一片,所以,亚历山德罗夫斯克的城市规模将会十分壮观。它有好几条笔直的、宽阔的街道,但是并不叫街道,而是按旧的习惯的叫法,称它们是城郊屯。在萨哈林岛上,有一种命名街道的习惯,就是在官员生前就以他们的名字来命名,不仅用他们的姓氏,而且连父称和名字也保留下来。[14] 不过,亚历山德罗夫斯克至今还幸运地没有让一个官员因此而永垂不朽,街道至今还保存着过去村屯的名称:砖厂屯、彼昔科夫屯、记事屯、士兵屯。这些地名的来源都不难理解,除了这个彼昔科夫屯。传说,这里还是一片原始密林的时候,有一个犹太人在这里做买卖。苦役犯人为了纪念他,就用"长发的人"这个音来命名这个地方;还有一种说法,是这里住过一个叫彼昔科娃的女移民,做生意很在行。

街道的两侧都铺着木头的人行道,到处整洁而干净,甚至在住着拥挤的贫民、稍远一点的街道上,也没有臭水坑和垃圾堆。

哨所的中心区域都是官方机构所在地：教堂、总督府、总督官邸、邮电所、警察局及其附属印刷厂、区长的宅邸、殖民基金商店、兵营、监狱医院、部队医院、正在建造之中的尖塔教堂、官员公寓、流放犯和苦役犯监狱及其各类仓库和作坊。房舍大部分是新建的，欧式风格，铁皮尖顶，外墙都经过了多次的粉刷。萨哈林没有熟石灰和质量上乘的石头，因此这里没有石头房屋。

如果不把官员、军官和屯内与自由民结婚的士兵（他们是每年变动情况最明显的人口）计算在内的话，亚历山德罗夫斯克共有298家从业户。居民总人数为1499人：其中男性居民923人，女性居民576人。如果把自由民、军官以及住在监狱里并没有成家立业的苦役犯统统计算在内的话，这个人口的总数会达到约3000人。与城郊屯比较起来，这里的农民比较少，但是苦役犯的人数构成了从业人数的三分之一。管理流放犯的条例准许矫正级别的苦役犯居住在监狱之外，并从事生产，安家立业，但是，这项规定的可操作性差，不符合实际情况：矫正级别的犯人是住到外面的房舍里了，但合住的并不是只有矫正级别的犯人，还有假释犯、刑期特别长的犯人以及被判了无期徒刑的犯人。更不必说有些人还在充任文书、制图员，还有犯人还会各种手艺，那些就更不必说啦。由于他们在监狱系统里的劳作性质，他们没有必要一直住在监狱里。萨哈林岛上带有家眷的苦役犯为数不少，如果把他们一直关在监狱里，让他们同家属隔离开来，那就更不符合实际情况了：这会令殖民地的生活造成一片混乱。只能产生这样的状况：要么就连同他们的家属一起关进监狱，由当局提供食品供应和住所；要么就只能在服苦役期间禁止家属随行，使整个家庭一直在家乡苦等。

假释犯人一般住在民房里，因此所受到的刑罚远比矫正级别的犯人要少得多。平等惩处的原则在这里被破坏殆尽，但这种无序是由于殖民地生活的特殊条件造成的，可以理解，但是纠正也是很容易的：只要把监狱里剩余的犯人一律由收监管理改为监外居住即可解决。但是，说到拖家带口的苦役犯人，就不能不提到另一种混乱无序的状况，由于行政当局管理上的疏忽大意，导致这样的几十户家庭只好居住在并没有什么草场、耕地或者是小园子的荒芜之地，与此同时，自然条件较好的一些地方，那些村屯里的农民却是没有家室的，单独一人打理家业。没有女人嘛，家业根本不可能料理好。倒是在萨哈林南部，每年的收成都不错，有的村屯里竟是一个女人也没有。而在萨哈林的巴黎，仅仅是跟随丈夫从俄罗斯随迁过来的自由民妇女，就有 158 名之多。

在亚历山德罗夫斯克已经没有住宅用地了。以前这里还算空旷的时候，每户能分到 100 至 200 平方俄丈的土地，多的也可能达到 500 平方俄丈，现在呢，能分到 12 平方俄丈，甚至 8 平方俄丈或者 9 平方俄丈就了不得了。我一共统计了 161 户人家，每户的房舍和菜园子的占地面积都没有超过 20 平方俄丈。这其中的主要原因呢，是受到了亚历山大河谷的自然条件的限制：往前面的海滨发展受到限制，临近海边的土壤也不适合种植，哨所的左侧被群山环绕，发展的方向只能是一个去处，即沿着杜伊卡河溯流而上，顺着所谓的科尔萨科夫大路向前一路延伸下去，这里建的住宅一字排开，地狭人稠，拥挤不堪。

根据已有的户籍登记资料，开垦了耕地的农家只有 36 户，在草场经营的只有 9 家。他们耕种的地块大小不一，从 300 平方俄丈到 1 俄顷的都有。几乎家家户户都种植马铃薯。只有 16 户人家养了马，38 户人家养牛，值得注意的倒是这一点，即养牲畜的农户都不是耕种土地的人家，而是经商的农民和移民。从这一组简单的数据就可以得出结论：在亚历山德罗夫斯克的从业主并不是靠农业种植为生。这里的土地对拘留者来说是如此缺少吸引力，以至于这里完全没有老的住户。1881 年落户于此的，到现在一户也没有留下来；1882 年落户的现在还剩下 6 户，1883 年落户的呢，只剩下了4户，1885年落户的多，还有68户。就是说，剩下的这207户人家都是1885年之后才落户的。从农民只有19户这样的少得可怜的数据来看，完全可以说明一个问题：每个从业主务农的时间完全取决于他取得农民权利所需要的时间。一旦获得农民的权利，他就会立即放弃在此地的生产经营活动，立即返回大陆。

那么，亚历山德罗夫斯克的居民究竟以何种方式为生呢？这个问题我至今也没有一个最终的答案。退一万步说，这里的从业主们和自己的妻儿老小像爱尔兰人那样，只以马铃薯为主要食物，而且产出的马铃薯也足够全年的食用量；可是，其余的那241名强制移民和358名男女苦役犯吃什么呢？他们都是作为同居者、寄居者和雇用的帮工而在此地居住的。当然，几乎有一半的居民从当局领取以犯人口粮形式发放的补贴和被抚养儿童补贴，这是事实。还有的人是通过做工领取薪水，有一百多人在当局开办的作坊和管理机构下属单位做事。我的登记表上有不少人是不可或缺的能工巧匠，离开这些人，城市的运转是很困难的：他们是细木工匠、裱糊工匠、首饰匠人、钟表匠、服装裁缝，等等。在亚历山德罗夫斯克，木器和金属的制作工艺过程相当糜费，仅给出的"小费"一项就绝不少于1卢布。但是，成年累月地在城市中生活，犯人得到的口粮和微薄的工钱怎么能够呢？工匠的人数远远超过了需求量，而力工，比如粗木匠每天只能挣到10戈比，还必须自己解决伙食问题。按说，这里的居民收入水平只够勉强糊口，但是，他们却是每天喝茶，抽土耳其烟草，穿自由民才穿的服装，还要付房租。他们从返回大陆的农民手里购买房舍，或者自己建造新的房舍。这里的商铺因此而生意兴隆，囚犯出身的暴发户从此类商机中积累了万贯家私。

还有很多不甚明了的事情，我只停留在猜测阶段，要么是从俄罗斯来的居民在最初到亚历山德罗夫斯克的时候，随身就带有不菲的钱财,要么就是他们通过非法的手段来生活。收购犯人的各种物品,打包运往尼古拉耶夫斯克批发出售,对异族人和新来的囚犯进行全面的盘剥,进行私酒贩售活动,组织地下钱庄放高利贷,大额赌博,这都是男人的主要营生;而妇女,那些流放女犯和追随丈夫自愿前来的自由民,则靠卖淫为生。在审讯一名自由民妇女的时候,审讯人员问她,她身上的钱从何而来?她回答:"用自己的身子挣来的呗。"

这里的家庭总户数是 332 户,其中合法家庭是 185 户,自由同居的是 147 户。家庭的总户数比较多,但不是因为经济上有什么特别的条件有利于家庭生活,而是因一些完全偶然的因素造成的:首先是当地的行政当局在安置携家带口的有家眷的犯人时,非常轻率地把他们都集中在亚历山德罗夫斯克一地,而不是把他们分散到适合安居的地方去;其次,这里的强制移民由于长期接近各类官员和监狱,能够很方便地得到女人。如果生活不是自然地、按照应有的程序流淌,而是靠人为的安排,不取决于自然状况和经济条件,而是依凭个别人物的理论和独断专行,那么,类似的偶然性就必然决定着生活的性质,不可避免地成为一种人为的、粗糙生活的法律法条。

注释:

[13] 奥古斯丁诺维奇:《关于萨哈林的若干资讯——旅行杂记选摘》,载于《现代》1880 年第 1 期;他的另一篇文章《在萨哈林岛上》,刊载于《政府导报》1879 年第 276 期。

[14] 比方说,假如有一个官员叫伊万·彼得洛维奇·库兹涅佐夫,那第一条街就叫库兹涅佐夫街,另一条叫伊万街,再有就叫伊万诺沃-彼得罗夫街。

第五章　监狱、牢房和作坊

> 亚历山德罗夫斯克的流放犯监狱。普通牢房。戴镣铐的犯人。外号"小金手"的女犯人。厕所。秘密赌场。亚历山德罗夫斯克的苦役劳作。仆役们。作坊。

抵达亚历山德罗夫斯克之后,我很快就造访了苦役流放犯监狱。[15] 这是一个很大的方形院落,六栋木质的、营房样式的房子环绕在一起,各栋之间由围墙连接起来。监狱大门总是敞开着的,门口的卫兵来回走动。院子打扫得干干净净;看不到任何的石子、垃圾、废弃物和污水坑。这种难得一见的清洁程度令人观感不错。

每一栋牢房的门也都开着。我走进了其中一栋的门,一条不宽的走廊居中,左右两侧都是通往各间牢房的门。各间牢房的门上都挂着黑底白字的木牌:第某某号囚室。室内有多少立方俄丈空气,现有犯人多少名。走廊的尽头是一扇小门,通向一间专门关押政治犯的囚室,当时里面关着两名政治犯,他们敞着怀,穿着坎肩,脚上没有穿袜子,但穿着皮鞋,正在手忙脚乱地整理当床睡的草垫子,窗台上放着一本书和一块黑面包。陪同我前来的监区长跟我解释说,这两个政治犯本来是被准许在监狱外居住的,但是他们不愿意和其他犯人有所不同,因此就没有利用这项许可,也住在监狱里面。

"立正!站好!"传来了看守的喊叫声。

我们走进了囚室。室内还是挺宽敞的,大约有 200 立方俄丈。光线充足，窗户洞开，墙壁没有经过粉刷，凹凸不平，原木之间的缝隙里积满了陈年灰渣，只有荷兰式的火炉子是白色的东西。地板是木质的原色，没有刷任何的油漆，倒也干爽。囚室的中间是两大排斜面的大通铺，苦役犯们在睡觉时分为头对着头的两大排，铺位上没有任何的编号，中间也没有其他东西间隔开来，因此，整个大通铺一字排开，可以睡 70 人，也可以睡 170 人。床上是没有任何行李的，就是睡在硬木床板上或者铺个破麻袋片儿，自己的衣服或是什么褴褛不堪的破烂就完事了。大通铺上胡乱放着帽子、鞋子、面包、牛奶瓶子，瓶嘴上还塞着一团纸或是一块破布，还有鞋楦；床底下放着箱笼、口袋、包袱皮、干活的工具以及各种破烂儿。床铺前有饱食的懒洋洋的猫在遛弯儿。墙上挂着衣服、小锅子、各种工具，搁板架子上还有茶壶、面包和装零碎东西的小箱子。

在萨哈林，自由民出入监狱囚室是不用行摘帽礼的。只有流放犯才必须遵守这个礼节。我们就戴着帽子沿着床铺旁边走过去，囚犯们则立正站着，漠然地看着我们，我们呢，也默然不语，望着他们，我们就像要买卖这些人一样。我们继续看，再走到别的囚室里去，那里也是一样的极端简陋，这种赤贫一样的简陋是用破衣烂衫无法掩饰的，就像用放大镜去看苍蝇一样，看到的是逼仄的生活，思想里充斥着虚无主义，排斥私人财产、个人独立、生活舒适和安宁的睡眠。

住在亚历山德罗夫斯克监狱的犯人们，享有相对的自由；他们是不戴镣铐的，可以在一天的期限内离开监狱，不用押送，随便到什么地方去都行，也不要求穿囚衣，穿啥都可以。就是根据劳作的性质和天气，需要穿什么就穿什么。等待审理的未决犯、被刚刚抓回来的潜逃犯和因某种案件受到牵连而被临时拘押的犯人，都会囚禁在特殊的囚室里，这种囚室被称为"禁闭室"。在萨哈林，最有威慑力的手段就是这句话："我要把你关进禁闭室。"这个可怕的地方看守就有好几名,一个看守前来向我们报告说,禁闭室目前一切正常,平安无事。

禁闭室的门上挂着巨大的古董一样的门锁,伴随着刺耳的开锁的声音,我们走进了这间不大的禁闭室,目前这里关着20个囚犯,他们全都是不久前潜逃的犯人。每个人都是衣衫褴褛,蓬头垢面,身上的镣铐叮当作响,连鞋也没有,赤脚上缠着裹脚布,只用绳子绑着;脑袋上剃着阴阳头:一半边的头发乱蓬蓬的打绺,另一半边的头发虽已经剃光,但显然又长出了短发。他们所有人都瘦得形销骨立,像是被打薄了一样,但是呢,脸上却毫无沮丧。床铺是没有的,只有光光的床板,屋子的角落里放了一只"马桶";没有别的办法,每个人都是在20人的注视之下完成自己的生理需求,大小便都是。见有人来,立刻就有犯人请求放他出去,指天发誓,再也不逃啦;有的犯人要求给他取下镣铐;有人说面包发的也太少了,没吃饱。

有的牢房只关了两个人,或者三个人,也有单人牢房。这里关着不少有故事的人呢。

大名鼎鼎的索菲亚·布鲁夫施泰因就关在这里的单人牢房中,她可是十分令人关注的犯人。她外号叫"小金手",从西伯利亚潜逃过,所以被判三年苦役。索菲亚长得小巧玲珑,体形偏瘦,但是头发已经花白,脸上长着像老太婆一样的皱纹。她的手上戴着手铐,床板上放着一件灰色的羊皮短上衣,看上去既是她的保暖大衣,也是睡觉的铺盖卷儿。她在自己的单人囚室里走来走去,就像是刚出洞口的老鼠,不停地吸嗅着外面的空气一样,她脸上的那种表情,也像是老鼠一样。仔细地端详她的时候,会令人觉得难以置信,就在不久以前,她还是一个美若天仙的女子,曾经令所有的看管人员、那些狱吏神魂颠倒,比如,在斯摩棱斯克的时候,就有一个看守帮助她出逃,不仅如此,这名看守也一起跟她私奔了。在刚上萨哈林岛的时候,索菲亚和所有的女流放犯人一样，是可以在监狱之外，在自由民的房子里居住的。但是，她总想着逃跑，还把自己打扮成士兵的模样逃跑，被抓住了；索菲亚在监狱外居住的时候，在亚历山大哨所的驻扎区发生了多宗案件：一家商铺的老板尼基京被杀，一个犹太人尤罗夫斯基家被盗 56 000 卢布……在这几起案件中，"小金手"索菲亚都是被怀疑的对象，她被指控为主要犯罪嫌疑人或同案犯。地方审讯机构制造了种种荒诞不经的犯罪情节和不实的证词，她的案件就完全坠入了五里雾中。无论如何，到目前为止，56 000 卢布被盗款还没有下落，她的犯罪情节就演变成了各种离奇的八卦故事。

我还参观了食堂，目睹了那里如何为 900 人同时做午饭，关于犯人们的食堂、伙食和吃饭的情形，我会在专门的章节里谈及。现在我要谈谈如厕的问题。众所周知，绝大多数的俄国人对这种设施的认识是非常轻率的，可有可无嘛。农村里根本没有厕所。在寺院里、集市上以及客栈内，在所有没有建立起卫生监督制度的各种场所中，如厕之处都极其令人恶心。俄国人把对如厕问题的轻蔑态度也带到了西伯利亚。从苦役制的历史可以看出，监狱里的如厕之处令人窒息，充斥着大小便的恶臭，是各种传染性疾病的源头，囚犯们和监狱管理当局毫不介意此种境况，安然处之。符拉索夫先生在一份报告中曾经写道，1872 年，卡拉的一所监狱根本就没有厕所，只是定时定点把犯人们放出去，到一块空地上去解决大小便的问题；可是，在这个放风的时段里，有的犯人并没有解便的意念，能够在这个时间里，解决了大小便问题的只是一部分人而已。类似的事例可以举出上百件。在亚历山德罗夫斯克监狱，如厕之地就建在监狱院子里的各栋牢房之间，在那里挖一个大土坑而已，而且建厕所的出发点首先在于尽量省钱，但是，不管怎么说，跟以前相比，这也总是一个相当大的进步。至少，没那么让人恶心了。这种厕所都很冷，安装了原木的通风管道。沿着墙边，是一溜的带有盖子的木头箱子，不能站在上面，只能坐着，主要是为了避免潮湿好能保持厕所的干燥清洁。厕所的臭味仍然不小，但是没那么熏人了，还有一股子松节油和石炭酸的味道。厕所在黑夜和白天都可以使用。有了这个简单的设施，就可以不在囚室里面使用"马桶"了。现在只有禁闭室才会放置"马桶"了。

水井在监狱附近，地下水位的高低可以由它来判断。此处的土壤构造比较特殊，地下水位很高，即使是海边高山上的坟场，在干旱无雨的天气里，也会浸在水里。监狱附近以及整个的亚历山德罗夫斯克，土壤中的积水常常由排水沟排出来，但是在排水沟不够深的情况下，监狱里潮湿状况还不能够完全改观，浸水是常见的现象。

温暖、晴朗的好天气在这里并不常见。天气好的时候，监狱的门窗就会大敞四开，通风良好，犯人们白天的时候大部分时间都在院子里或者在离监狱很远的地方度过。在冬季，天气不好，每年长达近十个月的漫长时间里，监狱主要靠通风孔来换气，靠炉子取暖烘干。用来建造监狱牢房的的落叶松和枞树，本身具有良好的天然通风特性，但是，在这里，这个功能没有发挥出来；由于萨哈林地区的空气湿度大，常年多雨，室内水汽大，原木缝隙中的水分到了冬天就结冰，监狱里面的通风就更差了，况且，囚室中每个犯人所占有的空间是很有限的。我的日记中是这样记载的："第9号囚室。使用空间187立方俄丈。有65名苦役犯住在里面。"这是在夏季，还只有一半的苦役犯在监狱里过夜居住。摘自1888年卫生状况报告中的数字更惊人："亚历山德罗夫斯克监狱囚室的使用空间是970立方俄丈，苦役犯人最多的时候人数达到1950人，最少的时候达到1623人，在监狱过夜住宿的人数为740人，平均每个犯人占有的空间为1.31立方俄丈。"夏季里，监狱的苦役犯聚居人数是最少的，这个季节里，他们都外出到区外去筑路修渠和参加田间耕作了，监狱里聚集犯人人数最多时节的是秋季，那时候他们都干完活计回来了，随着志愿商船队轮船新运到的犯人也会达到四百至五百人之多，他们在被分别押送到其他监狱之前，会一直住在亚历山德罗夫斯克监狱里面。也就是说，监狱里面最拥挤的时候，也恰恰是监狱各个囚室内通风条件最糟糕的季节。

在阴雨天里，苦役犯们劳作回来，衣服常常都是湿透了的，脚上的鞋子都是泥水；也无处去烘干；常常就是把一部分衣服往床头上一挂，另一部分还要当铺盖放床上。皮外套散发出一股羊皮的腥膻味，鞋子也是一股皮革的臭味。犯人们的衬衣都好久也不曾洗过，浸满了汗渍，和一堆破袋子、好久没洗过的脏衣服扔在一起，包脚布散发出浓烈的恶臭。犯人们都好久也不曾洗过澡了，浑身上下长满了虱子，他们吸的烟都是廉价的烟叶子；由于腹中积气严重，屁声不绝如缕；犯人平时吃的面包、肉、咸鱼都放在囚室里，食物的残渣、骨头渣子、锅里吃剩的菜汤，还有用手指捻死的臭虫的死尸都在床铺上。这一切使囚室里的浊气臭气冲天，憋闷之至；囚室里水分完全饱和，湿度达到极限，以至于在相当冷的寒冬的早上，窗户上结着厚厚的一层冰，使囚室里一片昏暗，光线全无。囚室空气中的硫化氢、氨气以及其他化合物与水汽混合在一起，味道可想而知，按看守的话来说，就是"能熏死个人"。

在犯人人数比较多的普通牢房里，保持清洁是不可能的事情。这里的卫生条件和状况主要受限于萨哈林此地的气候状况和苦役犯们的工作条件，行政当局无论有怎样良好的愿望，但是始终心有余而力不足，永远都摆脱不掉来自各方的责难。要么承认多人同居的大囚室已经不合时宜，必须要新型的牢房取而代之，已经不同程度地在这样做了，因为许多犯人不住在监狱里面了，而是住在民居之中；要么就和这种不卫生的状况妥协，认为这是必不可少的和难以避免的过错，管理人员认为，只有那些在卫生学中看见空洞的形式的人，才会用立方俄丈去测量那些污浊的空气呢。

我认为，一群犯人合住一个大牢房这种管理方式，也未必能讲出什么好处来。住在监狱大牢房里的犯人，不是负有各种必尽义务的村子里的村民，也不是分摊了责任的农业互助社的成员，而是一群乌合之众，犯人们对自己所住的地方、对那个分配来的铺位、对相邻的犯人、对别人的物品都没有任何的责任与义务。命令犯人不许把脚上的泥水和粪便弄到囚室之中，不许他们随地吐痰，让他消灭那些臭虫，那都是万万不可能的。如果囚室里臭气熏天，偷盗成风，黄色小曲唱个不停，那就是所有人都不是好东西，也就是大家都有错，还怪谁呢，谁也没错儿。有个苦役犯从前是个很体面的人，我问他："你为什么这样邋遢？"他回答我说："因为我在这里，整洁干净毫无用处。"的确如此，对一个犯人来说，他的一时干净整洁又价值几何呢？明天就可能又送来一批新的犯人，紧挨着他又是一个新邻居，然后呢这个邻居的身上的寄生虫开始蔓延，爬向四面八方，难闻的气味弥漫整个囚室，咋能干净呢？

一群犯人合住一个大牢房不允许罪犯独处，而独处对犯人来说是必不可少的，有利于他祈祷、思考和深度反省自己，所有拥护"惩罚是为了矫正"这种观点的人都如此认为。这里的戏码一般都是：买通了看守疯狂地彻夜滥赌、打架骂人、闲扯斗嘴、无聊地说笑、哐哐地开关门、镣铐叮当作响，整夜不得安宁，白天干活累得筋疲力尽的犯人被吵得根本无法入睡，心绪不宁，脾气暴躁，当然，他的心情和饮食都受到了恶劣的影响。简陋的群居生活，粗俗下流的娱乐，坏人的行为不可避免地影响了好人，这是早已公认的结果，这一切对罪犯残存的道德有着最为腐蚀性的影响。这种生活一点一点地销蚀了他们身上原有的勤俭持家的精神，这也是苦役犯们最应该保持的品质，这是日后他们出狱的时候，成为殖民区强制移民要独立生活的技能，在殖民区，从他服完刑期的第一天起，法律和惩戒条令就要求他做一个合格的从业人员和善良的家庭户主。

在一群犯人合住的一个大牢房里，就是现在也避免不了诸如搬弄是非、谗言佞语互相告密、私设刑堂、用不法手段牟取暴利等丑恶现象。监狱里的用不法手段牟取暴利的活动就是所谓的"开赌档"，玩法是从西伯利亚传过来的。有钱的和爱钱的犯人，还有为了弄钱才被判来服苦役的人，守财奴、财迷和骗子这些人集中在一起，为了垄断监狱中的买卖权，就付给同囚室的犯人一定的酬金。如果犯人较多，买卖两旺，那么，每年要付出的酬金就比较多，有时会达到数百卢布之多。赌档的庄家，正式的名称是"倒马桶的人"，因为这个人负责倒马桶，如果囚室里有马桶的话，并负责清洁卫生。在他的铺位上通常都有一个绿色或者棕色的大箱子，尺寸在一俄尺半见方，箱子旁边是糖块、小白面包、纸烟、瓶装牛奶、用纸张和用破布包裹起来的某些货物。[16]

在普通的糖块和小面包后面隐藏着巨大的罪恶，其影响远远地超出了监狱之外。赌档也就是地下赌场，是小型的"蒙特卡洛"。在犯人中间发展出了无数的斯托什纸牌迷和赌博狂徒。凡是有地下赌场和赌博之处，必定会有高利贷的中间人随时放贷。这种监狱里的放高利贷，那是十分残忍和蛇蝎心肠的，仅一天就要收取高达 10% 的利息，甚至还有一个小时就收取 10% 的利息的；抵押的物品在一天之内若是不能赎回，就会立即归高利贷者所有。赌档的庄家和放高利贷的人在服满了刑期之后，不会放弃这种一本万利的经营活动，仍然旧业重操，因此，在萨哈林，有的移民一次性被盗走 56 000 卢布巨款，也就没什么可奇怪的了。

1890年夏天，在我驻留萨哈林岛期间，亚历山德罗夫斯克监狱在册的苦役犯人有两千多名，但在监狱里住宿的只有大约900人。这是几个不经意间得来的数字：1890年5月3日，初夏时节，在监狱里食宿的犯人有1279人，到了夏末，9月29日，在这里食宿的犯人只有675人了。至于说到亚历山德罗夫斯克本地的苦役劳作，正好就有机会观察，主要是从事建筑和各种市政工作：建筑新房舍，维修旧房舍，清理街道和广场的各种设施，令其整洁。工作最繁重的工种是木工。以前在故乡当过木工的犯人，在这里干的是真正的苦役。这样一来，他比油漆工或者是铁匠更为不幸。他的苦役劳作之苦并不在于建造本身，而在于使用的每一根原木都需要从森林中拖回来才能使用，伐木的地点在距离哨所驻扎地8俄里以外呢。夏天的时候，这些犯人从那些森林里拖回半俄尺粗或者更粗的、长达数俄丈的原木，我经常看到，干活的时候犯人们脸上的表情扭曲，很痛苦，特别是那些高加索人更是如此。据说，冬天里干这种活，他们的手脚常常被冻坏，甚至在原木还没有拖到哨所驻扎地的时候，就被冻死在半路上了。对于行政当局来说，木工的工作也是最不好安排的，因为在萨哈林，能够连续不断地从事如此繁重工作的人，总的来说还是很少的，尽管苦役犯的人数有上千人，但是缺少劳动力一直是这里常见的现象。科诺诺维奇将军曾经对我说过，在这里建造什么新东西都是相当困难的，因为缺乏人力；木匠人手倒是够用，可是没有人去拖原木；如果派人去拖原木，木工就又缺乏。这里连烧锅炉的犯人也不轻松，整天要劈原木，弄柴火。一大清早，别人还在梦乡里的时候，他就必须起来烧锅炉。为了评判劳动强度如何，不仅要注意到劳动者的体力消耗情况，需要关注的还有劳动地点的条件以及依赖于这些条件的劳作本身的特点。亚历山德罗夫斯克冬天的酷寒和一年四季的潮湿，让务工人员常常陷入无法忍受的境地，而相同的劳动，换个地方和气候，比如在俄罗斯，劈个木柴，根本算不上什么，寻常活计而已。法律规定了，苦役犯的劳动要限定在"力所能及的范围之内"，这个限定的范畴就是相当于普通农民和工人的劳动；[17]法律还规定了矫正级别的苦役犯可以享受的各种劳动方面的优待条款，但是在实际操作中，总是不得不违背这些规定，这是当地的自然条件和劳动特点造成的。没有办法明确地规定，苦役犯在暴风雪天气里，拖原木应该干几个小时才对；有些活儿必须在夜间完成，那就只能让他们在夜间干活；比如，根据法律规定，应该在节日期间免除矫正级别犯人的劳作，可是如果他当时是在矿坑里和别的苦役犯人一起干活的时候，那就不可能单独解除他的劳作，因为那样一来，同时干活的两个人就都要停止干活。由于管理人员的不专业、颟顸和无能，常常事倍功半，投入和产出不成比例。比如，船舶的卸货和装船，在俄罗斯本土，码头工人做此项工作花费的力气并没有多大，但是在亚历山德罗夫斯克，这项工作每一次对工人们来说完全是一场真正的灾难；这里的装卸队没有进行过专业海上作业的培训，每一次都是业务生手过去装卸；因此每一次海上风浪一来，常常会发生的事情就是惊慌失措，慌张异常；驳船无法控制自身，常常撞击轮船，轮船上的人不停地咒骂着，大发脾气；驳船上的人因为船身不稳，站着，躺着，铁青着脸，晕船呕吐的痛苦难耐；驳船附近漂浮着撞下来的船桨。因此，装卸工作一直拖延着，时间都徒然地浪费掉了，船上船下的人们都忍受着完全没有必要的折磨。有一次，在停船卸货的时候，我就听见典狱长说，"我带来的人已经一整天都没吃饭了"。

有不少的苦役劳作都用在满足监狱的需求上。在监狱里，每天做饭的人、烤面包的人、缝衣服的人、补鞋的人、送水的人、擦地板的人、值班的人、喂牲口的人等等，数量都不少。军事单位和邮电所、土地测绘员都是需要使用苦役劳动的部门；每次都要派去五十来人去监狱医院干活，但不清楚具体干什么。也数不清有多少苦役犯在伺候各级各类官员。每一位官员，甚至总督府内的办事员，据我的了解，都可以不限制使用仆役的数量。我租住的医生家里，就只住着他本人和一个儿子，计有厨子、看门人、厨娘和使女4名仆役。对于一名监狱医院职位不高的医生来讲，这可是过分的豪华阵容。而按照规定，一个典狱长可以用8名仆役：裁缝、鞋匠、使女、听差，还要兼任信使、保姆、洗衣妇、厨师以及清扫工。萨哈林岛上使用仆役的问题，可能和任何的苦役地是一样的，不是什么新问题，但是，同样是令人悲愤和难过的是，符拉索夫在其所著的《苦役地存在的若干混乱状态概况》一书中写道，当他1871年来到萨哈林岛上的时候，"首先最让他吃惊的情况就是，前任的省长允许苦役犯人充任长官们和军官们的仆役"。按他的说法，女人被分派去伺候看守人员，包括单身的管教和看守管理人员。1872年，东西伯利亚的省长西涅利尼科夫曾经下令，禁止分派犯人充当仆役。可是，这项至今仍然有法律约束力的禁令，却被肆无忌惮地搁置了。一名十四等文官的名下可以拥有半打的仆役。在他外出游猎的时候，完全可以打发十个苦役犯带着吃喝用具去给他打前站。岛上的前总督金茨和现任科诺诺维奇都曾与这个恶习斗争过，但是力不从心；我见到的与派遣仆役相关的法令起码有三项，可是涉及派遣仆役问题的人，总是有人可以有随意解释这些法令的权力。金茨将军于1885年发布的命令（第95号令）允许官员使用女流放犯人充任仆役，这好像就是在废除省长的命令，只是规定每月向国库缴纳2卢布的雇佣金而已；科诺诺维奇将军于1888年废除了自己前任的命令，他规定："无论男女流放犯人均不得被指派为官员的仆役，不准收缴雇用任何女犯的费用。但是，因官员的府邸和家中杂役无人看管和照料，所以只允许每座官邸按需指派一定数量的男女犯人充任杂役，担任看门人、锅炉工、清扫工等，人数按需分配。"（第276号令）然而，因为官员的府邸和家中杂役都是需要的呀，因此这项命令实际被理解为允许拥有苦役犯的规定，而且是无偿的。至少，在我驻留岛上的1890年间，所有的岛上官员，哪怕是和监狱毫无瓜葛的人员（比如邮电所的所长）都在大量地使用苦役犯人来为自己的家庭生活服务，同时他们根本不付给这些犯人任何的工钱，而且犯人的全部生活费用均由官府的财政支出补贴。

派遣苦役犯给私人充任劳役完全不符合立法者惩罚犯罪的初衷：这已经不是苦役，而是奴役了，因为苦役犯服役的对象不再是国家，而是与惩戒目的和平等惩罚思想观点毫不相干的个人；他，不再是流放来的苦役犯，而是奴隶，他服从的是老爷的意志及其家庭的驱使，以满足他们的苛刻要求，完成厨房里所有的杂活儿。苦役犯人在成为殖民区的强制移民之后，仍然像一个我国农奴时代的奴仆一样，会擦皮鞋、会炸肉饼，但不会种地了，不会做农活了，因而想靠自己吃饭也就更难了，听天由命地得过且过了。把女苦役犯人分派为仆役，除了有上述的弊病之外，还有更特殊的不当之处。且不用说人身依附式的养小娶妾、金屋藏娇怎样败坏犯人中的风气，助长了下流的卑劣习性，极其严重地损害了作为人的尊严，这种分派女仆役的做法完全破坏了已有的规矩。一位神父对我说，萨哈林经常发生这种事，即本来已经有了一个女苦役犯来干活，但是还必须雇佣自由民妇女或者强制士兵来充当仆役，料理家务或者上街跑腿，[18]原因嘛，众所周知。

在亚历山德罗夫斯克，"工厂制造的物品"被大肆吹嘘，表面上看，倒是声名显赫，喧嚣一时，但是实际上没有什么了不得的价值。掌管着铸造作坊的，是一位自学成才的机械师，我在他那里见到了教堂用的大撞钟、手推车的轮毂、磨房用的手摇臂、镂空打孔机、水管阀门和炉具灶具等诸如此类的东西，但这一切让人看起来的印象就好像是一堆玩具一样。东西很好，但是，价格昂贵，而如果本地有此类需求，只有到大陆或者敖德萨去买才划算，比本地制造要便宜得多了，因为在本地制造必须装配蒸汽机床并且雇用大批的必须付工钱的工人。当然了，要是派遣那些苦役犯到作坊里来学习技术，当成是学校就好了；可是实际上在铸铁工坊和钳工作坊里劳作的不是苦役犯，而是有经验的工匠们。他们都是强制移民，地位相当于初级看守，每人的月薪就是18卢布呢。这里只看重生产产品，不管人，不关心人的问题。车床轮子飞速旋转，锤子叮当作响，蒸汽机轰鸣不停，只管产品的质量和销路。只有商业和技术的考量，全然没有改造人的目的，然而，在萨哈林，和全国的苦役地是一样的，兴办企业的目的，长远的和眼下的，都应该是一样的，那就是改造罪犯，这里的工厂还是作坊，首先应该确认的努力的方向，不是向大陆地区输送阀门、炉具什么的，而是培训有用的人才和有一定技能的工匠们。

蒸汽磨坊、木材厂和铁匠作坊运营情况都不错。人们在这里干活也挺愉快，大概是因为意识到了劳动的生产价值。然而，这些人从前在自己的故乡就已经是熟练的磨面工、铁匠和其他方面的成手了。他们可不是从前在故乡什么也不会干、什么也不懂的人；而现在，恰恰是那些在故乡没有一技之长的人，他们比任何人都需要在蒸汽磨坊、木材厂和铁匠作坊干活，学到一门技术傍身，以便日后安身立命。[19]

注释：

[15] 对俄国监狱做了最好阐释的是尼·瓦·穆拉维约夫,他的论文《我国的监狱及其问题》，载于《俄国导报》1878年第4期。对其前身西伯利亚监狱的论述，见马克西莫夫的研究著作《西伯利亚与苦役地》。

[16] 一包里含有9支或者10支香烟，能卖到1戈比，白面包一个才

2戈比，一瓶牛奶是8至10戈比，一块糖是2戈比。现金交易、赊账和以物易物都通用。"赌档"也卖伏特加，扑克牌，用于夜间赌博照亮的蜡烛头，这些交易都是暗中进行的。扑克牌也可租用。

[17]《1869年4月17日御批建筑工作限定条例》，圣彼得堡，1887年。据此条例，分配与建筑相关的各项工作应当考虑工人的体力情况和对各工种的熟练程度。此《条例》根据不同的季节和不同的地带规定了日间工作的小时数。萨哈林属于俄国的中部地带。工作时数最多的季节是在夏季的5月、6月、7月三个月，相当于一昼夜工作12.5个小时；工作时数最少的季节是在12月和1月，每昼夜是7个小时。

[18] 符拉索夫在他的报告中如此写道："对于一个军官来说，人与人的奇怪关系是这样的，女苦役犯可以充任他的情妇，士兵可以是他的马车夫，这不能不让人感到惊异和遗憾。"据说，这种罪恶的产生是源于不能雇用自由人当仆役。但这种说法是不符实际情况的。第一，可以限制仆从的数量，按照规定，一名军官只能配备一名勤务兵；第二，在萨哈林，官员们的薪俸相当优厚，完全可以承受从强制移民、流放犯出身的农民和自由民妇女中雇用仆从，这些人大多数都生活贫困，不会拒绝做工挣钱。长官们大概对此心知肚明。所以，出台过一项命令，在某个镇上，批准不善农耕的女人"受雇于官员为仆，赚钱谋生"（见1889年第44号令）。

[19] 磨房和钳工作坊位于同一栋房子里，里面还有两台蒸汽轮机提供动力。磨房里有4台火磨，每天能产出面粉1 500普特。木材厂有一台老式的蒸汽轮机，烧锯下的木头沫子，是当年沙霍夫斯科伊公爵运来的；铁匠铺是日夜工作不停工的，工人要两班倒换，锻冶炉有6座。在此工作的有105人。亚历山德罗夫斯克的苦役犯也开采煤炭，但是，那种工作看不到未来的前景。本地矿井所产煤的质量比杜埃煤矿的差很多，表面上就可以看得出来，杂质较多，掺杂着各种矿物质，价格也不便宜，因为矿井上有一批固定的工人干活，还有专门的矿业工程师负责监督施工。本地的矿井其实没有存在的必要性，因为此地距离杜埃很近，随时可以从杜埃得到优质的煤产品。不过，开掘这些矿井的目的是好的，是为了将来强制移民来了之后有工作可做。

第六章　苦役犯伊戈尔的故事

让我借住房子的医生，被撤了职，不久之后就回到大陆上去了，我又住到一个年轻的官员家里了，他是个很不错的人。他家里只有一个女仆，是个乌克兰老太婆，也是一名正在服苦役的女犯。除了这个女仆，苦役犯人伊戈尔也常来这家，几乎是每天来一次。他呢，是个烧炉子的，并不专任这个官员的仆役，但是，"出于尊敬"，常常过来送送劈柴，收收厨房里的垃圾，干一些乌克兰老太婆力所不逮的脏累活计。有时候，我正安静地坐在家里读书或者写点东西，会突然听到细碎的窸窸窣窣声和粗重的喘息声，有人爬到桌子腿边收拾东西；伸头一看，这是伊戈尔来了，光着脚，正爬在桌子下边捡纸屑和擦拭灰尘。他四十岁上下，一看就是个笨手笨脚的人，身手不灵活，笨熊一只，脸上一副无辜的蠢相，嘴倒是挺大，像鲇鱼嘴一样噘着。伊戈尔的头发是红色的，胡子稀疏，长了一双小眼睛。问什么问题他都不会马上回答，而是先乜斜着眼睛看人，然后再反问："咋啦？"或者是"你问谁？"，一边管人家叫"大人，老爷"，一边称呼人家"你"。要是没活可干，他一分钟也坐不住，他上哪都能找出可干的活来。你跟他说话的时候，他那眼睛四下逡巡，在看有没有什么需要收拾整理一下或者是需要修理一下的东西。他一整个夜里只能睡上两三个钟头，因为没时间睡觉。就是节假日里，他也穿着一件红色的裾子，外面套一件短外套，挺着肚子，两腿叉着，在十字路口那里瞅来看去。这叫"闲着没活儿卖呆儿"。

在苦役地这里，伊戈尔给自己盖了小房舍，自己做了水桶、桌子、笨重的橱柜。他会做所有的家具，但只是"为自己做"，就是只满足自己所需。他呢，从来不打架，也没有挨过别人的殴打；他说，只有在很小的时候，父亲让他看着点豌豆苗地，他把公鸡给放进去了，父亲气得抽了他一顿鞭子。

有一天，我和他聊了一会。

"你为什么被流放到这里来了？"我问他。

"你问啥呀，大人？"

"我问你为什么被流放到萨哈林了？"

"因为杀人罪。"

"你从头给我讲讲，这是怎么一回事。"

伊戈尔站在门框旁，两只手一背，讲开了：

"我们到符拉基米尔·米哈伊勒奇老爷家打短工，就是雇了我们去给他砍树，锯木头，运到场站去。干得挺麻利，干完了就往家走。都出了村子啦，大伙儿又让我拿着契约去账房对账，免得出了啥错东家不认账。我就骑马去了。去往账房的半路上，安德留哈把我截住了，他说，前面发大水了，过不去了。他这样说了：'明天我去账房办租地的事，我拿着契约去对账就行了。'那行吧。我们就一起往回来了：我骑着马，其他人是步行的。我们到了巴拉辛诺。几个人进到酒馆抽烟去了，我和安德留哈走到酒馆旁边的人行道上呆着。他跟我说：'老弟，你有 5 戈比吗？我想喝上两口哇。'我说：'老兄啊，得了吧，你进去了喝上 5 戈比的那两口，没等出屋你就得醉趴下了。'他说：'不会的，我就喝两口，喝完咱们就回家。'我们找到那几个人，说好大伙一起凑 25 戈比，凑够了这 25 戈比，就一起进了酒馆，往桌子那一坐，开喝了。"

"你长话短说嘛。"

"你等会儿，别打断我的话，大人。我们喝光了买的伏特加酒，可是安德留哈又要了一瓶黑胡椒泡的酒。给我和他各倒了一杯。我和他干了这一杯酒。大伙儿开始离开酒馆回家了。我和这个安德留哈也跟在后面回家。我骑马骑够了,怪累的,我就下了马,一屁股坐到河沿上。我嗷嗷地唱了几嗓子歌,说了笑话,没有说什么不好的事。后来,就站起来,各回各家了。"

"你就讲杀人的事吧。"我打断了他的讲述。

"等一下嘛。我回家就躺下睡觉了,后来有人把我弄醒了,来人说:'快起来吧,你们谁打了安德留哈呀?'安德留哈被人抬来了,紧接着警察也来了。我们所有人都被审讯了,但是谁都不承认跟这件事有牵连。当时安德留哈还有气儿呢,他说:'是你,谢尔古哈,用棍子打了我一下,我就什么也不记得了。'谢尔古哈没有承认。但我们大伙儿都认为是谢尔古哈干的,就开始看住了他,怕他出点什么事。过了一天一夜,安德留哈死了。谢尔古哈他们一家子人,他姐姐和他的老丈人就暗中撺掇他说:'谢尔古哈,你可不能承认呢,反正都是死人了。你要是承认,咱这一家子亲人就会被抓起来的。那可够你受的'。安德留哈刚一死,我们大伙就一起去找村长了,跟他说是谢尔古哈干的傻事。村长审问他了,但是,这家伙就是不承认。后来,放他回自己家去睡觉了,还有几个人在那里守着监视他,怕他出什么意外。他有一把枪,所以很危险。到了早上一看,他已经不在家里了,当时我们就集合起来到他家一顿搜查,整个村子里都找遍了,田野里也跑遍了,找了一大圈儿。后来,从村公所来了警察,说,谢尔古哈在他们所里呢。说完就立刻动手将我们都抓了。原来,谢尔古哈这个家伙直接跑到村公所里找了一个警官,往地下一跪,说是我们干的,我们叶夫列莫夫家兄弟几个在三年前就痛打过安德留哈一顿。我们三个人,'事情呢,是这样的,在路上,就是伊万、伊戈尔和我走在路上,一起说好了去打安德留哈一顿,我就过去用树根打了他一下,那伊万和伊戈尔过去抓住了安德留哈就开始猛揍他,我有点害怕了,就跑过去追上了前

萨哈林旅行记 | 071

面的一伙庄稼汉一起走了。'再后来，我们几个，伊万、基尔沙、我和谢尔古哈都被抓起来了，就到城里坐监狱了。"

"伊万和基尔沙是谁呢？"

"都是我的亲兄弟。是商人彼得·米哈伊勒奇到监狱里来把我们保出来了。保释的地点就在他的家里，时间一直到圣母节之前。那段时间我们过得挺好，安分守己地呆着。圣母节的第二天城里的法庭就给我们判了刑。基尔沙有证人，前面那群庄稼汉给他作证，可我呢，老兄，倒了霉啦。我在法庭上一五一十地说了整个来龙去脉，跟给你讲的一样，但是法官不相信呐，他说：'你们全都这样说，一会赌咒发誓，一会谎话连篇。'就这么着了，把我们判了，扔进了高墙大狱。在大狱里整天关着，还行，让我倒马桶、扫地和给犯人打饭。就干这些活每个月发我一份口粮面包。每个人的定额是3俄磅面包。刚听说要把我们送走的那天，我们给家里发了电报。那还是在尼古拉节之前的几天。老婆和哥哥基尔沙到监狱探监了，给我们带了几件衣服，还有别的一点什么东西……老婆不停地又哭又豪，可又有什么办法呢。老婆要走的时候，我把两份白面包塞给她，让她在回家的路上当饭吃。我们都抱头痛哭了一顿，就让她跟孩子们和乡亲们带个好。上路后，我们都被戴上了手铐。两个人是一组，我跟伊万在一起。走到了诺夫哥罗德，手铐摘下了，却给我们都戴上了枷锁，剃了光头。后来把我们押解到了莫斯科。我们在那里呈送申请，申诉了。又是怎么到的敖德萨，我就不记得了。路上倒没什么。到了敖德萨，就有医生给我们检查身体，脱光了衣服，上下都看了一遍。然后就把我们集合起来，押送到轮船上去了。在船上，哥萨克和士兵命令我们排好队，顺着舷梯下到船舱里，靠在铺位上坐好别动。全都坐在自己的铺位上。我们五个人就坐在上面一层的铺位上，不知所措，后来有人喊，'船开了，船开了'，船走啊走啊，后来就摇晃得不行了。又闷又热，大伙全都脱光了。有的人开始吐得一塌糊涂,有人根本不在乎。当然,大部分人都躺着呢。海上的狂风暴雨真大啊,船身前后左右地剧烈地摇晃。船走啊走啊,后来就撞上了礁石。我们跟船一样被大力怼了一下。外面海上是个大雾天,天色晦暗得什么也看不见。船往前动了一下子就又停下了,船身左右直晃,知道不,撞在礁石上了;弄得我们以为有一条大鱼在船底一直拱呢。[20] 所以大船才不停地晃动。往前开呢,开不动,就往后退,结果,退来退去,船底中间那地方被撞出来了一个大窟窿。拿了船帆过去堵,堵了又堵,半天也没弄好。船里面进水了。大伙坐在铺位上,水已经涨到大伙的脚脖子上了。大伙害怕了,使劲地哀求'大人啊,救命啊!'。船长大人一开始说:'别挤来挤去,别吵个不停,会平安无事的。'后来海水涨到下层的铺位那么高了。大伙儿又开始使劲挤来挤去,叫嚷个不停。船长老爷就只好说:'好吧,小子们,我把你们放出舱外去,就是不许乱跑,不然我会开枪的。'然后,我们就被从底层的船舱里给放出来了。大伙儿开始跪地祈祷,请求上帝保佑平安无事。开始时大家跪在那里就是祈祷。后来,给大伙儿点饼干和糖,大海上已经平静下来了。第二天,来了船把大伙儿送到了岸上,一上岸,大伙儿就又开始跪地祈祷。然后,我们就被转运到另一条船上啦,这条船是土耳其的[21],直接把我们拉到了亚历山德罗夫斯克这里啦。天亮的时候,我们才上的码头,等了好久呢。一直等到天黑,才离开码头。一大群人排成一串往前走,很多人的眼睛已经不好使了,得了夜盲症了。大伙儿得互相牵着;有人能看见东西,有人看不见,一个人手拉着另一个人,连成一串往前走。我往前走,后面跟了十几个人一起走。我们被押送到了监狱的院子里,分好监号就进了各自的囚室。没睡之前,谁身上有啥,就胡乱地吃点。到了第二天早上,才给我们派发了早饭。一共休息了两天,第三天给弄去洗了澡,第四天就被驱赶着干活去了。一开始在建筑工地挖排水沟,现在那个地方是监狱的医院。我们刨树根、挖土方、平整场地以及干其他的杂活。干了两三周、一个月的样子,就不让干了,把我们弄到米哈伊洛夫卡那头往这里运原木啦。要把原木用人拖上3俄里,堆在那座桥的旁边,垛成很高的一大堆。后来又赶我们去菜地里挖坑找水,打井。到了割草的季节,就把我们大伙都集中起来,问,谁会割草。有人说会,那就登记一下。所有登记好了的这群人就领到了面包、大麦米、肉,由一个看守领着我们,就去阿尔穆旦割草去了。我倒是没啥,上帝给了一副好身板,割草不费劲。但其他人就总挨看守的打骂,这个看守骂人的难听话我连听都没有听过。挨骂的大伙儿只好骂我,骂我为什么干得那么起劲。骂吧,反正我也无所谓。在空闲下来的时候或者是下雨天,我就编草鞋。大伙下了工回来,都是一头倒下睡觉,我坐那里编草鞋。我把编好的草鞋卖了,一双草鞋能换来两份牛肉,值4戈比。但没多久,草晒干了,我们就回去了。回去了就关在监狱里。后来,把我们分派到米哈伊洛夫卡的萨什卡家当雇工,他是自由移民。我在他家干所有的农活:"割麦子、打场、磨面、挖马铃薯,萨什卡帮我给官府运送原木。我们的生活花的都是从官府领来的补贴。我在萨什卡家干了两个月零四天。他先前答应给我工钱,可是最后呢一个戈比也没有给。给的就只有1普特重的马铃薯。萨什卡把我送回了监狱就不再雇了。监狱给了我一把斧子和一捆绳子,让我背柴火去。我负责烧七个炉子。我住在窝棚里,给看守们端茶倒水,扫地抹桌子。有一个鞑靼人[22]为庄家看摊儿。我收了工,他就把那摊子事托付我来看管,我来给他卖货,一天一宿给我15戈比。夏天的时候,我就下河去捞那些漂流木。我把这些原木垛好,攒了好大一堆,后来全都卖给了犹太人。我攒的那60根好原木自己卖了一个好价钱,每一根15戈比呢。现在日子过得还行吧,感谢上帝啊。啊,大人,我可没空和你聊个没完,我得挑水去了。"

"你就快要成为移民了吗?"

"还得过五年呢。"

"你想家吗?"

"不想。就是觉得孩子们太可怜啦。都太傻啦。"

"伊戈尔,你告诉我,在敖德萨,把你押送上轮船的时候,你都想了些什么呢?"

"我向上帝祈祷了。"

"你祈求些什么呢?"

"祈求上帝让我的孩子们变聪明点,有脑子。"

"你为什么不把孩子和老婆都接到萨哈林来呢?"

"因为他们在老家过得挺好呗。"

注释:

[20] 此处所指的是1887年"卡斯特罗姆"号在萨哈林西海岸的沉船事件。

[21] 此处指的是志愿者商船"符拉迪沃斯托克"号。

[22] 指中国人。

第七章 灯塔、村屯和气象站

灯塔。科尔萨科夫屯。苏普伦年科医生的收藏品。气象站。亚历山德罗夫斯克地区的气候。新米哈伊洛夫卡。波将金。前刽子手捷尔斯基。红谷。布塔科沃。

邮电所的官员,就是那个写《萨哈林诺》的年轻人,和我一起游览过亚历山德罗夫斯克和周边的郊区,他给我留下了很不错的印象。我们经常一起到山谷去,去戎克里埃海岬,看岬顶高高耸立着的灯塔。白天,如果从山谷的下方朝上面仰看,灯塔那里是一座不起眼的小白房子,背后有桅杆,上面挂着灯盏,晚上,灯塔则是在漆黑的漫长夜里璀璨夺目的万丈光芒,仿佛正是此时此刻,苦役地才用自己如炬的目光注视着整个世界。从谷底去往灯塔所在的房子,路很难走,沿陡峭的山峰往上攀爬螺旋形的古老山道,从云杉和松树丛中挣脱过去。越往高爬,呼吸就越是畅快;每升高一点,大海就宽阔许多,无限的海景跃入眼帘。这时,游者的思绪就一点一点地飞出了界外,再也不想什么监狱啦,什么苦役啦,什么流放殖民啦,简直毫无任何的共同之处。只有残存的一点想法,那就是山脚下的生活是多么的令人苦闷和艰辛。苦役犯和强制移民们日复一日地背负着惩罚的重荷,自由民从早到晚只是闲谈,谁挨打了,谁逃跑了,谁被抓回来了,谁又要挨打了;奇怪的是,对这种谈话以及想听这种谈话的氛围,你不出一个星期就会习惯,以至于每天早上一睁眼醒来,你会首先拿起印有总督命令的本地日报什么的看上一眼，然后一整天都在听别人讲或自己也讲类似的新闻，谁逃跑了，谁被打死了等等诸如此类的内容。站在高高的山顶，面对着大海和美丽的山谷，这些才是此地的本来面目，相比之下，人们的所作所为是如此的愚蠢，简直已经到了无以复加的地步。

据说，通往山顶的沿途路边，原本是设置了一些长椅的，但是，后来它们都被拆除了，原因是苦役犯和移民们在路过的时候，在长椅上面用小刀子刻划上了很多不堪入目的脏话和污秽下流的淫乱图画。这种所谓的厕所文学爱好者在自由的人们中间就为数众多，但在苦役犯中间，这种厚颜无耻就超越了任何的限度，达到了无所不用其极、恬不知耻的地步。在这里，不仅是僻静之处的长椅上和墙壁上是胡涂乱抹的春宫图，就连情书的内容也都是不堪入目和不忍卒读的污言秽语。一个人虽然感到绝望，感到自己是一个被世人所遗弃的人，成了一个世间不幸的人，但是，却在长椅上和墙壁上胡乱写划各种龌龊不堪的文字和图画，这真是殊为奇特的一幕呀。有的已经是老态龙钟、弓腰驼背的老头子，一个劲儿地见人就抱怨，土埋半截子啦，没几天活头了，身体已经患有严重的风湿病，眼睛也不好使了，但是，却能够一口气地、滔滔不绝地吐出一长串的恶毒的污言秽语来，那些话像是连珠炮一样，既像是精心组织了语言的骂人话，又像是发热病时的谵妄之语。如果他是一个识字的人，那么，在四下无人的荒僻之处，他就很难抑制住自己的冲动和卑劣情感的引诱，直到他用指甲也要在墙壁上刻划下违禁的脏话。

在小房子旁边，有一条被锁链拴着的恶狗，正在猖猖狂吠。一门大炮和一口大钟分列两旁；据传，很快就会运来一台报警器，安置在这里，一有大雾天气，它就能预警并鸣笛警示，它肯定会让亚历山德罗夫斯克的居民的愁肠百结再增添新的郁闷和惆怅。站在灯塔所在的山顶上,俯瞰大海和"三兄弟"尖顶礁石,瞭望海岬周围泛起的阵阵汹涌澎湃的波涛,令人头晕目眩,心惊肉跳。鞑靼海岸只是隐约可见,德-卡斯特里湾的入口也隐藏在一片淡雾之中;灯塔的管理员说,他有的时候能从这里看见从德-卡斯特里湾出入的各种船只。灯塔下面,辽阔无边的大海在太阳的照耀下,发出了沉闷的轰鸣般的声响,远处的岸边不禁令人神往,怅然和忧伤的情绪油然而生,仿佛永远也不可能从萨哈林岛逃出去了。就一直遥望着大海那边的海岸,好像我也成了一名苦役犯人,正在思考着,决心不顾一切,要从这里逃脱出去。

离开亚历山德罗夫斯克,沿着杜伊卡河往上游走,就是科尔萨科夫屯。这个屯子始建于1881年,是为了纪念前东西伯利亚省省长米·谢·科尔萨科夫而用他的姓氏来命名的。有趣的是,在萨哈林岛,很多的村屯大多都是为了纪念西伯利亚各位历任省长、监狱长或者医生而以他们的名字来命名的,但完全对诸如涅维尔斯科伊、海员科尔萨科夫、波尔什尼克、波利亚科夫以及其他上岛考察者诉诸遗忘。我倒觉得,比起因为残忍对待犯人而毙命的监狱长杰尔宾,这些人才是更值得尊敬和铭记的[23]。

科尔萨科夫屯计有居民272名:其中男性153名,女性119人。从业户有58家,从业户的构成为:26户为农民出身,9户为苦役犯出身。从这些从业主的成分、性别、收割干草的吨数和牲畜饲养头数等各个方面来看,科尔萨科夫屯与富裕的亚历山大城郊屯并没有很大的区别,这里每8户拥有两栋房子,每9户拥有一个澡堂子。45户人家拥有马匹,49户人家养牛。他们中的许多人家既有2匹马,也有3至4头牛。按老住户的数量来看,科尔萨科夫屯在萨哈林的北部恐怕可以排在第一名的位置,这里有43户居民从建屯伊始就定居在这里。在对居民进行登记的过程中，我遇到了 8 名 1870 年之前就来到了萨哈林岛的人，其中一个人是 1866 年就已经被流放到此地了。殖民区里面老住户比例比较高，由此可见一斑。

科尔萨科夫屯从外观上看，特别容易让人把它和一个偏僻、安静的俄国小村庄混淆为一体，似乎从未接触过任何外来文明。我第一次过来时，正值一个星期天的午后。四周相当静谧，天气晴和，就像节日的下午一样。男人们都在大树阴凉下面睡觉或者喝茶；女人们都在大门口和窗户下面互相在为对方抓头上的虱子。房前屋后的菜园子里盛开着各种花朵，窗台上摆放着天竺葵。许多的小孩子们在街上疯跑，在玩"扮士兵"打仗的游戏，或者在玩"骑大马"游戏，不停地去逗惹那条刚刚吃饱、只想打盹儿睡上一觉的大狗。一个流浪汉出身的羊倌，赶着一大群牲畜，大约有一百五十多头之多，回到了屯里，一时间屯子里悸动起来，夏季才能听到的声音充斥着整个屯子上空，牛羊们的粗声细嗓的哞哞咩咩的叫声，牧羊鞭子的凌空抽打声，女人们和孩子们轰赶牲口的嘘声和喊声，牲口们在土路上的奔突的蹄子的嘚嘚声，粪便和尘土在这声音中四处飞扬，空气中全是牛羊的腥膻味在弥漫，一派田园好风光。甚至连流经这里的杜伊卡河段也充满了迷人的景色。这条河从几户人家后面的菜园子旁边流淌过去；两岸都生长着杨树和柳树，满眼的青翠欲滴；当我刚来时，看到这一片的时候，河水正在黄昏的映衬下，平滑如镜，波纹不兴；感觉它就像是无声无息地入睡了一样。

我们在这里发现的，就像在富裕的亚历山大城郊屯一样，我们的科尔萨科夫屯也是一样的，这里的老住户、女性和识字人口的比例很高。自由民身份的女性数量较大，几乎与亚历山大城郊屯有着相同的"过去史"：私贩烧酒、高利贷盘剥等等勾当不一而足；据说，以前的长官们对此地的偏爱对这里的开发和安居起了很大的作用，批贷款、提供牲畜、送种子乃至于对私酿烧酒都很慷慨。科尔萨科夫屯的居民总是像政客一样，对来这里官职最小的官员也尊称为大人。但是，这里富裕的主要原因毕竟和亚历山大城郊屯还不是一样的，它不完全是靠私贩烧酒和长官们的偏爱才富起来的，也不是因为距离萨哈林的小巴黎较近这个有利条件，而是因为这个垦屯在农业种植方面取得了无可置疑的成效。亚历山大城郊屯有四分之一的从业户完全没有自主耕地，还有四分之一的从业户只有少量的自主耕地；可是，在科尔萨科夫屯，所有的从业户都耕种土地，种植粮食作物；亚历山大城郊屯一半的从业户都没有牲畜，也能过下去，而这里所有的从业户都认为必须饲养牲畜。出于特别多的原因，人们对于萨哈林的土地种植粮食不能不抱有怀疑的态度，但是，科尔萨科夫屯的农业种植却有相当好的收成，这是必须予以承认的。不能将科尔萨科夫人每年将两千多普特种子撒到地里这种劳作视为讨好长官们或者是出于他们的犟脾气。我没有此地粮食收成方面的准确数据，科尔萨科夫屯的居民们的说法又不能轻易相信，但是，根据某些特征来看，比如牲畜的存栏数比较多，生活的外部环境较好，还有，本地的农民并不急于去大陆，尽管他们很早就获得了这种资格，可以得出的结论是，这里的粮食收成不仅够吃，而且还有盈余，这是能让移民定居的有利条件。

为什么科尔萨科夫屯种植粮食取得了不错的成效，而临近村屯的居民却由于种植方面的一系列失败而忍受着极端的贫穷、早已经不再指望靠种植粮食来养活自己了呢？这个问题并不难以解释。科尔萨科夫屯坐落在杜伊卡河河谷最为开阔的地带，最开始来科尔萨科夫落户的移民，就可以支配大片的土地。他们不仅可以得到土地，而且还可以选择好一点的土地。现在，有20家从业户拥有3到6俄顷的土地，拥有少于2俄顷土地的户数不多。如果读者愿意把这个地段的土地与俄国农民耕种的土地份额相比较的话，那么，应该注意到，这里的土地并不包括轮种的休耕地，每年是全部播种的，一垄地也不会被剩下，因此，这里的2俄顷相当于我们那里的3俄顷。充分地利用大片的耕地是科尔萨科夫屯移民种植粮食成功的全部秘诀。在萨哈林，每年的平均粮食收成是种子的两到三倍的情况之下，土地上要想出产足够的粮食，只有一个办法：那就是多种。这里土地多、种子多、劳动力多且便宜。在粮食歉收的年份，科尔萨科夫屯移民靠种植马铃薯和蔬菜续命，这两类作物在这里的种植面积达到了33俄顷，这也是相当可观的。

流放殖民地存在的时间并不久远，定居的移民为数甚少，尚无法构成完整的统计数据链；迄今为止，统计数字类的资料相当贫乏，如此一来，任何要想做出一个自己结论的统计工作，就不得不靠观察到的现象和猜测来应付各种情况。如果不用顾及到结论的潦草和仅从科尔萨科夫屯移民数据的相关资料来看，大概，可以这么说，由于萨哈林全岛的农业收成比较低，为了种地不亏本，并能养活从业户自身，每一个从业户的种植面积必须在2俄顷以上的土地。这还不包括草场和种植蔬菜和马铃薯的土地。然而，根据《1889年农业状况报告》所述的内容来看，在萨哈林，每个农户平均只拥有1俄顷半（即1 555平方俄丈）的耕地。

在科尔萨科夫屯有一栋房子，屋顶是红色的，面积很大，屋子前面有修整得很好看的花园，有点像一个富裕的地主庄园。这栋房子的主人是医务主任苏普伦年科医生。他在春天的时候到俄罗斯去参加监狱展览的布展事宜工作去了，然后就决定永久地留在俄罗斯不回来了。因此，现在他的房子是空置的。我在这里见到了一些相当精致的动物标本，这都是医生收集来的藏品。我不清楚，医生的全部收藏品现在何处，是否有人根据他的收藏品来研究萨哈林岛的动物的区系系统，但是，根据这里所剩不多的动物标本来看，这些标本制作得非常精良，据别人介绍的情况，我可以判断，苏普伦年科医生的收藏相当丰富，他是一位知识相当渊博的学者，为此项颇为有益的收藏，他花费了大量的劳动，倾注了不少的心血。他是从1881年开始这项工作的，历经十年，收集了几乎可以囊括所有在萨哈林能够遇到的脊椎动物的标本。而且，同时他还收集了很多的人类学和民俗学的资料。如果他的全部收藏品都还留在岛上的话，建立一个相当有水准的博物馆的基础藏品就够了。

房子旁边就是一个气象站。不久以前，这个气象站的主管人还是苏普伦年科医生呢，现在由农业督导官负责运行。我过去的时候，一位充任抄写员的流放苦役犯人正在观测，他叫格洛瓦茨基，他是个办事有条理、细心周到的人，给我提供了很多气象学方面的统计表。根据九年来的观测资料，已经可以得出此地气候的结论，所以，我会尽力尝试提供亚历山德罗夫斯克地区气候概念。符拉迪沃斯托克市的市长曾经对我说过，在他们符拉迪沃斯托克以及整个东部沿海地区"没有任何的气候"。关于萨哈林地区，人们常说的也是这里"没有气候"，只有糟糕的天气。萨哈林这个岛是整个国家阴雨天最多的地区。我不知道，后一种说法是否正确；我驻留萨哈林期间，一直是天气不错的夏天，但是，气象统计表上的内容和其他一些著作作者对气候的简要介绍提供的都是恶劣天气图景。亚历山德罗夫斯克地区属于海洋性气候，它的特征就是天气具有不确定性，即年平均温度、雨、雪天数的波动幅度还是较大的[24]，等等；常年气温偏低，降水量较大，阴雨天气占比较多，这构成了这个地区气候的主要特点。为了便于比较，我把亚历山德罗夫斯克地区和诺夫哥罗德省的切列博维茨县这两个地区的每月平均温度列出来，因为切列博维茨县的气候特点也是这样，"气候寒冷，潮湿，不稳定，因变化无常对人体健康不利"[25]：

月份	亚历山大区	切列博维茨县
1月	-18.9	-11.0
2月	-15.1	-8.2
3月	-10.1	-1.8
4月	+0.1	+2.8
5月	+5.9	+12.7
6月	+11.0	+17.5
7月	+16.3	+18.5
8月	+17.0	+13.5
9月	+11.4	+6.8
10月	+3.7	+1.8
11月	-5.5	-5.7
12月	-13.8	-12.8

亚历山大区的年平均温度是0.1℃，也就是说，几乎在0℃水平上，而切列博维茨县则是2.7℃。冬天的亚历山大区要比阿尔汉格尔斯克还要酷寒，春天和夏天相当于芬兰地区的天气，秋天相当于圣彼得堡，年平均温度相当于索洛维茨群岛，那里的平均气温也是0℃。在杜伊卡河河谷地带可以见到永久冻土层。来此地考察的波利亚科夫就在6月20日时在0.75俄尺的深度发现过永久冻土层。他在7月14日分别在垃圾堆下面和山脚下的凹地里发现仍有雪，直到7月末这些残雪才会彻底融化。1899年7月24日，这里一座不太高的山上还下了雪，当时所有人都穿上了皮大衣和皮外套。根据9年来的观测结果，杜伊卡河开河最早的时间为4月23日，最晚是5月6日。整整九年的所有冬季里，没有一天是解冻的日子。一年当中有181天是酷寒的天气。151天会是寒风凛冽的日子。所有这些观测记载的数据都具有重要的实际

意义。在切列博维茨县,夏季温暖,时日漫长,据格里亚兹诺夫说,即使这样,那里的荞麦、黄瓜籽和小麦的成熟度还不够。而在亚历山德罗夫斯克地区,据当地的农业督导官见证,没有哪一年的气温能高到使燕麦和小麦完全成熟。

引起农学家和卫生学者们特别关注的,是此地严重的潮湿。一年当中,雨雪关联的降水天气平均为189天:其中下雪天是107天,下雨天是82天(在切列博维茨县下雨天是81天,下雪天是82天)。天空一连多少天都是密布低沉的阴云,连绵淫雨毫无停歇之意,令居民们觉得晴天无望。这种天气影响到了人们的心情,苦闷的思绪和借酒消愁的行为都可归因于天气。可能,在这种天气影响下,冷酷的人变得更残忍了,就连许多好人和心理比较脆弱的人,也会因为一连几周或者是甚至几个月都见不到太阳而永远地丧失了能过上好生活的希望。波利亚科夫曾经写道,1881年的6月份一整月的时间里没有一天是晴天,而当地的农业督导官的报告中则记载,在四年的时间里,从每年的5月18日到9月1日,晴天的平均天数没有超过8天。大雾弥漫是这里常见的现象,特别是在海上,那种天气对海员可是真正的灾难啊;据说,含有盐分的海上大雾,对沿海生长的植物、树木以及草场都具有破坏性的影响。下面我还要谈及一些村屯,那里的居民就是主要是受到了这种大雾的影响,已经不再种植粮食作物,而是将自己的耕地全部改为马铃薯的种植地块。有一次,我在一个大晴天里,亲眼看到,海上飘来的浓雾就像是一堵墙壁一样越升越高,从天上严丝合缝地拉下了如牛奶一般纯白色的幕布。

此地气象站的全部设备仪器,都通过了圣彼得堡天文台的检测,并在那里购置齐全了。但没有配图书室。除了上面提到过的抄写员格洛瓦茨基和他的妻子之外,在气象站里我还登记了6名男性和1名女性。他们在这里做些什么,我还真不知道。

在科尔萨科夫屯建有一所学校和一座小教堂。曾经有过一个医疗站点，收治过14名梅毒患者3名精神病患者；其中有1名既是精神病患者也是性病患者。也听人讲过，那些住院的梅毒患者常常被要求为外科做托骨吊带和裹伤口用的棉线团。但是，我没有得到机会去这个中世纪的医疗机关参观一下，因为在9月间它就关闭了，当时主事的那位年轻的军医临时被派到监狱去任职了。假如传说是那位到监狱给人看病的军医下令，放一把火将精神病患者都烧死了的话，也没什么令人惊诧的，因为此地的医院管理制度落后于文明至少二百年。

黄昏的时候，我在一所房子里遇见了一个四十多岁的人，穿着短上衣和阔腿裤；下巴上的胡子剃得精光，衬衫没浆洗过，很脏，脖子上系了一根布条子权当领带。看上去，是个有过特权的人物。当时他坐在一把矮腿椅子上，正端着一只土碗，在吃咸肉马铃薯。他说了自己以"基"结尾的姓氏，我怎么都觉得他像是我以前认识的一个军官，也姓以"基"结尾的姓氏，由于违反了军纪而被发配去服苦役的。

"您以前是军官吗？"

"才不是呢，大人，我是神父。"

我不知道，他为什么会被发配到萨哈林岛来，我也没有追问下去；当一个不久前还被人尊称为约翰神父的人，一个被称为神授之人、被排队吻手致意的人，衣衫不整，毕恭毕敬地站在一个来访者的面前的时候，你会无暇问及他的任何罪行。在另一处房子里，我还目睹过这样的场景。一位年轻的苦役犯，长着一头黑发，面色异常的忧郁愁苦，穿着一件很讲究的短外套，就坐在桌子旁边，双手托腮低着头，女主人也是一个苦役犯，正在收拾桌子上的茶炊和茶碗。我问他，结婚了吗？年轻人回答道，他的妻子和女儿本来是自愿跟随他一起来萨哈林的，但是，就在几个月以前，妻子领着孩子离开了这里，到尼古拉耶夫斯克去了，就没有再回来了。尽管他已经给他妻子拍了很多封电报。"她不会回来了,"女主人幸灾乐祸地说,"她在这里能做什么呀?难道她是没有见识过你的萨哈林什么样吗?哪那么容易就回来!"他一声不吭,而女主人却不肯住嘴:"她是不会回来的了,一个年纪轻轻的女人,自由自在多好哇,回这里干什么?像一只鸟一样飞走了,杳无音讯啦。她可是跟你我不一样的人啊。我要不是打死了自己的丈夫,杀了人,而你也没放过火,我们不也都是自由自在的人嘛,现在呀,我们就在这里伸脖子干等着吧,你就愁断了肠子想她吧……"他显然十分痛苦,心情郁闷,心里像是压了一块大石头一样沉重,而她一直在喋喋不休地唠叨个没完,刺痛着他的心;我走出屋子的时候,她的连珠炮一样的话仍然在我的耳边轰鸣。

在科尔萨科夫屯,和我一起挨家挨户做普查登记的是苦役犯基斯利亚科夫。他可是一个相当古怪的人呐。做过法庭采访的记者们可能都还没有忘记这个人。他正是那个杀人的军队文书,就是在圣彼得堡尼古拉耶夫大街上用一把锤子杀死了自己妻子的那个家伙,他是自己跑到市长那里去投案自首的。据他供述,他妻子是一个大美人儿,他非常爱她,就是有一次和她吵了一架,他就在圣像前发了誓,一定要杀了她,从那时候起,一直到杀死她之前,一个看不见的幽灵一直在他的耳边嗡嗡地怂恿他:"杀掉她,杀掉她!"在审判之前,他一直被关在圣尼古拉医院里;可能,就连他自己也认为,他是一个精神病患者。因为他不止一次地请求我为他去求情,确认他是精神错乱的病人,应该把他关到修道院里去。他的全部苦役工作就是在监狱里,为配给的面包口粮制作标签。工作倒是不繁重,但是,他却雇了另外一个人来代替自己干,而他自己呢,说是要"收徒授课",实际上却什么也不干了。他穿得溜光水滑,帆布做的夹克上衣笔挺,看上去相当体面,但他是一个浅薄的人,话特别多,总像个哲学家似的。每当看见小孩子,就用他那好听悦耳的声音说,"哪里有臭虫,哪里就有孩子"。每当有人问我，为什么要做人口普查登记的时候，如果是他在场的话，他就会说："为什么？为的是把我们都送到月球上去。你知道月球在哪儿吗？"那天，我们很晚了才步行回到亚历山德罗夫斯克，他在路上不止一次，没头没脑地反复说一句话："复仇是最高尚的感情。"

沿着杜伊卡河继续上行，就到了新米哈伊尔屯①。这个屯子始建于1872年，因米丘尔的名字叫米哈伊尔而得名。在许多的著作中，作者都称它为"上界屯"，而本地的移民则把它叫做"耕地屯"。这里共有居民520人：男性287人，女性233人。从业主133户，其中有两个人是搭伙经营。所有的从业户都有自耕地块，84户拥有大牲畜。但是，除了少数的例外，各家各户都很贫穷。居民们都异口同声地说，在萨哈林"没任何的活路"。据他们讲，往年的时候，新米哈伊洛夫卡比现在还穷得厉害呢，从屯子里去往杜埃的那一条小路，就是女苦役犯和女自由民用脚踩出来的，她们是去杜埃和沃耶沃达监狱，向那里的犯人出卖自己的肉体以便换几个铜板。我能证明这一点，因为这条小路至今为止还没有长出青草来。那些像科尔萨科夫里的一样拥有大片耕地的居民，都拥有3到6俄顷面积的地块，有的耕地能够达到8俄顷。这些人是都不穷的，但是这种成片的耕地越来越少。现在有一半以上的从业户占有的地块仅为0.125至1.5俄顷而已，这就意味着，种植粮食对他们来说是亏本的。老户从业主经验缺乏，只种植大麦，并且已经开始在原本种植粮食作物的地块上，种起了马铃薯。

这里的土地没有什么吸引力，不能使移民过上安居的生活。建屯最初4年落户于此的从业主们一个也没有剩下，没有一户定居下来；1876年落户的还剩9家，1877年落户的还剩4家，其他

---

① 即新米哈伊洛夫卡。

从业主全部都是新户。

新米哈伊洛夫卡有电报局、学校、济贫孤老院和一座没有建成的教堂。有一个面包坊,专为修筑新米哈伊洛夫卡地区的道路的苦役犯人烤制面包;也许是没有任何管理单位监督的缘故,他们那里烤出来的面包难吃得要死。

每个途经新米哈伊洛夫卡的人,都必定要认识一下本屯的名人,流放犯出身的农民波将金。每次有重要人物莅临萨哈林岛的时候,肯定是由这个波将金来敬献面包和盐以示欢迎。波将金就是农业种植业成功的一个例证。户籍登记册上写着,他养了20匹马和9只羊。但传说,他拥有的马匹可要比这个数目多出一倍。他还开着一家商店,在杜埃还有一家分店,是他的儿子经营着。他给人的印象呢,精明强干,头脑活络,身家不菲,是一名分裂教派的教徒。他家里窗明几净,墙上贴着像样的壁纸,还有一幅画名为《马利安温泉·利巴瓦海水浴场》的画呢。他和他上了年纪的妻子都是相当庄重的人,谨言慎行,与人谈话是很有政治头脑。我在他们家喝茶时,他们夫妻两个人对我讲,在萨哈林生活还是过得去的,土地上的粮食收成还好,所有的不幸和苦痛就在于,现在的人都太懒惰了,都被惯坏了,都不思进取。我问他:大家都传说,您用自己家菜园子地里长出来的西瓜和香瓜招待过一位大人物?他连眼睛都没有眨一下就回答说:"一点也没错儿,有时候香瓜也能成熟的。"[26]

在新米哈伊洛夫卡里还住着另一位萨哈林名人,那就是前刽子手、强制移民捷尔斯基。他现在总咳嗽,老是用那双青筋暴凸的双手抓自己的胸口,抱怨是从前落下了内伤。他一蹶不振是从那次犯错之后开始的,根据长官的命令,亚历山德罗夫斯克现任行刑官科麦列夫对他进行了惩罚。他人一下子就萎靡下去了。科麦列夫体罚起来那个卖力气,"差点没有把他打得没气儿了"。但是,过了不久,科麦列夫也犯了一个错儿,这回轮到捷尔斯基像过节一样兴奋了。他这次可没有什么可顾忌的啦，放开手脚，把自己的同行恶狠狠地毒打了一顿，据说，这个，科麦列夫至今身体还在溃烂流脓呢。要不说呢，同行是冤家，要是把两只有毒的蜘蛛放在一个罐子里，那它们是肯定会把对方都活活咬死的。

在1888年以前，新米哈伊洛夫卡是杜伊卡河最新的一个定居点，现在又新建了红谷和布塔科沃。目前，从新米哈伊洛夫卡通往这两个新的定居点的道路正在铺筑之中。到红谷的路才修好半截，就只有3俄里能通行，我坐着马车从新修好的路这一段走过，大路平坦，笔直，像是一把延伸的尺子，后半段需要从风景如画的原始森林中穿行过去，这一段伐过树木所剩的树桩已经完全清理了，就像是在乡间小路上行驶一样，走起来也相对容易，心情也是愉快的。一路上高大的成材树木为了筑路均已经砍伐殆尽，但森林仍然不失其异常壮美之姿。在白桦树、山杨树、白杨树、水曲柳、接骨木、稠李树、绣线菊、山里红等树木之间，隐没着一人多高的蒿草。蕨菜棵高叶肥，牛蒡的叶子有1俄尺多宽，各种乔木和灌木混杂在一起，交错生长，形成了丰茂的密不透风的丛林，为黑熊和紫貂以及鹿群等动物提供了良好的隐身休憩场所。接近峡谷尽头，两侧均是绵延的群山，山上长满了冷杉、枞树和落叶松等针叶林，像是两堵绿色的墙壁分列于此。再往山上看，高处又是阔叶林的天下，顶峰上却是没有大树的，间或一些灌木丛覆盖其上。我在俄国的任何其他的地方都没有见到过这么大棵的牛蒡。这些体形庞大的牛蒡令此地的林地和草场具有了独特的地貌特征。我已经写过，晚上，特别是在月光的映衬下，此地的林地和草场都饱含一种莫测的神秘感。还有一种非常高大的伞科植物，俄语中似乎还没有这种植物的正式名称：它长得挺拔高大，树高能达到10英尺，根部粗约3英寸，上面的部分呈棕红色，最顶部会撑开一个直径1英尺的伞状树冠；在这个主冠的周围还会长出4至6个小一点的伞状树冠，看上去很像是那种枝形烛台的造型。在拉丁文里,这种植物的名称叫"熊根子"[27][28]。

红谷才建了一年多。屯子里只有一条较宽的街,路却还没有修好。从一栋房舍到另一户人家去的话,要经过草墩子、大土堆、刨花堆,从一根根原木、一个个树桩子和排水沟上方跳过去,那沟里的水已经黑臭。房舍还没有都盖好。一户从业主正在制砖,另一户正在砌炉子,另外一户人家正在从街上往家里拖原木。这里总共有从业户51家。其中3家,包括一户主人叫彭吉卓的中国人,放弃了建造到一半的房子,走掉了,原因不明,现在在何处,也无人知晓。这里有7个高加索人,他们已经不再干活了,全都挤住在一所房子里,虽然这才8月2日,但是,他们已经被冻得蜷缩成一团了。这个屯子的刚开始初建阶段,从几个数字上就可见一斑。屯里共有90名居民,男女比例是2∶1;合法家庭3户,同居的自由民家庭却有20户之多,5岁以下的儿童只有9名。3户人家有马匹,9户人家有牛。目前全屯的从业主都从当局领取囚犯的定额口粮,但是以后他们靠什么生活还不甚清楚;总之,靠种植粮食作物养活自己的希望真的不大。迄今为止这里的可耕地只有24.25俄顷,也就是说,平均到每户不到半俄顷耕地可种。现在都被刨出树根,种上了粮食和马铃薯。没有草场,也就无处去刈草。此地是河谷的最狭窄之处,两侧都是大山,无法种植任何农作物。行政当局要做的只是给这些人随便找一个栖身之处,并没有人认真地通盘考虑他们的生活,并且每年还要往这里继续安置几十户新的从业家庭。可供耕种的地块只有目前这么多,即每户只能分到八分之一、四分之一和二分之一或者递减到更少。我不清楚,是谁选了红谷这么个地方来建屯,但综合各方因素来看,承担选址任务的人完全是个外行的人,从来也没有到过农村生活,而且对农业殖民问题研究得不多。这里连正常的饮用水源都缺乏。当我问水源在哪里的时候,人们指给我看的是路旁的排水沟。

这里建造的房舍式样单一，只有两扇窗户，建造材料多为潮湿、质量低劣的木料，建房时的唯一打算就是，尽快把强制移民期限对付过去然后早早离开到大陆上去。当局对建屯过程中的房舍建造没有任何监督，可能的原因是，管理当局中没有一个对房舍建造和如何砌炉子有概念的官员。从编制角度来说，萨哈林行政机关应该有建筑师列编才对。可是，我在的时候，根本没有见过懂得建筑的官员，即使是有的，可能也只负责政府的建筑工程。比所有的民居房舍看上去都好看的、都体面的房子只有一栋，那就是这里的屯监家的房子。他姓乌比内赫，个子矮小，身体羸弱，是个老兵油子，脸上总是一副莫须有的痛苦神情和活不起了的样子，倒也符合他的姓氏①名解。也许这是因为他的同居者是一个又高又胖的强制女移民吧，这个女人不仅跟他同居，还给他生养了人数众多的子女，形成了一个大家庭。乌比延内赫现在领着看守长的薪水，他的全部职责是向每一个到访此地的人报告说，目前世界上的一切都平安无事。但是呢，他自己就不喜欢红谷，恨不能一下子离开萨哈林。他问我：等他转为预备役的时候想去大陆上居住，他的同居女人能被允许和他一起去吗？这个问题令他忧心忡忡。

我没有去布塔科沃[29]。根据一位神父的忏悔名册，我对这个屯的一部分人口情况进行了核对和补充。布塔科沃有居民39人，成年女性只有4位。共有22家从业户。目前建成的房舍只有4栋，其余的房子都是才仅仅有个雏形而已。能种粮食和马铃薯的耕地总计才有4.5俄顷。屯子里也没有养任何的家畜和家禽。

在结束了对杜伊卡河谷的考察之后，我转到了一条名为阿尔卡伊的小河沿岸继续工作。这里有三个村屯。选择这个地方继续

---

① 乌比内赫（Убьенных）直译为"被害人"。

工作，并不是因为这里比其他地方更便于考察或者能更清楚认识殖民地的要求，而是纯属出于偶然，这条小河的河谷与其他河谷相比，距离亚历山德罗夫斯克最近而已。

注释：

[23] 有两个人对流放殖民区的创建和实施有贡献并至今仍具有影响力，即米丘尔和加尔金-弗拉斯科伊。为了纪念米丘尔，用他的名字命名了一个村庄，只有10户人家，人均寿命不长；加尔金-弗拉斯科伊的纪念命名就是旧名为西扬查的地方。由于旧地名沿用已久，遂只有在公文中才会使用加尔金-弗拉斯科耶这个称谓。但是，在萨哈林，既有叫科尔萨科夫的屯落，也有科尔萨科夫大型哨所，不是因为科尔萨科夫贡献更大，而是因为他官至省督军，人们惧其官势而已。

[24] 平均气温在1.2℃和-1.2℃之间；降水天数在102和209天之间；1881年全年无风的天数只有35天，1884年多出2倍，为112天。

[25] 格里兹诺夫：《切列博维茨县农民生活的卫生条件和医学分布状况比较研究》，1880年。其中使用的是华氏温度，本书中一律都将其换算成摄氏度。

[26] 苦役犯波将金来到萨哈林之前就是一个富有的人。在他来到萨哈林3年后，奥古斯丁医生见过他一面写道："要是说身为苦役犯的波将金能在3年的时间里就能为自己盖起一座大房子，养上一群良马，并且能够把自己的女儿嫁给一位萨哈林的官员，在我看来，这同其务农毫无关系。"

[27] 熊根（草）（原文为拉丁语）。

[28] 大多数画家都不喜欢此地的风景。这是因为他们旅行至此，头脑中还保留着对路过的日本、锡兰、阿穆尔河流域等地风景如画的深刻印象，还有就是他们是从亚历山德罗夫斯克和杜埃开始萨哈林之行的，这两个地方的自然景象确实乏善可陈，恶劣的天气也影响了观感。就是无论萨哈林的风景如何优美，一连几个星期都在雨中度过，并且浓雾和烟霭一直不会消散，这么一来，就很难认识庐山真面目了。

[29] 这个屯子的名称是为了纪念布塔科夫，他曾任特姆区的区长。

第八章 河谷沿岸各屯住房、隧道、监狱和戴镣囚犯

> 阿尔卡伊河。阿尔卡伊哨卡。头道屯,二道屯和三道屯。河谷。西海岸六个小移民屯:姆加契,坦戛,霍埃,特拉姆巴乌斯,维亚赫图和旺戛。隧道。电缆房。杜埃。家属宿舍。杜埃监狱。煤矿。沃耶沃达监狱。钉在连车镣铐上的犯人。

阿尔卡伊河注入鞑靼海峡,入海口在杜伊卡河以北8至10俄里处。不久以前,这还是一条很像样子的河流,在河里能捕获个头不小的大马哈鱼,现在呢,森林火灾频发,滥砍滥伐成风,后果就是这条河越来越浅了,初夏季节,竟至于干涸,只有到大暴雨来临的时候,河水才像过去的春汛一样,水流湍急,惊涛拍岸,泛滥成灾。这条河不止一次在夏季淹没沿岸的菜园子,将移民们的干草和所有可能的收成都卷入大海。类似的灾难防不胜防,因为山谷相当狭窄,除了这条河,就只能上山[30]。

在阿尔卡伊河入海口的转弯处河谷旁,基里亚克人的阿尔卡伊-沃①和因此而得名的阿尔卡伊哨卡以及那三个用数字命名的屯子就坐落于此:头道屯,二道屯和三道屯。从亚历山德罗夫斯克通往阿尔卡伊河谷有两条路:一条是山路,我在的时候这条路是不能通行的,因为山火肆虐,山上的沿途桥梁已经被损毁;另一条道路濒临海滨,只有在海水退潮的时候,马车才能通行。我第一次去阿尔卡伊河谷是在7月31日的早上8点钟,当时海水已经开始退潮了,天空阴沉沉的,空气中潮湿得令人胸闷,大雨欲来,

海面上没有任何的帆影，陡峭的灰褐色海岸看上去更加阴沉；涛声特别不自在地闷声低吼着；枝桠横生、几近枯死的树木从高高的海岸上俯视着下方翻滚的浪头；在这个空旷的空间中，每一棵树都注定要孤独地与严寒和烈风进行残酷的斗争，每一棵树都要在秋天和冬天这两个季节，在那些漫长可怖的黑夜里，永不停歇地被风吹得摇来摆去，将枝干一直弯曲到地面，在风的伴奏下，发出低声的哀鸣，但是，这哀怨啊，任何人也听不到。

阿尔卡伊哨卡①位于基里亚克人的村落附近。它的意义首先是一个卡点，有士兵驻守，用来设卡追捕逃犯。现在住着一名屯监，可能就是一个履行移民事务监管责任的职位。距离这个哨位2俄里左右就是阿尔卡伊头道屯。这个屯呢，它只有一条街道。由于地势特点，屯子只能纵向延伸，而不能横向拓展。随着时间的流逝，往后三个屯子已经具有逐渐地连在一起的趋势了，到那时候，它就将成为萨哈林规模很大的村子了，尽管它只有一条街道。阿尔卡伊头道屯始建于1883年。现有居民136人：男性83人，女性53人。有从业主28户，除了女苦役犯人巴甫洛夫斯卡娅，均为有家室的，她是一名天主教徒，她的同居男人是这一户的真正业主，但不久前死了；她抱着一片热忱恳求我说："再给我指派一个户主来吧。"这个屯里，有3户业主拥有两栋房舍；阿尔卡伊二道屯始建于1884年。这个屯子里有居民92户，男性46人，女性也是46人。从业主人数为24人。所有从业主都是有家室的。其中有两户拥有两栋房舍。阿尔卡伊三道屯是和阿尔卡伊二道屯同时建立的，由此可见，当初向阿尔卡伊河谷安置移民的行为有多么急迫和仓促。阿尔卡伊三道屯有居民41名，男性19名，女性22人。从业主10户，合作搭伙的有1户，家庭方式经营的是9户。

---

① 这一地区又被称为阿尔科沃。

阿尔卡伊三个移民屯里的从业主都有自己的耕地，地段有大有小，在0.5俄顷到2俄顷之间不等。有一个从业主还拥有3俄顷呢。大量种植的作物有小麦、燕麦、大麦和马铃薯。大多数人都会饲养牲畜和家禽。从移民事务监督官收集来的农户资料来说呢，可以得出的结论是，三个移民屯在自身的短期存在期间，在农业种植方面都取得了不俗的成绩；一位匿名的作者在谈到这里的农业种植业时写道："这里的农业劳动回报丰厚，这里的土壤条件较好，相当适合耕种，森林和草地上的植被的良好长势便是最好的说明。"但实际情况并不如此。这三个移民屯均属于北萨哈林最为贫穷的村屯，这里是有耕地和牲畜，但是粮食生产一次也没有获得过丰收。除了萨哈林全岛这种普遍不良的条件之外，对这里的农户来说，此处还有阿尔卡伊河谷特有的天然之敌。上面引用的那位匿名作者对这里的土质赞誉有加，而实际上，这里的土层表面一层是腐殖土，底层则是砾石，在炎热的天气里，这种砾石层气温非常高，会把植物的根部烤干，而砾石层下面又是黏土，在雨季来临时，土层的透气性差，植物的根部都会泡烂。在这种土壤条件下，能够成活并茁壮成长的植物，可能只有那种根部粗壮，扎根很深的植物，比如牛蒡等。农作物中只有块茎类的马铃薯或者是芜菁甘蓝等可以安然长大，而且在播种的时候，比起禾谷类粮食作物，这类农作物必须要深耕细作。关于河水泛滥造成的危害，我已经讲过。这里根本没有形成可以提供饲料干草的草场，只能到原始森林的小块草地割点草，或者遇上零星有草的地方，拿上镰刀割上几把，手里有钱的人就去特姆区买草。有人跟我讲，有的家庭整个冬天都没有可以果腹的食物，只用芜菁甘蓝来充饥。就在我来之前不久，阿尔卡伊二道屯一个姓斯克林的移民就是饿死的。听他的邻居们讲，他一连三天总共只有一磅面包可吃，而且这种情况持续了很长时间。他的死吓坏了邻居们，他们对我说："到头来我们的下场也是一样的。"我记得，有三个妇女在讲述她们的那近似于习惯了的生活时，不由得哭了起来。在一所没有任何家具、黑乎乎的、难看的炉子占据了大半个房间的屋子里，几个孩子围着一个女主人在哭闹，连一群鸡雏也唧唧喳喳也围在她的脚旁乱转；她出门到了街上去，孩子们和小鸡也亦步亦趋地跟着她，她看着他们，哭也不是，笑也不能，为孩子们的吵闹和鸡雏的叫声而向我道歉，说这都是饿的。她在等丈夫回来等得着急，他呢，去城里卖草莓了，盼着他卖完好买点粮食回来。她剁了一些白菜叶子撒在地上，喂给鸡吃，鸡雏一拥而上，但发现受了欺骗，鸡雏咯咯咕咕的叫声更响了。在另一所房子里，住着一个庄稼汉，是一个苦役犯，他像个蜘蛛一样，头发都扎撒着，倒竖的眉毛老长，浑身上下脏臭不堪，同他一起住的另一个苦役犯也是同样的，头发都扎撒着，浑身散发着臭味。这两个人家里人口都不少，但是，房舍里呀，就像俗语说的，只有耻辱和霉运当头，家里连一个钉子也没有，家徒四壁。除了孩子们的吵闹和鸡雏咯咯咕咕的叫声以及移民斯克林的死亡之外，在这里，贫穷和饥饿的间接的表现方式何其多也！阿尔卡伊三道屯的一个叫彼得罗夫的移民家的房子上了锁，因为他"因懒惰成性不事生产和自作主张擅自屠宰牛犊而被关进沃耶沃达监狱正在服刑"。显然，他屠宰牛犊是因为贫穷，他把牛肉拿到亚历山德罗夫斯克卖掉了。从当局借贷来的种子本来应该进行播种使用，农户们在农业登记中也写上都播种到地里去了。但是，实际上在这之前就被吃掉一半啦。移民们的谈话中也并不掩饰这一点。他们手中的牲畜是从当局通过借贷而来的，并且由当局提供的饲料喂养。越是穷人，债务就越多：所有的阿尔卡伊屯民都欠了不少债，他们的债务额度随着每一次的播种而日益增多。有些人身上的债务已经到了无法还清的地步，达到了每个人平均200，甚至300卢布之多。

在阿尔卡伊二道屯和阿尔卡伊三道屯之间，有一个阿尔卡伊驿站，此处可以更换从这里去往特姆区的马匹。这是一个驿站兼客栈。如果按我们俄国的标准来衡量，考虑到这里的交通设施相当简陋，驿站里只设有一个站长和两三个工作人员即可。但是，在萨哈林，一切都要讲究排场，格局要大。所以，这里除了站长之外，还有文书、信差、马夫、2个面包师、3个烧炉工以及4个工人。问他们在这里具体干什么，他们回答我说："背草。"

如果哪一位风景画家有机会来到萨哈林，那么，我推荐他多多关注阿尔卡伊山谷的景色。这个地方除了风景优美之外，地貌的颜色可谓丰富多彩，绚烂无比。五彩缤纷的地毯和万花筒用来比喻阿尔卡伊山谷有点落伍，但是很难用其他东西来其恰如其分地比拟它的全部的美。在绿意盎然的密林中，高大的牛蒡直矗其中，刚刚被雨水冲刷过的叶子，闪耀着勃勃的生机。距离它有三俄丈远的平整的地块上，生长着泛着绿意的黑麦苗；接着它的，是一大块耕地，也种着小麦，挨着这块地，又是一株高大的牛蒡，后面才是一小块麦地。在过去就是一垄一垄的马铃薯地块，有两棵向日葵因日照不足，头已经垂向了地面。接着进入眼帘的是楔子形状的麻田。到处都是伞科植物，高傲地伸出一柄柄伞骨，像枝形烛台一样摆放着，四周是五颜六色的田野，玫瑰色和鲜红色的星星斑斑地点缀其间。路上走过的几个妇女，都是用牛蒡的宽大的伞形叶子来挡雨，伪装得像是一群甲虫在游弋。周围群山环抱，虽然山都不高，没有高加索山那么雄伟，但是，山毕竟还是山呢。

沿着西海岸，有六个小村屯顺阿尔卡伊河口上溯处分布。因为从从业户注册资料和神父的忏悔书里得到了比较具体的数据，所以，我就没有去这些村屯了。由于它们的地理位置都是在伸入海中的岬角或者小河的入海口处，名字都以所处位置命名。最初的时候，实际上它们都是一些监视哨卡，人数在四五人之间而已。后来，监视哨卡已经不足以应付情况，于是，在1882年，决定在杜埃岬和波哥比岬之间的几个最大的岬角上安置移民,大部分被安置过来的都是拖家带口的移民。当局建设移民点和哨卡的目的在于:"方便来自尼古拉耶夫斯克的邮差、旅客和赶狗拉爬犁的人在旅途中能有舒适和安全的落脚之处;因为此处为囚犯唯一(?)可能的逃跑路线,且也是被禁止的私酒贩运的通道,建立一条全面的海岸线警戒监视线路殊为可行。"通往沿海村屯是没有路的,只能在退潮的时候靠步行沿海边走过去,冬天就只能坐狗拉爬犁过去了。也可以坐小船或者汽艇过去,但是,那只能是在天气极好的情况下。这些屯落从南到北的分布情况是这样的:

姆加契。有居民 38 人,男性 20 人,女性 18 人。从业户 18 家,有家室的 13 家。合法家庭户只有 2 家。所有从业主都有耕地,总计为 12 俄顷左右,但是,这些耕地已经有三年的时间不种粮食了,只种植马铃薯。倒是有 11 户是建屯伊始就在此处安家落户的,其中的 5 户已经获得了农民的身份。他们的收入很好,这是他们并不急于去大陆定居的原因。这里有 7 人养狗,冬季用来赶狗拉爬犁运送邮差和旅客。有一人以狩猎为生。至于渔业捕捞这一行,并没有人干,只是 1890 年监狱管理局在自己的报告中提到过而已。

坦戛。现有居民 19 人,男性 11 人,女性 8 人。有耕地约 3 俄顷,但是和姆加契一样,受到海上大雾的恶劣影响,粮食作物长势受限,只能种马铃薯。2 户从业主有船,从事渔业。

霍埃。因位于霍埃岬上而得名的屯子,这个海岬伸入进海里,从亚历山德罗夫斯克那里就可以看见。现有居民 34 人,男性 19 人,女性 15 人。从业主 13 人。这里还没有对种植粮食丧失希望,在继续种植小麦和大麦等作物。有 3 户从事狩猎。

特拉姆巴乌斯。现有居民 8 人,男性 3 人,女性 5 人。女性多于男性的屯子都是幸福的。有从业主户 3 家。

维亚赫图。这个屯子就在维亚赫图河边,这条河连接着一个湖和大海,倒是挺像涅瓦河的。据说,河里既能捞到湖鲑鱼,又能捕到海鲜鱼。屯子里现有居民 17 人,男性 9 人,女性 8 人。从业户 7 家。

旺戛。这是最北边的一个屯子。现有居民 13 人,男性 9 人,女性 4 人。从业户 8 家。

按照旅行家和学者的描绘,越是往北,自然界就越贫瘠,看着就越发凄凉。特拉姆巴乌斯以北,萨哈林全岛的三分之一都是平原,是一整个的冻土带,这里高高低低起伏的丘陵和山脉是整个萨哈林岛的分水岭,很多考察著作的作者认为,这些丘陵是由阿穆尔河的冲击层形成而来的。红褐色的沼泽地性质的平原上生长的都是一些枝蔓横生的阔叶林;落叶松的枝干也不高,树冠离地很近,像是绿色的草垫子一样铺在地上,雪松的树枝都耷拉在地上,林带里枯萎了的树叶下面地衣和青苔在生长。像俄国其他地方的冻土带一样,这里也只有那种酸涩的野生浆果可以长大,比如匍萄果、蓝莓、石悬钩子、草莓等。这些丘陵都绵延在平原的最北端,面积不大,但是面朝天寒地冻的大海,就像是在微笑着挥手告别一样;在克鲁津希帖恩角的地图上,这一带却标示着挺拔的阔叶林带。

然而,尽管这里的自然情况恶劣、严峻,了解此地情况的人都知道,沿海村屯的居民生活比起在阿尔卡伊和亚历山德罗夫斯克要好得多。

个中原因就在于这里人口稀少,他们所能掌控的福利只在为数不多的人口之间分享。对他们来说,耕地多少和粮食的收成的好坏是无关紧要的,他们能自己管自己,自己做主选择该作何种营生。这些屯子是从亚历山德罗夫斯克去往尼古拉耶夫斯克的必经之路;冬季里,基里亚克人和雅库特人的加工贸易交易在此地展开,移民们卖出东西或者是以货易货,没有中间商人的盘剥。

所以，这里没有商铺，没有开地下赌场的人，没有赚差价的犹太商人，也没有那些用点烧酒就换上好狐狸皮货、以便向外地人得意炫耀的公差们。

再往南就没有布设新的村屯了。亚历山德罗夫斯克再往南的西海岸只有一个居民点，那就是杜埃，一个可怖、丑陋的地方，在各个方面都一无可取之处。心甘情愿居住在杜埃的人，不是圣人就是不可救药之人。此地本是一个哨所，居民们都称它为港口。它始建于1857年，它无论是叫杜埃还是叫杜伊，名称倒是以前就存在的，大概是因为它和现在海边那里的杜埃煤矿相关。杜埃就在一个特别狭长的河谷里，有一条名为霍伊兹的小河流经此地。从亚历山德罗夫斯克去往杜埃有两条道路：一条是走山路，另一条则从海滨穿行。戎克里埃海岬像一个庞然大物一样横卧在海岸的浅滩上，要不是其上面开凿了一条隧道，想由此通过是不可能的。但是，开凿这条隧道的时候，并没有与工程师有良好的对接，没有精心的设计，结果就是，隧道里面暗黑一片，路线弯弯曲曲，脏污不堪。这项工程的造价畸高，但造好了却用处不大。因为山路的路况不错的情况下，沿海滨通行就完全没有必要，来回都会受到涨潮和退潮的限制。这条隧道最能体现俄国人不认真解决迫切的具体问题，却喜欢在任何摆花架子的事情上不惜工本地好大喜功的恶习。隧道开通了，工程管理人员举着"亚历山德罗夫斯克—码头"的牌子，风驰电掣地在火车上大摆其功，而与此同时，苦役犯人们却挤住在潮湿和肮脏的窝棚里，因为建造房屋的劳动力人手严重不足。

隧道出口处就是晒盐场和电缆房，电报电线就是从那里经过沙滩进入到海里的。守电缆房的是一个苦役犯，他是个木匠，波兰人，他有一个女同居者，据别人讲，这个女人在12岁的时候，就在押解途中因被一个犯人强奸而生下了孩子。去往杜埃的整个路途都可见裸露的岩层断面，1俄尺到1俄丈不等的黑色煤层更是随处可见。这是煤矿。据专家描述，这里的煤层被砂岩、黏土质的片岩、页岩和黏土砂石层所覆盖，这些岩石层厚薄不一，高低起伏，形成了褶皱，许多地方还夹杂着一些玄武岩、闪绿岩和斑岩。这地貌本来是这里独特的壮美之处，但是，人们对这里的偏见是如此之深，总是认为不仅是人，就连植物也不应该长在这里，而是别处。由此再往前行7俄里，就是沃耶沃达沟。那座令人闻之色变的恐怖监狱就孤零零地设在这里。监狱中关押着的都是重刑犯，包括戴连车镣铐的犯人。哨兵在监狱四周来回走动。除了他们，四周看不到一个人影，仿佛哨兵们守卫的不是一座监狱，而是沙漠之中非同寻常的珍宝库一样。

继续前行1俄里，就能见到采煤场。沿着空无一人的海岸，再向前走1俄里，就是另一个峡谷，即杜埃，萨哈林苦役流放地最初的首府。当你进入杜埃街道的最初几分钟里，恍然来到了一座小古堡：街道上平整光滑，很像是适于阅兵的操场，房舍均粉刷得洁白耀眼，岗楼和道桩都漆了黑白两色，有所缺憾的是没有听到击鼓声音，使杜埃的古堡印象打了一点折扣。那些白色房子的主人都是驻军长官、典狱长、神父、军官等人。在这条不长的街道尽头，有一栋灰色建筑，是一座木质结构的教堂，横亘在港口的私人住宅区之前；峡谷就从此处像一个字母Y一样分呈左右两边，延伸出去两条大的沟壑。左侧是以前被称为热多夫斯卡的城郊屯，右侧是监狱的房舍和一个无名小居民点。这两个地区，尤其是左边，拥挤不堪，肮脏破败，杂乱无章，根本没有什么干净整洁的白房子；山下的路旁上、坡上和山顶上，遍布的是贫民窟一样的低矮破房子，房子都拥挤在一起，没有院子，没有树木，没有入户的台阶。房前屋后的空地，如果还能有可以称之为房前屋后的空地的话，那是非常的逼仄局促。只有4户人家的空地达到了4平方俄丈。狭小到可以说是毫无立锥之地。尽管如此，就是在这种拥挤不堪，恶臭熏人的环境里，杜埃监狱的刽子手托尔斯蒂赫硬是找了一块地方，给自己盖了一栋房子。杜埃本地不算驻军、自由移民和监狱里的犯人，总共有居民291人，男性167人，女性124人。有46户从业主，合伙经营的有6户。大多数从业主都是流放的犯人。当局出于什么样的考虑，让这些流放犯人和他们的家庭在这个峡谷里落户安家，而不是让他们迁徙到别处，这是令人费解的。根据农户的注册信息，杜埃只有0.125俄顷的耕地，根本没有草场。就算成年的男人们都忙于耕种，那80名成年的妇女在干什么呢？她们在这个充满贫穷和恶劣气候的地方，能够看到的只有荒凉的大山和大海里的惊涛骇浪，她们要怎样打发自己的时间呢？况且还总是听到监房里传来鞭打犯人时的鬼哭狼嚎一样的痛苦呻吟，这些时日可比在俄国的时候显得漫长和难熬多了。妇女们只能在完全的无所事事中度日如年。一般来说，在一栋只有一个房间的小房子里，你经常会遇到一个流放犯的全部家人，一起住的还有一个士兵的家庭，或者是两三个寄居于此的苦役犯或者是临时的客人。这里有半大的孩子，也有两三个婴儿正躺在墙角处摇篮里，几只鸡，一条狗，都在屋子里。房子外面堆着垃圾，污水横流，没事情可做，没有东西可吃，连说话和吵架都厌倦了，连去街上都感到无聊，一切都那么单调，一切都令人烦闷，一切都令人苦闷不堪！服苦役的男人晚上下工回来，他只想吃饭和睡觉，而他的老婆呢，却开始哭哭啼啼地诉起苦来了："你这个该死的家伙！你可把我们害苦啦！我这辈子算完蛋啦，孩子们都遭了罪啦！"炕炉子上面坐着的士兵小声嘟囔："唉呀，又嚎起来了。"等所有的大人都睡着了，孩子们也哭够了，开始打盹了，可是这家的女人却睡不着，一边想着心事，一边听着大海的咆哮之声；这会子她开始折磨自己，可怜丈夫，埋怨自己，觉得自己不该太任性，不该苛责丈夫。可是到了第二天，同样的悲剧必定会再次重演。

如果仅仅从杜埃这一个地方的情况来判断，那么，萨哈林的农业因移民中妇女和流放犯家属过多而负担沉重。由于土地有限，住房拥挤，有 27 户住在早就该拆除了的犯人"家属住房"里，这种房子里面脏乱差到了极点。根本算不上什么房间，而是胡乱堆放着床板和马桶的破屋子。居住者的身份五花八门。在一个窗玻璃支离破碎、满屋子散发着令人窒息的恶臭味道的屋子里住着以下人员：一个苦役犯和他那自由民妻子是一家；另一家是苦役犯和自由民妻子加上他们的女儿；第三家是苦役犯加上他那强制移民的妻子和女儿；第四家呢，是一个苦役犯加上他那自由民妻子；第五家是个苦役犯，波兰人，同居女人也是个苦役犯。这五户的全部家当和一应物件都堆放在屋子里，所有这五家人都在大通铺上一字排开挤着睡觉。在另一间屋子里住着这些人：第一户，一个苦役犯，他的自由民妻子和儿子；第二户，一个鞑靼女苦役犯带着一个女儿；第三户，也是鞑靼人苦役犯，妻子是自由民，有两个小孩儿，都戴着鞑靼式的无檐帽子；第四户，一个苦役犯和自由民妻子，有一个儿子；第五户，是一位强制移民，在苦役地已经度过了 35 年！但他本人并不见老，唇上还留有黑色的胡髭，没有鞋穿就打着赤脚，但这家伙是一个狂热的赌徒[31]，他的同居女人就在床铺上挨着他坐在那里，她也是一个苦役犯人，她倒没有他那股子兴冲冲的样子，一副无精打采的萎靡样子，像是睡不醒一样，可怜巴巴的；第六户，一个苦役犯和自由民妻子，带着三个孩子；第七户，是一个没有家人的苦役犯；第八户，一个苦役犯和自由民妻子和两个孩子；第九户，是一个强制移民；第十户，一个老年苦役犯，下颏剃得光光的。这间屋子里还有一头小猪拱来拱去找食吃；地上泥泞不堪，散发着一股子酸臭味，据说，这里的臭虫把人们都叮咬得难以安生。第三间屋子里住着的有：第一户，一个苦役犯，妻子是自由民，带着两个孩子；第二户，一个苦役犯，妻子是自由民，和一个女儿；第三户，一个苦役犯，妻子是自由民，他们有七个孩子，其中一个是已经16岁的女儿，另一个女儿也已经15岁；第四户，一个苦役犯，妻子是自由民，带着一个儿子；第五户，一个苦役犯，妻子是自由民，也是一个儿子；第六户，一个苦役犯，妻子是自由民，有四个孩子。第四间屋子里：第一户，男人是个看守，下士军衔，妻子才刚刚18岁，他们有一个女儿；第二户，一个苦役犯，妻子是自由民；第三户，一个强制移民；第四户，一个苦役犯；等等。16岁和15岁的姑娘不得不睡在苦役犯的身边。读者根据这种野蛮的居住环境和生活境况，就完全可以判断，妻子和孩子们在这里会受到什么样的侮辱和损害，他们都是自愿追随自己的丈夫和父亲来到苦役地的，可是在这里，并没有人珍惜他们，又有谁去考虑农业殖民这项事业到底是为了什么。

比起亚历山德罗夫斯克监狱，杜埃监狱规模小，也更加老旧，肮脏的程度更是数倍甚之。这里都是拥挤的普通牢房和大通铺，但是，设施更加简陋，管理秩序更糟糕。墙壁和地板脏得一塌糊涂，常年不维修并处于潮湿的状态，整个就是黑乎乎的一片，就是擦洗过，也看不出原来的颜色了。根据1889年的医务报告中的数据，这里的每一个犯人的可占用空间仅为1.12立方俄丈。到了夏天，门窗一打开，污水坑和茅厕的臭味灌进来的时候，令人窒息。所以，我能够想象的出来冬天这里是怎样一座人间地狱，即使是室内，也是满屋子冰霜。监狱的典狱长是一个波兰人，以前当过军队的医助，现在的级别也就是个科员。除了杜埃监狱，他还管着沃耶沃达监狱、矿场和杜埃哨卡。他的职位和他拥有的管理权限是完全不相称的。

杜埃监狱的禁闭室里关押着一批重刑犯，他们中的大部分都是屡教不改的惯犯和被拘候审的未决犯。乍看上去，这些人都很普通，外貌都是一副忠厚老实的模样，对于我向他们提出的问题，表现出了相当好奇的表情，也愿意尽可能礼貌地回答这些问题。他们中的大多数人所犯的罪行也不比他们的外貌更显得有智慧和狡诈。一般都是打架斗殴出了人命就被判了个5至10年的，然后逃跑了，被抓，再逃跑，就又被抓，然后就变成了无期徒刑或者死刑缓期执行的犯人啦。他们的犯罪活动实在是毫无惊奇之处，乏味至极，起码从表面上来看，没什么令人感兴趣的地方，不值得猎奇，所以我在前面写了第六章叙述了《伊戈尔的故事》，目的是让读者意识到，我从上百个苦役犯和流放犯人那里听到的犯罪故事、身世浮沉和奇闻逸事，都是乏味和不值得猎奇的。但是，有一个例外，这里监狱的禁闭室里关着一个姓杰列霍夫的老头儿，年龄在60至65岁之间吧，他给我的印象是，这才是个真正的恶棍。我来到此地的前一天，这个家伙刚刚受了鞭刑，我和他说话的时候，他就让我看他的臀部上那一大片青紫色的瘀血。别的犯人告诉我，这个老头子要了六十多人的性命。他就是像犯罪成瘾了一样：他先是对新来的犯人进行仔细的观察，看看哪些犯人是最有钱的，然后想方设法挑唆他们和他一起逃跑，进入了无人的林子，他就杀人劫财，为了毁尸灭迹，他一个人将已死之人碎尸，大卸八块，扔进河水里。在最后一次对他的追捕中，他手拿大木头棒子袭击那些巡警。我望着这老头子那浑浊无光的漠然眼神，和他那剃得精光、像石头一样棱角分明的光头，我对他的这些犯罪传闻几乎深信不疑了。另一个关在禁闭室里的乌克兰人，倒是个坦率的家伙，我对此感到有趣。他跟典狱长提出了自己的请求，希望把被收走的195卢布还给他。典狱长问他："你这笔钱从何而来呀？"他说："打牌赢来的呀。"他赌咒发誓这是真的，还跟我解释说，整个监狱里都是打牌赌钱的人，这有什么可奇怪的，囚犯身上有个两三千卢布，这不算是什么稀罕的事呀。在单人禁闭室里，我还见到过一个潜逃犯。他自己砍掉了自己的两个手指头，伤口处用脏兮兮的破布包着。还有一个潜逃犯，在逃跑时受到了枪击，子弹穿透了他的胸部，幸运的是从第七根肋骨上方射穿过去的。他的伤口也是用脏兮兮的破布包裹着的[32]。

杜埃是死寂的,衬托这死寂的,是镣铐哗啦哗啦的撞击声,是惊涛拍岸的喧哗声,是电报线路呜呜的呼啸声,一旦耳朵习惯了这些声音,那种死寂的感觉就更加的强烈了。这里冷酷的烙印不仅在黑白两色的木桩上有所体现。要是有人走在街上无意之中放声大笑起来,那么倒是这笑声会令人感到刺耳和不自然呐。自从杜埃建立的那一天起,这里的生活形成了一种模式,亦即生活只有一种凄惨和绝望的音响。只有在凛冬的暗夜从海上吹来的阵阵寒风的呼啸声,才是此地唯一的自然之歌。因此,每当在一片死寂之中,想起杜埃怪人施康德巴的歌声时,只能令人感到无比的惊惧和悚然。施康德巴是一名流放犯人,已经是个老头啦,他从到萨哈林的第一天起就拒绝任何的劳作,不干活儿。他的倔强堪比野兽一般,完全无法征服,任何强制性的手段都奈何不了他。把他关进黑牢,对他进行无休止的拷打,他都顽强地忍受下来了。每一次对他用刑之后,他还是要高喊:"反正我就是不干活!"整治他的所有手段都没用,只好放弃了,最后就随他去了。现在他就在杜埃游来荡去,想唱就唱。[33]

我在前面已经说过,采煤场距离哨所只有1俄里。我去过那里的矿坑了,被引领到黑暗、潮湿的巷道里,尽管事先有人向我介绍了情况,但是,因为我不是这方面的专家,对这里的情形还是难以描绘。我不会纠缠技术细节。要是有人对这些内容感兴趣,那么,我建议他去阅读矿业工程师凯宾的著作,他曾是这里矿井的主管人员[34]。

现在,杜埃煤矿的开采权完全属于一家名为"萨哈林"的私人矿业公司所有,公司的所有人住在圣彼得堡。根据1875年签订的、为期24年的合同规定,该公司可以使用萨哈林西部沿岸长2俄里、宽1俄里地块的地下空间;该公司可以在滨海省及其所属的海岛上,随便选择地点免费堆放煤炭;该公司可以无偿获得建筑用的材料；该公司所需要的一切进口技术设备和管理工作需要的一切物资都可以免税；该公司每向海军卖出 1 普特煤炭，都收取 15 到 30 戈比的费用；该公司每天都需要不少于 400 名苦役犯被派来劳作。如果当局所派遣的苦役犯人数少于这个人数，那么，每缺少 1 名苦役犯劳工，政府就必须每天向该公司支付 1 卢布的罚款；该公司所需要的苦役犯劳工应准许在夜间工作。

当局为了履行在这项合同中的义务，保护这家公司的利益，在矿山附近建立了两座监狱，这就是杜埃监狱和沃耶沃达监狱，配备驻军 340 人，每年耗费的军费达 150 000 卢布。前面说了，公司的所有人住在彼得堡，公司的董事会只有 5 人，为了保护这 5 个人的收益，当局每年要为他们每人付出不少于 30 000 卢布。为了保护他们的利益，必须违背农业殖民的目的和初衷，置任何卫生要求于不顾，将 700 多苦役犯人和他们的家庭、士兵和职员硬塞在杜埃和沃耶沃达这两个可怕的人间地狱之中，这个可以暂且不论；为了金钱必须把苦役犯人交给私人公司加以奴役，而主要是行政当局放弃了惩罚教育的目的，迁就工业企业的要求，也就是说，对自己苛责过的错误明知故犯。

从公司方面来说，它本来应该承担起自己应尽的三项义务：合理地开采杜埃煤矿，设置专业的工程师监督合理开采，每年两次按时如期缴纳煤矿租金和苦役犯人劳作的报酬，开采煤矿的一切工作都应该使用苦役犯的劳动。但是，所有这三项义务都停留在纸上，看来早已经被束之高阁。煤矿的开采工作是野蛮的，掠夺式的。我们在一位官方人士所写的报告中能读到这样的段落："此矿区没有采用任何有助于改善生产技术的措施，根本没有确保稳定开采生产前景的环节，在经营管理工作方面具有掠夺性的特征。地区派遣的工程师早最近一次提交的报告中也证实了这一点。"按照合同规定，公司应该设置一名矿业工程师，可是现场并没有，管理开采工作的是一名普通的采矿工长。至于支付薪水，正如上述那位官方人士在他的报告中所陈述的那样，这里的开采工作具有掠夺性的特征。因此，公司所使用的矿山和为之劳作的苦役犯都是无偿使用的，公司应该支付费用，但是，它就是不出钱；官方的代表对这种明显的破坏法制的行为，早就应该行使自己的权力，但就是拖延敷衍，不知道是因为什么；而且当局继续每年为此开销150 000卢布，来确保这家公司的收益，从双方的行为来看，很难说这种不正常的关系何时会结束。这家公司在萨哈林的"根基"牢固，就像福马在斯捷潘奇科沃庄园一样，公司也像福马一样不可动摇。①截至1890年1月，这家公司拖欠了应付的公款达到了194 337卢布15戈比；这笔款项的十分之一应归属在此劳作的苦役犯，作为他们的合法劳动所得。杜埃监狱当局何时支付这笔欠账，怎样付给苦役犯这笔工钱，谁来负责支付这笔款子，苦役犯能否收到自己的劳动所得，我都一无所知。

　　杜埃监狱和沃耶沃达监狱每天都派遣350至400名苦役犯到矿上出工劳作，剩下的350至400名苦役犯会组成预备队。没有预备队是绝对不行的，因为合同规定了，每天参加劳动的，必须是"有劳动能力的"苦役犯。煤矿上面每天一大清早五点钟分派苦役犯去相应的矿井干活，所谓的矿井管理当局就是"经理处"那几名公司的代表。他们分派工作，决定苦役犯每人每天的劳动量和劳动强度。如此一来，罪犯们能否均等地受到（劳动）处罚，完全取决于分派工作的这几个人。监狱当局所要负责的无非是监视犯人的行为和防止他们逃跑而已，其余诸项事宜，只当甩手掌柜，一概不闻不问。

　　此处共有两处矿井：一处是老矿，一处是新矿。苦役犯目前都在新矿井处工作；这里的煤层厚度约有2俄尺深，巷道的宽度也是2俄尺。从矿坑口到工作面的距离是150俄丈。工人们需要

---

① 参见陀思妥耶夫斯基的小说《庄园风波》。

拖着一辆1普特重的小车，沿着黑暗、潮湿的巷道爬行过去：这是一项非常沉重的工作，工人必须将小车装满煤，再拖行回来。到了矿井的坑口，把煤卸到小煤车上，再沿着铁轨连车带煤推到矿井的堆场去。每一个苦役犯人每天必须装满小车，上下矿井往返不少于13次，完成这个定额才能收工。1889—1890年度，每一名苦役犯日均采煤10.8普特，比矿山公司规定的定额少4.2普特。总的来说，煤矿的生产效率和苦役犯的生产效率很低，日产煤量一直在1 500到3 000普特之间浮动。

也有强制移民被自由雇用在杜埃煤矿做工。他们工作的条件比苦役犯还要艰苦。在他们工作的老矿井，煤层厚度不足1俄尺，作业面距离坑口有230俄丈，矿坑的顶面一直漏水严重，因此，不得不一直泡在水中干活；他们都是自带口粮，住的地方比监狱还要糟糕不知道多少倍。但是，尽管条件是如此之差，他们的劳动生产率却比苦役犯人高出70%甚至达到100%。这可能就是自由雇用要比强制劳动优越的地方。雇佣工人来劳动对公司来说比根据合同规定让苦役犯干活收益更大。因此，这里有不少苦役犯往往雇用强制移民或者别的苦役犯来替自己干活，而矿山管理人员乐得这种混乱状态的存在。第三项义务早就名存实亡了。从杜埃苦役地建立的第一天起，那些穷人和愚钝的人就顶替别人干活，而那些骗子和放高利贷的人却能够在工作时间里喝茶、赌牌，或者干脆戴着镣铐在码头上闲逛，悠闲地和那些被其买通的看守聊天，扯闲篇儿。在这种土壤孕育下，此地的歪风邪气就此泛滥开来，那些毫无是非的恶心戏码不停地上演。比如，有一个犯人比较富有，以前是彼得堡的一名商人，因为纵火罪被流放到这里，在我来之前一周，他因所谓的不愿意劳动的罪名被施以鞭刑。实际上这个人就是有点愚笨，不知道该给谁塞钱让他对自己好点，没准头地挨个上贡，今天给看守3卢布，明天给行刑员5卢布，后来给心烦了，就谁也不给了。这下糟了。看守跟典狱长报告说某人不肯干活呐,典狱长下令打了商人30棍,当然,行刑员可是格外卖力气。商人在挨打的时候一直喊:"我还从来没挨过打呐。"这顿打过去之后,他终于服帖了,送了看守和行刑员一大笔钱,然后,就像啥事也没发生一样,继续雇用强制移民替自己干活。

异常艰苦的矿井劳作是在地下黑暗潮湿的巷道里匍匐下井,弓腰低头干活;但这还不是最难以忍受的。搞建筑和修路的工作需要风餐露宿则消耗更多的工人体力。对我们顿涅茨煤矿有所耳闻的人,对杜埃煤矿的劳力派遣也就不会莫名惊诧了。所有艰辛异常的劳作并不在于劳作本身,而在于劳作的环境,在于各级下层管理人员的颟顸和麻木不仁,在于每一个劳动环节都不得不忍受他们公然的厚颜无耻、专横暴虐和无法无天的行为。有钱人喝茶,穷苦人干活,看守人员明目张胆地欺上瞒下。矿业公司和监狱当局之间的不可避免的冲突滋生了一系列的纠纷、流言蜚语和各种数不清的失序混乱情形,这些乱象最终都会落在最底层的犯人头上,正如俗话所说的那样,老爷和太太一吵架,下人皮肉受惊吓。而且,一个苦役犯人,无论他自己有多么堕落和行为不端,他最喜欢的还是公正和道义,如果他在比自己身份地位高的人身上看不到这些,那么,他就会一年年地陷入到极端的不信任和悲愤之中而不能自拔。正是因为这个原因,在苦役地,悲观厌世的人和阴郁的愤世嫉俗者越来越多,这些人面色严峻,一副恶狠狠的样子,总是在口若悬河地谈论不可企及的那些人、那些长官、美好生活,而监狱的管理人员每每听到这些,总是哈哈地一笑了之,因为在他们看来这一切都可笑之至。杜埃矿井的劳作之所以异常艰辛,还在于在这里的苦役犯长年累月看到的只有矿井,往返于监狱的道路和大海。他的全部生活都埋葬在这个狭长的地带了,都随风飘逝在大海和黏土海岸之间了。

在矿井管理处附近,有一处强制移民住宿的窝棚,这些移民在矿井工作。窝棚不大,已经老旧,只能对付着过夜而已。我在早上5点来到窝棚的时候,移民们才刚刚起床。这里一股恶臭味,昏暗无光,拥挤不堪,简直无法形容!住在这里的移民们一个个都是披头散发,就像不是睡了一觉,然后彻夜混战厮打了一场一样,每个人都脸色蜡黄,一副浑浑噩噩的样子,脸上的表情像是病了很长时间的病人或者疯子。看得出来,他们睡觉的时候都是穿着干活的衣服倒头便睡,挤成一团,哪里都有,有的睡在板床上,有的睡在板床下,也有的直接就睡在肮脏的泥水地上。陪同我一起来的医生说,这里的平均3至4个人才能有1立方俄丈的空间。当时萨哈林正处在发生霍乱的危险中,驶进岛内的船只都必须要进行防疫检查。

同一天早上,我也去了沃耶沃达监狱。这所监狱建于19世纪70年代,当时为了平整建设用地,硬是将方圆480平方俄丈的一处崖岸削平了。现如今,沃耶沃达监狱是萨哈林最恶劣的一所监狱,完全没有进行任何形式的改革,因此,它可以成为旧秩序和旧监狱最为准确的写照,能引起人们极端的厌恶和恐惧。沃耶沃达监狱有三栋牢房,一栋小的牢房,设有几间单人禁闭室。当然,这里可根本没有什么有效空间或者通风设备。我走进监狱的时候,地板刚刚擦过了,潮湿闷热的空气和还未散去的夜间臭味混合在一起,令人窒息。地板湿漉漉的,颜色令人恶心。我在这里听到的最多的抱怨是说臭虫太多了,简直没法过下去。以前总是用漂白粉来灭臭虫,要不就是用酷寒低温来消杀臭虫,但是现在,都无济于事。就是在看守室里,也有一股厕所臭味和酸腐的气味,看守也不停地抱怨臭虫太多啦。

在沃耶沃达监狱里,关押着一些钉在连车镣铐上的犯人。目前这样的犯人有8个。他们都和其他的犯人一起住在大囚室里,但是不做任何事情。至少,在《流放苦役犯分派工作种类须知》这样的手册里是这么规定的:钉在连车镣铐上的犯人不属于劳动者之列。这类犯人中的每一个都戴有手铐和脚镣，手铐中间连着一根长 3 至 4 俄丈的铁链子，铁链子的另一端连着一个小独轮车。犯人被铁链子和独轮车一起锁住，最大限度地限制犯人的活动空间，他们身上的肌肉组织都受到了遏制，手臂哪怕只要稍微动一下，都会感到十分的吃力和沉重，犯人即使习惯了这个距离，一旦解开了手铐和小推车的束缚，手臂还会长时间地感觉到活动不灵活，无法去做需要用力的活动和剧烈的摆动。比如说，他们想要拿一只茶碗，会不协调到把茶碗打翻，就好像患有痉挛症[35]一样。夜里睡觉的时候，小推车就推放在囚犯们的床铺旁边。为了便于放置，他们总是让钉在连车镣铐上的犯人睡在大通铺的最边上。

所有这 8 个犯人都是惯犯，他们全都是多次受到审判。他们当中的一个已经 60 岁了，因为潜逃而镣铐加身，或者按他自己的说法，是因为"太蠢了"才被拷上。看样子，他正患着肺结核，本监狱的前任典狱长出于怜悯，将他安排在炉子旁边住宿。另一个钉在连车镣铐上的犯人曾经是一名列车乘务员，因盗窃教堂里的圣物而被判处流放，在萨哈林被重判是因为伪造货币，伪造了 25 卢布面值的纸币。和我一起造访监狱的人训斥他，说不应该偷盗教堂里的东西，可是他却说，"怎么就不行呢？上帝要钱又没啥用。"当他发现，囚犯们并没有因为他的这句俏皮话而发笑却很不愉快的时候，就又补充说道："不过，我可没杀过人。"还有一个犯人是海军的士兵。他犯的是蔑视军纪罪：他就是挥起拳头扑向了一位军官，就被流放到萨哈林啦。在苦役地，他旧病复发，又挥起拳头扑向了一个人，最后一次，是监狱的典狱长下令用树条笞打他的时候，他同样挥拳扑向了典狱长。他的辩护人在野战军事法庭上把他这种挥拳扑向别人的习惯解释为病态。法庭仍然判了他死刑，是滨海边疆区的省长科尔夫男爵宽宥了他，将刑罚减为终身服苦役，外加鞭刑和连车镣铐。除了这 3

个,其余钉在连车镣铐上的都是杀人犯。

早晨的空气是潮湿的,天色阴沉,天气寒冷。大海不安地轰鸣咆哮着。我还记得这样一个片刻,那时我们正在从老矿井去往新矿井的路上,路上见到一个高加索的老头躺在路上,已经昏迷不醒,我们驻足了一会儿,老头的两个同伴一直抓住他的双手,惊慌失措地不停向四周张望。那老头已经面色苍白,双手冰冷,脉搏微弱。我们交谈了一下,就继续赶路了,没有对他进行治疗救助。我说,可以给他喝一点缬草酊,陪同我的医生说,沃耶沃达监狱的医生那里什么药品也没有。

注释:

[30] 五年前,有一位大人物跟一个强制移民聊农业,他说:"你们要知道,芬兰是把种子种在山坡上的。"可是,萨哈林不是芬兰,这里的气候条件,尤其是土壤条件,根本不可能在山上种植任何的农作物。还有农业督导官曾经建议在山坡上养羊,因为"羊可以充分利用贫瘠然而地块众多的草场,在这种草场上,大牲畜是无法吃饱的"。这种建议都没有实际意义,因为羊群要想"利用"草场,只能是在短暂的夏季时间里,而在漫长的冬季里,羊群会因为没有饲料而被饿死的。

[31] 他跟我说,在赌牌的时候,他的"血管里通了电",总是激动得两手不住地撑着,直至发麻。他记得最愉快的一次是他偷到了警察局长的一块怀表。他一讲到赌博就手舞足蹈。我还记得,他像一个懊丧的猎人一样说了一句话:"放空枪,没打到要害!"我给爱好打牌的人记下了几句他说的话:"专吃运输线!""看角!别瞅其他,盯紧卢布!对着颜色和花色开炮!"

[32] 我见到不少饱受伤口发炎化脓之苦的病人,但是一次也没有闻到过碘酒的气味,尽管在萨哈林每年要消耗掉的碘酒达半普特之多。

[33] 在人们的观感中,杜埃这个地方是声名狼藉的。在"贝加尔湖"号轮船上,就有人对我讲到一个故事。说的是一个上了岁数的官员,在轮船停在杜埃的锚定场时,他向岸上眺望良久,最后他问船员:

"请告诉我,这岸上的绞刑架在哪里?不是传说会把苦役犯在这里绞死,然后抛到大海里吗?"

[34] 关于此地煤炭资源,除了凯宾先生的论著《萨哈林岛、其煤炭矿床和发展中的煤炭工业》(1875年)之外,还有矿业工程师诺索夫的《有关萨哈林岛以及岛上煤炭开发之我见》,载于《矿业杂志》1859年第1期;矿业工程师罗帕京的《书信摘要》和《俄国皇家地理学会西伯利亚分会1868年年会报告附录》《致东西伯利亚总督的报告》,载于《矿业杂志》1870年第10期;戴伊曼的《矿业意义中的萨哈林岛》,载于《矿业杂志》1871年第1期;矿业工程师斯卡利科夫斯基所著《太平洋上的俄国贸易》(1883年)。另外,西伯利亚的船队的一些船长在不同时期所撰写的报告中也谈到过萨哈林煤炭的质量问题,这些报告主要发表在《海洋文集》中。不应该遗漏的还有布特科夫斯基的文章,诸如《萨哈林旅行记》,载于《历史通报》1882年第1期和《萨哈林及其意义》,载于《海洋文集》1874年第1期,等等。

[35] 痉挛症(原文为拉丁语)。

第九章　特姆河漫游

特姆河，或特姆河流域。波什尼亚克中尉。波利亚科夫。上阿尔姆丹。下阿尔姆丹。杰尔宾斯科耶。特姆河漫游。乌斯科沃。茨冈人。穿越原始森林。沃斯克列辛斯科耶。

特姆区是北部萨哈林的第二个行政区，它位于萨哈林山脉这个分水岭的东麓，因大部分的村屯坐落在注入鄂霍次克海的特姆河流域，因而得名特姆区。从亚历山德罗夫斯克去往新米哈伊洛夫卡的路线上，最先挡住地平线的是一座高耸入云的山脉，视线所及的这部分山脉叫做比林格山。从这座比林格山俯瞰山下，眼前会展现一幅壮丽辉煌的全景山海图：一边是杜伊卡河河谷和大海，另一边则是广阔的大平原，向东北延展，纵横两百多俄里的特姆河及其支流流经整个区域。这处平原的面积比亚历山大河谷大许多倍，而且比那里物产要丰饶得多。这里水量充沛，有多种多样的成材林，草场的禾草比人都高，渔业和煤炭资源的储量极大，本可以为千百万人的丰衣足食提供保障。然而，天不遂人愿，鄂霍次克海的寒流以及 6 月份还在东海岸游弋的浮冰，无可辩驳地见证了，大自然在创造萨哈林的时候，考虑最少的是人和人的利益。如果不是这座山的阻隔，那么，这块平原肯定也是冻土带的一部分啦，会比维亚赫图那一带更寒冷，更让人绝望的。

第一个来到特姆河并对其进行描绘的是波什尼亚克中尉。1852 年，涅维尔斯科伊派遣他来这里，为的是打探基里亚克人关于此处蕴藏有煤炭资源的信息是否属实。波什尼亚克中尉从这里横穿整个萨哈林岛,到鄂霍次克海沿岸勘探传说中的绝佳停泊港口。他得到的装备有:一张狗拉爬犁,够35天食用的干面包、茶叶和糖,以及一只袖珍罗盘。涅维尔斯科伊画了一个十字作为对他的鼓励,说:"如果面包可以充饥,饮水可以解渴,那么,上帝的帮助可以成就一番事业。"波什尼亚克中尉就沿着特姆河,到达了东海岸,但是等他返程,回到西海岸的时候,他浑身上下衣衫褴褛,饿得前胸贴后背,脚底流脓淌血。拉爬犁的狗因为没东西可吃,饿得走不动路了。复活节的时候,波什尼亚克中尉到基里亚克人的窝棚里落脚歇息,整个人已经精疲力竭。干面包没有了,衣不蔽体,脚部针扎般疼痛。在整个考察过程中,波什尼亚克中尉最令人感动的,当然是中尉本人,这是他充实的青年时代,当时他还只有21岁,却对事业充满了勇敢、忠贞和忘我的精神。时值3月,特姆河上还覆盖着皑皑的白雪,他的艰苦出行为其撰写旅行札记提供了相当引人入胜的素材[36]。

另一位对特姆河流域进行了考察的,是动物学家波利亚科夫[37],他于1881年进行的考察,态度极其认真,考察的内容也相当的详尽,具有科学与实践两方面的目的。波利亚科夫从亚历山德罗夫斯克出发,克服了极大的困难,7月24日他乘坐牛车翻越了比林格山。这里没有成形的道路,只有人能通行的小路,是苦役犯上山下山的必经之路,从亚历山德罗夫斯克往特姆区运送给养都由此经过。此处山脉净高2 000英尺。在距离比林格山最近的特姆河支流阿德牧河旁是维杰尼科夫驿站。现在,只有维杰尼科夫驿站站长的职位还保留着,驿站的职能已经大不如前了[38]。特姆河的所有支流都是水流湍急的,河道异常曲折弯曲,水浅滩多,适航条件很差。因此,波利亚科夫不得不乘坐牛车向特姆河进发。只有到了杰尔宾斯科耶这个屯,他才和同行者一起登船顺流而下。

不过，波利亚科夫这次旅行所写的札记读起来可令人厌倦，因为他不厌其烦地将航行中所遇到的一切岩礁和浅滩一一列举出来。从杰尔宾斯科耶上船开始，一共行程272俄里，要越过110处障碍：11处岩礁，89处浅滩，有10处航道都成了被漂流木和倒伏在河里的树木堵塞截断的地方。这就是说，此河平均每2俄里就会有一处水浅至无法行船或者是被杂物瘀塞的地方。在杰尔宾斯科耶河段，河水宽度为20至25俄丈，河面越宽，水深就越浅。河道迂回蜿蜒，水流湍急，对于这条河成为重要水道的前景真是无法抱持任何的希望。在波利亚科夫看来，这条河只能用来搞浮运。只有离河口最近的70至100俄里的一段河面，河道是直行的，水面平稳，水深合适，完全没有那类岩礁和浅滩。一般的汽艇和吃水较浅的拖轮是可以航行的。

若评估此处未来的开发前景，那就只有在资本家掌握了本地最为丰饶的渔业捕捞权利的时候，才有可能，那时候，他们才会对河道进行认真的疏浚和清理；甚至也会有可能来铺设从河口到河道沿岸的铁路，而且毫无疑问，开发这条河的回报率会大大超出一切的投入和开销。但，这可是遥远的未来前景。目前，在现有的条件下，特姆河的财富近在咫尺，也只能令人望河兴叹。它能给流放的居民提供的东西实在是微乎其微。现在的特姆河流域的居民和亚历山德罗夫斯克的居民是半斤八两，都过着饥寒交迫的苦日子。

波利亚科夫在书中的描述了特姆河谷的地理形态，湖泊星罗棋布，旧河道纵横交错，峡谷沟壑盘踞；峡谷里没有平坦的原野空间，也不可能有丛生的杂草作为饲料之用，没有青草地相伴的河湾，那些看上去长着水草的小块洼地，是浅水滩的沼泽地的苔草而已。漫坡的岸堤上，生长着白桦树、柳树、榆树、山杨树和成片的白杨树。白杨长得非常高大，由于过于靠近水岸边，在河水的侵蚀下，根部外露，上部倒伏进水里，将水流阻塞。这里的灌木种类不少，野樱、丛柳、蔷薇、山里红等都有……蚊子成群结队，遮天蔽日。一般8月1日就会出现霜冻。

离海边越近，植被就越是贫乏。白杨树几乎消失不可见了，柳树都变成矮矮的树丛，到后来只能看到那些砂石河岸或者裸露出泥炭层的岸边，有的只是覆盆子、悬钩子和青苔衣等植物。河面增宽到75至100俄丈，但是周围都是冻土带，沿海岸的地势低洼，沼泽地遍布……从海上袭来阵阵凛冽的寒风。

特姆河注入内斯基湾，又名特罗湾，这是一片不大的水面，是进入鄂霍次克海以及最终进入太平洋的门户。波利亚科夫就是在此度过了到达海湾岸上的第一个夜晚，觉得此处夜空晴朗，空气清爽，有彗星在天空中拖曳着两条明亮的分叉似的尾巴划过。波利亚科夫没有描述他在欣赏彗星时和倾听夜晚交响时的心绪，因为瞌睡虫"干倒"了他。第二天早晨，命运赠送了他不曾料到的奇观异景：在海湾的入口处，有一艘黑色的轮船正在停泊，船的两侧船舷涂着白色，船索和船上的舵楼造型极其美观；船头上一只被缚着的苍鹰虎视眈眈[39]。

波利亚科夫眼中的海湾沿岸是单调灰暗的；他直接把这个地方命名为典型的极地地貌。植被稀少，有也是枝干弯曲。海湾和大海之间仅有那么一块冲积形成的沙洲，狭窄冗长，过了这一块地，就是浩瀚无垠的大海，数千俄里一望无际，海上经常天气阴沉，航道险恶。波利亚科夫从小就饱读惊险小说作家迈因-里德的著作，每当被子从身上滑落，自己被冻醒的时刻，残留的梦境中正是这样一幅海上画面。这是一场噩梦。现在的海上却是梦中的模样，天色阴沉，一片铅灰色的阴云笼罩着四周，无情的海浪冲击着没有任何植被的光秃秃的海岸，在它们的嘶吼声和咆哮声中，间或有鲸鱼和海豹翻滚其间的黑色身影[40]。

现在，去特姆区已经不用沿着崎岖不平的人行步道翻越比林格山了。我上面说过，从亚历山德罗夫斯克去往特姆区，可以取道阿尔科伊山谷了，在阿尔科伊驿站更换马匹就可以啦。那里道路的路况相当好，驿马的速度也相当快的。距离阿尔科伊驿站16俄里处是特姆区的第一个屯落，名字有点像东方的神话一样，叫上阿尔姆丹。它始建于1884年，坐落在特姆河支流阿尔姆丹河畔沿岸，由两个部分的山坡组成。此处有居民178人，男性123人，女性55人。从业主75人，其中搭伙合作的从业主28人。瓦西里耶夫是一名强制移民，和他一起搭伙的有两个从业者。读者大概发现了，与亚历山大区相比，特姆区的大部分村民中间，搭伙从业者和合股共有的从业者的人数更多一些，此地女性更少，合法的家庭也不多。在上阿尔姆丹的42户家庭中，只有9个家庭是合法的。追随丈夫前来此地的自由民身份的女性只有3人，也就是说，这个数字只相当于成立不到一年的红谷和布塔科沃的女性人数。特姆区的村屯缺少女性人口和正常的家庭，这种稀缺的情况往往令人震惊，它与萨哈林整体的妇女人数和家庭数量极不相称。这并不是由于当地的自然条件或者经济条件造成的，而是新到的犯人在亚历山德罗夫斯克进行分发派遣的时候，地方官员们"近水楼台先得月"，将大部分女性截留在自己的区里。特姆区的管理人员告诉我说，"那些人把长相好一点的都留给自己，把剩下的歪瓜裂枣给我们分派过来"。

上阿尔姆丹的房舍的屋顶上都是用树皮或者甘草覆盖的，有的没有安装窗户，就那么敞着，或者干脆就堵上糊住。那种赤贫触目惊心。有20个不在家里住，在外打工挣苦钱。75户从业主和28户搭伙的从业者却只有60俄顷的耕地面积可供耕种，每年开春播下种子总数为183普特，即每户从业主少于2普特。其实呢，不论种下去多少种子，都难以期待会有好的收成。屯子坐落在高于海平面的山坡上，没有任何的屏障可以抵挡海上强劲的北风的袭扰；还有，比如，这里积雪融化的时间也比邻近的小特姆屯晚上两个星期。夏季捕鱼得去到20至25俄里之外的特姆河上去作业,捕猎毛皮野兽完全属于娱乐性质,在村民的经济构成中占比极小,完全不值得一提。

我走访期间,业主和家属都在家里;尽管不是什么节假日,但大家闲呆在家中,都无事可做。本来在火热的8月,是农事大忙的季节,大人孩子应该在田地里或者河上忙活才对,因为汛期已经到了呀。户主们和他们同居的女人们看样子异常苦闷,想做的只是聊天诉苦而已。他们为了排遣自己的苦闷和寂寞,聊着聊着就会哈哈大笑,再过一会就又开始哭哭啼啼。他们是一群生活的失意者,大多数人已经是神经官能症的患者,但是实际上呢,都是一群无病呻吟的"多余人"而已,他们就为了一己的温饱,他们饱受生活的折磨,原本就是一些意志力脆弱的人,现在终于精疲力尽了,因为反正也不会有"任何办法",也不会有"任何活路"。现在,不得不无所事事地过活,逐渐就成了生活的习惯。现在,他们就像是在海边等待着天气放晴一样,随老天爷去吧,自己可是对什么都无能为力了,只是心情焦虑,浑浑噩噩地度日,什么也不做了。除了还打牌赌钱就是无事可做。无论听起来多么奇怪,这可是事实:上阿尔姆丹赌博业十分繁荣,此地的赌徒们在整个萨哈林都有名。由于上阿尔姆丹居民手中的钱不多,因此赌注都不大。就像《三十年,或者赌徒的一生》①这部剧中所写的一模一样。我和这里的一个名字叫西佐夫的人做了如下的谈话,他是一名狂热的赌徒。

"大人,为什么不让我们回到大陆上去呢?"他问道。

"你要到那里去干什么呢?那里可找不到人和你赌博呀!"我开玩笑地说。

"哎,那里才有真正的赌博呢。"

"你赌什托斯牌吗?"我沉默了一下,问他。

---

① 法国三幕讽刺剧,作者为维克多·迪康热(1783—1833),法国作家和戏剧家,该剧本1828年问世,曾到圣彼得堡巡演过。

"大人，我玩的是这个呀。"

后来，在离开上阿尔姆丹的时候，我就问给我赶车的苦役犯车夫：

"他们赌博是为了赢钱吗？"

"是的，大人。"

"但是他们要是输了，该怎么办呢？"

"怎么办？有官府发给的口粮，有面包或者鱼干。吃的和穿的东西要是输光了，那就挨饿受冻地干熬着呗。"

"那他们可吃什么呢？"

"吃什么？要是赢了就大吃大喝一顿，而要是输了，就饿着肚子去睡大觉啦。"

在这条支流的下面，还有一个稍微小一点的屯子，叫下阿尔姆丹。我来到这里的时候已经是很晚的夜里了，只好先在屯监家的临近烟筒的顶楼上过夜。因为屯监不让我进到房间里去，他说："大人，屋子里没法子睡觉；无数的蟑螂和臭虫——多得不得了呀！"他就那么无助地摊着双手，"还是住到顶楼上去吧。"只好从外面被雨浇过的、又湿又滑的窄梯子上摸黑儿爬进顶楼里去。我倚在一堆生烟叶子旁往下窥视，才看到了惊人的、可能也只有萨哈林才有的"多得不得了"到底是多么多。墙壁上和天棚上都好像是蒙上了一层服丧的黑纱一样，像是在随风而动，有一些黑点在上面快速地乱爬一气，这些密密麻麻不停地蠕动的黑点是什么，是完全可以猜得到的。那些簌簌沙沙的声响，就像是大批的蟑螂和臭虫正在奔赴某处参加重要的集会一般[41]。

下阿尔姆丹有居民 101 人，男性 76 人，女性 25 人。从业户 47 家，其中 23 家为搭伙的从业户。合法家庭有 4 户，不合法家庭为 15 户。自由民妇女仅有 2 人。15 至 20 岁的居民一个也没有。居民都很贫穷。只有 6 栋房子是用木板盖顶的，其余的房舍全是用树皮覆盖的，就像上阿尔姆丹一样，有的没有安装窗户，就那么敞着，或者干脆就堵上糊住。我在此地没有遇到一个雇佣工人；显然，连这些从业主们自己都无事可做。有 21 人外出做工挣钱。这个屯子是 1884 年建立的，从那时起耕地和菜园子的面积就只有 37 俄顷，也就是说，户均才达到半俄顷。春播和冬播所用的种子使用量为 183 普特。屯子完全不像是一个种地的农村。本地居民是一群乌合之众，其中有俄罗斯人、波兰人、芬兰人和格鲁吉亚人。他们都一样，饥寒交迫，衣衫褴褛，就像是沉船之后偶然遇见的一群六神无主、失魂落魄之人一样。

沿着驿路继续前行，下一个是紧邻特姆河畔的屯子。它始建于 1880 年，名为杰尔宾斯科耶，这是为了纪念典狱长杰尔宾而以他的名字命名的，他可是因为生性残暴而被犯人打死的。这位杰尔宾岁数不大，但是性格粗暴，独断专行，铁面无情。据了解他的人回忆，杰尔宾走在监狱里和外面的街上总是手提大棒，犯人们稍不留神，就会挨他的一顿毒打。他是在面包坊里被杀死的。他尽力挣扎，最后跌进了发酵的面桶里，他的血把面桶里已经发好的面都染红了。犯人们听说他死了，奔走相告，他们还为打死杰尔宾的凶手硬是一分一分地募集了 60 卢布呢。

除了这些，杰尔宾斯科耶的过去没有什么值得高兴的。这个屯子现在所占据的一小块平原相当狭窄，以前白桦树和山杨树形成的树林覆盖着此处，屯子另一部分比较开阔，但是地势低洼，多是沼泽地，不适合居民定居，枞树林和落叶松林分布其间。建屯时，刚刚把树木伐净，清理出一片可建造房舍、监狱和公家仓库的地块，地面也已经疏浚晒干，可是一场灾难猝不及防地降临了：一条叫阿木加的小河春潮泛滥成灾了，把屯子淹没了。需要开掘另一条河道，让这条小河改变流向。现在的杰尔宾斯科耶占地有 1 平方俄里还多，有着真正的俄罗斯农村的外观。经过屯子外面一座宏伟的大桥进入屯里的时候，会发现河水哗哗流淌，两岸绿草如茵，柳岸依依，街道宽敞，房舍均加装了木板房顶，带有整齐的院落。在屯子的正中央，是新建的监狱用房，各种仓库、粮仓以及典狱长的官邸。这里一点也不像是监狱。倒是很像是一座地主老爷的庄园。典狱长经常在粮仓之间踱来踱去，腰间的一大串钥匙哗哗作响，太像过去的旧式老地主啦，一副为自己偌大的家业操碎了心的样子。典狱长的妻子像是一位侯爵夫人一样，端坐在凉台上，观察着院子里的生活秩序。她将一切都尽收眼底：房前的菜园里的西瓜已经成熟，那个叫卡拉塔耶夫的苦役犯园丁一副循规蹈矩的样子，在院子里走动；映入她的眼帘的还有打鱼归来的犯人们，正拎着他们精心挑选出来的大马哈鱼，往院子里送过来，那是要给长官做熏鱼的所谓上好的"银鱼王"，而不是给监狱里的犯人们吃的。家里的小姐们都在露台附近散步呢，她们都装扮得像是小天使一样，她们所穿的衣服都是那个纵火流放犯人给缝制的，她是一个时装女裁缝。周围的一切都静谧极了，一片温饱而富裕的景象；人们走路都像小猫一样蹑手蹑脚，说话都是和声细语，用一些儿音词儿：小鱼儿，熏鱼干儿，给养是官家的哎……

杰尔宾斯科耶现有居民739人，男性332人，女性297人，加上监狱在押人员，总计近千人。有从业主250户，其中搭伙经营户58户。无论是从外在的建筑，还是家庭和妇女的数量，以及居民的年龄构成等相关数据来看，杰尔宾斯科耶都可以称为萨哈林为数不多的像样子的聚居屯落，而不是像一群乌合之众偶然群居的地方。这里有121户合法家庭，自由自愿同居的有14户，而且大多数合法家庭的妻子都有自由民身份，103户均如此，儿童在居民人数中所占比例为三分之一。但是呢，要想把杰尔宾斯科耶居民的经济状况弄明白，就又会遇到先前在其他村屯所遭遇的、各种偶然性主导的不规律形态，这在萨哈林是起着决定性作用的因素。在这里，自然条件和经济规律都要退居次要的地位，那些偶然性的因素，比如，非劳动（丧失劳动能力）人口数量的多少、病人的增减、以偷盗为生的人的多寡、抑或现在被迫务农的原城市居民数量的变化、老居民户的变动情况、监狱的距离远近、本区管理者的素质等等，都是影响的因素。这一切偶发因素也许每5年就会有所变化，甚至可能还会更频繁一些。第一批在这里定居的杰尔宾斯科耶屯民，都是1880年以前就服满苦役期的。他们身上背负着这个垦屯沉重的过去岁月，受尽了苦难的折磨，逐渐地获得了很不错的地位和耕地面积，那些从俄罗斯过来服苦役时就携带了家眷和钱财一起来的人，都过得很好；220俄顷土地，每年的渔获量都约有3 000普特，这是官方报告中给出的数字，显然，这只是对一部分从业主经济状况的说明；其余的居民，也就是一大半的杰尔宾斯科耶屯民，仍然是处于饥寒交迫，食不果腹，衣不蔽体的艰难生存中，给人的印象是，他们都是看起来不被需要的人，多余的人，是自己生存艰难也妨碍别人活着的人。在俄国的农村，即使是在严重的火灾之后，也不会看到生活差距如此之大的人群。

我在杰尔宾斯科耶走家串户随访的时候，正赶上下雨，天气阴冷，路上泥泞不堪。典狱长因为自家住房狭小，就把我安置在新近才建成的、现在正堆放了一大堆的维也纳风格的家具的大仓库里，给我摆上了一张床，抬来了一张桌子，门上放了一个挂钩当作锁头，可以从里面上锁。从傍晚时分一直到后半夜2点，我都是伏案埋头阅读材料和从户籍簿和人口登记册中摘抄资料中度过。外面的雨声毫不停歇地敲打着屋顶，晚归的苦役犯和士兵走在泥泞的路上发出的呱嗒呱嗒的声响，从我住的地方经过。整个仓库里，我的心灵中都是一片的宁静。然而，我一旦吹灭了蜡烛，躺到床上去，所有的声响就都进入耳中……窸窸窣窣的响声，窃窃的私语声，当当当的敲击声，泼水溅地的呼啦啦声音以及沉重的叹息之声……水滴一下一下地从天棚上滴落到维也纳风格的靠背椅子上，发出啪嗒啪嗒的声响。每次水声响过之后，总听到有人在低声绝望地哀叹："唉哟，上帝呀，我的上帝呀！"因为仓库的隔壁是监狱。不是隔壁的苦役犯钻到我住的地方来了吧？但是，一阵猛烈的冷风吹过之后，雨点拍打房顶的声音更响了，屋外远处的树木被冷风吹得发出了呼啸声。随之响起来的仍然是绝望地哀叹："唉哟，上帝呀，我的上帝呀！"

早上，我出门走到台阶上。天空仍然一片阴沉，晦暗，雨还在淅淅沥沥地下着，地上已经泥泞不堪。典狱长拎着一大串钥匙，忙不迭地挨个房间逡巡。

"我这就给你写个条子，保证叫你一个礼拜别想好过，让你皮子痒！"他大喊大叫地威胁着，"我这就让你尝尝这小纸条的滋味！"

他的这番话是对着二十多个苦役犯说的。我根据自己听到的只言片语弄清楚了，这群人是想申请去医院。他们衣衫褴褛，被冷雨浇得浑身都湿透了，满身都是雨水激起的泥浆。他们一群人都打着寒战；从他们的面容上看，这些人确实是生病了，可是，在他们那冻僵了的脸上，流露出的却是一种不自然的、看上去特别虚伪的表情，不过，他们中间可能并没有人撒谎。有的人还在小声地哀叹着："唉哟，上帝呀，我的上帝呀！"于是，我觉得，我夜里的噩梦还没有醒来，还在继续呢。我想起了"贱民"这个词，它表示一个人的地位低得不能再低了。在我居留在萨哈林的所有时间里，一次是在矿井旁边强制移民的窝棚里，一次是现在，在杰尔宾斯科耶，在这个泥泞的早晨，我似乎是看到了对人的侮辱所能达到的无以复加的极限程度。

在杰尔宾斯科耶住着一个女苦役犯，她以前可是一位男爵夫人，屯子里的妇女都管她叫"干活儿的太太"。据说，她就过着这种粗陋的劳作生活，并对自己的处境毫无怨言。相比之下，那个以前在莫斯科经商的人就不一样了，他曾经在特维尔-亚姆斯克大街上开店做买卖，一和我说起来从前就叹着气："这个时候莫斯科正是赛马的季节呀！"他遇到移民们就和人家讲起来了，赛马是怎么样的盛事，到了礼拜天，人们是如何沿着特维尔-亚姆斯克大街涌向赛马场，他一讲起来就激动的不行，对我也是这样讲："大人，不管您信不信，别说看上一眼俄国，就是看看莫斯科，哪怕是只看上一眼特维尔-亚姆斯克大街，我也愿意献出自己的一切，包括全部生命。"杰尔宾斯科耶还住着两个同名同姓的人，他们都叫做叶梅里扬诺夫·萨莫赫瓦洛夫。我在其中一个叶梅里扬诺夫·萨莫赫瓦洛夫家的院子里，还看到过一只拴着腿的公鸡。这两个住在俄国天南海北不同地域角落里的叶梅里扬诺夫·萨莫赫瓦洛夫竟在杰尔宾斯科耶萍水相逢，这个奇特的偶然相遇，让整个杰尔宾斯科耶人和两个叶梅里扬诺夫·萨莫赫瓦洛夫在茶余饭后消遣了好久。

8月27日，科诺诺维奇将军、特姆区区长布塔科夫以及一位年轻的官员，来到了杰尔宾斯科耶。这三位官员都是有教养的兴趣高雅之士。他们，还有我，一行四人，一起进行了一次小型的出游，可是呢，这次出游从一开始到结束都挺别扭，不像是去野游，倒像是一次狼狈的探险。出发的时候，雨就下个不停，还很大。路上又脏又滑；无论碰到什么东西，都是湿嗒嗒、水淋淋的。雨水顺着后脑勺流进脖子后面的衣服领子里面，靴子里面也是又冷又潮。点燃一支香烟可是一项复杂而艰巨的任务，要大伙一起齐心协力才能完成。我们在杰尔宾斯科耶附近坐上了一只小船，沿着特姆河顺流而下。途中，我们停船来观看了捕鱼活动的情况，参观了水磨坊和属于监狱所有的耕地。捕鱼活动嘛我接下来会在自己的札记中描述它；至于磨坊，我们看了都觉得相当出色，耕地却根本没有什么特色可言，倒是地块小得不能再小了：任何一个认真种地的从业主都会认为，种这么一小块地是胡闹罢了。河流的水势很急，4名划桨的船工和1名舵手配合得很协调；由于船速很快以及河道弯曲，我们眼前的景致每一分钟都在不断地变换。我们的船就航行在群山峻岭和莽莽丛林之间的河里，但是，当时我只想用一个温暖的房间和一双干燥的靴子来将这野性之美景换掉，取代绿意盎然的两岸，这美景是如此的单调，对我来说，毫无任何的新鲜质感。更主要的是，这一切都笼罩在灰蒙蒙的雨幕之中。布塔科夫就坐在船头，他端着枪，向被我们的船惊飞而起的野鸭子开枪射击。

从杰尔宾斯科耶乘船，沿着特姆河向东北方向航行，那里目前只建起来两个屯落，即沃斯克列辛斯科耶和乌斯科沃。为了让这条河沿岸直到河口都住满居民，以屯落之间相隔 10 俄里为一个单位，至少还要建造 30 个这样的屯落。行政当局计划每年修建 1 至 2 个屯子，然后在屯与屯之间再修通公路。在杰尔宾斯科耶和内斯基湾之间再逐步建成一条驿路，这条驿路会因为连接着一系列的屯落而繁荣起来，也能起到保护屯落的目的。就在我们的行船经过沃斯克列辛斯科耶的时候，屯监就在岸上垂手而立，显然，他是在迎接我们。布塔科夫向他喊话，说，我们从乌斯科沃回程将在他那里住一夜，让他多准备一点干草。

过了沃斯克列辛斯科耶，很快就闻到了一股强烈的鱼腥味。我们靠近了基里亚克人居住的乌斯科沃庄子，即现在的乌斯科沃。基里亚克人和他们的妻子、孩子以及狮子狗都在岸上迎接我们。当年波利亚科夫抵达此地的时候，曾经引起了一片惊慌，但我们可没有看到什么惊慌。甚至连小孩子和狗都是一副漠然的样子看着我们。俄国人住的屯子离此地还有 2 俄里呢。乌斯科沃和红谷是一样的一幅景象。街道倒是宽阔，但是裸露的树根和草墩子仍横七竖八在路上，街道上还覆盖着没有清理的原有的森林草甸子，沿路两旁都是一些未完工的房舍建筑工地，四处是放倒的原木和一堆堆没有收走的垃圾。走进萨哈林所有的新建屯落，总是会给人一种这里是被敌人破坏殆尽的战场、或者是某种灾难后被废弃的村子的印象，然而，没人对这里进行破坏，而是一个正在进行建设的过程，这从房梁上的原木和木屑的新鲜程度就可以判断出来。乌斯科沃现有居民77人，男性59人，女性18人，从业主33人，其中多余的人，就是搭伙从业者有20人。有家室的人只有9人。我们在屯监所喝茶的时候，乌斯科沃的居民们带着自己的家眷聚集到这里，妇女和儿童们都好奇地往前挤，看上起就像是一个茨冈人的部落一样。实际上，人群中还真有几个茨冈女人，她们皮肤黝黑，一副狡黠的神色，但脸上却装出悲伤的样子，几乎所有的小孩都是小茨冈人。确实有几名茨冈苦役犯人在乌斯科沃落户，他们的家属都是自愿跟来的，他们都乐意分担亲人痛苦的命运。有两三个茨冈女人我是面熟的，在到这里之前的一周，在雷科夫斯科耶，我见过她们背着算命的袋子，在窗户外面来回走动，在那里招徕顾客给人占卜算卦[42]。

乌斯科沃居民的生活嘛，过得很穷困。可耕地和菜地只开垦出了11俄顷，平均每人拥有耕地才0.2俄顷，所有人基本都是靠领取囚犯的口粮来过活，但是领取这份口粮殊为不易，必须要穿过没有道路的原始森林自己去把它背回来。

我们在这里稍事休息之后，就在当天下午五点徒步返回了沃斯克列辛斯科耶。这两个屯子之间的距离并不遥远，一共只有6俄里的路程，但是，由于并不习惯于在密林当中行进，我走了1俄里就感觉相当疲劳。大雨仍旧在哗哗地下着。刚走出乌斯科沃没有多远，就遇到一条约有1俄丈宽的河沟，上面只是横放着三根原木，又窄又弯曲不直，大家都有惊无险地过去了，只有我脚下一滑，一只皮靴里就灌满了水。接着我们面前就出现了一条笔直的林间空地，这是为以后要建造的道路开辟出来的。其实，这里并没有可以安然行走的地方，每到一处都必须尽力保持身体平衡，就磕磕绊绊地往前走就是啦。到处都是草墩子、水坑，灌木丛都浸了水，像铁丝一样坚硬，树根就露出地面不高，像是门槛子一样绊脚，要是隐藏在水面以下，就成了绊马索一样的障碍。

最令人心烦的是一堆堆落叶枯枝和筑路时伐倒的树木,费力地经过这一堆,已经浑身大汗淋漓,可是,在沼泽中跋涉之后,好不容易拔出脚来,前面还有一堆,又得重新再艰难地爬着越过这一堆障碍。同伴们对我高喊,说是我走的地方不对,应该见到这种就左突右进,而不是迎面上去,等等。我呢,一开始就只是关心我的另一只靴子可不要再进水,但是后来,就听之任之了,不管它了。三个移民帮我们背着东西,在后面艰难地行走着,呼哧呼哧地喘着粗气……这里是密林,空气沉闷,呼吸艰难,口渴难耐……我们都摘了帽子走路,这才轻松一点。

将军大口地喘着气,一屁股坐到一根大原木上。我们也都坐下啦。我们给了移民每人一根香烟,他们也不敢坐下。

"哎呀!太累了!"

"还有几里地才能到沃斯克列辛斯科耶啊?"

"还有3俄里。"

精神头最好的要数布塔科夫。他以前就在原始森林和冻土地带进行过这类的长途旅行,今天这区区6俄里的路程对他来说,完全是小菜一碟。他给我讲述了,他是如何沿着波罗那亚河到捷尔佩尼耶湾再折返的:第一天徒步是很痛苦的,很折磨人,完全是精疲力尽,第二天浑身都疼,但是走起来要轻松一点了,而到了第三天以及接下来的数天感到自己像是长了翅膀一样,仿佛自己不是在走路,而是有一种看不见的、无形的力量在拉着你前行,尽管当时你的双脚仍然在难以行走的只能踯躅前行的灌木丛中磕磕绊绊,或者就是正陷在沼泽地的泥潭中难以自拔。

走到半路上,天就已经黑下来了,很快,无边的黑暗就把我们吞没了。我已经对这次旅行是否能尽快结束失去了希望,就这样摸黑前行,一会掉进了水坑里,一会被原木绊倒。四周鬼火重重,令人毛骨悚然,有时候磷光火倒是照亮了水坑和巨大的朽木,靴子上也沾满了磷点,走路的时候,也会一闪一闪地发出光来，就像是萤火虫一样。

但是,承上帝保佑,终于有光亮出现了,不是磷光,而是真正的灯光。有人呼喊我们,我们也回应了;屯监打着灯笼过来了;他用灯笼照着水坑,迈着大步就过来了,整个沃斯克列辛斯科耶就隐约地出现在一片黑暗之中,屯监把我们带到了屯监所[43]。我的旅伴们都带有干爽的可换的衣服,到了这里,他们就开始换衣服。我浑身都湿透了,但是,却没有可换的衣服。我们一起喝了很多茶水,聊了一会,就躺下睡觉了。屯监所里只有一张床,将军占用了,我们呢,我们这几个凡夫俗子就只好钻进地上的干草堆里睡啦。

沃斯克列辛斯科耶几乎比乌斯科沃大一倍。现有居民183人,男性175人,女性8人。自由同居的家庭7户,没有一对夫妻是正式结婚的。屯子里小孩不多;而且只有一个女孩儿。从业主97户,搭伙经营户77家。

注释:

[36] 过了四年之后,施连克沿着特姆河,进入东海岸,并且循原路返回。但是,当时也是在冬季,特姆河是被冰雪覆盖的。

[37] 他早已经不在人世。他是在到萨哈林岛旅行后不久亡故的。从那本匆忙写就的札记可以窥见,这是一位才华横溢和知识渊博的作者。他的文章计有:1)《1881—1882年赴萨哈林岛旅行》(致学会秘书的信件),载《俄国皇家地理学会通报》1883年第19卷,附录;2)《萨哈林岛和南乌苏里边区考察报告》,载《皇家科学院院报》1884年第48卷,附录6;3)《在萨哈林》,载《处女地》1885年第1期。

[38] 这位站长和驿站的关系颇有几分像是"前国王"与王国的关系——他的职责与驿站的工作内容根本就不搭边。

[39] 在河口处,2俄丈长的竿子都触不到河底。海湾里可以停泊大型的船舶。如果在萨哈林岛近处的鄂霍次克海的航运事业发展起来,那么,船舶就可以在这个海湾里找到平静和安全的避风港。

[40] 矿业工程师罗帕京曾在 6 月的中旬于此处见到过覆盖了整个海面的流冰。这些流冰直到 7 月份才彻底融化。在彼得节（7 月 12 日）那天茶壶里的水还结冰呢。

[41] 还有一点需要提及的是，萨哈林人有一种看法，即那些臭虫和蟑螂都是随着青苔从森林里带回来的，因为这里习惯用青苔去堵房屋的裂缝。他们认为，还没等把裂缝堵好呢，臭虫和蟑螂就已经开始在那里繁殖了。当然，实际上它们与青苔毫无瓜葛，这些虫子都是建房子的木工们从监狱或者强制移民的家里带来的。

[42] 在我离开两年之后，另一位札记的作者在乌斯科沃附近看到了成群的马匹。

[43] 从乌斯科沃到沃斯克列辛斯科耶总共有 6 俄里的路程，我们在这段路上走了三个小时。读者可以想象一下，背负面粉、腌牛肉和办公用品，或者背着病人从乌斯科沃到沃斯克列辛斯科耶去看病的情景吧，只有那个时候，你才能理解，"没有路"，这句话在萨哈林意味着什么。既不能乘车，也不能骑马。有人曾经试图骑着马通过此地，结果是摔断了马腿。

第十章　小特姆屯

> 雷科夫斯科耶。地方监狱。加尔金-弗拉斯科伊气
> 象站。巴列沃。米克留科夫。新建屯瓦利兹和隆加里。
> 小特姆屯。安德烈-伊万诺夫斯科耶。

在特姆河流经的上游最南部地区，我们观察到了相对像样点的生活。不管怎么说，这里毕竟气候上还是要温暖一些，自然界的底色也相对柔和一些，对于一个饥寒交迫的人来说，这里的自然条件显然比特姆河的中游和下游更为适宜啊。甚至这里的地貌都与俄罗斯很相似。这种相似性对一个流放犯来说很有打动内心的诱惑力，特别是雷科夫斯科耶这个屯就在特姆区的行政中心所在地的那一片平原上。它宽有6俄里，东面有不高的丘陵地沿特姆河绵延，对整个平原形成了天然的屏障，它的西边是巨大的分水岭山脉，远远地投下了蓝色的轮廓。平原上没有其他的起伏土岗或者丘陵，完全是一马平川，看上去很像俄罗斯遍布耕地、草场、牧场和绿色密林的无垠原野。波利亚科夫来到这里的时候，整个河谷遍布草墩子、水坑、洼地、沼泽、湖泊和不停注入特姆河的淙淙的小溪流；有时候，马的前蹄会陷入泥水坑里，有时候水会没及马的腹部；现在好了，这里的平原已经清理和疏浚过了，从杰尔宾斯科耶去往雷科夫斯科耶距离为14俄里，有一条路况极佳的大路，其笔直、平坦的程度令人叹为观止。

雷科夫斯科耶，又名雷科沃，始建于1878年；这个选址极佳的建屯处是由典狱长雷科夫选定的。它的建屯速度之快与萨哈林

的屯垦来说是迥异的：近五年来，它的占地面积和居民人口增加了近三倍。目前，它占地 3 平方俄里，现有居民 1 368 人，男性 831 人，女性 537 人，加上监狱在押人员和驻军将近有两千人。它与亚历山大哨所不同：那是一座城镇，是小巴比伦，有赌场和犹太人开设的家庭式浴场，而雷科夫斯科耶完全是地道的乏味的俄国农村，没有任何文化上的要求。当你坐车或者徒步走在这条长达 3 俄里的马路上的时候，你很快就会因为它太长了而觉得单调无聊。这里的街道不像在亚历山德罗夫斯克那样，按西伯利亚的习惯称之为"屯"，而是大部分都叫做"街"，并保留着居民们自己起的名字。有一条街就叫做西佐夫斯卡娅街，只因为这条街的尽头的房子是女移民西佐娃的家。除此而外，还有赫列普托娃（脊梁）街和玛拉洛西斯卡娅（小罗斯）街等。在雷科夫斯科耶有许多的乌克兰人，所以，除了这里，你在别的任何地方都不会遇到这么多稀奇古怪的姓氏，比如，"黄腿子""胃"，9 个人的姓氏竟然为"不信神的人""挖坑""河""面包圈""老灰马""大木头""大鼻孔"等等，不一而足。在屯子的中央是一个大广场，教堂就在那里，广场周围不像是俄国农村那样，店铺林立，而是监狱用房、办公机构和官员们的府邸环绕四周。你穿行广场的时候，头脑里肯定会涌现出人头攒动的市集景象：有乌斯科沃的茨冈人正在买卖马匹，空气中散发着一股马粪味、熏鱼的腥臭味和煤油的焦糊味，牛在哞哞地低吼，手风琴声和醉鬼的歌声混杂在一起；但是，这幅祥和的图景很快像轻烟一样化为乌有，你的耳边传来的是镣铐的哗哗声，是犯人和押解他们的士兵正在穿过广场走向监狱的拖沓的脚步声。

雷科夫斯科耶现有从业主 335 户，搭伙经营、对半分成的从业者有 189 人，他们与户主一起经营产业，因而他们自己认为他们也是业主。这里合法家庭有 195 户，自由同居的有 91 户；大部分合法家庭的妇女都是追随丈夫的自由民，共有 155 人。这个数目可不小，但是不能因这些数字的迷惑而感到有所慰藉，它们的背后麻烦更多。搭伙经营、对半分成的从业者是额外的户主，由此可见，这里不能进行独立经营、无法成家立业的"多余人"太多了，因而成了人口拥挤和生活贫困的根源。萨哈林行政当局安置随意性太大，不考虑环境的因素，对未来毫无预见，用简单粗暴的方法来设立定居点和产业设施，即使是像雷科夫斯科耶这样有相对良好条件的移民定居地，到最后也会出现贫困化的景象，从而陷入了和上阿尔姆丹一样的困境之中。对于雷科夫斯科耶来说，它现有的耕地和每年的收成，甚至再加上其他可能的收益，养活二百来户人家还过得去，绰绰有余。可是呢，这里的实际住户和额外的住户已经达到五百多户，而且每年当局还在不断地增加新户、更新户。

雷科夫斯科耶的监狱是新建的。建筑风格与萨哈林的监狱建筑毫无二致：牢房都是木质的，囚室里肮脏不堪，异常简陋，带有这类监狱所特有的群居生活的不便之处。而且，就在不久以前，雷科夫斯科耶监狱由于一些很容易就被发现的特点，被认为是整个北萨哈林地区最好的一所监狱。我觉得它也是最好的。因为我每次到监狱去的时候，首先做的一件事就是查阅官方资料，并向知情者咨询基本的内情。在整个特姆区，尤其是在雷科夫斯科耶，我一开始就注意到，本地的书记员训练有素，像是在专门学校进行过专业训练一样，做事十分严谨；户籍簿和人员花名册记录都非常标准，合乎体例。然后，我去到监狱里面的时候，那里的秩序井然和纪律严明给我的印象很好，伙夫、面包师以及其他人做事都条理清楚；甚至看守长们也不像在亚历山德罗夫斯克和杜埃监狱那样肠肥脑满、刚愎自用和愚蠢颟顸。

看起来，监狱里所有应该保持清洁的地方，这里都尽可能地做到了极端的整洁干净；比如，厨房里，面包房里，做到了房子本身、家具上、炊具器皿上、气味上、干活的人所穿的衣服上，都毫无污渍，就连偏好吹毛求疵的卫生督查员也会觉得无懈可击，显然，这种整洁是经常性的，并不因为是否有人参观而有所改变。我来厨房看看的时候，那里的大锅里正在煮鲜鱼粥。虽然这种食物对健康不利，这种捕自河流上游的鱼总是会让犯人们使用之后患上一种名为肠卡他症的病。尽管有这个忌讳，但是，这表明，这里的犯人能够按照规定吃到足额的食物。监狱内部会让一些被特许的流放犯人参与管理和食物分配等方面的工作，由这些犯人们负责检查犯人们的伙食的数量和质量，我想，正是因为如此，那类食物馊臭的恶心现象，像什么菜汤坏了、面包里有沙子的事情在这里是不可能出现的。我从他们给犯人们预备的每日定量的许多份面包中随便拿过来几份，进行了称重，每一份都是3俄磅多一点，只多不少。

这里的厕所也是茅坑式的，但是，与别的监狱比不一样的地方在于，里面的清洁要求极其的严格，到了对囚犯来说，可能，甚至是一种特别窘迫的约束。厕所倒是暖和，也没有什么臭味。这是因为厕所里安装了艾利斯曼教授所说过的那种通风设备，这是一种被称为回风系统的设施[44]。

雷科夫斯科耶的监狱长利维先生是一位相当有才干的人，满腹经纶，很有创新精神，监狱里面一切的良好状况首先归功于他。遗憾的是，他这个人过分喜欢使用鞭刑，以至于为此有人要取其性命。有一次，一个犯人手里拿着一把刀，像一只野兽一样，扑向了他，结果是加害者为这次袭击付出了致命的后果。利维先生一边是一位常常关心别人绅士，一边是沉迷于使用鞭刑的酷吏，耽于体罚犯人，对人的关心和对人的残忍在他的身上荒诞地结合在一起，实在无法得出合理的解释。看来，作家加尔洵的《列兵伊万诺夫的笔记》中的温采里上尉这个人物还真不是凭空杜撰的呢。

在雷科夫斯科耶，建有学校、电报局、医院和一座以加尔金-弗拉斯科伊的名字命名的气象站。一位前海军少尉、现特许流放犯人管理并主持这个气象站，但是他没有经过官方的正式任命。这个人勤勉，为人正直；他还是教区的主管。这个气象站建起来才4年，收集到的资料还不够丰富，但是已经凭这些资料足以判定这两个北方区明显差别了。如果说，亚历山大区的气候属于海洋性的，那么特姆区就完全是大陆性的气候了，尽管两个区之间的距离相隔只有区区的70俄里不到。特姆区的温差和降雨天数的波动幅度没有那么大。这里是夏季比较暖和，冬季比较寒冷的；年平均气温低于0℃，即有时候比索洛维茨岛上的气温还低。特姆区的平均海拔高于亚历山大区，但是，它四面环山，恰好处于一个盆地之中，一年当中无风的天气几乎达到60天，而且刮寒风的天气少于20天。降雨降雪的天数上也有差别：特姆区的雨雪天气较多一些，下雪天有116天，下雨天有76天；两个区的雨雪量差别比较大，特姆区几乎在300毫米，亚历山大区的雨雪量更大一些。

1889年7月24日，出现了早期霜冻，把杰尔宾斯科耶正处于扬花期的马铃薯都冻坏了，到了8月18日，全区的马铃薯茎叶都因严寒坏死了。

雷科夫斯科耶往南，有一个屯子巴列沃，这里曾是基里亚克人的村落巴列沃，地处同样叫巴列沃的特姆河支流上，这个屯子始建于1886年。从雷科夫斯科耶前往此处，经过路况不错的一条乡村道路和一大片平坦的原野，从那些灌木丛和田间走过的时候，我恍然间一下子想到了俄罗斯，可能是因为我走过这里的时候，天气非常好的缘故吧。从雷科夫斯科耶到巴列沃有14俄里的路程。很快就要在这个区间敷设邮电线路，将萨哈林河和南萨哈林连接起来，道路已经动工建设了。

巴列沃现有居民396人，男性345人，女性51人。有从业主

183户，搭伙对分经营的业主137户，尽管根据当地的条件来说，有那么50户经营就已经足够了。在萨哈林很难再找出这种把各种农业殖民的不利条件都集中在一起的屯落了。巴列沃就是典型。首先土壤就不行，里面尽是砾石；据那些老户讲，这里以前还有通古斯人放养驯鹿呢；甚至有的居民还说，这个地方以前是海底，基里亚克人直到现在还常常在遗船上找宝物呢。此地已经开垦的耕地只有108俄顷，其中既包括种菜的地块，也包括草场，可是从业主却有三百多人。成年妇女只有30人，平均每十人中只有一个是女性，让这个比例看起来具有悲剧性意义的是，这个地方命运多舛，前不久死神光顾了巴列沃，在很短的时间里，就夺走了3名女性同居者的性命。几乎有三分之一的从业主在被流放之前并没有从事过农耕生活，都是城市居民。遗憾的是，不利之处还不仅仅限于上述几项。俗话说，祸不单行，巴列沃偏偏是多灾多难，不知道为什么，在萨哈林再也找不到像这里一样盗窃成风的地方了。这里每天夜间都有盗窃案发生；在我到达的前一天夜里，就有3个人因为盗窃燕麦而被送进了戴镣囚室。除了这些因贫困而盗窃的人之外，在巴列沃，还有不少被称之为"害人精"的人，这些人危害乡邻并没有明确的目的，只是出于恶习成癖。他们成群结队地在夜里打死别人家的大牲畜，将尚未成熟的马铃薯苗挖出来，拽掉别人家的窗户框子，等等。他们的所做所为造成了巨大的损失，使巴列沃雪上加霜，本来就凋敝的经济生活更加捉襟见肘，屯里居民的生活总是处于经常的惶惶不安和恐惧之中。

此地的生活状况除了贫困，别无其他。房舍的屋顶都覆盖着树皮和干草，房前屋后没有任何庭院和仓库之类的用于生产经营的建筑物。还有49栋房舍仍然没有竣工，就被业主扔在那里，烂尾弃置了。有17户业主已经外出务工赚钱。

我在巴列沃逐家串户走访的时候，屯监亦步亦趋地跟着我，他是强制移民出身，原籍是在普斯科夫省。我记得当时问过他：今天是星期三还是星期四？他回答道：

"大人，我可记不住是星期几啦。"

在一处办公用的房子里，住着一位退役的军需官，名字叫卡尔普·叶洛菲伊奇·米克留科夫。他是萨哈林苦役地最早的看守之一，1860年就来到了岛上。当时，萨哈林苦役地才刚刚设立，在目前活着的萨哈林人中，他是仅有的能够讲述全部当地史的人了。这个人倒是很健谈，回答我的提问的时候，对自己知悉内情的得意劲儿溢于言表，讲起来像老年人一样，啰唆冗长；他的记忆力减退了，只对很久以前的事情还记忆犹新。他在这里的处境很不错，经济上不用发愁，他甚至还有两幅油画肖像挂在家里：一幅画的是他已故的夫人，夫人的胸前还有一朵小花，另一幅则是他本人的画像。米克留科夫出生于维亚特卡省，他长得颇有几分与诗人费特相像。他总是谎称自己只有61岁，实际上他已经超过70岁啦。他已经第二次结婚了，娶上了一位自由民的女儿，这个年轻的夫人生了6个孩子，年龄从1岁到9岁不等，最小的一个尚在襁褓之中。

我和米克留科夫的交谈一直持续到后半夜，他给我讲了所有跟苦役地有关的人和事。比如，典狱长谢利瓦诺夫发起脾气来的时候，一拳就能把监狱门上的锁头敲下来，然而，他最终还是因为对待犯人过于残忍而毙命于他们的手下。

在米克留科夫回到老婆和孩子们睡觉的房间后，我来到了外面，夜色如水，满天繁星。远处更夫敲着梆子，河水淙淙流淌着。我久久地伫立在外面，仰望星空，凝视房舍，我觉得这是神奇的一刻，我竟然在离家万里的地方，在一个叫做巴列沃的小屯子里。在这个真正的天涯海角之地，人们对星期几都不再记得，其实又有什么必要记得呢，在这里，今天是星期三还是星期四又有什么关系呢？反正不都是一样的嘛……

再往南一点，沿着规划好的邮政驿路走下去，还有一个屯子瓦利兹，它始建于1889年。这里有40个男人，却没有一个女人。在我来之前的一周，从雷科夫斯科耶派遣了3户人家去往更南边一点的地方去落户，那里有一个建在波罗那亚河支流上的屯子，叫隆加里。在这两个屯子的生活还没有完全走上正轨。只能留待道路建成之后，让有机会去他们那里采访的人再来详细地描述他们的实际情况吧。

我还要提到两个屯子，才能结束我对特姆区村屯的概述，这两个就是小特姆屯和安德烈-伊万诺夫斯科耶。这2个屯子都坐落在小特姆河沿岸，这条河发源于比林格山，在杰尔宾斯科耶附近注入特姆河。小特姆屯是本区第一个兴建的居民点，始建于1877年。在过去，要想翻越比林格山到特姆区去，小特姆屯是这条线的必经之地。现在，小特姆屯有居民190人，男性111人，女性79人。从业主和搭伙经营户共67家。以前，小特姆屯就是特姆区这一带的中心和主要屯落，现在已经式微了，成了无关紧要的地方了，就是一个衰败的小屯子了；只有那所规模不大的监狱和典狱长的府邸还能看得出昔日的繁荣迹象。小特姆屯监狱的现任典狱长库先生是一位颇有学识的彼得堡人，年轻有为，看得出来，他非常怀念俄罗斯。他的府邸开间高阔，居室宽敞，总是回想着他那沉闷而孤独的脚步声。这里无处消遣的漫长而难熬的时光，使他痛苦异常，以至于他常常感到自己像是一个被俘的人一样，与囚犯无异。这个年轻人就像是在和自己作对似的，每天都四五点钟就早早起床，喝杯茶，到监狱去转上一圈儿……然后，还能做什么呢？然后就在自己的迷宫一样的大房子里，两眼望着木头墙壁上抹上了麻屑的缝隙，踱来踱去，不停地转着圈走来走去。然后再去喝杯茶，研究几分钟植物学。然后接着踱来踱去，除了自己的脚步声和窗户外边的呼啸风声，别的什么也听不到。小特姆屯有不少的老住户。在他们中间，我遇到了一个鞑靼人，名字叫富拉日耶夫，他曾经和波利亚科夫一起去过内斯基湾。在回忆起和波利亚科夫一起去的那次考察经历的时候，他还是兴致很高呢。在这些老人中，有一个老头儿，姓鲍格丹诺夫，是一个强制移民，可能，他的生活方式最有意思。他是个分裂派教徒，却放着高利贷。他好长时间一直不让我去他家里，后来终于让我去了，但却说了一大堆诸如现在什么人都有，不能随便让人到家里来，万一带到家里来的话，没什么好处，会被人敲诈勒索或是抢劫了怎么办等的话。

安德烈-伊万诺夫斯科耶就是以安德烈·伊万诺维奇这个人的名字来命名的屯落。它始建于 1885 年。那时候这里还是一片沼泽地。目前屯子里有居民 382 人，男性 277 人，女性 105 人。从业主和搭伙从业者 231 户。这里和巴列沃一样有 50 户就已经足够了。这个屯里居民的成分对农耕来说也不是特别合适。巴列沃里从来没有种过地的小城镇小市民和平民占多数，而安德烈-伊万诺夫斯科耶的非东正教徒特别多。这里有 47 个天主教徒，还有同样数目的伊斯兰教徒以及 12 个路德派教徒，他们的人数就占了整个居民人数的四分之一。而在东正教徒中间还有不少的异族人，比如格鲁吉亚人[45]。居民构成中的各式各样的成分使这里的居民像是一群乌合之众，妨碍着他们融合为一个农业村社。

注释：

[44] 雷科夫斯科耶监狱这种通风设备的构造是：在茅坑的上方生火炉，炉门是封闭着的。火炉有一条管道与茅坑相连接。这样，火炉需要的燃烧必备空气就有了，茅坑中的臭气也相应地进入了炉子，经过烟道排到外面去。茅坑里因为生了火炉而变得暖和，厕所里的空气经过茅坑上方的管道孔洞进入到烟道。在孔洞下方划一根火柴的话，就会发现火苗被吸附的方向。

[45] 而且，这里还住着来自库塔伊西的一对姓奇科瓦尼的贵族兄

弟,老大的名字叫阿列克谢,另一个叫铁姆拉斯。原来还有一个弟弟,但是得了肺结核死了,他们住的房子里没有任何的家具,只是地上铺了一条毛褥子。一个兄弟生病躺着。

第十一章　拟建中的行政区基本概况

> 拟建中的行政区。石器时代。存在自由殖民吗？基里亚克人。居民成分、长相、体型、食物偏好、住房情况。卫生状况。当地人的性情。将本地人归化俄国的努力。鄂洛奇人。

从我们在上一章结尾所概述的村屯内容里，读者就可以看到，两个北方行政区所占的面积也就与俄国一个小县份的面积相当。至于这两个行政区究竟占了多大的空间面积，比如多少平方俄里，还很难统计出来，原因是这两个区的南北区域界限还没有勘定。在两个区的行政中心，即亚历山大哨所和雷科夫斯科耶之间的最短路径，也要翻越比格林山，距离将近60俄里，而穿越阿尔姆丹河谷的距离则有74俄里。就是本地人走也不会认为是很近的距离。这还有没把去坦戛和旺戛以及巴列沃这些比较偏僻的屯落的距离包括在内，巴列沃再往南，若在波罗亚河支流上建新的屯落，建立新的行政区的问题就出现了。这里的区级行政单位就相当于一个县；西伯利亚概念里的能被称为区一级的行政区划，怎么也得是能走上一个月的，类似阿纳德尔区的广阔的地域。而且在西伯利亚官员看来，把萨哈林的区域细分成小块是种奢侈，这些官员可是在方圆二三百俄里的地区内独自工作的。然而，萨哈林的居民生活条件过于特殊了，行政机构的管理机制要比在西伯利亚的阿纳德尔区可复杂多了。把萨哈林这个流放犯人殖民地划分成零碎的行政区域，这是由许多下面还要谈到的复杂原因构成的实际情况造成的，首要原因就是流放殖民区的范围越小，对管理者来说就越方便和容易；其次，划分出许多行政区，会大力吸引各类人员来萨哈林岛上工作，这对于殖民区来说，无疑是个利好。随着知识阶层的人员构成数量方面的增加，居民的人员素质也会逐步获得显著的提升。

在萨哈林居留期间，正好赶上有关拟建中的新行政区的讨论。人们谈论拟建中的新区的兴奋劲不亚于提到迦南福地时的向往之心，因为规划中还要沿波罗那亚河一直向南建一条纵贯全境的道路；而且新区还计划将现在的杜埃监狱和沃耶沃达监狱拘押的流放犯人都迁往该地，以后这两个阴森恐怖之地就只留在人们的记忆之中了；煤矿也将脱离"萨哈林公司"，该公司的合同早已经失去效力，煤矿的采掘不再使用苦役犯劳动，而是由移民们来集资开采[46]。

在结束有关北萨哈林的叙述之前，我认为再讲一讲在不同的时期，一直生活在此地但独立于流放殖民区的那些居民，并不是多余的题外话。波利亚科夫在杜伊卡河谷曾经发现过刀形黑曜石、石质箭头、石制斧头等等；这些发现让他有依据认为，远古时代就有人类居住在杜伊卡河谷，他们对金属器具一无所知，是真正的石器时代的居民。在发现这些器具的遗址处还有熊的头骨、狗的骨骼以及捕鱼的网坠。这一切表明了，那个时候此地的居民掌握了制陶、猎熊、用狗协助狩猎和使用渔网捕鱼等技能。萨哈林岛上不产燧石，那些燧石制品显然是他们从大陆或者邻近岛屿的居民那里交换来的。在他们的户外活动中，狗起的作用和现在基本相同，主要是用来拉爬犁。在特姆河谷，波利亚科夫还发现了原始建筑遗迹和简陋的原始工具。他的结论是，在北萨哈林"有可能存在智力水平处于低级发展阶段的部落。很显然，这里居住过人类，而且他们祖祖辈辈的生活形成了一套抵御寒冷和饥渴的方法；这里的居民很有可能是以小型的部族群居生活的，并且不是完全定居生活的"。

当年涅维尔斯科伊在派遣波什尼亚克考察萨哈林岛的时候，还顺便交代给了他一项任务：核实有关军官赫沃斯托夫曾经把手下人留在萨哈林岛上的传闻。基里亚克人说，那些人都生活在特姆河流域[47]。波什尼亚克碰巧发现了这些人的行踪。在特姆河沿岸的一个屯子里，基里亚克人用祈祷书中撕下来的4页纸跟他换了3俄尺的中国布料，告诉他，这本祈祷用的书是俄国人的，他们在这里住过。其中有一页是祈祷书的扉页，上面还有模糊的字迹："伊万、达尼拉、彼得和谢尔盖和瓦西里，我们五人是奉了军官赫沃斯托夫的命令，于1805年8月17日在阿尼瓦的托马里-阿尼瓦上岸的，我们是在1810年日本人来到托马里时，才转移到了特姆河这里。"波什尼亚克查看了俄国人住过的地方，他认为，他们住着三所房子，并且还在此地种植过蔬菜。当地原住民对波什尼亚克说，最后一个俄国人是不久以前才去世的。俄国人都不错的，曾经和他们一起去打鱼狩猎，衣服倒是朴素，但是理发很勤。在另外一个地方，原住民讲了一个细节：说是两个俄国人同原住民女人结了婚还生了孩子。现如今，军官赫沃斯托夫当年在北萨哈林留下来的俄国人已经被人遗忘了，对其后代更是一无所知。

波什尼亚克在自己的札记中还写道，他每到一处总是询问此处是否有定居下来的俄国人，他从坦戛的原住民那里了解到的情况是：在35年或是40年前，在东海岸有一艘船触礁撞碎了，船员们获救了，他们上岸给自己搭了小屋子当居所，过了一段时间还造了一艘船；就乘着这艘船，这些外来的人穿越了拉彼鲁兹海峡，进入了鞑靼海峡，船在这里的姆格旗沉没，这次被救上来的只有一个人，他说自己叫凯姆兹。此后不久，从阿穆尔河又来了两个俄国人，一个叫瓦西里，一个叫尼基塔，他们3个人搭伙一起住，就在那个姆格旗建造了房舍。他们主要的营生是狩猎毛皮野兽。他们常常与满洲人和日本人做生意。一个基里亚克人让波什尼亚克看一面镜子，说是叫凯姆兹的俄国人送给他父亲的礼物。无论怎么说，这个基里亚克人都不愿意把这面镜子卖给波什尼亚克，说这个是父亲的朋友留下来的珍贵的纪念物，要珍藏起来呢。还说瓦西里和尼基塔很害怕俄国的沙皇，从这一点来看，他们肯定是潜逃犯。这3个俄国人都死在了萨哈林。

一个名为间宫林藏[48]的日本人听说过，1808年在萨哈林，西海沿岸，经常会有俄国的船只出没其间，而且俄罗斯人最后还以强盗般的手段逼迫当地原住民驱逐原住民中的一部分，还有一部分被打死了。间宫林藏叫出了这些人的名字：卡木齐、西苗、茂姆和瓦西列。"后三个名字，"施连克说，"不难叫出对应的俄罗斯名字，谢苗、福马、瓦西里。"而卡木齐，在他看来，非常像凯姆兹。

有关这8名萨哈林鲁滨逊的简略生活点滴，构成了北萨哈林自由移民史的全部内容。如果把军官赫沃斯托夫手下的5名水兵和凯姆兹以及两名潜逃犯的不寻常的际遇说成是类似于自由殖民的一种尝试，那么，必须承认的是，这种尝试既是微不足道的，也无论如何不能被视为成功。他对我们后人的意义也就是说，8个人在萨哈林生活了很长时间，一直到生命的最后，都没有耕种过土地，而是只能靠打鱼狩猎。

这里还要提及一下本地的原住民基里亚克人，才能让我们的叙述具有完整性。他们居住在北萨哈林的东、西部海岸和河流两岸，主要的聚居地是特姆河流域[49]；他们居住的屯落都很古老，目前典籍里提到过的村落名称仍旧还在沿用，但是，他们的生活至今没有完全定居下来，因为基里亚克人对于自己的出生地以及一般的固定地点并无任何的眷恋之情，他们经常会把自己的窝棚弃置在一边，外出打鱼或者狩猎，拖家带口，连狗一起，在北萨哈林一带游猎。不过就是在去大陆进行远途旅行的时候，他们也是拖家带口的，而且也不会定居，还是要回到本岛。萨哈林的基里亚克人在语言和习俗方面与居住在大陆上的基里亚克人是不一样的，大概，不亚于小俄罗斯人和莫斯科人之间的差别吧。基于此，我觉得，对萨哈林的基里亚克人进行统计不是什么难事，他们与经鞑靼海峡来萨哈林谋生路的大陆人是不可能混同为一体的。需要5至10年就对他们进行一次人口普查，否则流放殖民地的设置对基里亚克人的人口构成问题这样一个重要问题就是无解的，要么就会长期地搁置，要么就会胡乱地随意填充数字了事。据波什尼亚克收集到的资料显示，1856年，萨哈林岛上共有基里亚克人3 270人。大概过了15年之后，在米丘尔的叙述中，岛上的基里亚克人口数量已经降至1 500人以下了，而1889年最新的数据和我从官方的《异族人口数据统计册》中得到的数字表明，两个区的基里亚克人总共才只有320人了。就是说，如果数字是属实的，那么，再过5至10年，萨哈林岛上的基里亚克人将一个也不剩了。我虽然不能够断定波什尼亚克和米丘尔所提供的数字的绝对可靠性，但是，我觉得，官方的数字——320，因为某种原因，并没什么意义。《异族人口数据统计册》这种公文式的东西都是行政公署的办事人员们编汇的，他们既没有科学理论性的素养，也不具备实践上的训练过程，甚至完全可以说，没有任何的工作指导方针；如果说，人口数据统计册是他们在基里亚克人聚居的村屯当地采集的，那么，这显然是打着官腔，粗暴无礼地带着一腔怨恨进行普查后的结果。而他们所面对的基里亚克人从来都是彬彬有礼的，他们的教养是从不高傲冷漠地对待别人，从不专横跋扈，对他们的各种调查和普查都充满了戒备之心。因此，对待基里亚克人需要讲究待客之道。除此而外，行政当局收集到的数据并没有明确的目的和针对性，就是出于偶然和随机的想法，做调查的人员并不考虑地区的民族分布情况，而是随意一问而已。亚历山大区的人口数据统计册只涵盖了旺戛以南的基里亚克人，而对特姆区就只统计了雷科夫斯科耶附近的一些村屯，但是那些基里亚克人并不居住在那里，他们只是路过那里而已。

萨哈林岛上的基里亚克人的数量毫无疑问是在不断递减，但是对这个问题进行判断却只能靠推测。究竟递减率是多少呢？递减的原因到底是什么呢？为什么基里亚克人连年死亡？是因为他们经常迁居大陆或者北部各个岛屿吗？由于缺乏可靠的数据，有关因俄国人的入侵使他们的生命、生活备受摧残的观点，只能说是一种推理，这种被外来压迫形成的摧残迄今为止还是微不足道的，甚至等于零，因为萨哈林岛上的基里亚克人大多数都居住在特姆河流域和东部的沿海，在这些地方，还没有俄国人的足迹[50]。

基里亚克人在种族上并不属于蒙古人或者通古斯人，而是属于一个未知的种族，这可能是从前相当强大的一个种族，曾经统治了整个亚洲，现在部族所剩无几，只在很小的一块土地上聚居，尽管曾经卓越和生命力勃发，但从人数上看，已经几近消亡了。由于基里亚克人善于交往和迁居，他们早已经实现了同其他民族的融合、混血，所以，现在要想遇到一个纯血统的[51]基里亚克人，即不带有蒙古人、通古斯人、阿伊努人血统的基里亚克人，那可是几乎不可能的事。基里亚克人的脸型是圆的，黄色的，扁平的，颧骨很高，经常不洗脸，吊眼梢儿，胡须稀疏，有的人不留胡须；头发平直，黑发，发质很硬，在脑袋后面梳成一根小辫子。从基里亚克人的面部表情来看，他们根本不是野蛮人；他们最常有的表情是沉思状、温顺、天真而神情专注；有时候会特别开朗地、幸福地微笑起来，有时候神情落寞，深沉而忧郁，就像是一个寡妇的表情；是的，从侧面看，当他们胡须稀少，脑袋后面梳着一根小辫子，神情落寞温柔的时候，他们中的男人看起来就像是女人，他们酷肖作家冯维辛剧作中一个人物库杰尹的长相。由此或多或少可以理解，为什么某些旅行者总是把基里亚克人归类为高加索人种。

我愿意推荐民族志学家施连克的著作[52]给乐于详细了解基里亚克人的读者。我呢，在这里想谈的是受限于当地的自然条件而形成的人口特点以及它们可能直接或者间接为新殖民者所接受的实践性益处。

基里亚克人体格健壮，肩宽敦实；个头中等，偏矮。高大的身材在原始森林中施展不开。他们的骨骼粗壮且其所有的突出部分脊骨和关节都十分发达，附着的肌腱非常孔武有力，这是在大自然中经常进行紧张斗争的结果。他们体型偏瘦，筋骨发达，没有多余的脂肪积赘，你碰不到胖到满身肥膘的基里亚克人。显然，他们的脂肪都消耗掉了。因为萨哈林人为了抵御低温和特别潮湿的空气，在体内积聚了大量的热量。所以，基里亚克人的食物中含有相当多的脂肪是完全可以理解的。他们吃海豹身上的肥肉，鲑鱼肉，鲟鱼肉和不少带血的肉类，食物消耗量巨大，往往是生食，也会晒干或者做成冻品。由于吃的食物比较粗糙，咬合肌部位就特别地发达，牙齿的磨损程度十分严重。平时的食物全部为肉类，只有在家中就餐或者饮宴时才会搭配一些葱蒜类蔬菜或者浆果来点缀一下。根据涅维尔斯科伊的佐证，基里亚克人认为，最大的罪过就是：往土里埋吃的东西，谁这么做，谁的死期就到了。但是，他们倒是喜欢吃俄国人吃的面包，把面包当成是美味佳肴，所以，时至今日，在亚历山德罗夫斯克或者是雷科夫斯科耶的街上，遇到一个腋窝下夹着一个大圆面包的基里亚克人雄赳赳地走着，也不是什么稀罕事。

基里亚克人的着装非常适合于寒冷、潮湿且具有变化剧烈特点的气候。夏季的时候，他们会穿中国蓝色土布长衫，裤子也是用同样的布料制成的，无论什么时候，肩膀上总是搭着一件海豹皮或者是狗皮做成的短皮袄或上衣外套,一旦变天就可应急;脚上蹬的是动物毛皮做的靴子。冬季的时候,他们基本上穿毛皮缝制的裤子。即使是最能保暖的衣服,他们也都做得肥大,以便于打猎或者驾车赶狗拉的爬犁时,身上的穿着能够不妨碍他们敏捷灵活的动作。有的时候,为了讲究点,时髦点,他们还会穿上犯人穿的囚服呢。克鲁森施滕在85年前曾看见过穿着绫罗绸缎的基里亚克人,"那种衣服上绣着很多的花纹";现在在萨哈林,打着灯笼,也找不到考究一点的穿着打扮了。

说到基里亚克人住的窝棚,首先是能抵御此地潮湿和寒冷的气候。这种住所分为冬季窝棚和夏季窝棚两种。一般夏季窝棚都是建在支柱上悬空而起,冬季窝棚则是一种向下挖的地窨子,墙壁是用原木摞上去,整个窝棚是平行的四角堡垒,就是没有顶盖而已;外面培上泥土。波什尼亚克曾经在一间挖进地下1.5俄尺的窝棚里过夜,屋顶都镶上了细细的木杆,再用泥土抹上。这些窝棚使用的建造材料都很普通,都是随处可得的便宜东西,在把窝棚遗弃不用时也不会可惜;窝棚里面既暖和又很干燥,无论哪一个方面都远远胜过了那些筑路和挖矿的流放犯人们在野外搭建的临时性的窝棚,他们的窝棚可是又冷又潮湿。基里亚克人的夏季窝棚绝对值得推荐给那些种菜的农民、采煤工人、渔民和一切离开监狱和家庭在野外劳作的苦役犯和强制移民。

基里亚克人从不洗脸,因此,就是民族志的学者也很难确定他们的脸上皮肤的颜色;他们也不洗衣服,他们的毛皮衣服和皮质的鞋子就像是刚刚从才咽气的死狗身上扒下来的一样,他们浑身都散发着一股难闻的气味。根据扑面而来的、令人作呕的鱼腥味和腐烂的鱼下水的臭味,就可以断定,不远处就是基里亚克人的住所了。在每一个窝棚附近,通常都立着一排晾晒架子,上面挂着满满当当的剖成两半的鱼干半成品,它们在太阳的照射下,从远处看上去,就像是一串串的珊瑚在闪耀。克鲁森施滕当年在这种晾晒架子上目睹了大量的蠕动的蛆虫，地面上也有厚厚的一层呢。在冬季里，基里亚克人的窝棚里总是缭绕着从炉子里往外冒的浓烟，而且基里亚克人不论男女，包括小孩子，都吸烟草。关于基里亚克人的生病情况和死亡率则不得而知，但是，应当考虑，不卫生的生活环境对他们的健康所能产生的不良影响。整体上基里亚克人身材矮小，脸部经常是浮肿的，萎靡不振，动作迟缓；他们抵抗传染性疾病的能力不强，这也多多少少可以归咎于环境的负面影响。比如，在萨哈林肆虐的天花病毒曾导致大部分地区的人口灭绝。在萨哈林最北端的伊丽莎白海岬和玛丽亚海岬之间，克鲁森施滕造访过一个有27栋房舍屯落；可是到了1860年，著名的西伯利亚探险队成员格伦来到这里时，他只是见到了一个废弃的屯落。据他的讲述，在岛上其他的地方，他也见到过类似的废墟，都是以前人烟比较稠密的村寨。基里亚克人给他讲过，1850年之后的10年以来，萨哈林岛上的人口由于天花病毒的传染而剧减不少。堪察加和千岛群岛都是被可怕的天花病毒弄得人烟稀少了，萨哈林岛也难逃厄运。显然，可怕的不是天花本身，而是脆弱的抵抗力。假如流行的不是天花病毒，而是斑疹伤寒或者白喉之类的传染病，其实结果都会是一样的。我在萨哈林期间没有听到传染病发生的情况；可以说，近20年来，此地完全没有发生过传染病流行，除了稍有传染性结膜炎之外，结膜炎就是现在也会有病例出现。

科诺诺维奇将军准许了区医院可以收治异族病人并批准用公费进行治疗结算（1890年第335号令）。我们没有直接的观察到对基里亚克病号进行治疗的过程，但是，根据病理学调查情况，可以了解到一些相关情况，比如环境肮脏，经常性的酗酒，长期与中国人和日本人发生关系[53]，跟狗的过度接触，外伤情况频发，等等。他们经常生病并且需要医疗救助，这是毋庸置疑的，如果情况允许他们接受公费医疗，地方医院的医生就愿意对他们有所观察和救治。医学显然无法挽救不可避免的濒临消亡，但是，医生当然可以研究，在什么样的条件下，我们的介入能够把对这个民族生存的危害降至最小。

关于基里亚克人的性格，不同的作者会在叙述中讲得不一样，但是，所有讲述者的共同点在于，大家都认为，这个民族不好战，不喜欢吵架和斗殴，喜欢和自己的邻人和睦相处。他们对初来乍到的人总是疑虑重重，担心自己将来的生活，但是，对于外来的访客总是那么彬彬有礼，不会有丝毫的反感，至多是说上几句言不由衷的话，说到萨哈林的时候没什么好话，意在用此种方法让外来的敌人放弃对这个岛屿的入侵。他们曾经拥抱过克鲁森施滕的旅行同伴们，而在施连克病倒的时候，基里亚克人都得知了这个消息，并为此感到真诚的担忧和难过。他们只是在做生意或者感受到危险时，才会说点谎话，而且说谎之前，往往会互相之间使个眼色，这完全是一种儿童式的天真举动。因为在日常生活和一般事务性活动中，基里亚克人对谎话和大话都是十分反感的。记得在雷科夫斯科耶，有两个基里亚克人觉得，我对他们没有说实话，是撒了谎，就要求我一定要承认自己撒谎了。那是个晚上，两个基里亚克人躺在一户移民房舍前的草地上，一个留着短胡子，一个脸上肉嘟嘟的，像个女人的脸一样，我只是从他们的旁边走过，他们就把我叫住，让我到房子里去帮他们把衣服取出来，衣服呢是他们在早上干活时放在屋子里的；但是现在他们不敢自己去取；我说，我也没有权利在主人不在的时候进到别人的屋子里拿东西呀。他们好半天没有说话。

"你不是当官的吗？"脸上肉嘟嘟的，长得像个女人似的那个基里亚克人问道。

"我不是呀。"

"不是说，你是记事的吗？"他见到我手里拿着纸，就这样发问。

"是呀,我是记事的。"

"那你挣多少钱呢?"

我每个月能挣到大约三百卢布,我就说了这个数额。应该想到,我的这个回答产生了多么不愉快和不自然的反响。两个基里亚克人突然捂住肚子,弯腰曲背,要站不住了,好像是胃疼一样。他们的脸上是绝望的神情。

"哎呀!你怎么能这样说呢?"我听到一个人说,"你为什么不好好说话?哎呀这样可不好呢?可不能这样!"

"我说什么不中听的话了呢?"

"区长布塔科夫,这样的大人物,都只拿到200卢布,而你,连个官儿也不是,小小的记事的,谁会给你300!你为什么不好好说话?哎呀这样可不好呢?可不能这样!"

我就给他们解释说,区里的长官虽说也是个大人物,但是,他只在一个地方工作,所以只能领到200卢布。我虽然只是个"记事的",但是,我是从远处来的,走了一万多俄里呢,所以,我挣得要比布塔科夫多一些,因为跑得路远就需要更多的钱呗。我这么一解释,两个基里亚克人的神情总算是放松下来了,他们以基里亚克人惯用的表情互相使了个眼色,不再那么生气了。看他们的脸色,似乎是已经相信我说的话了,不再认为我是撒谎了。

"真是这样,真是这样……"留着胡须的基里亚克人赶忙说,"好,那你走吧。"

"真是这样,"另一个人也就对我颔首点头,"那你走吧。"

基里亚克人对别人托付的事情总是办得非常靠谱,没有发生过任何将别人的邮件或者东西仍在半途中的情况。波利亚科夫曾经写道,当时雇用了几个基里亚克人来当船工,所有基里亚克人都能准确地完成交到自己手上的活计,尤其是在搬运官府的货物时非常尽心尽力。他们总是身手敏捷,有眼力见儿,愉快,在有权有势的人面前也不会过于拘束。他们不承认任何强加的权势，好像也没有什么"长幼尊卑"的概念。费舍尔在《西伯利亚史》中写道，著名的波亚尔科夫去寻访当时"不受任何人管辖"的基里亚克人，他们总说一个官员职位的词儿"章京"，无论是提到不可一世的将军还是拥有中国布料和烟草的富商大贾，都用这个词儿。就是在涅维尔斯科伊那里见到了皇帝的画像，还说，这个人肯定是个大能人儿，可以提供不少的烟草和中国布料。萨哈林岛区的总督拥有相当大的权势，甚至绝对令人望而生畏。但是，有一次，我正和他一起到上阿尔姆丹区的阿尔科沃区，在路上见到一个基里亚克人，他竟然用命令的口吻吼我们："站住！"然后就问我们，在路上见没见到他的那只白狗。人们都这样说他们，书上也这样写他们，说他们在家庭中也不尊敬家族中的长辈。父亲并不认为自己高高在上，儿子也不用刻意地毕恭毕敬地尊敬父亲；年老的母亲在家中的权利并不比十几岁的小姑娘更多；波什尼亚克曾经描述过，他不止一次见到过儿子殴打母亲并将其赶出家门的场景，没有人敢对他说什么。男性家庭成员之间的权利是平等的；如果你招待基里亚克人喝酒，那么最年幼的孩子也是有份儿的。女性成员倒是都没有权利的，不论是祖母、母亲，还是褴褓中的女婴。他们就像是家畜，是某种东西，随时可以扔出去，或者可以出卖，或者像狗一样，随便就踢上一脚。然而，狗毕竟还是会受到宠爱的，但是，对女性却是从来也不会的。结婚被认为是无足轻重的一件事，比如，还不如酒宴受到重视。结婚的时候从来也不举行宗教性的仪式或者迷信式的活动。基里亚克人只要用一根长矛、一条小木船或者一条狗就能交换来一个姑娘，把她领到自己的窝棚里，和她一起往熊皮垫子上一躺就算完事了，这就是婚事的全部过程。在他们中间，多妻制是被允许的，但是并没有被普遍接受，尽管这里女性显然是多于男人的。基里亚克人对女性的蔑视程度达到了无以复加的地步，妇女在他们眼里是卑贱的生物,是一种物品,赤裸裸地、粗野地把女性当成奴隶,在他们那里不以为耻,反以为荣。施连克描述说,他们常常把阿伊努女人当成奴隶贩运;显然,女性在他们那里就是与烟草和布料一样的交易商品。瑞典作家斯特林堡①是著名的仇视女性人士,他恨不能女人全都做奴隶,为男人的癖好服务,他可真是基里亚克人的志同道合者;如果他要是到访北萨哈林,那么一定会受到基里亚克人的热烈拥抱的。

科诺诺维奇将军对我说,他有意让萨哈林的基里亚克人归化俄国。我不知道,为什么必须这么做。其实,早在这位将军赴任之前,俄国化就已经开始了。早期的俄国化过程是从职位低、薪水少的小官员们给自己张罗珍贵的狐皮大衣和貂皮外套,而基里亚克人开始在自己的窝棚里摆弄俄国酒具 [54] 开始的;接着基里亚克人就被邀请参加追捕逃犯的工作,而且是每打死一名或者抓获一名逃犯,都会领到数额可观的赏金。科诺诺维奇将军下令雇用基里亚克人充当巡捕;他在自己下达的命令中指出,这样做的目的在于两点:一是极端需要对本地地形地貌熟悉的人;二是借以缓和地方官吏与异族人之间的矛盾关系。他亲口告诉我说,采取这样一个新的措施,其中也包含有实现基里亚克人俄化的目的。(据1889年第308号令)基里亚克人瓦西卡、伊尔巴卡、奥尔昆和巴弗林卡被任命为监狱看守,后来,伊尔巴卡和奥尔昆"因长期玩忽职守"而被撤职了,又(据1889年第426号令)任命了索夫隆卡为当看守。我见过这几个看守。他们都戴着胸牌,挎着手枪;他们中间最有名的、最经常抛头露面的是瓦西卡。他是个机警的人,很狡猾,是个喝起酒来不要命的主儿。有一次,我到殖民基金会的商铺去,遇到了一大帮本地的贤达人士。瓦西卡也站在门口。有一个人正指着摆满了酒瓶的货架对瓦西卡说,

---

① 奥古斯特·斯特林堡(1849—1912):瑞典作家,瑞典现代文学的奠基人,世界现代戏剧之父。著有七十五卷本全集。

要是把这些都喝光的话,就肯定得成醉鬼的吧,瓦西卡正咧着嘴诏笑,脸上是一副极力巴结奉承的神情。在我到来之前,这一名基里亚克看守出于职责处决了一名苦役犯人。于是地方贤达们开始讨论一个问题:他是从犯人的前面还是犯人的身后开的枪。就是说,是否要追究这名基里亚克人的过错,将其送交法庭来审判。

由此可见,参与监狱的管理工作无法使基里亚克人归化俄国,倒是让他们腐化堕落,这已经无需证明了。他们远远不能达到理解我们所需的地步,而且我们也未必能向他们讲清楚我们的需要是怎么一回事:抓捕苦役犯,剥夺他们的自由,打伤他们,枪毙他们,不是出于我们的某种怪癖,而是为了维护法制。基里亚克人在监狱工作中看到的只有暴力和兽性,并且认为自己是被雇来的刽子手[55]。假如有必要进行俄化而且势在必行,那么,在我看来,在选择具体的俄化方法上,应当首先考虑的不是我们的需要,而是基里亚克人的需要。例如,类似上面提到过的准许去医院接收异族人入院治疗的命令、1886年遭受饥荒时对基里亚克人提供的米面粮食救济的命令、关于不许剥夺基里亚克人的财产来顶债的命令以及1890年颁布的第204号令免除基里亚克人债务等等措施,可能,比发给他们胸牌和手枪更有助于实现归化的目的。

在北萨哈林,除了基里亚克人,还居住着人数不太多的鄂洛克人,又叫鄂洛奇人,他们属于通古斯人种。但是,在殖民地,有关他们的情况鲜有耳闻,在他们分布的区域里还没有俄国村屯,因此,我也是只能提到他们而已。

注释:

[46] 在科诺诺维奇将军发布的诸多命令中有一项是涉及撤销杜埃和沃耶沃达监狱问题的。"在视察了沃耶沃达监狱之后,我个人确信,对沃

耶沃达监狱而言，不论其是所在地区的地理条件，还是对其所监禁的、多数为刑期较长或者是因新犯罪而监禁之犯的作用，都不能说是具有监督秩序的，或者更确切地说，任何实际意义上的监管都没有，可监狱之为监狱意义就在于监管。目前的状况在于，该所监狱处于杜埃哨所以北1俄里半的狭长谷地中，唯有通过狭长的海滨与哨所保持交通联系，仅每昼夜就会因为涨潮交通中断两次。夏季通过山路来联系变得十分困难，而冬天则是不可能的；典狱长一般驻扎在离哨所很远的杜埃，其助手亦然；地方驻军要执行守卫和押解任务，还要根据与'萨哈林'公司签订的合同履行各种在岗哨站岗的工作，而监狱呢，几乎处于无人看守的状态，只有几个看守和每天过来执勤的哨兵而已，并且哨兵还游离于军事长官近距离的常规监管之外。这些情况的产生与监狱选址不当因而排除了所有直接的监督管理的可能性有关。我请求上级批准撤销杜埃和沃耶沃达两所监狱，在将它们迁往别处重建之前，对其全面监督整改，即使做到局部整改也可。"等等（1888年第348令）。

[47] 参见达维多夫1810年所著《海军军官赫沃斯托夫和达维多夫两次美洲旅行记》，此书由亲历者达维多夫执笔，希什科夫作序。希什科夫为海军上将，他在序言中写道："赫沃斯托夫这个人在自己的心灵中将两种截然不同的气质结合在一起了，这就是羔羊般的温顺和狮子般的勇敢。"他这样描述达维多夫，他的"性格比赫沃斯托夫要奔放和热情，但是在坚毅和勇敢这方面要比赫沃斯托夫逊色"。是的，羔羊一般的温顺并不妨碍赫沃斯托夫1806年在萨哈林岛的阿尼瓦湾将日本人的商行捣毁，并且扣押了4名日本人。1807年，他和自己的朋友达维多夫一起在千岛群岛捣毁了日本人的商行，并且再次到南萨哈林进行劫掠。这两位勇敢的军人同日本人的作战并没有取得政府的同意，但是他们坚信不会受到惩罚。他们二人的死亡也非同寻常：在涅瓦河上的吊桥被断开、禁止通行的时候，他们因为急于过桥而掉落河中被淹死。他们的功绩在当时引起了很大的反响，是社会上对萨哈林的兴趣与日俱增，人们都在谈论萨哈林。但是，人们并不知道，这个悲惨的、只在一些人的想象中出现的恐怖之岛的命运，在当时就已经注定了。希什科夫在序言中所讲的、关于俄国人在上一个世纪就拟占领这个岛、并在上面建殖民地

的说法,是毫无根据的。

[48] 他的著作名为《东鞑靼纪行①》。我当然没有读过,因而只能引用施连克所著《阿穆尔地区的异族人》一书的内容。

[49] 基里亚克人是一个人数不多的部族,主要住在阿穆尔河两岸,自索芬斯克至下游,还有河口湾以及与其相邻的鄂霍次克沿岸和萨哈林的北部。这个部族有文字记载的历史大约200余年。在这漫长的时间里,他们的居住区域没有发生任何的变化。有人以为,基里亚克人的故乡只有萨哈林一地,后来他们才转迁到近处的大陆上,其实这是被南边来的阿伊努人排挤的结果。阿伊努人来自日本,是被日本人排挤出来的。

[50] 在萨哈林设有专门的官职,即基里亚克语和阿伊努语翻译官。但是,这些翻译官对基里亚克语和阿伊努语真是一窍不通,而大部分的基里亚克人和阿伊努人也完全不懂俄语,所以这个官职是毫无用处的,可以说是前面我所提到的驿站长不做驿站事务的一个补充例子。如果直接在编制上设一个民族志学和统计学的官职来代替翻译官,那样就好了。

[51] 纯种的(原文为法语)。

[52] 施连克的优秀著作《阿穆尔地区的异族人》的附录中有民族志学地图和两幅插图,其作者是德米特里耶夫·奥伦堡斯基先生,其中一幅画上是基里亚克人的形象。

[53] 我国阿穆尔地区的异族人和勘察加人是从中国人和日本人身上而非俄罗斯人身上染上梅毒的。一位中国商人,同时也是吸食鸦片的瘾君子对我说,他有个太太,也就是老婆,住在芝罘,而另一个基里亚克族的太太,则在尼古拉耶夫斯克附近。这样情形之下,一些疾病传遍阿穆尔和萨哈林是不难的。

[54] 杜埃哨所的长官尼古拉耶夫少校在1866年曾经对一位记者说,夏天我跟他们不发生往来,冬天会经常买他们的皮货,价格相当便宜,用一瓶酒或者是一个圆面包就能从他们的手上换来两张上好的貂

---

① 原文为日语的俄语拼音。

皮。这个记者因为在少校那里见到了大量的皮货而感到惊讶。(见《我的朋友在萨哈林的杜埃》,载《喀琅施塔得导报》1868年第47期和第49期)。

[55] 他们没有法院,他们也不知道什么是法制。他们没法理解我们,这是显而易见的。比如,他们至今为止不知道道路有什么用途。他们甚至在已有道路可通行的情况下,仍然在密林里行走。经常可以见到他们携家带口,连狗一起,排成一大串的队伍,在路边的烂泥塘里艰难地行走。

第十二章　南部、西海岸、洋流和气候

南行记。生性乐观的太太。西海岸。洋流。毛伊卡。科里利昂岬。阿尼瓦湾。科尔萨科夫哨所。新结识的朋友。东北风。南萨哈林气候概述。科尔萨科夫监狱。消防车队。

9月10日，我又回到了读者们已经熟悉的"贝加尔湖"号轮船上，这次是出发到南萨哈林去。我是怀着极大的欣慰离开的，因为北方已经让我厌倦了，我想要获得一些新的观感了。"贝加尔湖"号轮船在晚上10点钟起航了。周围漆黑一片。我一个人独自站在船尾，回望岸上，与这个阴森的世界一隅告别，与护卫着它的"三兄弟"礁石告别，它们就像是站在暗夜中的黑衣修士；尽管轮船在轰鸣前行，我仍然听见了海浪冲击"三兄弟"礁石的哗哗的水声。但是，戎克里埃海岬和"三兄弟"礁石很快就被留在远远后面，消失在黑暗之中，对我来说，它们是永远地真正消失了；海浪冲击的喧嚣声渐渐平息下来，只有低沉的、令人窒息的呻吟声传过来，这时候轮船已经开出了8俄里，岸上有灯光忽闪，这是令人感到恐怖的沃耶沃达监狱，又走了一会儿，杜埃监狱的灯光也出现了。但这一切很快就消逝了，只有外面的黑暗和一种劫后余生的内心感觉涌上了心头，仿佛刚刚从一场噩梦中惊醒过来。

我下到船舱之后，遇到了一群兴高采烈的人。这里除了船长和他的助手们之外，还有几位客舱里的乘客：一位年轻的日本

人，一位太太，一位军需官和一位萨哈林修士，他是一位来传教的大司祭，名字叫伊拉克利，他跟随我一起到南部去，以便在那里取道回俄国。我们的女同行者是一位海军军官的夫人，先前害怕会流行霍乱，从符拉迪沃斯托克逃了出来，现在心神安定了，正在返回途中。她的好性格真令人羡慕。哪怕有人讲了一点微不足道的小事，她都会开怀大笑一阵，前仰后合地笑出眼泪来；她说话时有点发音含混，讲着讲着，就突然放声大笑起来，像喷泉一样无法制止，我一看她呢，也不由得笑了起来，伊拉克利和那个日本人也随着笑了起来。"哎呀！"船长受到了笑声的感染，把手一挥，终于也忍不住地笑了起来。可能，任何人在船只通过一般都是阴沉沉的鞑靼海湾的时候，都没有这么开心地笑个不停的瞬间吧。第二天早上，我，神父、军官太太、日本人又聚集到甲板上来聊天。又是笑声一片。连鲸鱼都从水里探出头来观望啦，就差它们没有笑出声了。

就像是老天有意安排好的一样，当时风和日丽，周围温暖，大海安宁，大家心情愉快。左船舷不远处就是绿色的萨哈林，这是一块并无人烟的处女地，还没有成为苦役地的一部分；右边则是在晴朗的天气中，若隐若现的鞑靼海峡之岸。船行至这里，海峡已经和大海一体，海水也不像在杜埃监狱那个岸边的水那样浑浊；这里更开阔，呼吸起来更轻松呢。从地理位置上来看，萨哈林南部三分之一的地方和法国很相似，如果不是有寒流的话，那我们拥有的就是一块相当美妙的土地，那现在居住在这里的，当然，也就不会是只有施康蒂巴和别兹波日内之流的人啦。寒流裹挟着北方诸岛夏季的流冰，冲击着萨哈林岛的东西两岸，尤其是它的东岸受到的寒流和朔风的影响尤甚，引起的灾难也就更为深重；那里的自然状况当然是极其严峻的，那里的植物谱系体现的完全是真正的极地地貌。西海岸就幸运多啦；寒流对这里的影响因日本海的暖流而渐趋渐弱为温和，这样的暖流叫做"黑潮";毫无疑问,越是往南,就越暖和。西海岸的南部地区可以见到相对丰富的植被,但是,毕竟和法国或者日本相比还差得老远呢![56]

令人匪夷所思的是,萨哈林的殖民者在冻土带上面种植小麦都种了35年之久了,还在那里不停地铺设道路,以便通往冻死一切软体动物的地方。而与此同时,却一直忽略整个萨哈林岛最暖和的地区,也就是西海岸的南部地区。从船上用望远镜和肉眼都可以观察到连绵起伏的成材林和绿意盎然的岸边,上面长满了绿油油的蒿草,但是,没有房舍和人烟。只是到了航行的第三天,船长才指着岸上,提醒我看那里有窝棚和房屋,对我说:"这里就是毛伊卡。"毛伊卡是采集海带的地方,主要的买主是中国人。买卖很兴隆。许多俄国人和外国人都赚到了钱,这个地方在萨哈林是很有名气的。它位于杜埃以南40俄里之外,在北纬47°的地方,气候相对温和。以前,捕鱼的生意都控制在日本人的手里;米丘尔来到毛伊卡的时候,这里已经有三十多幢日本房舍,有四十来个男女居住其中,每年春天会有约300名日本人来到这里,与这里的主要劳动力阿伊努人一道工作。现在是俄国商人谢苗诺夫控制了这里的海带业务,他的儿子就常驻毛伊卡;一个叫德姆比的苏格兰人经理负责商贸业务,他已经不年轻了,是一个学识渊博的人。德姆比的家在日本的长崎,我和他结识之后,就告诉他,我可能秋天去日本,他立即就非常好客地邀请我去他的家里。为谢苗诺夫打工的还有中国人、朝鲜人和俄国人。我国的移民到这里来打工赚钱是从1886年才开始的,大概,是自发前来受雇用的,因为典狱长们对酸白菜比对海带感兴趣。移民们一开始对捞海菜不太在行;俄国人对纯粹的技术活不是很熟练;现在他们早就轻车熟路了,但是,比起中国人,德姆比对俄国人干活还是不满意。但是,毕竟随着时间的流逝,可以指望以后会有越来越多的移民,乃至于几百名的移民在这里为自己找一条谋生之路。毛伊卡隶属于科尔萨科夫区管辖，现有居民38人，男性33人，女性5人。这33个男人都是从业主。其中三人已经获得农民身份，女性都是苦役犯，以同居者身份住在这里。此处没有儿童，没有教堂，生活异常寂寞苦闷，尤其是在冬季的时候，来此地做工的人们都已经离开了的时候。这里的行政人员只有1名屯监，军人呢，只有4名士兵：1名是上等兵，3名列兵[57]。

萨哈林岛的形状特别像是一条鲟鱼，尤其是它的南部就像是鱼的尾巴。它的鱼尾左翼叫科里利昂岬，鱼尾的右翼叫阿尼瓦岬，中间部分的半圆形海湾叫作阿尼瓦湾。轮船驶进科里利昂岬附近会有一个急转弯朝东北方向，这个地方，阳光灿烂，景色宜人。岬顶上矗立着一座红色的灯塔，倒是像地主家的别墅一样孤零零地矗立在田野之中。这里是一个伸入海中的巨大的岬角处，地势平坦，满眼绿色，像是一个水草丰盛的牧场。在这幅田园画面上，只是缺少了"风吹草低现羊群"的画面，据说是因为这里的草的品质不行，其他的农作物也不可能生长。因为一到夏季，科里利昂岬就会被含盐量很高的海上大雾笼罩，它会对植被造成严重的危害[58]。

9月12日，中午之前，我们的船绕过了科里利昂岬，驶入阿尼瓦湾；海湾的直径大约80至90俄里，从一个岬到另一个岬的海岸均清晰可见[59]。在这个几乎是半圆形的海湾的正中间，形成了一个小凹口，这个地方叫做鲑鱼圈或鲑鱼湾。它的岸边就是科尔萨科夫哨所，这是南部地区的行政中心所在地。我们的同行者，那位生性乐观的太太，在这里有了一次愉快的偶遇：在科尔萨科夫船坞的停泊处，正好停着那艘从堪察加半岛开来的志愿者商船队的"符拉迪沃斯托克"号，她的丈夫，那个军官，就在船上。这个偶遇事件在船上引起了无数的惊叹，无数的欢笑和好一阵子的忙乱！

哨所很壮观,从外部来看像是一个城镇,不是西伯利亚那种小镇,而是具有某种特别类型的、难以指称的城市类别;它建立于40年前,那个时期日本人的板棚和房舍散落在南部沿海岸边,很有可能是因为附近的日本建筑对它的外观产生了影响,使这里的建筑格调别有一番风情。一般来说,人们认为科尔萨科夫始建于1869年,但是,这么说只是针对流放殖民点建立的时间是对的;实际上鲑鱼湾岸上第一个俄国人的哨所是在1853到1854年间建立的。哨所坐落在一条沟谷之中。至今仍然还在沿用日本式的名称,叫"大泊",从海上望过去,它只有一条主要街道,远远望去,街道和那两排房舍就像是要从陡坡上直入海里一样;但这只是观感而已,实际上坡度并没有那样陡峭。新的木质建筑在阳光的照射下发出耀眼的光泽,白色的教堂是一座老式的建筑物,造型非常漂亮。所有的建筑物上方都有高高的杆子,可能是用来挂旗子的,这倒是平添了一种不愉快的印象,似乎整个镇子像是兽毛耸立的野兽一般。这里的船只停泊处和北方各个码头是一样的,来船只能停在距离码头一至两俄里的地方,汽艇和拖驳船从码头上过去,先是载着工作人员的小艇过去靠近我们的船,马上就有欢快的声音响起来了,"伙计,快拿啤酒来!伙计,快拿白兰地来!"然后,一条快艇就到来了;穿着水手服装的苦役犯坐在上面,舵手旁坐着区长别雷,在快艇接近舷梯时,他喊了一句海军口令:"平桨!"

过了几分钟,我就和别雷先生认识了;然后一起上了岸,径直到他家里吃午饭了。在与他谈话时,我得知,他是刚刚乘坐"符拉迪沃斯托克"号轮船从鄂霍次克海沿岸的塔来加回来的,有流放犯人正在那里筑路。

别雷的住宅不大,但是好看,像是庄园一样豪奢。他这个人喜好舒适,爱好美食,他的这个嗜好无疑影响到了全区。后来我在全区各地寻访的时候,发现各地的屯监所和驿站不仅备有刀叉和酒具,甚至还有干净的餐巾以及厨艺了得的看门人。而且更主要的是,这里没有北部那样四处肆虐的蟑螂和臭虫。别雷先生讲过,在塔来加的筑路工地上,他住在一个大帐篷里,一应家具齐全,配有厨师,闲暇时他就读法国小说[60]。他是小俄罗斯人,大学学的是法律专业,很年轻,不超过40岁。这个年龄对萨哈林的官员来说,是一个平均年龄。也是时代变了:对俄国的苦役制度来说,年轻的官员要比年老的更为合适。设想一下,如果画家要想画一幅鞭打逃犯的画面,那么这幅画上至少不应该再出现过去那种喝酒成瘾的老上尉的形象,不是酒糟鼻子的老头,而是身穿崭新的文官制服的年轻文官。

我们一直交谈不停,直至夜幕降临,掌灯时分。我向殷勤好客的别雷先生告辞了,去往警察局的书记官家,他们在那里为我准备了住处。夜色昏暗,万籁俱静,大海在低声轰鸣,星空暗淡无光,似乎预料到自然之中有不测之灾即将出现。当我走过整条街道,就要到达海边的时候,发现轮船依旧停泊在锚定处,我转向右边的时候,听到了说话声和无拘束地放声大笑的喧闹声,灯火通明的窗户就在黑暗中浮现出来,犹如以前在黑夜里,在一个偏僻的市镇赶往俱乐部的情景。这就是警察局书记官的住宅了。我举步走上陈旧的木台阶,踩得它咯吱吱地响,经过露台走进了屋子。大厅里烟抽得犹如在盘丝洞一样云雾缭绕,像在酒馆里一样,像在一间潮湿的宿舍一样。几名文武官员在大厅里走动,就像是腾云驾雾一般。他们中间有农业督导官冯先生,我和他是相识的,我们以前在亚历山德罗夫斯克相遇过,其他人我都是第一次见面,但是,这些人对我的到来都非常地热情,就好像和我是老相识一样。我被让到桌前坐下,我也就喝点伏特加,其实是掺了一半水的酒精再加上质量不太好的白兰地,有炸的很硬的肉可吃,都是那个留着黑胡子的乌克兰苦役犯人霍缅科做的。除了我,出席今天晚餐的,还有来自伊尔库斯克的磁力气象台的台长斯捷林格，他是到堪察加和鄂霍次克来筹建气象站的，从那里搭乘"符拉迪沃斯托克"号来到此地。我还在这里结识了什少校，他是科尔萨科夫的典狱长，从前曾经是彼得堡警察局长格尔谢尔将军的手下。他是个大高个儿，身材魁梧，举止威严庄重，直到今天我认为只有高级警务人员才配有如此的仪表。少校跟我说起，他和许多的彼得堡作家都有过交往的情况，少校直呼某些作家小名，米沙、万尼亚等等。他还邀请我去他家吃早餐和用午餐，无意之中有两三次，对我也直呼起"你"了[61]。

夜里2点钟客人们才散去，我也上床躺下了，听了一会儿窗外呼啸的风声。开始刮起了东北风。这就意味着，晚上的天空阴沉沉的是有道理的。霍缅科从外面进来，说，轮船已经开走了，但现在却刮起了强烈的大风暴。"恐怕还得折返回来呀，"他笑着说，"什么船能经受住这么大的暴风雨呢？"房间里开始变得又冷又潮湿，可能，也就不超过六七摄氏度的样子。警察局的书记官福先生年纪倒是不大，但是，一直患有伤风，被咳嗽折磨得睡不成觉。跟他一起睡在一个房间里的大尉凯先生也不能睡；他在那个房间里敲墙，问我：

"我收到了《周报》，您想看吗？"

到了早上，还是一个冷啊，被窝里冷，房间里冷，院子里还是冷。我到外面去的时候，冷雨和强风使劲地地摇晃着树木，大海在怒吼着，阵阵的狂风夹杂着雨滴抽打在脸上，拍击着房顶，像是枪击出膛的霰弹一样无法躲避。"符拉迪沃斯托克"号和"贝加尔湖"号现在已经又回到锚定场停泊了，它们不可能顶着这种疾风暴雨而出航的，只能避风在港湾里，隐匿在一片雨雾之中。我沿着街道走到码头近处的海滩上；青草浸了水，湿漉漉的，雨水正顺着树枝在流淌。

码头上的值班房附近，有一具身型巨大的鲸鱼的骨头架子被扔在那里，曾几何时，它是一条自由自在的、幸福遨游在北方广阔海域里的精灵，而现在却任凭风吹雨打，在污泥浊水中被侵蚀……这里主要的街道都是石板铺路，整齐干净，人行道上，路灯和树木分列两侧，一样也不少，每天清扫路面的是一个身上打着苦役犯烙印的老头儿。这里的房舍都是衙门办公地和官员居住的宅邸，没有一处房舍是流放犯人住的场所。大部分房舍是新建的，外观和样式很好看，没有高门大户的森严感，跟杜埃的房舍大为不同。在科尔萨科夫哨所里面，在总共四条街道上，旧房舍比新建的要多，很多是二三十年以前就建好的。老房子多，老公务员就多，比北方的多，这说明了这里比北方那两个区更适合生活，更让人安居乐业。这里，正如我发现的那样，宗法制观念更强，人们也更趋保守，落后的习俗保持的更顽固。和北方比较起来，这里体罚更为普遍，有的时候一次就要对50人进行鞭笞，甚至在别的地方早已经被废除的恶习，在这里还完整地被保留着呢，这是一个上校开创的恶劣先例，即一队囚犯在街上或者在海滩上与一个自由民迎面相遇时，您在五十步开外的地方就能听到看守的呵斥："立定！脱帽！"然后这些光着头的犯人就目光阴森地从您的身边走过，如果他们没有在五十步以外脱帽致敬，而是在二三十步的地方才开始脱帽致敬，那您有权像某尼先生或者某茨先生一样，用手杖去揍他们一顿解恨。

希什马廖夫是萨哈林资格最老的军官。我非常遗憾没能在他生前与其会面。连巴列沃的米克留科夫都没他年长，服役期限也没有比他长，阅历也不如他。他在我来之前的几个月去世了，我看到的只是他住过的那栋独门独户的房子。他在萨哈林定居还是在苦役地开发之前的那段时期呢，那个时期是如此的久远，以至于可以上溯到"萨哈林的起源"的神话中去了，在人们编的这个故事里，军官希什马廖夫简直和地质变迁都能扯在一起：说，在某个远古时期，根本没有什么萨哈林呢，但是，火山爆发了，地壳从海平面越升越高，两个生物就端坐其上，一个是一头海狮，另一个嘛,就是希什马廖夫上尉喽。据说,他经常穿一件编织的大礼服,配上肩章,写公文的时候,总是把异族人称为"栖息于林中的野人"。希什马廖夫参加过数次探险活动,而且还与波利亚科夫一起在特姆河流域航行过呢,从探险札记中可以发现,他们曾经还吵过架呢。

科尔萨科夫哨所驻地现有居民163人,男性93人,女性70人,加上自由民、士兵、他们的妻子和孩子以及在监狱住宿的犯人,总计超千人。

从业户有56家,但是,这些从业主并不是农村户,而是更像城市户、市民户;从农业的观点来看,从业人数微不足道。耕地总共只有区区3俄顷,草场还是和监狱共同使用的,也只有18俄顷。只要看一看他们这里的房舍有多么的拥挤,一家挨着一家,密集地建在山坡和沟谷里,就像被胡乱地描画在一幅画里一样,就可以想见,当初那个为哨所驻地选址的人完全没有考虑,除了士兵以外,还有农业户等其他人要在此居住。在被问到,他们从事什么营生、怎么住这样的问题的时候,这些从业户们总是回答,做工呗,做生意呗⋯⋯至于是否还有其他的收入,读者们在下面还会看到,南部的萨哈林人并不像北方的萨哈林人那样没有什么生活的出路;只要愿意,他们肯定能找到生财之道,至少在春天和夏天这两个季节里是没有问题的。但是呢,科尔萨科夫这里的人很少这么干,因为他们很少外出去做工,他们就像生来就是城里人一样,靠着不稳定的资财生活,即他们收入不稳定,收入来源具有偶然性。有一部分人就靠从俄国带来的钱财生活,这是大多数人的活法;另一部分人靠当办事员生活,有的人在教堂做执事,还有人就是开个小商铺,尽管按照法律规定,他们是不能开店的;第五种人是倒卖犯人的旧衣服,跟日本人换烧酒,再倒卖出去,等等。女性呢,甚至那些有自由民身份的妇女,都从事卖淫活动,就连特权阶级出身的女性也不例外,有一个妇女，据说还毕业于某专科学校呢。忍饥挨饿的情况在这里比起北部要少许多。就连苦役犯人都能抽得起贵一点的烟呢，比如 2 卢布 1 磅的土耳其烟叶子很好卖。但是，他们的老婆却在出卖自己的肉体。因此，这里的卖淫活动比起北部来就更是恶劣不堪了，然而，这又有什么区别呢？

这里已有家室的从业主 41 户，其中 21 对夫妻的婚姻关系是不合法的。只有 10 名妇女的身份是自由民，也就是说，雷科夫斯科耶的数据是这里的 16 倍呀，甚至处在穷山沟壑里的杜埃，自由民女性的数量也是这里的 4 倍。

在科尔萨科夫的流放犯人中间，有一些有意思的人物呢。我先讲一讲被判了无期徒刑的苦役犯人比希科夫的故事，他的犯罪情节为乌斯宾斯基的小说《一比一》提供了素材。这个比希科夫用马鞭子将自己的老婆抽打致死，当时老婆怀孕 8 个月，他折磨了老婆 6 个小时。这么做的原因完全是因为他嫉妒老婆婚前的生活：在俄土战争期间，他的老婆迷恋上了一个土耳其战俘。比希科夫还给这个战俘送过信件，劝说这个被俘的土耳其人去赴约会，热情地帮助过当时还不是他老婆的这位姑娘和这个对象约会。后来这个土耳其人回国了，姑娘因为比希科夫心眼好就爱上了他；比希科夫娶了这个姑娘当老婆并和她生了 4 个孩子了，却突然间从心底里产生了令他窒息的嫉妒情感……

比希科夫是个瘦削的大高个儿，长的仪表堂堂，留有大胡子。他在警察局里当办事员，做录事，所以，穿着一身自由民的装束。他干活勤勉，彬彬有礼，总是一副若有所思的表情，比较内向。我去他家找他的时候，他不在家。他只是在一所房子里租住了一个房间；他的床铺干净整洁，床上盖着一床红色的毛毯，床头的上方墙上挂着一个相框，上面是一位太太的照片，可能是他的妻子吧。

扎克米尼那一家三口也很有故事：男主人以前在黑海当过船

长，现在和妻子儿子一起住。这一家三口于1878年在尼古拉耶夫城因杀人罪嫌疑被军事巡回法庭判决有罪，但他们自己认为，这是被冤枉的。老太太和儿子已经服满了苦役期，而已经66岁的老头卡尔普·尼古拉耶维奇还在服刑期内。他们一家开了一个小商铺，店面不错，比米哈伊洛夫卡的富户波将金的店铺还好呢。扎克米尼夫妻两人经过西伯利亚的陆路来到萨哈林的，而他们的儿子走的是海路，比他们早来了3年。他们在路上的遭遇完全不一样。老头卡尔普·尼古拉耶维奇每当讲起这些事，都还心有余悸。在受审和等待判决、在看守所和监狱之间转运途中、在其后3年间，从西伯利亚辗转来萨哈林的路上，他什么样的人间惨状没见过？什么样的生活绝境没亲历过呢？女儿自愿跟着父母来服苦役，但在半路上就困苦成疾，殒命而去。他们夫妇搭乘来科尔萨科夫的一艘船，在毛伊卡附近遇险沉没了，他们还好，算是捡回了老命。所以，老头一讲起这些话头儿，老太太就哭个不停。"哎呀，还哭个啥呢！"老头说着，挥了挥手，"这种事，就是上帝的意志，还能怎么办啊。"

比起北部的各个同类的村屯，科尔萨科夫哨所的文化氛围要明显落后很多。至少，这里至今还没有电报局和气象站[62]。我们暂且只能根据不同的考察札记的作者们的偶然观察来判断此地的气候，这些作者或者在此地服务过，或者就跟我一样，来这里呆的时间并不长。根据这些人提供的资料，从春夏秋三个季节的气温平均值在2℃来看，科尔萨科夫哨所要比杜埃暖和多了，就是冬天也要高出5℃呢。不过处在同一个阿尼瓦湾，只是距科尔萨科夫哨所略微有点偏东的穆拉维约夫哨所，气温就相对偏低，比起科尔萨科夫哨所，更接近于杜埃的平均气温。在科尔萨科夫哨所偏北88俄里外的纳伊布奇更冷，"骑士"号轮船的船长记录了1870年5月11日那里的气温是-2℃，还下着雪。正如读者所见，这里的南方有点不像南方：冬天里就像奥洛涅茨省一样寒冷，夏天则跟阿尔汉格尔斯克的温度差不多。克鲁森施滕在5月中旬时在阿尼瓦湾的西海岸见到过飞雪。在科尔萨科夫区的北方，也就是打捞海带作业区的久春内，一年当中有149天都是雨雪天气，而在南边的穆拉维约夫哨所，雨雪天气则会有130天。但是，南部地区的气候比起北方两个区，毕竟还是要暖和一些，在这里生活就相对容易一些。在南部，冬季就会有解冻的现象出现，这是在杜埃和雷科夫斯基耶一次也见不到的奇景；这里开河也比较早，晴天较多，太阳总是从云层中露出脸来。

科尔萨科夫监狱占据着哨所驻地最高处，也是最大、最好的一块地方。此处的一条主要街道一直通到监狱的围墙跟前，监狱的大门外表看没有什么特别的，但这可不是普通人家的院门，而是通往监狱的入口处，不仅门上挂着牌子，而且每天晚上，这里都会有大批的苦役犯聚集，排成一个队列，等候搜身检查，然后再一个一个地从小旁门放进去。监狱的院子坐落在一个平缓的落坡上面，虽然建有围墙和其他的附属建筑物，但是从院子的中间望出去，一片蔚蓝的大海和远方的地平线尽收眼底，因此，视野相当开阔。观察一下监狱，就会发现，此处的旧行政当局是竭力想把苦役犯和移民分隔开来的，不是像在亚力山德罗夫斯克监狱那样，监狱里的作坊和几百名苦役犯的住房散落在整个哨所驻扎区域，这里的所有作坊，甚至连消防车队全都布设在监狱的院内。除了少数的苦役犯，所有的囚犯都住在监狱之内，包括矫正级别的犯人。此处哨所是哨所，监狱是监狱，井水不犯河水。如果在哨所不是住得久一点，都发现不了街道的尽头就是监狱。

这里的监狱很老旧，囚室里空气污浊。厕所比起北方监狱来要更糟糕，面包房里一片晦暗，单人牢房没有通风设备，黑暗阴森；我有好几次都看到，关在里面的犯人因寒冷和潮湿冻得直打哆嗦。这里比北方好的地方只有一点：关押戴镣铐犯人的囚室还算宽敞，戴镣铐的犯人也不多。在监狱里，把囚室打扫的最干净的人，是以前当过水兵的犯人[63]；他们在穿衣方面也显得整洁。我造访监狱的时候，里面有450名犯人居住，其他的犯人都在"出公差"，主要是去修路工地上筑路去了。整个区有苦役犯1 205名。

此地监狱的典狱长最喜欢做的事就是让来访的客人参观消防车队。这个车队确实很壮观，在拥有消防车队这一点上，科尔萨科夫完全可以与许多大城市相媲美。水桶、灭火用的抽水机、带有套子的消防斧头，所有东西都像是崭新的玩具一样，像是准备展览用的展品一样摆在那里闪闪发光。警报一拉响，苦役犯人们立即从各个干活的作坊里冲出来，有的帽子也没戴，有的连上衣也没穿，一句话，穿什么的都有哇，只用了一分钟的时间，就都集合完毕，声势浩大地拽上车子就沿着街道奔向了海边而去。那场面煞是壮观，什少校，这个模范消防车队的创始人，不无自豪地问我对所见场面是否喜欢。遗憾的是，真不能苟同。和年轻的囚犯们一起拉车狂奔的还有不少的老年囚犯。哪怕是看在这些人年老体弱的分上，对他们应该更多一点怜悯才是对的啊。

注释：

[56] 有人提出过一个方案，即在海峡最为狭窄的地方，修筑一条堤坝，挡住北方袭来的寒流。这个方案有历史和自然的依据：以前还有地峡的时候，萨哈林的气候相对来说是温和。但是，现在要是实行这个方案，就不见得有多大的益处了。可能只会为西部的南岸地区多增加十几种植物而已，未必会改善整个南部地区的气候现状。因为，这里距离鄂霍次克海实在是太近了，那里就是在夏季也仍然有冰块漂浮，甚至还有冰原存在。现在的科尔萨科夫区只有一条不太高的山脉把它的主要地区同鄂霍次克海分开，山脉的坡下直至海滨都是布满湖泊和沼泽的低洼地，对于抗拒寒风，它可实在算不上是屏障。

[57] 在毛伊卡，谢苗诺夫开了一个商店。夏季里生意蛮好的；食品的价格比较贵，这是因为强制移民们一般把钱都用在吃喝上。1870年，

"骑士"号船长就曾经在自己的报告中这样写道：我们的三桅快船行驶到一个叫做毛伊卡的地方之后，就准备派 10 名士兵上岸，开辟一个菜园子。因为此地正是夏季里哨所驻扎的地方。我发现，这一时期正是俄国人和日本人在西部沿海发生摩擦的时候。我在 1880 年第 112 期的《喀琅施塔得导报》上读到一篇名为《萨哈林岛关于毛伊卡至考夫（Maucha-Cove）的若干有趣资料》的通讯，其中谈到，一家公司开办在毛伊卡，公司从俄国政府的手里取得了为期 10 年的采集水中植物的许可，当时毛伊卡的居民构成是：3 名欧洲人、7 名俄国士兵和 700 名工人，他们是朝鲜人、阿伊努人和中国人。已经有人效仿谢苗诺夫和德姆比先生，说明海菜业是有利可图的并且正在扩大的产业。有一个移民，姓比利奇，当过教师，也给谢苗诺夫当过经理，现在已经通过贷款，在久春内建造了海菜采捞所必须的设施和设备，已经开始招募移民，到他那里去干活的人有 30 名左右。虽然他的公司还没有取得合法的开采权，也没有按规定设立屯监。久春内位于毛伊卡以北一百多公里外的久春内的河口处，过去是俄国和日本占领萨哈林的分界线。久春内的哨所早已经废弃不用。

[58] 往科里利昂岬北部走不远，我就看见了一些巨大的礁石，几年前，"科斯特罗马"号轮船因大雾弥漫，就是撞在这些礁石上而沉没的。谢尔巴医生当时就在船上，他负责押送苦役犯，发现船出事了，他就发射了信号弹。他后来对我说，他在那个时刻经历了精神上的漫长的三个阶段：第一个阶段时间最长也感到最痛苦，因为确信灾难已经不可避免；苦役犯们惊慌失措，哭叫成一团；要尽量把妇女和儿童放进小艇里去，在一名军官的指挥下，向估计出的、大致的岸边方向驶去；第二个阶段，是对获救产生了某种希望，听到了从科里利昂岬那里传来的炮声，就是说，妇女和儿童已经安全抵达岸边。第三个阶段，确信可以获救，一阵喇叭声从浓雾中传来，这是那位军官吹响的。1885 年，一群逃亡的苦役犯劫掠了科里利昂岬灯塔，所有的财富都被洗劫一空，守卫灯塔的哨兵被杀，并且被从悬崖扔进了大海。

[59] 俄国军官鲁达诺夫斯基首次对阿尼瓦湾进行了考察。他是涅维尔斯科伊的战友。详见阿穆尔考察队队员布谢的日记体著作《萨哈林岛及 1853 年至 1854 年的探险纪实》、涅维尔斯科伊和鲁达诺夫斯基的文章

《评布谢回忆录》，载于《欧洲导报》1872年第8期，以及涅维尔斯科伊本人所写的札记。布谢少校是一位为人拘谨、不好相处的先生，他曾在自己的文章中写道："涅维尔斯科伊对待下属的态度以及他写的文件体裁都是不够严肃的。"关于鲁达诺夫斯基，他是这样写的，"作为一个下级部属很难相处，是一个让人完全无法忍受的同事"，还说鲁达诺夫斯基"喜欢发表不通情理的意见"。关于波什尼亚克，他认为，他是"一个耽于幻想的小孩子"。连涅维尔斯科伊不紧不慢地吸着烟斗都令他难以忍受，恼怒不已。在他同鲁达诺夫斯基一起在阿尼瓦过冬的时候，作为少校，军衔比鲁达诺夫斯基高，他吹毛求疵，要求鲁达诺夫斯基对其毕恭毕敬，严守下级服从上级的一切规矩。这可是在荒原里，只有他们二人的环境里。他对鲁达诺夫斯基完全沉浸在严肃认真的科学工作中的状态全然无视。

[60] 南萨哈林的军人和文职官员所忍受的艰难困苦的岁月几乎已经被忘却了。在1876年，他们要想购买1普特的面粉，需要花上4卢布，买一瓶酒要花上3卢布。"没有人见过新鲜的肉"。（《俄国世界》1877年第7期）至于普通人更是连想也不敢想的，他们的生活就是在受苦受难。仅仅就在5年前，《符拉迪沃斯托克》的记者还是这样报道的："任何人连半杯酒也喝不到。买1俄磅满洲烟（也就是我们的马合烟）要花上2卢布50戈比。强制移民和看守们把黑茶和砖茶当成烟叶卷来吸。"（1886年，第22期）

[61] 对什少校应该给予公正的评价，他极其尊重我的文学事业，在我停留在科尔萨科夫期间，一直尽心尽力，不让我感到寂寞。在我来南部的前几周，他还陪同了英国的高瓦德先生，这位英国人偏好猎奇，也是文学家。他是乘坐日本人的轮船在阿尼瓦湾失事获救的，他后来写的一本书，名字叫《在西伯利亚野人中生活》①，其中有关阿伊努人的内容全都是一派胡言。

[62] 我在那里的时候，斯捷格林正在筹建气象站。有一位军医对此项工作给予了极大的帮助。这位军医呢，是科尔萨科夫的老住户，人非

---

① 原书名为英语。

常好。但是，在我看来，气象站不应该建在科尔萨科夫，因为这里根本没有抵御东风的屏障，而是应该建在周边更居中的腹地，比如弗拉基米罗夫卡。再说，南萨哈林各地的气候各不相同，在几个地方同时设立气象观测点比较合理，例如在布谢湾、科尔萨科夫、科里利昂岬、毛伊卡、弗拉基米罗夫卡、纳伊布奇和塔来加一起设立。当然这样做起来有困难，但也不是不行。依我看，可以使用那些有文化的流放犯人。经验已经证明，这些人很快就能学会独立观测，只是需要有人在旁指点就好。

[63] 别雷成功地把他们组成了一个身手不凡的海上作业队。队长是由苦役犯格里岑担任的。这个人个头不高，蓄着连鬓胡子，还喜好发表一些哲学论断。他坐在船舵旁，下令"降桅！"或者"桨挡水！"，颇有点长官的风度。尽管他长得仪表堂堂，而且还是作业队长，但是我在那里的时候，他就因为酗酒和行为粗鲁而挨了两次鞭笞。除了这个队长以外，技术最为熟练的是苦役犯梅德韦杰夫。他又聪明又勇敢。有一次，日本领事久世先生从塔来加返回，由梅德韦杰夫掌舵。除了他们以外，艇里还有一个看守。傍晚的时候，狂风大作，风高浪急，天完全黑下来了……当他们的船驶进纳伊布奇的时候，纳伊布奇河口很难辨认出来，直接靠岸特别危险。于是，梅德韦杰夫不顾狂风暴雨，决定就在海上过夜。看守使劲薅他的耳朵，久世先生也严厉地命令他将船靠岸。可是，梅德韦杰夫执意在海上漂荡。暴风雨整整一夜才停歇，小船就在风浪中颠簸摇摆，随时都有倾覆的危险。后来领事先生对我说，这是他一生中最可怕的一个夜晚。拂晓时分，当梅德韦杰夫进入河口的时候，快艇还是触礁在浅滩上了，船里进水了。从那个时候起，别雷先生每次派别人和梅德韦杰夫一起外出执行任务的时候，总是吩咐说："不论他做什么，你们都不要瞎掺和，不许反对他的想法。"

第十三章　哨所、农场、村屯和大海

用日本名字命名的移民屯。穆拉维约夫哨所。头道沟、二道沟、三道沟。索洛维约夫卡。柳托加。秃岬。米丘尔卡。落叶松屯。霍姆托夫卡。大河滩屯。弗拉基米罗夫卡。是一家农场还是只有招牌。草地屯。神父窝棚。桦树屯。十字架屯。大塔克伊屯和小塔克伊屯。加尔金-弗拉斯科耶。橡树屯。纳伊布奇。海洋。

我对科尔萨科夫区的居民点的走访，就是从阿尼瓦湾沿岸的村屯开始的。第一个屯子在哨所东南方，它有一个日本名字，叫珀咯-安-托麻利。它始建于1882年，原址是阿伊努人的村寨。现有居民72人，男性53人，女性19人。从业户47家，其中38户并没有什么家业。虽然地域足够宽阔，但是可耕地人均不到四分之一俄顷，草场人均不到二分之一俄顷；就是说，此处已经没有可供再度开垦的土地，或者很难了。如果珀咯-安-托麻利屯要是在北方的话，这里肯定会有200户从业主和150户搭伙从业的人了；然而，南部行政管理当局在这方面的节奏的确是温吞吞的，宁肯建新的屯落，也不愿意扩建原有的旧屯子。

我在这段时间里登记了9个年龄从65岁至85岁的老头子的情况，他们中有一位名字叫杨·雷采鲍尔斯基，75岁。长得像是奥恰科夫时代的士兵一样严肃，大概因为太老了，他已经不记得自己是否犯过罪啦，他们这些人都被判的是无期徒刑，都是些十恶不赦的坏蛋，但是据说是因为省长科尔夫男爵考虑到他们已经老态龙钟，土埋半截子啦，就下令把他们全都改为强制移民了。也算是这里的一件怪事。

还有一个强制移民，名字叫科斯京，他就在一个地下窝棚里活命，他自己不出来，也不许别人进去，就是在里面做祈祷；另一个强制移民是戈尔布诺夫，他在入狱服刑之前是个流浪汉，其真正的职业是油漆匠，但是现在就在三道沟里放牧牲畜，可能就是因为喜欢独处和沉思冥想，他被大家称为"上帝的奴仆"。

往东约40俄里，还有一个穆拉维约夫哨所，但，这只是"纸上驻兵"了，它只是在地图上还有所标示。其实呢，这个哨所成立较早，1853年就在鲑鱼湾沿岸进行了选址工作；1854年风闻克里米亚战争打开，哨所被撤销掉；又过了12年，在布谢湾岸上再度选址重建。布谢湾的另一个名称叫做十二英尺港，它是一个通海的浅水港，只有吃水量比较浅的船只才能进港。米丘尔到这里来的时候，穆拉维约夫哨所有大约300名士兵驻防，大部分人都患有严重的坏血病。建立这个哨所的目的是巩固俄罗斯在萨哈林南部的影响力。1875年，条约签订之后，哨所因不再被需要而遭撤销，遗弃下来的房舍，据说都被逃犯们给焚烧殆尽了[64]。

有一条滨海大道可以通往科尔萨科夫以西的村屯，一路过去风景相当不错，右边是陡峭的山崖，上面乱草丛生，怪石嶙峋；左边则是喧嚣的大海。波涛向着沙滩滚滚而来，拍打出白色的泡沫，然后缓缓退下。海水一路裹挟并抛掷到海滩上的海带，沿着海岸形成了一条褐色的带状镶边。海带腐烂之后，散发出一股味道，倒不是难闻的臭味，而是南方的海滩上随处可闻到的一股子甜腻味，就像你到了海滩驻足，随时都有野生的海鸭惊飞而起一样，倒也是这里常见的景象。在这里轮船和帆船都很少见；近处不见什么船只，远处也只有地平线，因而这里的大海显得十分的浩荡空阔，只是偶尔之间会有一条小木船游荡在海水中间，连船上的帆布都是难看的黑色，一点一点地在海水中缓慢地移动；有时也会有一个苦役犯人，在已经没过小腿的海水中吃力地前行，后面用绳子拖着一根原木……这就是能看到的全部风景啦。

再往前走，陡峭的海岸就被一条长长的深谷截断了。这是乌塔纳伊河所在地，所以叫乌塔，周围的一片区域就是管理当局开办的乌塔农场，苦役犯人管这个地方叫"破烂屯"，将这是个什么地方一语道破。现在，此地是监狱的菜园子，只有三栋移民住的房舍。这，就是头道沟啦。

再往前走呢，就是二道沟。这里有 6 户人家。这里住着一个挺富裕的老头儿，以前也是流放犯人，和他同居的老太太乌里扬娜，从来也没有正式结过婚。老早以前，乌里扬娜把自己生下来的婴儿给弄死了，然后埋到了地里，她在法庭上还辩解说，她没有弄死孩子，而是活着的时候就埋掉了，她以为这么说，就可以获得法官的原谅，但是法庭直接判她 20 年苦役。乌里扬娜一边给我讲她的故事，还一边悲戚地哭。只过了一会儿，她就擦了擦眼角，问我："您买不买点酸白菜？"

有 17 户人家住在三道沟。

在这三个屯子里，总共住着 46 户居民，其中女性 17 人。从业主 26 人。这里的人家底尚可，还算富裕，都有不少大牲畜，还有的人以饲养牲畜为业。他们生活比较殷实的原因据说可能是得益于气候和土壤的条件，但窃以为，要是把亚历山德罗夫斯克或者杜埃的官员们请到此处，请他们来规划或者管理，那么过不了一年，三个屯子里就不会只有 26 户从业了，会暴增到 300 户的，还不包括搭伙从业的人员，这地方就会成为"不事家业，游手好闲养懒人"，连半块面包都吃不上的另一处了。我认为，这三个规模较小的屯子可以作为说明一条规律的样本：目前来看，殖民地尚在初创阶段，还不成型，那么，屯子中从业户数越少就越好，街道越长，就越穷。

始建于1882年的索洛维约夫卡位于距哨所4俄里处。在萨哈林所有的村屯中，它可是占据了得天独厚的地势：不仅临海而居，而且还靠着苏苏亚河口，那里的水产品极其丰富。居民们饲养着大牲畜，还出售牛奶。也有可耕种的土地。现有居民74人，男性37人，女性37人。从业主26人。他们都拥有耕地和草场，平均每人1俄顷。靠海边的坡地是最好的，其他地方土质就差了，都是以前长冷杉和枞树的地方开采出来的。

阿尼瓦湾沿岸还有一个屯子，偏居一隅，距离哨所25俄里，如果从海路过去那里要走上14海里，这个屯子叫柳托加，坐落在柳托加河口5公里处，始建于1886年。屯子和哨所之间交通相当不便：只能沿着海岸线步行或者乘坐快艇往返，移民们大多是乘坐小木船往来。那里有居民53人，男性37人，女性16人。从业主36户。

滨海大道在绕过了索洛维约夫卡之后，于苏苏亚河口向右侧急转，向北方延伸。从地图上看，苏苏亚河的上游靠近注入了鄂霍次克海的纳伊布河，顺着这两条河，从阿尼瓦湾一直到东部的沿海海岸上，像一条直线一样排列着一大串屯落，他们之间有道路相通，总长度达到了88俄里。这一带的屯落是南部地区的核心所在，可窥见全区的面貌，而刚才说到的道路正好是连接南北萨哈林驿路的主干线之起始点。

我疲累了，要么就是变懒了，反正到了南部就不像在北部工作得那样勤勉了。有时候，一连几天都把时间花费在四处散步和游览上，不想挨家串户地走访了。但是，一旦有人特别好意地为我提供方便时，我也不便拒绝。所以，我第一次去到鄂霍次克海边，往返都是和别雷先生结伴同行的，他很想让我见识一下他的辖区。后来我的每一次走访，都由移民监事官亚尔采夫陪同[65]。

南部地区的屯落都有自己的特点，每个从北方来的人都不可能不发现这些特点。首先，这里的穷人相对较少。我还没有在这里看到，没盖好就被弃置的房舍或者是被钉死的窗户。这里的房子都用木板盖顶，正像北方都用树皮和干草盖顶一样普遍。道路和桥梁的路况比起北方要差，特别是从小塔克伊到西扬查之间这一段路，那里涨水和暴雨之后，会变成泥泞的泽国，难以通行。此地的居民看上去都比北方移民们年轻、健康，精力旺盛，这可能和整个南方区比较殷实的原因一样，很多南方的流放犯人的刑期都比较短，他们年纪轻，受到的苦役折磨相对较少。在这里常常会遇到 20 至 25 岁的人，他们已经服满了自己的刑期，开始在此地安家落户了，有不少流放犯出身的农民，年龄都在 30 和 40 岁之间[66]。另一个对南方的屯落来说特别有好处的情况是：本地的农民都不急于到大陆去，上面我们提到过的索洛维约夫卡的 26 名从业主中，有 16 人获得了农民身份。女人很少，有的屯子里竟然连一个女人也没有。比起男人来，此处的女人年龄相对较大，身体状况不好。这里的官员们一直在抱怨说，北部一直都把一些"无效人口"分派给南部，把年轻的和健康的人口留给自己那边。某位佐医生就跟我说过，他曾经在担任过监狱的医生的时候，有一次给新到的一批女犯人检查身体，发现她们全部都患有不同程度的妇科病。

在南方呢，搭伙经营者这个词儿，或者"对分从业者"什么的，根本不适用，这里每个地段只允许安排一户从业者。尽管如此，和北方一样，虽然有些人被列为从业户，却没什么家业。哨所驻地和各个屯子里都没有犹太人。房舍的墙壁上贴的都是些日本人的画片；满眼见到的都是日本银币。

苏苏亚河岸上的第一个屯子是秃岬；它是从去年才开始建立，房舍还没有完全盖好呢。现有居民 24 人，都是男性，一个妇女也没有。屯子坐落在一个小丘陵的凸起部，这个地方过去被称为秃岬。屯子外面较远的地方有一条小的溪流，由于此处并没有打井,所以,还必须要下山到溪流边取水。

第二个屯子是米丘尔卡。这是为了纪念米·谢·米丘尔[67]而用他的名字命名的。米丘尔卡从前是一个驿站,在道路还没有修好的时候,驿站为因公出差而由此处过往的官员提供马匹。充任马夫的和做工的流放犯在服满刑期之前就被允许安家立业,他们就在驿站附近定居下来,并建立了自己的家业。这个屯里现有10户人家,居民25人,男性16人,女性9人。1886年以后,区长就不再允许任何人迁入米丘尔卡,这个举动做得很对。因为这里土地条件不好,草场仅仅够10户人家使用。现在屯子里饲养着17头牛和13匹马,还有一些小牲畜,官方的数据说是还有64只鸡,如果户数增加一倍,上面的数字也不会再有多大的增长啦。

谈及南部地区各个屯落的特点的时候,我还要提及一件险些忘了的事情:这里时常会发生草乌头(船形乌头①)中毒。米丘尔卡的强制移民塔克沃伊饲养的猪就是食用了草乌头中毒死了。塔克沃伊舍不得扔掉,吃了一块猪腰子,差点赔上小命。我去他家的时候,他站在那里直打晃,说话的声音微弱,但是一提起吃猪腰子的事情,又吃吃笑了。他的脸还肿着呢,呈现出青紫色,由此可见,误食这个猪腰子对他来说付出了多大的代价。在他误食这件事之前,也有一个叫做科尼科夫的老头,因为吃了草乌头中毒而死了。他的房子现在空着呢。这所房子可是米丘尔卡的名胜地之一呢。几年前,前任典狱长烈先生把一种爬藤类的植物当成了葡萄,向根采将军汇报说,南萨哈林有葡萄生长,完全可以进行栽培。根采将军立即下令在流放犯人中间找出曾经在葡萄园工作过的人。这样的人很快被找出来了。他就是那名叫拉耶夫斯基的强制移民。据说,他是个大高个儿,自称是行家里手。于是

---

① 原文为拉丁语。

大家相信了他。发给了他一张公文,用轮船把他从亚历山德罗夫斯克送到了科尔萨科夫。等人们问他:"你是干什么来的呢?"他回答:"种葡萄来了。"他被上下打量了一番,公文也读过了,那些接待他的人只是耸了耸肩膀,不以为然。"葡萄钦差"就挺胸叠肚地在全区巡视开了,对任何人都是一副倨傲不恭的样子;他认为自己是岛上的总督长官派来的,根本用不着到移民监事官那里去注册登记一下。结果呢,就发生了误会。他在米丘尔卡身材高大的形象和目空一切的做派,引起了人们的怀疑,他被当成逃犯啦,绑上就送到哨所去了。他就这样在监狱里被关押了好长的时间。直到一切都调查清楚了之后,他才被放出来了。最后,他就在米丘尔卡定居啦,后来也死在了这里。而萨哈林岛至今也没有什么葡萄园!拉耶夫斯基的房子充公抵债了,后来以 15 卢布的价格卖给了科尼科夫老头儿。这老头儿买房付钱的时候,狡黠地眨巴着眼睛,对区长说:"您看着吧,我要是死了,您还得为这个房子操心。"一语成谶,果不其然,很快他就因为误食草乌头中毒死了。现在,官府只好又为这个房子的归属操上心啦[68]。

在米丘尔卡住着一位萨哈林的甘泪卿①,她是强制移民尼古拉耶夫的女儿,名字叫丹妮雅。她出生在普斯科夫省,如今芳龄 16 岁。她一头金发,长相秀丽,身形飘逸,温柔可人。她已经被许配给了屯监。有时候,你从米丘尔卡中走过,就会看见她端坐在窗前,若有所思。这位沦落到萨哈林的大美人儿在想什么呢?她有什么期待呢?大概,只有上帝才会领悟到吧。

距离米丘尔卡大约 5 俄里的地方是一个新建屯子,叫做落叶松屯。因有一条路要穿过落叶松林子而得名。还有一个别名是赫里斯托夫卡,这是因为基里亚克人赫里斯托夫曾经在这里下过套

---

① 歌德《浮士德》的女主人公。

萨哈林旅行记

索捕捉貂。可以说这个屯子的选址并不成功，因为此处土质很差，根本就不适合农作物的生长[69]。有居民15人，一个女性也没有。

再往前走一点就是那条赫里斯托夫河。曾经有几个流放犯人在这里制作过各种木器；他们也被允许在服刑期满之前就安家落户。但是，显然，他们安家的地点不甚合适。于是在1886年，他们4户人家选了另外的地方，迁址到距离落叶松屯往北4俄里的地方，这个地方就成了新的霍姆托夫卡屯子建设的起点。屯子的名称来源于一个具有农民身份的自由移民霍姆托夫的名字，他在这一带打猎为生，颇有名气。这个屯子现有居民38人，男性25人，女性13人。从业主25户。这是一个相当枯燥乏味的屯子。它唯一值得炫耀的内容就是，这里住着闻名于整个南部地区的移民布洛诺夫斯基。他是一个利欲熏心、干劲十足的大盗。

再往前3俄里，就是两年前才兴建的大河滩屯了。河流附近的平谷地称作河滩地，上面长满了榆树、橡树、山里红、接骨木、水曲柳和桦树等。河滩地通常很少受到寒风的侵蚀。附近的山上和谷地里倒是植被不多，与极地的风貌比起来差不了多少，可是在这里的河滩地上呢，我们时常能遇到长得非常茂盛的灌木丛和两人多高的蒿草呢。夏季，天气晴朗的时候，水分虽然容易蒸发掉，但是空气还是湿润的。听说这里像是澡堂子里洗桑拿一样闷热。土地被晒得滚烫，非常有利于粮食作物秸秆的生长。燕麦一个月就能长到1俄丈高。这里草木生发，灌木林园处处皆是，很像小罗斯人的家乡。这种河滩地才适合建立居民点[70]。

大河滩屯现有居民40人，男性32人，女性8人。从业主30户。那些先前的老移民在清理地块建立自己的家园的时候，他们被要求尽量保护原有的树木。因此，由于这个屯子最大限度地保留了植被，所以看上去不像是新建的，街道上和各家的庭院中都伫立着一棵棵古老的阔叶榆树，就像是户主的祖父辈们种的一样。

本屯居民中最引人注目的要数巴比奇兄弟了。他们来自基辅省;一开始呢,兄弟住在同一所房子里,后来就口角不断,要求长官们把他们分开住,一个巴比奇总是怨念自己的亲兄弟,说:"我可是像怕蛇咬一样怕他。"

再过去5俄里,就是1888年建立的弗拉基米罗夫卡,这样命名它是为了纪念一位叫弗拉基米尔的少校。少校曾经是苦役地的主管。有的移民还把此屯叫做小黑河。现有居民91人,男性55人,女性36人。从业主46户,其中19户没有家室,自己挤牛奶。27个家庭中只有6户是合法结婚的。作为一处农业殖民地,这个屯子的价值比北方两个区所有的屯落都珍贵。然而,对于殖民地来说最为珍贵的,是那些自愿跟随丈夫前来萨哈林、完全没有被监狱生活毁掉的自由妇女们,在这里,却仅仅有1名,而且就在不久以前,她也因为涉嫌谋杀亲夫,已经被关到监狱里去了。若是那些在北部的杜埃监狱的"家属营"里,饱受官员们折磨的自由民女性,一旦被弄到这里来,就没有什么好日子过了。弗拉基米罗夫卡有100头牛,40匹马,牧场水草丰沛,但是没有女主人,也就没有什么真正的家业、营生[71]。

移民监事官雅先生和他那当助产士的太太住在弗拉基米罗夫卡的公用住房中。他开办了一个农场,移民和士兵都说是一个"幌子"而已。雅先生对自然科学,尤其是植物学有浓厚的兴趣,总是用拉丁文来称呼他遇到的每一种植物,比如,午饭的时候端上了一盘豆角,他就说:"这是菜豆属芸豆①。"连他自己的小黑狗都起了个绰号叫黄癣②。在萨哈林的所有官员中,他可是最精通农学的啦,工作上非常勤勉,忠心耿耿,但是,在他所创办的示范农场里,连年收成却不如人意,连一般移民种的都赶不

---

① 原文为拉丁语。
② 原文为拉丁语。

上，所以引起了不少的误解和嘲笑。我倒觉得，收成上的差别是偶然的，换作别的官员来做农场，也是一样的。农场里没有气象站，没有牲畜，没有像样的设备，没有一个行家里手每天从早到晚地、事无巨细地管理经营，何来收成，是的，这只是块牌子，是个幌子，是悬挂着农场招牌的毫无疑义的消遣行为。这个农场连实验基地都不能算，因为这里只有5俄顷可耕种的土地，而且挑选的恰恰是中等偏下的土质地块，正如一份官方文件中所见的那样："其目的只是给农民做出示范，只要精心管理和认真地劳作，在这样的土地上会取得令人满意的收成的。"

在这里，就在弗拉基米罗夫卡，也发生过那种风流艳史。某个名字叫乌克尔·波波夫的农民，撞见了自己的老婆和他父亲行苟且之事，当即怒火中烧，打死了老头子。他被判服苦役，发配到了科尔萨科夫区，并被打发到雅先生的农场里当马车夫了。乌克尔·波波夫是个虎背熊腰的魁梧大汉，且年轻英俊，性情温和，做事情很专注，话很少，总是一副沉默寡言却又若有所思的样子，自从来这里的时候起，就很受雇佣者的信任，家里没人的时候，乌克尔·波波夫既不会从抽屉里翻找钱财，也不会去库房里偷酒喝。他在萨哈林也没法再结婚，因为老家的那个老婆还并没有和他离婚呢。男方的情况大致就是这样，女方呢，是流放的苦役犯人叶莲娜·杰尔列什娜雅，她当时和名叫克舍廖夫的一个强制移民同居，那家伙长得非常难看，为人愚钝、任性。她呢，总是和自己的同居男人吵架，克舍廖夫就到官府控告她，区长为了惩罚这个女人，就把她打发到农场去干活。她在那里遇见了乌克尔·波波夫，两个人就好上了。叶莲娜·杰尔列什娜雅也爱上了乌克尔·波波夫。先前跟她同居的男人克舍廖夫呢，大概，是觉察到了这个情况，就开始劝她回心转意，恳求她回头。

"哎呀，你可拉倒吧，我可知道你啥样！"她说，"你要是跟我正式结婚，我再回去。"

于是，克舍廖夫就打了一个与叶莲娜·杰尔列什娜雅正式结婚的申请报告，区长批准他们的结婚。这时候，乌克尔·波波夫向叶莲娜·杰尔列什娜雅表白，恳求她和他一起生活；她呢，也特别真诚地跟他发誓，还对乌克尔·波波夫说了这样一番话：

"你来找我就是了，在这里住我是可以的，但是，要是真在一起生活，我又做不到，你是个有老婆的男人呀；我是个女人，我总是得为自己着想，找个好人可依靠哇。"

乌克尔·波波夫弄清楚，她决意要嫁人了，就大失所望，服食了草乌头自我了结了。嗣后，这个叶莲娜受到审问，她承认说："我就跟他睡了四宿啊。"据说，在死前两周的某一天，乌克尔·波波夫曾经看着正在为他擦洗地板的叶莲娜，感叹着说："咳，女人啊，女人！我就是因为女人才到苦役地遭罪，看样子，我还得因为女人死在这里！"

我在弗拉基米罗夫卡认识了流放犯人瓦西里·斯米尔诺夫，他是因为伪造假钞而被流放的。他的苦役期限已经服满，强制移民的限制期也已经过了，现在他以捕貂为业，看得出来，他对能做这个营生感到高兴。他对我讲了，以前做伪钞的时候，一天能挣个300卢布，就在他罢手不干了、找了一个正当营生的时候，反倒被抓进来了。但是说起假钞，他讲得头头是道；照他的话说，现在谁不能仿制假钞呀，对一个老婆子来说都不是啥难事。提起往事，他倒是能心平气和，就是不无讥讽之意，他引以自豪的是，当年在法庭上，那位著名的普列瓦科夫先生还曾经为他辩护过呢。

一过弗拉基米罗夫卡就是一片数百俄顷的大草原；远望是一个半圆形状的草原，直径大约有4平方俄里。草原尽头的路旁就是草地屯，也叫小草甸，这个屯子建于1888年。现有居民69人，男性64人，女性只有区区5人。

再往前走，又经过了4俄里左右的距离，我们就来到了神父窝棚。这个屯子始建于1884年,当初定名为新亚历山大洛夫卡,但是,名字没有流行起来。屯子现用的名称据说是与谢苗·喀山斯基神父的传教故事有关。那次,神父乘坐狗拉爬犁去纳伊布奇给士兵们讲"持斋",在回程路上遭遇了狂风暴雪,他就病重了(另有人说,他是从亚历山德罗夫斯克返回途中)。幸亏不远处有阿伊努人的窝棚,他就暂避在那里,同时派了车夫去弗拉基米罗夫卡去求救,那里住的都是自由移民,大伙听闻这个消息就都赶来救他,在他命悬一线的时候,他被送到科尔萨科夫哨所救治。从那以后,这几处住着阿伊努人的窝棚的地方,就被称作神父窝棚;建屯之后沿用了这个名称。

移民们呢,则把自己的这个屯子叫做华沙屯,原因在于这里的天主教徒很多。现有居民111人,男性95人,女性16人。其中42户从业人员中只有10人是有家室的。

神父窝棚恰好坐落于科尔萨科夫哨所和纳伊布奇之间的驿路正中间。这里是苏苏亚河流域的边缘,过了一个不太起眼的漫坡岗之后,也就过了分水岭,前面就是纳伊布奇河流域的平原地块了。这里的第一个屯子距离神父窝棚8俄里,叫做桦树屯,就是因为以前周围桦树丛生而得名。这是南方村屯中最大的一个屯子。现有居民159人,男性142人,女性17人。从业主140户。屯子里已经有四条街道和一个广场,这里将要兴建教堂、电报局和移民监事官办公楼。还有一项设想:如果移民化获得成功,那么,就会在桦树屯设立乡一级的行政管理机构。不过呢,这个屯子的吸引力可不大,风景一般,人也空虚乏味,他们想的可不是什么有乡公所的未来,他们满脑子都是尽快服役期满、之后离开此地回到大陆上去的念头。有一个强制移民在回答我问的"是否结婚"的问题时,郁闷地说:"我倒是娶过老婆,但是让我给打死了。"另一个移民患有咯血症,听说我是医生,就一直跟着我,不停地问我,他是不是得了治不好的痨病,那种肺结核,说话的时候，眼睛里流露出惴惴不安的情绪。他害怕自己等不到服役期满、获得农民的身份的时候，就会因病流落在外，死在萨哈林这个异乡苦地。

再过5俄里，就是建立于1885年的十字架屯了。这里以前打死过两个逃犯，坟上立了两个十字架，屯子因此得名。现在十字架已经荡然无存了；关于名称的来源当然还有一种说法：这里从前是针叶林区，老早以前就被砍得差不多了，就剩了河滩上那两棵针叶林树像是十字架一样交叉着长在一起啦。这两种对于屯子名称来源的解释传说倒是蛮有诗意的呢；显然，这个屯子叫十字架屯，肯定是移民们自己给起的。

十字架屯坐落在塔克伊河畔。正好有一条支流在此注入河中。因此，这里是沙质的略带黏性土壤，有肥沃的淤泥沉积，几乎年年丰收，草场很多，居民大多是勤勉能干而且本分的从业人员。但是，在刚刚建屯的那些年，其遭遇和上阿尔姆丹屯也差不了多少，居民们差点没有被饿死。原因在于，这里一次性落户竟达到了30人之多。来了之后，亚历山德罗夫斯克方面没有提供任何的工具设备，居民们是被赤手空拳地扔到了这里。看着他们实在是可怜，监狱方面送来了几把伐木用的旧斧子。后面又一连3年没有给他们配备大牲畜，究其原因，就是跟亚历山德罗夫斯克方面无法提供任何的工具设备的理由毫无二致。

此地现有居民90人，男性63人，女性27人，从业户27家。

有一位退役的司务长在此地开了一家商店，他以前在特姆区当过屯监；他呢，主要是经营食品杂货。也卖铜手镯子和沙丁鱼。当我进了这家商店的时候，前司务长过来见我，可能是误把我当成了某位大人物，因而毫无缘由地就向我讲起他卷进的一起案件，并不断地强调，他是清白的、无辜的，还忙不迭地把各种证明文件拿给我看，还给我看了某个什涅德尔先生的信件，记得结尾处是这么一句话："天气转暖之时，望兄趁热打铁，火速行事。"接着,前司务长又开始向我证明,他已经不再欠任何人钱财。他翻弄了各种文件,寻找收据,但是,并没有找到。我离开商店的时候,已经确认他是无罪的啦。我买走了1磅质量低劣的糖果,他为此要了我半个银卢布呐。

十字架屯过了之后,下一个是坐落在塔克伊河畔的屯子,塔克伊是日语,塔克伊河注入纳伊布河。这段河谷正是因为有自由移民入住才闻名的。大塔克伊屯正式始建于1884年,但是实际上它在这之前很早就存在了。为了纪念符拉索夫,一度想把它命名为符拉索夫斯克。但是,名字最终没有流行起来。此地现有居民71人,男性56人,女性15人。从业户47家。这里长住着一名一级医助,移民们都称他为一级医生。他有一个非常年轻的太太,在我来之前一周,他的太太服食草乌头中毒死了。

在大塔克伊屯附近,尤其是那段去往十字架屯的路上,会遇见特别好的建筑用成材林。那一片都是满眼的青翠欲滴,真是水洗一般的新鲜。塔克伊河谷的植物谱系比北部要丰富得多,这里经常会令我想起俄罗斯。诚然,北部的大自然悲戚而严峻,但那种严峻是俄罗斯式的,而这里的大自然则是欢快而忧伤的,可能,就像这里的阿伊努人一样,在俄国人的心灵里唤起的是一种雾里看花般的不确定情绪[72]。

在距离大塔克伊屯4.5俄里路程的地方,有一条小河注入塔克伊河,这就是小塔克伊屯的所在地了[73]。它始建于1885年。现有居民52人,男性37人,女性15人。从业主35人。其中有家室的只有9人,正式结婚的夫妻那是一对也没有的。

再往前走8俄里,就是加尔金-弗拉斯科耶了。日本人和阿伊努人都称其为西扬查,这是因为以前此处有一座名为西扬查的日本人的渔业仓库。它始建于1884年。这个地方风景优美,正好位于塔克伊河与纳伊布河的交汇之处。但是,其实屯子建在此地并不合适。在春秋两季以及夏天的雨季里,纳伊布河与所有的山间河流一样，变幻莫测，泛滥成灾，山洪暴发是直接就吞没了西扬查；洪水浩荡地涌入纳伊布河入口处，水流立即就会漫出两岸的河堤。各条注入纳伊布河的小支流都有此类情况出现，这样一来，加尔金-弗拉斯科伊屯就立时变成了水上威尼斯，屯子中都是阿伊努人搬出来的小船，河水漫过了建造在低洼地带的房舍，地板都泡在水里。建屯选址的是某个伊万诺夫先生，他在这方面的知识是如此的贫乏，就像他基本不懂基里亚克语和阿伊努语是一样的。他的实际职务是官方翻译官。当时还兼任监狱里的副典狱长以及移民监事官等职务。阿伊努人和自由移民都曾经警告过他，说这个地方过于低洼，但他可不听他们的。谁敢发牢骚，他就叫人施鞭刑。发了一次洪水，淹死了一头牛，另一次则淹死了一匹马。

塔克伊河注入纳伊布河形成了一个半岛，两端架了一座很高的桥。看上去非常的壮观；一派柳岸闻莺的景象。这里的屯监所干净整洁，窗明几净，还有壁炉；从露台上望出去是漂亮的河景。庭院里还有一个小花园。苦役犯萨维利耶夫老头子在这里充任看门人，一旦有过往的官员在这里留宿，他就再充当仆人和厨役。有一次，这老头侍候我和另一位官员吃午饭，他好像是做错了什么，那个官员厉声责骂他："你这老傻瓜！"我看着这个逆来顺受的老头子，心想，俄国知识分子迄今为止仅仅做到了一件事，那就是生生用最卑劣下流的方式把苦役制变回了农奴制。

加尔金-弗拉斯科耶现有居民74人，男性50人，女性24人。从业主45人，其中29人拥有农民身份。

驿路上的最后一个屯子是橡树屯，它始建于1886年，原址上是一片橡树林。从西扬查到这里的距离是8俄里，途中可见烧焦了的树木，林子里面有草地，据说，草地上长有柳兰茶。而且在途中还经过一条小河，传说以前有一位名字叫马罗维奇金的移民曾经在此捕鱼为生，现在小河就以他的名字命名了。橡树屯现有居民44人，男性31人，女性13人。从业主30人。理论上说，橡树屯选址是不错的，这里到处都长满了橡树林子，凡是能长橡树林的地方，土壤的条件都适宜种植小麦。现在的可耕地和草场都是以前的沼泽地。移民们根据雅先生的建议，开凿了一条通往纳伊布河的水渠，深度在1俄尺左右。现在排水情况已经大为好转。

然而，也许是因为橡树屯地处偏僻，赌博之风极为盛行，逃犯和盗贼都藏匿和聚集在此处。6月的时候，这里一个叫利发诺夫的移民赌博输了钱，就服食了草乌头自杀了。

从橡树屯到纳伊布河口处还剩下4俄里的路程。这一处的空地无法安居移民，因为河口周边全是沼泽，海岸砂石裸露，只有那种海岸上的沙漠里才会有的植物会在此生长，比如会结满硕大浆果的野蔷薇，还有黑麦，等等。道路在这里一直延伸到海边，但是，也可以乘坐阿伊努人的小船沿河顺流而下。

在河口处坐落着纳伊布奇哨所，它建立于1886年。米丘尔当年来到这里的时候，已经有18栋房舍和其他的建筑物了，还有一座小的教堂和军需食品服务社。有一位记者于1887年到过纳伊布奇哨所，他写道，这里有一位士官管理下的20名士兵；住在一所相当漂亮的房子里，有一位士兵的老婆，个子挺高的，招待他吃新鲜的鸡蛋和面包，对本地的生活赞不绝口，就是抱怨这里的糖卖得太贵啦[74]。现在那些房已经踪影全无了。当你环顾着周围杳无人烟的荒凉之所的时候，你会感觉到，记者所写的那位高个子的士兵的老婆简直就是神话传说中的人物。有一所新房子正在建设之中，有可能是屯监所或者是驿站用房。大海看上去一片冰冷肃杀，海水浑浊不堪，且时刻在咆哮，高耸的灰色巨浪不断涌上沙滩，拍击在砂石上，就像是在绝望地呼号："上帝啊，为什么啊，你要创造出我们？"这里已经是大洋了，就是太平洋。站在纳伊布奇的海岸上，能够听见苦役犯人们在建筑工地上干活时的斧头的敲击声，而在那遥远的想象之中的彼岸，则是美洲大陆；左边，能够在雾色朦胧之中，隐约地看见萨哈林岛的岬角，右边也是岬角……海天一色，遍无人踪，没有飞鸟，没有苍蝇，所以，那大海的咆哮之声就更令人疑惑，它在为谁而狂啸？又有谁，在每天的暗夜里能够倾听它的声音呢？它需要的是什么？最后的一个疑问：当我离开的时候，它又是为谁而咆哮呢？伫立在这海岸上，我的头脑中萦绕的不是清晰的思想，而是沉重的忧虑。忧心忡忡，然而，却又想永远地站在这里，观看波涛单调地来回汹涌澎湃，倾听它们雷鸣般怒吼的声浪。

注释：

[64] 以前这里有一座名为穆拉维约夫的煤田，开采任务由哨所里的士兵完成，作为犯有过错的惩罚手段，也就是说，这里相当于有一块哨所自己的小型流放地；这些士兵是由于"微不足道的罪行（米丘尔语）"而受到惩罚，被长官指派去干苦活。他们的劳动成果被卖出去之后，利益归谁所有，这个很难说清楚，也不能说，因为后来这些煤炭和采掘地都被燃烧殆尽了。

[65] 到了9月和10月初，除了刮东北风的时候，天气都非常好，跟夏季一样。别雷先生在和我一起外出旅行的时候，跟我诉苦说，他特别想念小俄罗斯，他什么也不想做，就是想好好欣赏一下这个时节挂在树上的小樱桃。在屯监所里住宿的时候，他早早就醒了；你要是在黎明时分醒来，肯定会看见他伫立在窗前，低声吟诵着诗句："白色的月光抛洒在首都的夜空，年轻的妻子正在酣睡……"亚尔采夫先生也时常背诵诗句，我们在路途中感到寂寞的时候，就会请他为我们读点什么，他就会饱含激情地为我们一首很长的诗篇，有时还会朗读两首呢。

[66] 例如，由于上述原因，科尔萨科夫哨所的强制移民中，年龄在20至45岁这个区间的人口占到了居民总数的70%。以前有过制度，或者说是一种习惯的做法，就是按照各区属来分派新到的犯人，这个时候，往往会把判有短期徒刑的犯人分派到比较温暖的南方，因为他们的

罪行较轻,恶习较少。不过在按照犯人名册分派的时候,并不是总那么严谨。前任岛区的长官根采将军就做过这项工作,到船上来按照犯人的名册挑选出短期徒刑的犯人到南方去,结果后来在这些幸运的犯人中间竟然还有被判了 20 年徒刑的惯犯和来历不明的犯人。这都是一些屡教不改、不可救药的罪犯。现在,这种做法已经废除了,因为流放到南部来的不仅有长期徒刑的犯人,连无期徒刑的都有了。同样,我在臭名昭著的沃耶沃达监狱和矿井里也见过被判有短期徒刑的犯人。

[67] 1870 年,彼得堡派出的一支考察队由符拉索夫担任队长,农学家米哈伊尔·谢苗诺维奇·米丘尔参加了考察队。他是一位罕见的、具有坚韧不拨精神的杰出人物,他是刻苦勤奋的学者,也是乐观主义者和理想主义者。他具有远大的理想和抱负,并且善于用自己的理想和抱负去感染别人。他那时才 35 岁。为了完成托付给他的考察任务,他一直兢兢业业地工作。为了研究萨哈林的土壤和动植物区系,他走遍了现在的亚历山大区和特姆多、西部沿海和整个的南部地区。当时的岛上完全没有道路,只是偶尔可见到通往密林和沼泽地的小径。当时不论是骑马还是步行,都是一场磨难。米丘尔对建立殖民地的构想感到心醉神迷。他为这个构想献出了自己的全部身心,他爱上了萨哈林,视其为自己的第二故乡。就像一个母亲看不见自己孩子的缺点一样,米丘尔对岛上的冻土带和浓雾视而不见。他把这里比作世界上花团锦簇的角落,无论是气象学资料(当时也没有多少这种资料)还是过去年代的痛苦经历(他对这种经验不屑一顾)都没有能够动摇米丘尔的信念。他的满眼都是野葡萄、竹子、茎叶硕大的蒿草、日本人……之后萨哈林岛的历史是,米丘尔当上了这里的督导官和五等文官,一直全力以赴、孜孜不倦地工作着。他因严重的神经错乱死于萨哈林,享年 41 岁。我去拜谒过他的坟墓。他死后的遗著是《萨哈林农业简述》,出版于 1873 年。这是一部献给富饶的萨哈林的长篇颂歌。

[68] 一名流放苦役犯递给了我一份类似申诉书的东西,标题处写着:"密件。来自穷乡僻壤的呈送。致契先生,他的仁慈和善心,他的莅临是微不足道的萨哈林的荣幸。科尔萨科夫哨所驻扎地。"我在这份申诉里还发现了一首诗,题目是《草乌头》:"生长在河边,沼泽也爬

满，叶子蓝色很美丽，充药为医喜。草乌头不大，造物主所栽。它也常把世人骗，很多人因它而殁。见了阿布拉姆，道一声我来也。"

[69] 对于那些负责选择新屯址的人来说，落叶松就是不良沼泽地的一种标志物。那里的黏土的渗水性极差，会形成泥炭土、松香、蔓越莓和青苔，落叶松本身的生长会受到损害，变得弯曲，遍身苔癣。因此，这里的落叶松都不美观，树干矮小，没等成才就一副枯萎的衰相。

[70] 这里生长的东西有：黄檗树和葡萄，但是它们已经变种了，与自己的祖先几乎不太相像了，比起来就像拿萨哈林的茅草与锡兰的竹子做对比。

[71] 科诺诺维奇将军在一份命令中证实了此地政务的繁乱："部分是由于此地孤立隔绝的位置，而且要与此地通讯困难重重，另一部分是因为各种各样的自私自利和算计勾当，这些勾当就当着我的历任前任的面侵蚀着所有事业，并把这种歪风邪气四处散播，直到腐败成风，科尔萨科夫也就愈加闭塞和凋敝，所以哪怕是最迫在眉睫的希望都没有得到相应的关切，无论是正式解决还是提请处置。"（1889 年第 318 号令）

[72] 在距离大塔科伊屯 1 俄里的河口上，有一座按照科诺诺维奇将军的命令建起来的磨房，修建者是德国苦役犯拉斯斯。连杰尔宾斯科耶附近的特姆河上的磨房也是由他修建的。塔科伊屯的磨房每磨 1 普特面粉要收取 1 俄磅的面粉和 1 戈比的加工费用。强制移民们对此很满意，因为以前磨 1 普特要收取 15 戈比呢，不然的话，他们就需要在自己家里用手摇磨来加工，那是在自制的榆木磨盘上干活。为了修一个水推磨，挖了水渠，修建了一段堤坝。

[73] 我没有把苏苏亚河和纳伊布河的周围屯落旁经过的支流名称悉数列出，是因为这些支流的名字是日本人或者阿伊努人命名的，叫法拗口，不好记，像是什么埃库列基或福弗卡萨马奈伊等。

[74] 详见海军准尉维特盖福特所著《浅论萨哈林》，载《喀琅施塔得导报》1872 年第 7 期、第 17 期和第 34 期。

第十四章　移民、日本人和日本领事馆

塔来加。自由移民。他们的遭遇。阿伊努人：分布地区、人数、外貌、食物、服饰、住所、习俗。日本人。库松-科坦。日本领事馆。

波罗那亚河注入捷尔佩尼耶湾，它的南方支流的流经处，叫塔来加，那里有一个西斯卡屯。整个塔来加都属于萨哈林的南部区，显然，这种划分有点勉强，因为从这里到科尔萨科夫的距离竟有400俄里之遥，这里的气候十分的恶劣，比杜埃还要差。我在第十一章里提到过的拟议中的新建区，将会被命名为塔来加区，波罗那亚河沿岸所有的屯落，其中也包括西斯卡屯都将归其管理；但是现在这里仍旧是南部区在管理。官方资料显示，此处现有居民仅为7人，男性6名，女性1名。我没有亲临西斯卡屯，但是从别人的日记中摘录了这样一段话："无论是这个屯子，还是这个地区，都是最为凄凉之所在；首先这里没有适合饮用的水和烧火用的柴火；居民们从井里打水吃，而那里一下雨，井水就变成了红色，像是含混着永冻土一样。就只有屯子所在的岸边，有一片砂石，周围都是冻土层……总之，这个地方给人的感觉就是压抑、惆怅、心烦意乱。"[75]

现在，在结束有关南部萨哈林的论述之前，我再来谈谈自由民的问题。这种人以前有，现在还有，他们本来是独立于流放殖民区的。我就从自由民的最初遭遇开始说吧。1886年，东西伯利亚的一个行政机关做出决定，要往萨哈林的南部移民25户，这个计划的迁徙对象就是拥有自由民身份的农民。这些人只是迁居到阿穆尔来的居民，有写到此事的作者感叹，这些人太不走运了，真是命不好，他们认为自己是最苦命的人。他们原来是乌克兰那边的人，在他们来阿穆尔省之前，属于切尔尼戈夫省人，一直居住在托波尔斯克省，属于已经落户了，但是却不那么顺当。现在行政当局建议他们迁往萨哈林，并且还答应了他们极有诱惑力的条件，即可以在 2 年之内无偿提供给他们的家庭米、面、各种农具、牲畜、种子和现金，5 年之后偿还即可，20 年之内免除他们的赋税和服兵役的义务。当时提出申请的有 10 户阿穆尔移民和 11 户托波尔斯克省巴拉甘斯克县的农民，共有 101 人。于是，1869 年，这些人就乘坐"满洲人"号运输船抵达了穆拉维约夫哨所了，一开始是准备从那里经过鄂霍次克海绕过阿尼瓦岬到纳伊布奇哨所。这里距离塔克伊河谷只有 30 俄里，即将开辟的新的移民区就位于那里。当时已经是秋天，有空位置的船不好找，只好再次由那艘"满洲人"号运输船把这些移民和他们的一应家什一起运到了科尔萨科夫哨所。他们打算从那里走陆路前往塔克伊河谷，然而，当时那里根本就没有路哇。据米丘尔记述，陆军准尉基亚克诺夫带了 15 名士兵"先行一步"，开辟穿越的路径，但他们的行进速度实在是太慢了，路还没开通，16 户居民等不及了，就拽着牛和大车拉着一应家什上路了，走到半路上，被大雪阻隔在冰天雪地之中，只好扔掉一部分车辆，用爬犁拉上剩余的东西，再赶路。他们是 11 月 20 日到达塔克伊河谷的，立即就动手盖窝棚防寒，挖地窨子。在圣诞节的前一周，剩下的 6 户也赶到了河谷这里，但是天寒地冻，无处安身，也无法动土修房了。这些人只好辗转又回到纳伊布奇哨所，看看能不能落脚，最后是在久春内哨所，就是在兵营里熬过了这个冬天，直到第二年的春天才回到塔克伊河谷。

有一个作者这样写道："这整件事的起因就是官僚制度的腐

败无能。"先前许诺提供给每个家庭的价值1 000卢布的农具和4头牲畜等供给物资,在从尼古拉耶夫斯克上那艘"满洲人"号运输船的时候,什么也没发下来,既没有磨盘,也没有耕地用的牛,没有耕地用的犁铧,船上也没有地方运马匹。到了冬天,才用狗拉爬犁弄来了犁铧,但是总共才9副,移民们向当局申请耕种用的犁铧了,可是那些申请总是如泥牛入海一般,被搁置在一边,无人理睬,没有任何的回音。1869年秋天,耕牛才运到久春内,可是那些牛到了之后已经羸弱不堪,奄奄一息,而久春内根本没有备好草料,因而一个冬天里,总共41头牛,被宰杀了25头。上不了船、留在尼古拉耶夫斯克过冬的马匹,因为饲料过于昂贵,只好先拍卖掉,用换来的钱到外贝加尔地区又买了一批新的马匹,不料,新马比原先的成色还要差,农民们拒绝接受其中的好几匹马。种子的发芽率奇低,送来的春播黑麦种子和秋播种子混杂在同一个袋子里,农民们很快就对种子失去了全部的信心,但是也从官府里领回了种子,要么用来当饲料喂牲畜,或者就自己当口粮吃掉。因为没有磨盘,也就不能磨成面粉,就只能是把这些种子蒸熟,当做饭食,吃掉拉倒。

在经过了连年的歉收之后,1875年发生的一次大洪水,彻底打消了移民们在萨哈林从事农业生产的念头。他们又开始了迁徙活动。在阿尼瓦湾的沿岸,有一个20多户的新建屯落,就是叫做奇比萨尼的地方,位于从科尔萨科夫哨所至穆拉维约夫哨所的半程路旁。后来这些移民又请求允许他们迁移到南乌苏里边区去。他们就这样像盼望特赦一样,焦急地等待了10年,这期间一直以猎貂和打鱼为生。直到1886年,才正式地前往南乌苏里边区。一名记者这样写道:"他们流离失所,背井离乡,赤手空拳,只有几件家什,一匹劣马。"(《符拉迪沃斯托克》,1886年第22期)直到现在,在大塔克伊屯和小塔克伊屯之间,距离大陆的不远处,还有一处火灾后的废墟;以前这里是自由移民居住的屯子沃斯克列谢斯科耶；被主人们废弃掉的房舍，都是被潜逃犯放火烧掉的。据说，在奇比萨尼，也有房屋、教堂和学校的校舍还完好无损呢。我倒是没有去过。

目前，岛上的自由移民只剩3个人了：就是我已经提到过的霍姆托夫，还有两个出生在奇比萨尼屯的妇女。听说，霍姆托夫正在"四处东游西荡"，好像是住在穆拉维约夫哨所驻扎地。人们很少看到他，是因为他主要是捕貂和在布谢湾打捞鲟鱼。至于那两名妇女，其中一个是索菲娅，嫁给了一个从巴拉诺夫斯基来的流放犯出身的农民，现在住在米丘尔卡；另一个叫阿妮西雅，嫁给了一个叫列昂诺夫的强制移民，住在三道沟。霍姆托夫已经时日不多，索菲娅和阿妮西雅也即将追随丈夫到大陆上去生活，如此一来，自由移民这个话题很快就将是一段湮灭于回忆之中的历史烟云了。

如上所述，应当承认，南部萨哈林的自由移民政策是极其不成功的。原因在于政策实行初期，农民遭遇到的自然条件严酷无情呢，还是官员们的腐败无能有损于政策执行呢？这就很难做出判断啦。因为一方面官员们经验不足是事实，而另一方面，自由移民们缺乏坚韧不拔的精神，在这之前，自由移民在西伯利亚过着四处漂泊的生活，对游牧生活习气颇为推崇。在这个经验的基础上，重新进行试验的结果也不会好到哪里去[76]。对于流放犯移民政策来说，有两个方面的教训应当汲取：第一，流放犯人不可能长久地从事农业生产经营，他们在返回大陆之前的10年时间里，宁肯以打猎和捕鱼为生，也不愿意种田；现在，尽管老霍姆托夫已经风烛残年，但是，也只是捕鱼、猎黑貂，而不愿意种小麦和白菜；第二，在南部萨哈林把自由民留住是不可能的，特别是在听说了科尔萨科夫距离气候温暖、生活富裕的南乌苏里斯克边区只有两天的路程的时候，而且，这个自由民又是一个身体健康、精力充沛的年轻人的时候，要想留住人，就更加的不可能了。

南萨哈林的原住民们，即那些本地的异族人，在被问到"他们是什么人"这种问题的时候，他们才不会回答是哪个部落的，哪个民族的，而是直截了当地回答：阿依诺。这个词的意思就是人。在施连克的民族志学地图上用黄色标出了阿依诺或者是阿伊努人分布的区域，主要是在松前岛①和捷尔佩尼耶湾以南的南萨哈林地区。千岛群岛上也有阿伊努人，所以，俄国人管他们叫虾夷人。居住在萨哈林岛上的阿伊努人的人口数量没有被精确地统计过，但是，毋庸置疑，这个部族正在濒临灭绝，况且消亡的速度异常飞快。25年前，杜伯罗特沃尔斯基医生[77]曾经在南萨哈林服役并居住过一段时间，他说，以前布谢湾附近就有八大阿伊努人屯落，其中一个屯子里的人口数量就达到了200人以上；在纳伊布附近他目睹过许多屯落的遗迹。他当时就根据不少的资料得出了三个可能的人口数据：2 885人，2 418人和2 050人，他认为最后一个数字最为可靠。作为杜伯罗特沃尔斯基医生的同时代人，另一位作者也证实了，科尔萨科夫哨所驻地沿岸的两侧曾经遍布阿伊努人的屯落。我呢，在这个哨所驻地没有见到一个阿伊努人的屯子，只是在大塔克伊屯和西扬查见到过几处阿伊努人的窝棚。据《1889年科尔萨科夫地区异族人口统计表》上的记载的数据，阿伊努的人口构成是这样：男性581人，女性569人。

杜伯罗特沃尔斯基医生认为，阿伊努人灭绝的原因主要在于萨哈林岛上曾经进行过灭绝性的战争，阿伊努人极低的生育率和疾病也是导致消亡的原因。阿伊努人的常见病包括梅毒、败血症，可能还有天花[78]。

但是，上述种种理由通常来说只能引起一个部族的逐渐衰落，还无法解释阿伊努人的肉眼可见的、急剧的灭绝原因；要知

---

① 即现在的北海道。

道，在近25至30年间，阿伊努人中间并没有流行过大规模的瘟疫，但是，这个部族的人口却在这一段时间里减少了一半还多。我认为，这种雪崩式的消亡仅仅用死亡人口来解释是不足的，很可能还有阿伊努人向其他的临近岛屿迁徙的原因。

在俄国人占领南部萨哈林之前，阿伊努人几乎就是日本人的奴隶。阿伊努人性格温顺，总是逆来顺受，经常忍饥挨饿，没有大米就活不下去，这使他们更容易受日本人的摆布了[79]。

俄国人占领了南萨哈林岛之后，解救了阿伊努人，一向保护他们的自由，不欺侮他们，力争不干涉他们的内部生活。1884年，一些逃亡的苦役犯人将阿伊努人的家庭灭门了，还有一些传说，比如，一个阿伊努人是赶爬犁的，但他拒绝运送邮件，被施以鞭刑；阿伊努女人遭到了强奸，等等，但是，类似的案件是个别的、偶发的事件。遗憾的是，俄国人给他们带来了自由，却没有带来稻米；日本人一走，没有人捕鱼了，没有人给支付工钱，阿伊努人就开始挨饿了。他们和基里亚克人不一样，不是仅仅吃鱼和肉就行了，他们是不能缺少大米的。尽管他们对日本人也没有什么好感，但是，在饥饿的压迫下，他们也只好逃向松前岛。我在一篇报道（《呼声》1876年第16期）里读到了一段，其中说，阿伊努人也曾派遣代表去科尔萨科夫哨所请求给他们工作，或者至少要向他们提供一些马铃薯的种子并且教会他们在土地里种植马铃薯的方法；工作的要求好像是被拒绝了的，提供马铃薯种子的要求虽然答应了，但是允诺没有兑现，阿伊努人依然穷困异常，只好逃往松前岛。另一篇报道（《符拉迪沃斯托克》第38期）写于1885年，也谈到过，阿伊努人曾经提出过一些申请，但是，没有得到重视，他们只能强烈要求离开萨哈林，前往松前岛。

阿伊努人像茨冈人一样皮肤黝黑；他们长有浓密的胡须，头发是黑颜色的，也是浓密而发质粗硬；他们有着黑色的眼睛，表情丰富而温顺。他们个头中等均匀，体格健壮魁梧，都是大脸盘，轮廓并不分明，但是，航海家里姆斯基·科尔萨科夫认为，他们的长相既不像蒙古人那么宽脸而面部扁平，也没有中国人那样的眼睛。有人觉得，长有浓密的胡须的阿伊努人更像是俄罗斯的乡下人。阿伊努人的穿着打扮很像俄国人，都爱穿粗布长衫，腰间再来一根带子，一下子就与那些给俄国商人赶马车的车夫毫无二致了[80]。

阿伊努人的体毛很重，胸部体毛浓密得能打绺，但算不上是毛人，而且他们头发和胡须都浓密，只是那些旅行家们见了阿伊努人之后感到惊奇而已，但一回家落笔成文的时候就把他们叫做毛人了。

与阿伊努人比邻而居的其他民族在蓄须留髯方面都很少见，唯独阿伊努人胡须浓密，民族志学者对这个宽髯密须的特点大惑不解。科学界至今还未有人能够清楚地确定阿伊努人的种族谱系中的起源问题。有的研究者把阿伊努人归类是蒙古人种，有的研究者把他们归类于高加索部族；有一位英国人还认为，阿伊努人是在诺亚时代大洪水期间流落至日本岛上的犹太人的后裔呢。目前，有两种观点比较可信，一种观点认为，阿伊努人是一个独立的种族，从前是东亚各个岛屿上的居民；另一种观点来自于施连克，他认为阿伊努人即是古代的亚洲人，很早以前就被蒙古人驱赶到沿海的岛屿上去了，路径是从亚洲经过朝鲜，推向大洋边上的岛屿。总之，阿伊努人的迁徙路线是从温暖的南方到寒冷的北方，条件越来越恶劣。他们不尚武，但也不能忍受暴力；征服、奴役和排挤驱离他们并不是难事。在亚洲，他们被蒙古人驱赶；在日本和松前岛，他们一直被日本人排挤；在萨哈林，被基里亚克人一直限制在塔来加以南地区；在千岛群岛，阿伊努人受到了俄国哥萨克的欺凌，最后陷入了走投无路的境地。阿伊努人一般是不戴帽子的，经常会打赤足，把裤腿挽起来高过膝盖，如果在路上遇到人，会致屈膝礼，面部表情看上去平和，但是忧郁，像一个不走运的人一样，一脸病容，就像是要为自己只有浓重的髭须、而绝无任何生活前途而道歉一样。

涉及阿伊努人生活细节方面的资料均可参见施连克、杜伯罗特沃尔斯基和波隆斯基[81]所写的著作。我在本书前几章所描述的基里亚克人的生活状况，包括食物和衣着等情况，其实也同样适用于阿伊努人；需要补充的一点是，阿伊努人的祖先曾经是南部岛屿的居民，他们已经养成了食用稻米的习惯，后代们从祖先那里继承了对这种食物的偏爱，缺少稻米对他们造成了极大的困扰；他们不喜欢吃俄国的面包。他们所吃的食物与基里亚克人相比种类更广泛一些；除了肉类和鱼类，他们还食用各种植物，软体动物以及被意大利穷人统称为海产[82]的东西。他们进餐的食量不大，但是，多餐，每个小时都要吃一顿饭；北方野蛮人经常性的饕餮盛宴在他们的生活中是没有的。他们的小婴儿断奶之后就开始吃海鱼、吃鲸鱼肉，因此断奶时间比较晚。里姆斯基·科尔萨科夫看见过，已经3岁的小孩仍旧在吃母乳的情景，尽管当时小孩子自己已经能够在地上跑来跑去，腰上像成年人一样挂着小刀。由此可见，他们的服装和房舍都是受到了南方的影响，不是南萨哈林的影响，而是真正的南方的影响。他们在夏天穿的衣服是用草和细麻编织成的罩衫。以前，在他们还不是像现在一样贫困的时候，他们还穿丝绸衬衫，一般是不戴帽子的。直到下雪之前，夏天和秋天都是打赤脚的。他们住的窝棚里空气污浊，烟气缭绕，但毕竟比基里亚克人的住处要亮堂多了，也整洁一些。应该这么说，比基里亚克人更文明一些。窝棚附近也有晾晒鱼干的架子，离得很远就能闻到让人喘不过气来的刺鼻的腥臭味。大狗、小狗叫声总是不绝于耳的。有时候，在小木囚笼里还能看见一只小熊什么的，那是准备冬天过熊节的时候，杀掉吃肉的。有一天的早晨，我见到过一个阿伊努小姑娘端着一柄小铁锹，用上面盛着的泡过水的鱼干喂小熊。阿伊努人的窝棚都是原木和板子搭建的，用细木杆和干草盖顶。窝棚里面的墙边打了板铺，上方钉有堆放东西的搁架，除了放那些兽皮、油罐、渔网、各种器皿之外，还有编筐、草席，甚至一些乐器。主人呢，一般都是坐在板铺上，不住嘴地吧唧烟袋锅子，要是您提了个问题问他点什么，他回答起来是老大不愿意的，只简短地说上一两句，倒是保持着礼貌。窝棚的地中央放置着火炉，主要是烧柴火，烟囱顶棚上面的圆形烟筒升腾出去，炉子上方吊着一口大黑锅，锅里翻滚着沸腾的鱼粥，颜色暗淡，泡沫泛起涟漪，我想，无论给多少钱，欧洲人也不会去吃这种东西吧。围坐在这种铁锅旁边的焉能不是怪人。阿伊努男人长得五官端正，仪表堂堂，但是，与他们长相难看的母亲和妻子形成了鲜明的对比。写游记的作者们一致认为，阿伊努女人外表丑陋不堪，长相令人厌恶，她们的皮肤粗糙，呈暗黄色，眼睛很小，脸上线条不分明；头发乱蓬蓬的就像是旧仓房上长的干草一样，身上所穿的衣服都肮脏不堪，难看得要命。而且，这些女人都骨瘦如柴，一副苍老的表情挂在脸上。已婚女人的嘴唇都会涂成蓝色，使她们看上去不像是人的样子。当我注视着她们以一种近乎冷酷的神情，用饭勺在锅中慢慢搅拌鱼粥并将泡沫撇出来的时候，连我都觉得自己看到了真正的女妖精。但是呢，未婚的女孩子和年轻姑娘们却不是那么令人望而生厌的[83]。

阿伊努人从不洗脸，睡觉也从不更衣，就是和衣而卧。

所有描述过阿伊努人的作者，都对他们的习俗称赞有加。他们一致认为，这个民族相当温顺、谦卑、诚实、可靠、好交友、重礼节、看重私有财产、狩猎勇敢，与拉彼鲁兹一起旅行的罗伦医生认为，阿伊努人甚至是一个有教养的民族。他们常见的品德是无私的，正直，笃信友谊慷慨大度。他们主张公平公正，不善于尔虞我诈的欺骗行径。克鲁森施滕从他们那里回来之后一直非常高兴，对阿伊努人的美好品德赞不绝口。他得出的结论是："他们这些罕见的高尚品德不是来自于崇高的教育，而只是天性使然。它唤起了我的心中的一个感觉，即阿伊努人是我迄今为止所了解的民族中最为优秀的一个。"[84]鲁达诺夫斯基则是这样写的："不可能再有比我们在萨哈林南部所见到的居民更平和、更谦卑的人啦。"他们讨厌任何的暴力和恐怖。波隆斯基讲了一个他从档案材料中看来的故事。事情发生在很久远的上个世纪。一个哥萨克的百夫长乔尔内伊领命去迫使千岛群岛的阿伊努人归化俄国。有一天，他心血来潮，准备对几名阿伊努人施以鞭刑。"阿伊努人眼见要动刑，都大惊失色。在2名妇女已经被绑住双手、准备施刑的时候，有几个阿伊努人已经狂奔至无路可退的悬崖边上，另一名阿伊努人带了20多名老幼妇孺乘船逃向大海……没有来得及出逃的妇女遭到了毒打，还有6名男人被逮到了船上。为了防止逃跑，他们的双手也被反绑上了。由于捆绑时用力过猛，一个阿伊努人竟因此丧命。这个人已经浑身浮肿，双手紫胀，被拴上一块大石头，就沉到了海底，乔尔内伊还以此恐吓他的其他同伴说：'我们俄国人都是这么干的。'"

最后，我还要讲一讲在南萨哈林岛上有过重要作用的日本人。众所周知，占萨哈林群岛三分之一的南部地区完全归属俄国只是在1875年之后的事。在这之前，这里被认为是归日本人管辖。格里岑所著的《实用航海地理天文指南》一书出版于1854年，这本书至今仍是海员必备书籍。在这本书里，作者甚至把玛丽亚海岬和伊丽莎白海岬在内的北萨哈林也划在日本的名下。许多人，包括涅维尔斯科伊在内，都对南萨哈林属于日本这件事颇为怀疑。甚至连日本人自己至今对这一点都没有足够的信心，最后，还是俄国人奇怪的行为，让日本人坚定了信心，不再怀疑南萨哈林是日本人的领土。日本人是在本世纪初期才来到萨哈林南部的，绝不会早于这个时间。1853年，尼·瓦·布谢记录了他同阿伊努老人的谈话，那些老人们还记得自己是独立部族，他们说："萨哈林是阿伊努人的土地，萨哈林没有日本人的土地。"1806年，也就是赫沃斯托夫建立功勋的那一年，在阿尼瓦湾沿岸只有一个日本居民屯落。当时建筑房舍的用的木板都是崭新的，这很清楚地表明，日本人来这里定居没有多长时间。克鲁森施滕来阿尼瓦湾是在4月间，那时候正是鲱鱼的汛期，湾里的鲱鱼、鲸鱼和海豹密集，海湾的水面像是开锅了的沸水一样，日本人那时候连捕鱼的网具都没有，只好用水桶舀鱼，这就说明，当时他们连想都没有想过用渔网捕鱼，大规模底开始捕鱼作业那是后来才有的事。这些日本渔民可能都是逃亡的罪犯，或者是因擅离国土而被驱离出境的人。

我国的外交界是在本世纪初期才关注到萨哈林的。列扎诺夫大使在被授权与日本人签订贸易条约同时，还被要求"获得既不属于中国，也不属于日本的萨哈林岛"。他是个做事没有分寸的人。"鉴于日本人不相信基督教"，他禁止随行的船员画十字，收缴了所有人员的十字架、圣像、祈祷书以及一切"标有基督的画像和十字架的物品"。如果克鲁森施滕所说的内容可信的话，那么，列扎诺夫在觐见日本天皇的时候，是连个座位都不会有的角色，甚至不许他佩戴自己的宝剑进入皇宫，"鉴于体统如此"。他踏进皇宫是连鞋也没有穿的！这样一个人竟是俄国的大使，对外使臣！没有人比他更会低三下四了。列扎诺夫经历了一连串的惨败之后，就想对日本人进行报复。他命令海军军官赫沃斯托夫去吓唬一下在萨哈林的日本人，这个命令下达方式颇不合规矩，是故弄玄虚：他把命令装到封好的信封里，要求必须在到达指定的地点之后才能"开启锦囊"[85]。

如此一来，列扎诺夫和赫沃斯托夫就等于首次承认了南萨哈林属于日本。但是，日本人并没有立即去占领自己的新领土，只是派遣了测绘官间宫林藏前来对岛屿进行勘测。总之，在整个的萨哈林历史中，日本人完全没有体现出他们的灵活、狡诈和机警的特点来，而是一直优柔寡断，徘徊不前。对此的唯一解释就是，他们和俄国人在这个问题上是一样的，他们对自己的权利没有信心。

表面上看来，日本人是在对岛屿进行了一番考察之后，产生了移民开发的想法，甚至是移民进行农业开发的设想。然而，此种尝试不管是否已经进行过，即使是已经尝试过，他们所得到的结论也是令其沮丧的，工程师罗帕京认为，原因在于日本过来的人太难忍受或者是根本不能忍受这里的冬天。那些渔民到萨哈林岛上来，从来不带妻子家眷，只是临时做工，停留时间不长，留下一小部分人，可能有几十人的样子，在此越冬，其余的人干完活就都坐船回家了；他们什么庄稼也没种，没有开垦菜园子，没有饲养牲畜，生活的一切必需品都是从日本带过来的。南部萨哈林吸引他们前来的只有鱼而已，这是他们唯一想要的东西；捕鱼可以给他们带来丰厚的利润，这里的鱼产量丰富，阿伊努人承担了捕鱼的全部繁重的劳动，工钱却是微乎其微的。渔场每年的收入起初是 50 000 卢布，后来收入激增，达到了每年 300 000 卢布之巨。渔场的日本老板会穿七层绸缎衣服也就没什么可奇怪的啦。一开始呢，日本人只是在阿尼瓦湾海岸上和毛伊卡屯设有贸易货栈，他们主要的居住点在库松-科坦，现在那里还有日本的领事馆[86]。后来，日本人开辟了从阿尼瓦湾至塔克伊平原的公路，在加尔金-弗拉斯科耶附近又开办了商行，现在那条路还在，就被叫做日本路。日本人的足迹一直延伸到塔来加，他们又在那里的波罗那亚河开始捕捞洄游的鱼群。他们的船只最远到过内斯基湾。1881 年，波利亚科夫曾经在特罗遇到过一艘装备了全套崭新索具的日本船。

日本人对萨哈林的兴趣完全是出于经济原因，这与美国人对海豹岛的关注如出一辙。只是在 1853 年俄国人建立了穆拉维约夫哨所之后，日本人才加强了其政治活动。日本人那个时候才意识到，他们有可能会丧失丰厚的渔业收入和几近无偿使用的劳动力，所以才开始注意俄国人的一举一动并且开始在岛上加强自己的势力，以便抗衡俄国人。然而，他们对自己的权利毕竟信心不足，因此，在与俄国人的争斗中就畏缩不前，像小孩一样犹豫不决到了可笑的地步。他们就仅限于在为他们干活的阿伊努人中间散布俄国人的坏话和流言蜚语，吹嘘他们会将俄国人全部杀掉，只要俄国人在某个地方建立了哨所，他们立即就在附近的某个河对岸设立一个观察点，表现出一副气势汹汹的样子，但是，总的来说，日本人还是平和、友好的：他们向俄国士兵们赠送鲟鱼，驻军向他们借用渔网的时候，他们也总是欣然允诺。

1867年，两国签订了条约，据此条约，萨哈林由两国共同管理，俄国人和日本人互相承认对方对岛屿的各自权利，他们有同等的权利支配该岛，就是说，谁也不能认为这个岛是自己单独拥有的[87]。后来，根据1875年的条约，萨哈林完全划归到俄罗斯帝国一方去了，而日本人则已得到我国全部的千岛群岛作为补偿[88]。

距离科尔萨科夫哨所驻扎区平原不远的地方，还有另一个沟谷，那里早就有一个日本的屯子，叫做库松-科坦。以前的日本房舍已经没有任何的痕迹了；现在还有一家经营日本杂货的店铺，我在那里买了特别硬的日本鸭梨，这也是后来才开的店。这个沟谷里最显眼的地方有一栋白房子，时不时地上面会飘起一面白底红心的旗帜。这就是日本领事馆了。

有一天早晨，外面正在刮着寒冷的东北风，房间里冷得不想起床，我正缩在被窝里。就在这时，日本领事久世先生和他的秘书衫山先生来拜访我。我首先向他们道歉，说屋子里太冷了。

"啊，哪里哪里，"我的客人们回答，"您这里非常暖和！"

他们的脸上的表情和说话的语调中，竭力显示出我这屋子里不仅很暖和，而且甚至还很热呢，仿佛我的住处是人间不打折扣的地上天堂。他们两个人都是纯正的日本人，却长了一副蒙古人的面孔，中等身材。领事先生四十多岁，没有蓄须，只有不太明显的髭须，体格魁梧；他的秘书要比领事年轻10岁左右，戴一副蓝色的眼镜，看上去，像是一名肺病患者，估计也是饱受萨哈林寒冷气候的折腾。同来的还有一位秘书铃木先生；这位先生个子就比较矮，他像中国人那样，留有下端垂下来的大胡子，长着一双细长的丹凤眼，按日本人的审美来看，他是少有的美男子。在我们谈到一位日本大臣的时候，久世先生说："大臣长相英俊，跟铃木先生有一比啊。"他们外出时都穿西装，俄语讲得很好。我到领事馆去的时候，经常见到他们在阅读俄语或者法语书籍，他们的书架上摆满了各类书籍。使馆人员大多接受过欧洲西式教育，待人接物彬彬有礼，说话办事和蔼可亲。对本地官员来说，日本领事馆是一个温暖的所在，在那里可以忘记监狱事物、苦役流放和公务烦恼，是可做放松休息的好去处。

　　领事是协调来萨哈林捕鱼的商人和地方行政当局事务中间人。每逢有庆典的时候，领事就会带上秘书，一身正装，从库松-科坦出发，前往科尔萨科夫哨所驻扎区拜会当地的长官；别雷先生也会礼尚往来，在每年的12月1日，率领一众官员到库松-科坦向领事祝贺日本天皇诞辰纪念日。宴会上会开启香槟酒。领事到我国的军舰上访问的时候，我方会为他们鸣放七响礼炮以示欢迎。我在那里的时候，正巧遇上为久世先生和铃木先生授勋的典礼仪式，他们分别获颁三级安娜勋章和斯坦尼斯拉夫勋章。别雷先生、什少校和警察局秘书福先生一行人，身着礼服，到库松-科坦的领事馆为他们授勋。我也与他们一道同行前往观礼。日本人为此深受感动，他们对勋章本身，对仪式隆重的场面都满意的不得了，就像是猎人得到了猎物一样；双方畅饮了香槟酒；铃木先生无法掩饰自己的喜悦之情，双眼放光，翻来覆去地看那枚勋章，就像一个得到了新玩具的小孩子一样；在他那张"英俊"的脸上，我看出了他内心的挣扎：他太想快一点跑回家去，把这枚勋章展示给年轻的夫人（他刚新婚不久）看一看，同时呢又囿于礼节，必须留下来陪伴客人们[89]。

关于萨哈林居民点的简单介绍到此就结束了。后面我将对殖民地的日常生活加以介绍，尽量保证事无巨细地全面概述。

注释：

[75] 屯子就位于十字路口上；在冬季，这里是来往于亚历山德罗夫斯克和科尔萨科夫的旅客必定的中途落脚之处。1869年，距现在的屯子——那时还是日本人的屯子——不远处设立了一个驿站。士兵和家眷当时就住在这个驿站里，后来流放犯也在此歇脚。冬天、春天和夏末时节，这里的集市贸易十分兴隆。通古斯人、雅库特人、阿穆尔地区的基里亚克人都会在冬天里来这里和南部的异族人做买卖。日本人一般是春季和夏季末乘坐帆船到此地捕鱼。这个驿站叫做基赫缅涅夫哨所，一直沿用至今。

[76] 这项尝试是仅就萨哈林而言的，而且塔尔贝格在《流放萨哈林》（《欧洲导报》1879年第五期）一文中，谈到俄国殖民开发工作的薄弱的时候，甚至得出了这样的结论："是否到了我们应该放弃我们东方的一切殖民开发尝试的时候了呢？"《欧洲导报》编辑部就在塔尔贝格教授此篇文章的编辑后记中写道："除了过去占领整个欧洲东部和西伯利亚过程中，俄国人民表现了殖民才能之外我们确实很难找到其他的事实来佐证。"而且，十分敬业的编辑部还援引了已故的叶绍夫斯基教授的著作，指他提供的是一幅"极为惊人的俄国殖民场景"。

[77] 医生有两部著作很有价值：《萨哈林岛南部纪实（一个军医的札记摘录）》，载于《俄国皇家地理学会西伯利亚分会通报》1870年第1卷、第2期和第3期；另一部著作是《阿伊努语-俄语词典》。

[78] 很难想象，这种疾病曾经使萨哈林和千岛群岛的人口大量消亡，南萨哈林又怎能逃过它的魔爪。波隆斯基写道，凡是曾经死了人的窝棚，阿伊努人就会弃置不住了，会在新的地方再搭一个窝棚。显然，

这种习俗是多年以来,阿伊努人害怕原来的住处会传染瘟疫,不断迁居别处才形成的。

[79] 阿伊努人曾经对里姆斯基-科尔萨科夫说过:"日本人只管睡大觉,而阿伊努人为他们拼命干活:伐木、捕鱼;阿伊努人要是不想干活,日本人就狠揍他们。"

[80] 在我已经提到过的施连克的著作中,附有阿伊努人的相貌图示。其他的还可以参考的书籍为格里瓦利德所著的《部落和民族的自然史》第2卷,上面有阿伊努人身穿长袍的全身图像。

[81] 波隆斯基的研究论文《虾夷人》,载于《俄国皇家地理通报》1871年第4卷。

[82] 海产品(原文为意大利语)。

[83] 尼·瓦·布谢并不轻易对别人进行褒贬臧否,然而,他对阿伊努女人却写下了这样的评语:"有天晚上一个喝多了的阿伊努人来找我。我知道他是一个有名的醉鬼。他把自己的老婆领过来了,我的理解是,他的目的是以牺牲自己妻子对丈夫的忠贞为代价,来向我换取一点像样的好处。这个阿伊努女人长得相当漂亮,她似乎也是愿意帮丈夫这个忙的,但是,我装出一副对他们的举动困惑不解的样子……这对夫妻在走出了我的屋子之后,在旁边有士兵的情况下,就旁若无人地行起了夫妻之事。这个阿伊努女人完全没有女性的羞耻感,她的整个胸部都袒露着。阿伊努女人的衣服和男人是一样的,是半敞怀的短外套,腰间是一条宽腰带。他们是不穿衬衣和内衣的,因此,只要稍微衣衫不整,她们的全部隐私之处就会暴露无遗。"但是,这位正人君子也承认,"有些年轻的姑娘是相当的好看,长得温柔可人,一双热情似火的黑眸太迷人了。"尽管如此,阿伊努女人的体力发育是迟缓的;她们比男人更容易衰老,容颜老去得也快。可能,这是因为,在一种永远处于漂泊之中的生活里,女人要承担大部分生活中的艰难和繁重的体力劳动,倍尝辛酸之泪的缘故吧。

[84] 克鲁森施滕说的是这些品德:"我们造访了鲁缅采夫海湾岸边的一户阿伊努人的住处,我发现了这个十口之家有一种幸福和谐的状态,或者,几乎可以说,在他们家庭成员之间有完全的平等。我们在此

处逗留了好几个小时,但硬是没有弄清楚,谁是一家之长。长辈不以权威的姿态来驳斥晚辈。分发礼物的时候,没有人流露出任何的不满神态,对谁多谁少毫不在意。全家都争先恐后地招待我们这些客人"。

[85] 赫沃斯托夫在阿尼瓦湾的岸上捣毁了日本人的房子和仓库,并向一名阿伊努人的族长颁发了缀在符拉基米尔绶带上的银质奖章。他的劫掠行动惊动了日本政府,引起了他们的警觉。没过多久,他们就在千岛群岛上将船长格罗文和他的船员们劫掠而去,把他们当作交战的俘虏。后来松前的省长宣布释放他们的时候,还郑重其事地宣布:"你们都是因赫沃斯托夫的劫掠行为而被俘的,现在,鄂霍次克的长官已经来函解释,称赫沃斯托夫的劫掠行为是胆大妄为的强盗行为。事情已经查明,所以我宣布释放你们回去。"

[86] 详见维纽科夫所著《俄国的亚洲边界的逐渐推进及其防卫方法概论·第一个地段:萨哈林岛》,载于《军事文集》1872 年第 3 期。

[87] 可见,日本人的意愿是将奴役阿伊努人合法化,所以,在条约中写进了一条非常不合理的条款,按此条款负有债务的异族人可以用做工或者是提供其他劳务的办法来抵偿其债务。与此同时,在萨哈林,没有任何一个阿伊努人不被日本人看作是自己的欠债人。

[88] 涅维尔斯科伊坚持认为,萨哈林是俄国的属地,他的理由是 17 世纪的时候这里已经被我国的通古斯人占领,在 1742 年进行了首次的测绘,并且在 1806 年就占领了萨哈林的南部。他把鄂洛奇人说成是俄国的通古斯人。民族志学者并不同意他的这一观点。最先对萨哈林进行测绘的不是俄国人,而是荷兰人;至于说到 1806 年占领萨哈林,事实已经推翻了他的看法,那不是首次占领。毫无疑问,最先对萨哈林进行考察的是日本人,并且是日本人最先占领萨哈林南部的。尽管如此,我国有点过于慷慨大度了;像那些庄稼汉说的一样,"出于尊敬"把靠近日本的千岛群岛的五六个岛屿送给了日本人就行了,但是却是把 22 个岛屿都拱手相送了,按日本人的说法,这些岛屿每年可以使他们获利数百万之巨。

[89] 地方行政当局与日本人的关系至为融洽,无可挑剔。除了在庆典的宴会上会互敬香槟酒之外,双方还用其他的方式来维护这种关系。下面我引用一段日本领事公函中的一段话:"敬呈科尔萨科夫区长阁

下：我于8月16日签署第741号命令，以慰问商船以及帆船失事的获救者，贵方所赠4桶咸鱼以及5包食盐，均已分发妥当。同时，我代表此次事件的受难者向您致敬，尊敬的阁下，我们衷心地感谢您的同情心以及对周边民族的慷慨解囊之举，您赠与的这些东西对他们而言是无比重要的，我相信，对此相关人员将永世不忘。大日本帝国领事久世呈上。"此外，这封信说明了年轻的日本领事在短时期内对俄语学习的精进。专门研究俄语的德国军人和从事俄语翻译的外国人，相形之下，文笔可拙劣多了。

第十五章　流放犯、强制移民、农民和乡间政权情况

> 从业的流放犯人。转为强制移民的犯人。选择新建屯址。盖房立业。对分从业者。转为农民身份的犯人。流放犯人期满后移居大陆。屯居生活。与监狱毗邻。居民的原籍与阶层统计。乡间政权情况。

当惩办罪犯的手段偏离了自己的直接目的，比如报复、威慑和强制矫正的时候，在它还必须附加其他的目的，比如殖民开拓疆土的时候，那么，惩办罪犯的工作就必须经常地服从于殖民的需要并为此作出让步。监狱禁锢与移民置业本是互相对立、不可相融的事务。牢房中的群居生活会使人产生奴性，会使人意志消弭，随时间的流逝，这些人会蜕变为没有定居本能、不会操持家务、不顾天伦、只适应了畜群般的生活的、毫无道德的囚犯，这样的一个人，会失去其健康的体魄，日渐老朽，毫无道德感，他在监狱里呆得越久，人们就越有理由担心，他将不会成为一个殖民地活跃而勤劳的居民，而只会成为它的累赘。有鉴于此，殖民地移民开发工作的实践首先就要求缩短犯人监禁和强制劳动的期限，我国的《流放犯管理条例》充分考虑了这一点，规定了不少的迁就性的让步措施。根据此条例，矫正期的流放犯人每服刑 10 个月核算为 1 年；第二、第三类苦役犯人，即刑期为 4 至 12 年的犯人，如果是在矿坑里劳作，那么，每年可抵一年半的刑期[90]；此法还规定，苦役犯人一旦转为矫正犯人，就可以在监狱外服刑，可自行建造房舍，可以结婚，可以存钱生活。在实际

执行中，这些措施比《流放犯管理条例》上的规定要宽松得多。为了让苦役犯人获得相对独立的地位，阿穆尔边区的督军于1888年下令释放品行端正、劳动勤勉的犯人。在他的这项（第302号）命令中，科诺诺维奇规定可以提前2至3年解除犯人的苦役。另外，虽然各项法条并没有明确的规定，但是，为了殖民地开发利益所必需，所有的女性苦役犯都可在监狱外服刑，毫无例外。她们可以住在自己家里，或者任意选址居住。很多处于考验期或者是无期徒刑的犯人，只要是携带家眷的，或者是自己原来是熟练工匠、土地测量员、赶爬犁能手等有一技傍身的人都可以获得这种优待。获准在监狱外服刑的人很多，有的是"出于人道的考虑"，或者考虑到一些人不收监，住在家里更有好处，也没什么坏处；还有的考虑是，既然带有家眷的无期徒刑犯人都可以准许自由地选址居住，那么，不准许短期刑罚的此类犯人监外居住，就有失公正了。

截至1890年1月1日，萨哈林三个区共有男女苦役犯人总计5 905人。其中被判有期徒刑8年以下的有2 124人（占36%），判8至12年有期徒刑的1 567人（占26.5%），判处12至15年有期徒刑的为731人（占12.7%），判无期徒刑的为386人（占6.5%），刑期20至50年的惯犯有175人（占3%）。刑期在12年以内的短刑期犯人占了62.5%，即为半数以上。犯人被判刑时的平均年龄不得而知，但是，目前流放犯人的平均年龄不低于35岁。以这个年龄为基础，再加上要度过平均8至10年的苦役期，在考虑到苦役犯易于衰老的因素，如果严格执行判决书，一丝不苟地按照《流放犯管理条例》来执行，即在监狱中监禁以及在军事管制中从事苦役劳作等，那么，等到犯人的刑期结束再转为移民，不仅服了长期徒刑的犯人，连服了短期徒刑的犯人，也至少会有一大半人丧失了最起码的移民垦荒的劳动能力。

在我走访期间，拥有固定地块的流放犯从业者，男女都算在内共有424人；以妻子、男女同居者、出工役者、寄居者等身份住在殖民区流放犯共有908人。这两种情况的流放犯人员加在一起是1332人，占到所有流放犯人的23%[91]。殖民区里的苦役犯从业者和移民从业者并没有什么区别。苦役犯帮工所做的活计和我国农村的帮佣工人所干的活计是一样的。让犯人去给普通的农民或流放犯人做工，这独特的苦役形式可是俄国的一项创举，毫无疑问，这个形式可比澳大利亚的雇农制招人喜欢多啦。寄居犯人只是在监狱外面居住而已，他们必须像监狱中犯人一样，准时到达劳动、做工的现场。像鞋匠和木匠这样的手艺人，往往是可以在自己的住处完成自己的活计的[92]。

由于近四分之一的流放犯人在监狱之外服刑，并没有引起社会秩序的特别混乱形态，因此，我更倾向于承认，还有四分之三的流放苦役犯人在牢狱的监禁之中，我国的苦役制度应该在这一部分做出调整。关于在监狱之外服刑要大大优于在监狱内群居式的服刑这一点，当然，还不能完全认定，毕竟在这个方面，还完全没有比较精确的调查结论。还没有人能够提供证据说明，在监狱外服刑的苦役犯中，逃跑的和在外面犯罪的人数要比在监狱里面服刑的犯人的要少，或者监狱外面的犯人要比监狱里面的犯人劳动效率更高一些。但是，监狱统计数据早晚会将这个问题弄得清清楚楚，这没有什么疑问，而这个结论肯定会倾向于监外服刑更好的这个判断。还有一点也是毫无疑问的，各种刑期的苦役犯到达萨哈林之后，若能立即为自己和家眷建造房舍，在他更年轻、更健壮的时候，对殖民定居活动更有益处，对他们本人和家庭也是最合适的；这么做，对公平正义并无损害，因为，从来到殖民地第一天开始，一直到取得强制移民身份，流放犯人就在精神上承受着最为沉重的惩罚，而不是后来才领悟到的。

刑期结束的时候，流放犯人就会被解除劳役，转为强制移民。一般情况下，不会延期。如果手中有钱或者得到了长官的格外垂青，新的强制移民就会留在亚历山德罗夫斯克或者到他自己愿意去的屯子里定居，如果他在监狱服刑时没有安家的话，还可以买一所或者自建一所房屋；这样的人也不一定必须要从事农业生产劳动。如果新强制移民像大多数犯人一样，没有什么门道，那他就会在当局指定的屯子里所配给的地段上生活；如果屯子里已经拥挤，没有可供分配的地块，那他就会给拨到一块有主的地段上，与别人搭伙经营。如果让新的强制移民选择新的地方，监狱和典狱长就需要负责选址[93]去建立新的屯落，这就需要经验和某类专门的知识，一般都由当地的区长、典狱长和屯监负责去做。法律上并没有明确规定这种业务的具体操作方法，偶然性的因素在很大程度上决定了选址的成功或是失败。比如，开展此项业务的某位官员是否称职，是否业务熟练，是否熟悉流放犯人、流放地的情况，是否是类似北部的布塔科夫先生和南部的别雷先生、亚尔采夫先生那样的行家里手等；或者，也有可能是刚刚上任履职的官员，最好是碰上毕业于语文系、法律系或者出身步兵中尉的官员，还比较过得去，如果碰上的是以前没有任何任职经验、还没有受过教育的官员，那就糟糕了。这种人涉世未深，对生活一无所知，年纪轻轻的市民一个。我在前面论述过一个官员，完全不听移民和异族人的警告，他们认为，他选的屯址会在春夏的雨季来临时，被大水淹没，可是他固执己见，一概置之不理；我还见过一个官员，带着随从们，策马狂奔了15至20俄里去探勘新屯址，当天就返回来了，只用了两三个小时就做了选址的决定，他还不无得意地说，这次郊游真是非常愉快。

级别较高且有一定经验的官员很少外出寻找建移民点的新址，也不情愿做这类工作，原因是身陷其他事务之中难以抽身，而年轻没有经验的官员对此项工作缺乏责任感；行政部门作风拖拉，办事迟缓，很多时候议而不决，导致原有的屯落人满为患。最后不得不求助于苦役犯人和屯监所的士兵，据说呢，这些人对哪里能选到好的屯落点是心中有数的,总能选到像样子的地方。1888年,科诺诺维奇将军颁布了一项(第280号)命令,其中指出,由于特姆区和亚历山大区两地已经没有可用地块,而需要安置的人员数量不断增长,他建议"立即成立考察队,吸收可靠的流放犯人参加,由经验丰富且学识渊博的监狱看守和屯监负责督察,前往一些地区寻找合适的屯落建设新址。"然而,这些考察队出入的地方都是连地形测绘人员都不曾涉足的地区;考察队对找到的这些地方的海拔地形、土壤墒情、地质水文等的情况一无所知,却对选址有决定权,至于这些地方是否适合居住、是否适合作物生长,行政当局只好任凭猜测行事,听天由命而已。在作出选哪个地址更好的最终的决定时,既不征询医生的意见,也不听取地形测绘员的意见,而且在萨哈林根本就没有地形测绘员,土地测量员呢,等到新址清理完毕,人们都已经开始居住在那里了,他才姗姗来迟。[94]

有一次,省督军在巡视了屯落之后,对我曾讲过自己的印象,他是这么说的:"真正的苦役不是从苦役地开始的,而是在移民屯落里。"如果用劳动量和体力消耗量来衡量惩罚的力度,那么,在萨哈林强制移民受到的惩罚要比苦役犯人要严酷得多。新的安家之所一般都处于沼泽地带,灌木丛生,移民来到这里,随身必须携带的是一把斧子、一把锯子和一把铁锹。他要伐木,挖树根,开渠,排水,在完成这些必须的初始工作期间,他就一直风餐露宿,露天为房,湿地为床。萨哈林气候可怕滋味遍尝殆尽,风雨如晦,阴天连绵,气温极低,一个人要在这种艰苦劳作中一连几个星期,每时每刻忍受这种湿冷的剧烈感觉,浑身酸痛,头疼欲裂。这是地道的萨哈林寒热症[95]的由来。不是恶疾感染,而是气候的影响使然。先建屯落,然后再建通向屯落的道路,而不是相反操作。这样一来,从哨所驻扎地在向没有道路的屯落运送大件物品的时候,就会耗费大量的人力体能。移民们要背负着工具、粮食和其他物品穿越沉睡的原始森林，不是要在及膝深的水里挣扎过河，就是得在枯枝乱林中开路上山，或者在一片荆棘的山林中负重穿行。《流放犯管理条例》第307条规定，应该向在监狱之外居住的人员提供建房舍所需的木料，以备其使用；但是，在这里，这项条款被理解为，居民应该自行砍伐木料，以备建房使用。以前，曾经派遣过苦役犯人前来协助移民建房舍，也曾提供费用雇用木匠、购买木料，但是，"养了懒汉，"一个官员对我说，"苦役犯人们在干活，而移民们则在一旁摩拳擦掌地掷骰子赌博。"鉴于此，这套做法很快就弃之不用了。现在，移民们都采用了搭伙的办法，实行互助的原则。木匠负责搭房架子，炉匠管砌炉子，使锯子的人负责下料。没有体力和一技之长的人，只要有钱，也可以雇请同伴们代劳。体力好、强壮的人干最繁重的体力活，身子骨弱、因为坐牢时间太长而对农活已经生疏了的人干不了活，也不许掷骰子赌博、玩牌，或者躲进屋子里取暖，可以选择一些轻巧的活儿来做。很多移民因为这里的活儿太重，累得精疲力竭，失去了在这里生活的信心，往往房舍还没有盖好，就跑掉了。满洲人和高加索人根本不会盖俄罗斯式的房屋，一般在第一年就走掉了。萨哈林一半的从业主都没有自己的房舍，我觉得，合理的解释首先在于，移民在创业之初所遇到的困难太大。根据我从农业督导官那里得到的资料显示来看，1889年，在特姆区无房舍的从业者占其总人数的50%，在科尔萨科夫区占到42%，在亚历山大区，由于初建时期困难较少，移民都是买房比较多，所以，这里只占20%。房子上梁之后，就应该向移民业主提供玻璃和铁件，作为贷用物品。然而，关于这一点，岛区长官在一份命令中是这样说的："十分遗憾，这些需要贷给移民的物品，和其他的物品一样，都必须长时间地等待充足备货，人们因缺少这类物资而丧失了建造房舍的意愿……去年秋季，我在对科尔萨科夫区进行巡视的时候，发现那里的很多房屋房舍需要玻璃、铁钉和炉门,目前我发现这样急需配件的房舍仍然大量存在。(1889年第318号令)"[96]

在新的屯址已经住上移民的情况下,当局仍然认为勘测不是必须的一项工作。先是分派了50至100名从业主到那里居住,随后再每年增派几十人过去,与此同时,根本没有人能搞清楚,那里究竟有多少土地,到底能够供养多少移民,这就是新的定居点安居没几年就已经人满为患的原因。没有发生此种拥挤不堪情况的,只有科尔萨科夫区。北部两个区的哨所驻地和每一个屯子都有人员过剩的情况。甚至像特姆区区长布塔科夫这种事必躬亲的官员,对待选址和安排移民到某种地段上去居住这种事,也不那么热心,从不考虑将来的发展。没有哪个区像他管辖的区那样,出现了那样多的搭伙从业者和闲散人员。看起来,行政当局本身就对农业殖民开发缺乏信心,越来越沉湎于一种想法,即移民们对土地的需求持续时间不会很长,6年之后,一旦取得农民身份,他们就会尽快离开萨哈林岛转投他乡而去。如此一来,地段只是个徒具形式意义的问题而已。

在我所登记的3 552名从业主中,有638人,亦即18%的人,是搭伙从业者,如果不把少有搭伙从业者的科尔萨科夫区计算在内的话,上面这个比例还会更高。在特姆区,屯子建设的时间越短,对分从业者的比例就越高;比如,在沃斯克列辛斯科耶屯,共有从业主97人,对分从业者就有77人;这就意味着,为移民寻找新的屯址、分拨地块的工作一年比一年更为困难[97]。

移民们面临的是操办家业,用心经营,这是强制移民必须履行的义务。若是懒散成性,不事生产或者放弃经营家业,将被罚做社会劳动,即罚做苦役一年并从家里提送到监狱里面进行监管。《流放犯管理条例》第402条规定,阿穆尔边区督军有权"依据地方当局的意见,对无力经营的萨哈林强制移民予以官费资助"。目前，多数的萨哈林强制移民在解除服役期之后的头两年里，均可以享受国家提供的衣物和食物补贴，其数额相当于一个流放犯人所得到的数额。行政当局是基于道义和实际状况的考虑，决定对移民实施此类救济。实际上，不能设想移民在为自己建在房舍、开荒种地的同时，还有什么能力再为自己弄到食物。处罚移民的公告随处可见，内容都是谴责移民懒散、懈怠，"不情愿建造房舍"等，并因此取消其享受的救济资格[98]。

取得强制移民身份后，需要 10 年期限，才能转为农民身份。新的身份才能带来更多的权利。流放犯人一旦转为农民之后，就有权利开萨哈林。可以自由自在地去西伯利亚的各个省份定居，但是不包括谢姆列钦斯克省、阿克马林斯克省和塞米巴拉金斯克省等 3 个省份。他们就可以参加村社，在取得许可之后，可以住在城里从事手艺制作和经营工业；农民已经不在《流放犯管理条例》的管辖范围之内了。对他的诉讼和审判都依据普通的法律了，可以像普通人一样，与别人的来往书信再也不用像苦役犯人和强制移民那样，必须经过审查才行。然而，此种新的身份仍然保留了最主要的流放特质：他是没有权利返回故乡的[99]。

《流放犯管理条例》对于移民 10 年后取得农民身份没有规定其他附加的条件。除了第 375 条附注指出的情形之外，唯一的条件就是规定了 10 年的期限，在此期限内，移民无论是当帮工还是当从业主均可以。阿穆尔沿岸边区监狱督查官卡默尔斯基先生和我在谈及此事的时候，向我证实，流放犯人只要是经过了强制移民后的 10 年期限，行政当局就不能延期授予他农民身份，也不能再附加任何其他的条件。话虽如此，我在萨哈林期间却碰到过当了十多年强制移民却仍然没有取得农民身份的老人。当然，我并没有去核实他们那些人所说的话，不能肯定他们所说句句为实。当然，老人对年头的计算可能有误，或者会说谎也未可知，但是，下面经办的录事们敷衍塞责，基层官员们颠顸腐败，使得萨哈林的行政公署经常会闹各种乌龙。对那些"品行端正，勤勉劳动，住址固定"的移民，可将10年的期限缩短为6年。《流放犯管理条例》第377条的规定的优惠办法，已经被岛区长官和各个区的区长们广泛地加以应用了。我知道的许多农民都是在6年期满之后获得农民身份的。但是，遗憾的是，各个区对第377条的规定的优惠条件，"品行端正，勤勉劳动，住址固定"的理解有差异。例如，在特姆区，移民要是还欠着公家的贷款或者屋顶还没有盖上薄木板，那就不能取得农民身份。而在亚历山德罗夫斯克，移民根本就不从事农业，不需要农具和种子，也就用不着贷款，取得农民身份就相对容易。有的地方还规定，移民必须是从业主，甚至把这一条列为主要的条件。但是，在流放犯人中间，更多见的不是从业主，而是不善于独立经营事业的人，他们认为自己打零工或帮工更合自己心意。我曾经咨询过，给官员们当厨子或者给鞋匠当帮工的移民是否能享受到此项优惠，提前取得农民的身份。科尔萨科夫去的官员对这个问题给予了肯定的答复，而北部两区的回答却是模棱两可的。当然，这些情况并存的情况下，也就谈不上有什么统一的标准了，如果新来的区长要求移民必须以居住在有铁皮房顶的房子里或者必须能够在唱诗班演唱为条件，那也难以证明，他的行为是独断专行。

我在西扬查走访的时候，遇到过一次转身份的集会。那里的屯监将25名移民招至屯监所门前，对着他们宣布：根据萨哈林岛区总督颁布的命令，他们已经转入农民阶层了。命令是由将军在1月27日签署的，而向移民宣布这一命令已经是9月26日的事情了。25名移民对这个本应该是令人喜悦的消息默然无语；没有一个人在胸前画十字，没有一个人说句感激的话，大家都一脸严肃地站在那里，一言不发，就像是都被那一种想法给魔住了：即原来在这个世界上一切都是有尽头的，甚至苦难也有到头的时候。当我和亚尔采夫先生与他们攀谈起来的时候，问他们中哪一位想留在萨哈林，哪一位想离开时，这25个人中没有一个人有留下来的愿望。所有的人都说，大家都想回到大陆去，恨不能立即就离开这里，只是囊中羞涩，差钱，要想一下怎么办才好。接着大伙就聊起来，光有钱上路还不行，到了大陆还需要钱呢：要为加入当地的村社张罗请客，要买建房舍的地块，要盖房子，七七八八的开销加在一起，怎么也要150卢布才行。然而，上哪里弄到这笔钱呢？相对来说，雷科夫斯科耶已经是一个比较大的屯子了，我在那里也就只见到过39个农民，他们也是无一例外地没有人想本地扎根落户；所有人都要返回到大陆去。他们中有一个姓别斯帕洛夫的人，在自己的地块上盖了一座带有露台的二层房子，像是一座别墅，所有人都望着他的这座房子大感不解，不理解他这是在干什么；他有钱，儿子已经长大成人，完全可以顺顺当当地到西伯利亚的结雅河畔安家落户，可是，弄的像是要在这里，在雷科夫斯科耶天长地久地住下去一样，这岂不怪哉。在杜博卡，我问一个正在玩纸牌的农民，他是否打算返回大陆去呢？他举头望着天花板，相当矜持地说："怎么着也得想个办法回去呀。"[100]

农民们想离开萨哈林的想法出于毫无保障的不安全感，生活苦闷，经常为子女们担惊受怕……最主要的原因是，他们希望入土之前呼吸到自由的空气，过一过真正的而不是囚犯的生活。被人们视为应许之地的乌苏里边区和阿穆尔边区近在咫尺，坐船走上个三四天，然后就意味着只剩下念念不忘的内容：自由、温暖、丰收……那些已经在大陆定居并且安置好家业的人们写信给自己还在萨哈林上的熟人说，在大陆上搞到一瓶伏特加酒只要50戈比，很好过的。我有一次在亚历山大码头上散步，在船坞见到了一对老夫妇，岁数也有60至70岁了，身边是一堆包袱和袋子，看样子是准备登船上路的。经过攀谈，得知，老头子不久之前获得了农民身份，现在要和妻子一起去大陆，会先去符拉迪沃斯托克，然后就"听天由命"。据他们说，是因为身上没有钱。轮船预计后天开走，他们很不容易才来到了码头，现在带着行李藏身在船坞中，等着上船，好像是怕被人再追回去，不让走。他们一谈到大陆，满心欢喜，满怀敬慕，坚信不疑到了那里就会过上真正的幸福生活。在亚历山德罗夫斯克墓地，我见到过一处坟茔，上面竖着刻画有圣母画像的十字架，铭文的内容为：此处安葬着未婚女子阿菲米娅·库尔尼科娃的遗骨，她逝于1888年5月21日，终年18岁。立此十字架以志纪念，双亲于1889年7月返回大陆。

如果取得了农民身份，但还欠着官款且有行为不端的记录，这样的移民是不允许返回大陆的。如果这个农民与女流放犯人同居生活并且生育了子女，那么，只有在他能够把保障同居人子女继续生活下去的财产留下时，他才能获得（1889年第92号令规定的）准迁证明。到了大陆，农民可以登记自己想去的乡镇。然后此地的督军会通知萨哈林的岛区长官，岛区长官再下令警察局从户籍登记册上将该名农民及其家属除名，这就说明，岛上才算正式地又少了一名"不幸的人"。科尔夫男爵对我说，要是农民在大陆上行为不端的话，他还会被用行政手段强制地送回萨哈林岛，那就永远也回不了大陆啦。

听说，从萨哈林岛返回大陆的人都生活得很不错。我读过他们写过来的信件，但没有机会亲眼瞧瞧他们在新地方的生活。说起来，见倒是见过一个，但不是在农村生活的，而是在城里。我和修士司祭伊拉克利在符拉迪沃斯托克的时候，有一次到商店买东西。伊拉克利是萨哈林的传教士和神父，我们一起刚刚走出商店，就有一个人看到了伊拉克利，就高兴地奔过来请求赐福，这个人戴着白围裙，穿着锃亮的高筒皮靴子，模样像是看门人或者工人，原来他也是一个流放犯出身的农民，曾经在神父那里做过忏悔。伊拉克利神父也认出了他，想起了他的姓名，就问他：

"日子过得怎么样啊?"这个人满心欢喜地回答:"感谢上帝,很不错!"

在没有返回大陆之前,农民们一般都住在哨所驻扎地或者屯落里,与强制移民和流放犯人一起在恶劣的条件下从事生产经营。他们仍然处于监狱长官们的摆布和恐吓之下,如果是身处在南部地区,仍然要在50步开外向长官们脱帽鞠躬致敬;他们比以前的待遇好一点了的特征,就是不再挨揍了,但仅仅是这样,他还不是真正意义上的农民,他还是一名囚犯。他们就住在监狱附近,每天看着监狱,而流放苦役犯的监狱与平和的农民生活是不能并存的。有不少的旅行札记的作者说,他们在雷科夫斯科耶曾经见到过人们聚在一起,跳环舞,拉手风琴,唱豪迈的歌曲;这种场景我可从来也没有看见过,也没有听到过歌舞。我也不能够想象,那些姑娘们怎么能在监狱附近跳环舞呢。只有铁镣当当,只有看守的咒骂,如果在这些声响的间隙,我竟然还能听到有人唱歌,我只能认为这是一种助纣为虐的恶行,因为但凡是一个心地善良、心性柔软的人都不会在走近监狱时放声高歌的。农民和强制移民及其他们的自由民家眷妻小都会因为监狱的作息而生出压迫感;监狱就像军队一样,里面嘛,总是等级森严,永远会让人有一种提心吊胆的、被长官监管的、无处可逃的状态。监狱行政当局总是从农民的手里任意剥夺最好的草场、最好的捕鱼地、最好的森林。逃犯、监狱里的高利贷者和盗贼总是欺负农民;监狱里的刽子手就是在街上闲逛时,也会让农民们胆战心惊;看守们勾引他们的妻子和女儿。这还不是最主要的。最主要的是,监狱每时每刻都在提醒他们,让他们想到自己的过去,想到他们是谁,想到他们现在身处何处。

此地的农村居民还没有结成村社组织。对于萨哈林来说,足以将其视为故乡的一代人,还没有成长起来,这里老住户很少,大部分都是新户;居民每年都换;一些人来了,另一些人走掉了；正像我已经说过的那样，在一些屯落里，居民们给人的印象是，他们不像是一个整体，而是一群乌合之众。他们在一起也称兄道弟的，那是因为一起受过苦，但是，他们之间毕竟没有什么共同之处，只有极其生疏的关系。他们的信仰完全不同，操着不同的语言。老年人鄙视这些各色人等，讥讽他们是一盘散沙：在一个屯子里，住着俄罗斯人、乌克兰人、鞑靼人、波兰人、犹太人、楚赫纳人①、吉尔吉斯人、格鲁吉亚人、茨冈人……这还谈什么村社组织啊……关于俄罗斯人在各个屯落的分布情况，我在前面已经谈到过了[101]。

一盘散沙的另一种缘起是每个屯子人口的增长带来的不利因素造成的：转入殖民区的有许多老弱病残之类的人，以及精神病患者、行为不端之人和不事劳动生产之人。这些人原来就住在城市里，原来就没有干过农活，从来也没有接触过这一类的工作。根据官方的数据资料显示，1890年1月1日，在萨哈林全境的监狱里和殖民区里，共有91名贵族，再加上城市阶层的人，也就是荣誉公民、商人、市民和外国公民，这两类总共是924名，占到了流放犯人比例的10%[102]。

各个屯子都有屯长，由各从业户在移民和农民中间选举产生，经移民所在地的屯监批准授命。担任屯长的必须是移民或者农民，一般都是那些老成持重、头脑灵活、识文断字的人出任；他们的职责没有明文规定，但是，类似于俄国农村的村长：负责解决村里的大事小情，分派出工出役，有需要时出任本屯利益以及其他一应事务的代表人等。雷科夫斯科耶的屯长甚至还有自己的印章呢。有些屯长还领取一定的薪水。

各个屯子都有驻屯的屯监，大多是由当地驻军的下级士兵来担任。屯监可能并不通文墨，但是，他有权向过往的官员汇报

---

① 原居住在彼得堡郊区的爱沙尼亚人和芬兰人的旧称。

"一切是否平安"的情况，监视移民们的行动，不允许他们不经申请擅自外出，督促他们进行农业生产。他是屯子里的父母官，是评判一切事情的唯一法官，他向上级领导所做的汇报，具有相当重要的价值，他的评价可以说明，移民们个人品行是否端正，移民们是否在此安居乐业。以下就是一份屯监向上级打出的报告的内容：

（上阿尔姆丹）品行不端者名单

	姓名	上报原因备注
1	阿纳尼·伊兹布金	偷盗
2	彼得·瓦西里耶维奇·基谢洛夫	同上
3	伊万·格雷宾	同上
4	谢苗·加雷斯基	疏于家业 擅自外出
5	伊万·卡赞金	同上

注释：

[90] 萨哈林的每个办事机关都有一张《刑期换算表》。假设一个犯人是被判了 17 年 6 个月的徒刑，从表上可以看到，他实际服刑 15 年 3 个月就可以了；遇到大赦，就只需要服刑 10 年 4 个月即可；而被判刑 6 年的人，5 年 2 个月后即可获得释放，要是也遇上了大赦，期限就一下子可以缩短至 3 年 6 个月。

[91] 我没有把在官员家里充任仆役的苦役犯算在里面。我认为，总体上在监狱外生活的苦役犯有 25%，也就是说每 4 个苦役犯中就有 1 个被提供给殖民区了。如果按照《条例》第 305 条来执行，即允许矫正级犯人在监狱外服刑的这一规定能够在科尔萨科夫监狱得到实施的话，这个比例还会有较大的提高。由于别雷先生的主张，在科尔萨科夫区全部的苦役犯都被监禁在监狱以内。

[92] 在亚历山德罗夫斯克，几乎所有的从业者都招寄租户，这使亚

历山大哨所驻扎地更像是一个城镇。我曾经在一处屋舍里登记了 17 名寄住者。然而，这么拥挤的住处，几乎与监狱里的大通铺监室没有太大的区别。

[93] 萨哈林是西伯利亚的边远地区。大概是由于气候酷寒的原因，只有在此地服刑期满的强制移民才会在此就地安置下来。这些人就算是对当地生活完全不习惯，但毕竟还是有所了解的。现在呢，这个习惯的做法正在被改变。我在那里的时候，有个犹太犯人哈姆贝格原本被判处流放西伯利亚，却根据科尔夫男爵的一项命令，被安置到了萨哈林的杰尔宾斯科耶。在杜博卡，也有一个强制移民西蒙·萨乌拉特，是在西伯利亚服完了自己的刑期，而不是在萨哈林。此外，这里已经有不少由当局指派过来的强制移民。

[94] 以后，各个区都将成立一个由监狱官员、测绘官员、农学家和医生组成的专门委员会来负责新屯址的选择工作。那时要了解到新屯址选择的理由，翻阅委员会的会议记录就可以获得解释了。目前，所选地址或多或少有其正确性，不过是因为人们乐意在河谷两边和已经存在或者在规划中的驿路两侧定居。这显然不是规划使然，而是出于墨守成规的积习而已。要是人们选择了一块河谷地作为新屯址，那也不是经过了周密的考察，预计此处会有利于农作物的生长，而是这个地方距离行政机关比较近罢了。西南海岸的气候比较温和，但是，距离杜埃和亚历山德罗夫斯克都比较远，因此，在选址的时候，大家宁愿选择阿尔科夫河谷和阿尔姆丹河谷。在向拟议中的大路两边移民的时候，更多考虑的不是以后要生活在这里的移民，而是那些以后要经此路过的官员和车夫。如果不是出于对这些有限的前景的考量，也即仅为了维修和守卫驿站，向过往的旅客提供住宿之地，就很难理解，为什么要从特姆河直至内斯基湾的大陆两侧规划那么多的屯落。守护和维修大路的居民，大概可以从当局获得国家的现金和食物补贴。如果把这些屯落完全都纳入到农业殖民区，指望他们在土地上，靠种小麦和黑麦自给自足，那是不可能的，萨哈林只会因此增加几千名饥馑的、生活无着、衣食堪忧的贫民而已。

[95] 萨哈林寒热症。（原文为拉丁语）

[96] 由此可见，让强制移民获得他们在服苦役期间应得的劳动报酬，是一件刻不容缓之事。按照法律规定，囚犯和被审判流放的犯人可以得到劳动报酬中的十分之一份额。例如，在筑路工地上日结工资为 50 戈比，那么，一个苦役犯就应该每天获得 5 戈比的劳动报酬。监禁期间，允许犯人购买花费不得超过应得报酬的一半的日用必需品，另一半结余下来的钱待到刑满释放的时候再发给犯人。犯人的劳动报酬不在民事追偿的范畴之内，不能扣作民事处罚或诉讼费用。在犯人死亡的情形下，可以发放给他的继承人。在 1878 年出版的《萨哈林岛体制研究》一书中，作者沙霍夫斯科伊公爵曾经在 70 年代主管过杜埃苦役犯监狱。他在书中阐述的看法值得推荐给现在的行政官员，作为工作指南，他说："付给囚犯的劳动报酬虽然或多或少使他获得的财产，但是这种财产却使他在自己的地位上更加牢固。付给囚犯的劳动报酬，被允许用来改善伙食，穿上更干净的衣服，住上整洁的住所。这种舒适条件积累得越多，就越能够习惯这种生活，以此来抵消失去以往既有安乐生活的痛苦。完全缺少舒适的生活条件并处于永远阴郁、令人厌恶的生活环境里，会使犯人对生活、对惩罚采取漠然的态度。这种态度一旦产生，受惩罚的人数就会激增至 80%。这个时候，再用鞭刑去消除一个人的空洞的生理需求是无济于事的。这时候犯人会坦然承受鞭刑；苦役犯能够获取报酬，这将使犯人具有某种独立性，消除对囚服的糜费，促进他们自觉立户创业，将大大减少囚犯刑满就业时国库拨款的压力。"

[97] 从业主和搭伙的从业者睡在一个房间，一铺火炕上。信仰不同甚至性别不同都不是搭伙经营的障碍。在雷科夫斯科耶，强制移民格鲁别夫的搭伙者就是一个犹太人，名字叫柳巴尔斯基。在同一个屯子里，强制移民伊万·哈弗里耶维奇的搭伙者是一个妇女，名字叫玛丽亚·博罗佳加。

[98] 不得不说，尽管有来自官方的补贴和长期的贷款，本地的农业居民在服刑期间仍然处于极端的贫困之中。一位官方人士如此描述这种几近赤贫的情景："在柳托加村子里，我走进了一户最穷人家的小屋，户主是强制移民泽林，他是一个手艺寻常的裁缝，已经开业立户 4 年了。家中的穷困令人震惊：除了一张摇摇欲坠的桌子和充当椅子的树墩子之

外,没有任何家具。有一只用煤油桶改装的水壶,除此而外,没有任何的器皿和家用什物;代替铺盖的是一堆干草而已,草上放着一件皮袄和一件长衫;做活的工具也就是几根针、一点灰色的线、几只纽扣和一只铜顶针,别无他物。那只铜顶针竟还充任主人的烟斗。他在上面钻了一个小洞,插进去一个当地的芦苇秆,就是烟管了;烟叶显然不能多于半顶针的量。"(1889 年第 318 号令)

[99] 1888 年以前取得了农民身份的人被禁止离开萨哈林。这项禁令剥夺了萨哈林人对改善未来生活的一切希望,使他们更加憎恨萨哈林,作为一项惩罚措施只能使犯罪、逃跑和自杀的人数遽增;这种拍脑门的措施牺牲了公正性,因为不允许萨哈林苦役犯离开,而西伯利亚的犯人却不受限制。制定这项司法措施的出发点是,如果农民全都离开本岛,那么萨哈林最终只是一个临时的苦役流放地,而不是殖民地了。但是仅凭强制定居就能让萨哈林变成第二个澳大利亚吗?殖民地的活力和繁荣仅仅依靠禁令和命令是不能实现的,而要靠相当的条件,这些条件尽管不能让这一代流放犯移民过上有保障的安宁生活,至少也应该让他们的子孙后代有可能过上才行。

[100] 我只遇到过一个愿意留在萨哈林的人:这是一个可怜的家伙,他原是切尔尼戈夫的农庄主,由于奸污了亲生女儿而被判罚来此地;他不喜欢故乡,因为他在那里已经声名太臭了;他也不敢给已经成年的儿女们写信,怕他们想起他来;他已经很老了,连大陆也不想去了,走不动了。

[101] 有 5 791 人回答了我的问题:"你是哪个省的人?"260 人来自坦波夫省,230 人来自萨马拉省,201 人来自切尔尼戈夫省,201 人来自基辅省,19 人来自波尔塔瓦省,198 人来自沃罗涅什省,168 人来自顿河地区,153 人萨拉托夫省,151 来自库尔斯克省,148 人来自彼尔姆省,146 人来自下诺夫哥罗德省,142 人来自奔萨省,133 人来自莫斯科省,133 人来自特维尔省,131 人来自赫尔松省,125 人来自叶卡捷琳娜斯拉夫省,122 人来自诺夫哥罗德省,117 人来自哈尔科夫省,115 人来自奥尔洛夫省;其余各省的人数都在百人以下。来自高加索省份的人数总共才 231 人,占到总人数的 3.6%。高加索人在监狱里的比例要比在殖民区

里高很多，这说明他们在监狱里服刑的表现不佳，远不是所有人期满后都能转为强制移民，究其原因，除了经常逃跑之外，死亡率也比较高。来自波兰王国的犯人总共有455人，占到8%。有167人来自芬兰和波罗的海东部沿岸地区省份，占比为2.8%。上面这些数字只能大致说明犯人的出生地的情况，不能因此得出结论，坦波夫省的犯罪率更高一些，或者呢，不能因为小俄罗斯人在萨哈林的服刑人数较多，就说他们比俄罗斯人更喜欢犯罪。

[102] 贵族和特权阶层的人不事农耕，不造房屋；他们本就应该承受跟别的犯人一样的刑罚，但是，他们完全没有体力。他们不由自主地寻求更轻微一点的劳动，甚至经常什么也不干。即使这样，他们也都提心吊胆地过日子，生怕境遇有变，哪一天突然就把他们弄到矿井遭罪了，就体罚一顿了，上镣铐了，等等。他们中的大多数人已经被这种生活折磨的身心俱疲，变得逆来顺受，抑郁寡欢。要是光看他们的外表，怎么也不会令人相信他们竟是刑事罪犯。但是，他们中间也有一些是狡猾的流氓和恶棍，是彻头彻尾的坏蛋，是病态偏执的道德败坏者①，这些人总是一副极力奉承讨好的嘴脸，他们的表情、言谈、笑脸、阿谀之相都非常下流卑劣。无论如何，他们的处境相当可怕。有一个苦役犯，以前曾经是军官，当他被囚车运送到敖德萨的时候，他望向车窗外面，他看到了"松枝和火把照耀下，诗情画意般的捕鱼的场景……小俄罗斯的田野已经一片绿意。火车路基两边的橡树和椴树林子里，可以看到盛开的紫罗兰和铃兰花；失去的自由和和花香的气息就在这个时刻一起袭上他的心头"。（《符拉迪沃斯托克》1886年第14期）一位前贵族，因犯有杀人罪被流放，他曾给我讲过朋友们送他时的情景，他说："我那时突然醒悟了，我只想快点消失走掉，别让人看见，但是，我的朋友们不理解我的心情，争先恐后地跑过来安慰我，向我表达他们的关心。"这些特权阶层的罪犯在被押解走在街上的时候，最怕遇见自由民，特别是熟人目光的打量。如果有人在一群囚犯中间，认出了某一个著名的犯人，并且高声叫着名字打听问询的时候，那就会使这名犯人异常地感到痛

---

① 原文为拉丁语。

苦。遗憾的是，无论是在监狱里还是在街上，甚至在很多的报纸和杂志上，都以嘲弄和挖苦特权阶层为能事。我在一家日常可见的报纸上就读到过一篇关于一个主管商业的七等文官的报道，说他好像在西伯利亚某地的押解途中，被人请去吃了早饭，在他吃完被押走之后，请他吃饭的主人发现少了一个汤匙，原来是被这个七等文官给顺走啦！报纸上还写过一个宫廷的侍从官，说他在流放地不甘寂寞，酒池肉林，美女如云。这种报道是非常残忍的。

第十六章 流放犯居民的性别：女性流放犯与自由民妇女

> 流放犯居民中的性别构成。妇女问题。女性流放犯和移民。男女同居者们。自由民妇女。

在流放殖民区，男女的性别比例构成为 100∶53。[103] 这个数据只适用于在监狱外居住的犯人。监狱内居住的男性犯人和单身的士兵并没有被计算在内，某个前任本地长官曾经说过，这类人员也是"必须提供满足其自然需求的对象"的一部分，而能够成为这"对象"的仍然是女流放犯和与流放有某种牵连的妇女。但是，在确定殖民区居民的性别和家庭人员构成的过程中，是不能简单地把这个序列的人都计算在内的，还必须加以补充说明。在他们还住在监狱的牢房和驻扎在兵营里的时候，流放殖民区对这些人来说只是出于生理需求、能满足其泄欲愿望的地方而已，而他们一旦来到了殖民区生活，所起到的作用就是从外部施加了特别有害的影响，他们行为的后果是降低了出生率，提高了发病率。这种影响的剧烈程度，与监狱和兵营距离殖民地屯落的远近相关。这就像在俄国农村一样，在距离村子较近的铁路线上干活的流浪汉越多，对村子的影响就越大。如果把全部男人，包括在监狱和兵营里的男人，都计算在内的话，那么，流放殖民地男女的比例就会从 100∶53 剧降为 100∶25。

尽管无论是 53 还是 25，这个数据中的女性比例人数都偏少，但是呢，对于草创、条件恶劣且尚在发展阶段的流放殖民区来说，却算不上是一个很低的数字了。在西伯利亚，流放犯人和强制移民中的女性是低于 10% 的；如果关注一下非俄罗斯的犯人流放地区，我们就会看到，那里的殖民农场主已经算得上经营有方了，但是对男女比例失调这个问题是一筹莫展，毫无办法，他只能是热切地盼望那些从殖民地的附属国都市里运来的妓女，十分乐意为每一名妓女付给船长 100 磅烟草作为酬劳。比较起来，所谓的萨哈林妇女问题，是相当不成体统的，然而还没有像西方殖民地发展的早期那样龌龊之极。来到萨哈林岛上的远不止女流放犯人和妓女。由于监狱管理当局和志愿商船队的协调和沟通，在我国的欧洲部分和萨哈林岛之间很快就建起了快速而便捷的交通联系，这样就有力地促进了妻子追随丈夫、儿女跟随父母到流放地来的"流程"。就在不很久远的早前，每 30 个流放犯中，只有一名犯人的妻子愿意追随丈夫，而现在，自由民身份的妇女随同丈夫来到流放殖民区已经成为普遍现象。无法想象，像雷科夫斯科耶或者新米哈伊洛夫卡这些地方，没有这些悲剧附体的女性还将如何存在，她们因"前来侍奉丈夫的生活而埋葬了自己"，这可能是我国萨哈林岛在流放史上唯一一个排名不靠后的优点。

我就先从女苦役犯开始说吧。截至 1890 年 1 月 1 日，整个萨哈林三个区的女犯人占犯人总数的 11.5% [104]。站在殖民地的立场上，这些女性无疑都具有一个重要的优点：她们来到殖民区的时候年纪都比较轻；大多数女犯都性欲强烈，都是因为恋爱和家庭纠纷等原因犯事被判刑："因跟丈夫不和进来的""因跟婆婆整不到一块去才进来的"……她们大多数都是犯了杀人罪，是爱情和家庭专制的牺牲品。甚至那些因为纵火罪和伪造假币罪进来的女犯，实际上，也是因错爱而受罚，她们都是受到自己情夫的唆使才走上犯罪道路的。

无论是受审之前，还是在受审之后，爱情因素在女犯的生活中有着致命的作用。在她们坐船被押送到流放地的过程中，听到人们的流言蜚语，说，要在到了萨哈林之后，会强迫她们出嫁。这样的消息令她们十分不安。一有机会，她们就向船上的官员求情，要求不要强逼她们嫁人。

15至20年以前，女苦役犯人甫一到萨哈林，就会立即被送进当地的妓院。"在南部萨哈林，"符拉索夫曾在自己的报告中写到，"由于缺乏单独的住所，女流放犯人一度被安置在面包作坊里……岛区的长官捷普列拉达维奇就下了一道命令，让监狱把女监直接改为妓院。无须给女性苦役犯人分派苦役劳作，'只有犯了错的和根本不讨男人欢心的女犯'，才会被发配到厨房干活，其余的女犯一律都必须为'生理需求'服务，在醉生梦死中苟活。符拉索夫认为，落入这种境地的女人们都完全堕落了，就这么浑浑噩噩地度日如年，以至于为了一杯酒可以卖掉自己的孩子。"

当一批女犯人踏上亚历山德罗夫斯克的土地的时候，她们首先就会被隆重地从码头带进监狱。女犯们拖拽着自己沉重的包袱行囊，面黄肌瘦，还没有完全从晕船的状态中清醒过来，就那样步履蹒跚、踉踉跄跄地走在路上，而在她们的身后，就像是在市场上看耍马戏的一样，跟着成群结队的婆娘们、各种男人和小孩子们以及机关里的各种办事员们。那种场面，有点像阿尼瓦湾里的鲱鱼在汛期洄游一样，鱼群的后面总是有成批的鲸鱼、海豹和海豚在追逐奔突，都想饱餐一顿腹中满是鱼子的美味鲱鱼。那些男性移民跟在女犯们身后，心里的想法倒也简单朴实：他们就是需要一个女主人。那些婆娘们跟着女犯走，主要是想看一看女犯人中有没有自己的同乡。那些办事员和看守们则需要"姑娘们"。一般来说，这一幕都是在傍晚中进行的。在女犯人们被锁进事先准备好的监舍之后，监狱里、哨所里茶余饭后的话题就都集中在新来的这批女犯身上，大谈特谈家庭生活的种种好处，讲一个家里没有女人操持是不行的，等等。在轮船起锚前往科尔萨科夫之前的一昼夜之内，要对如何在各个区之间重新分派这些女犯人进行研究。亚历山德罗夫斯克的官员们负责此项分派工作，因此，这个区总是在女犯人的数量和质量上都能得到最好的份额，一贯如此。临近的特姆区得到的人数上稍微少一点而且质量上差一点。精心的挑选在北部区就进行过了；就像是过筛子一样，挑出来留下的都是最年轻和长相最好的，而分配到南部区生活的份额里全是上了年纪的老太婆和那些"最难以博得男人欢心"的女犯。这种分派方式根本不考虑农业殖民区的实际情况，结果，就像我已经说过的那样，分派到各个区的女性条件的差别十分的悬殊，越是殖民开发希望渺茫的区，得到的女性人口就越多：亚历山大区开发条件最差的，男女比例为100：69，特姆区是100：47，开发条件最好的科尔萨科夫区只为100：36[105]。

在分派中被留在亚历山大区的女犯们，一部分到官员家里去做女仆。在经过了监狱囚禁、火车囚犯车厢的拥挤和轮船底舱押运之后，突然一下子登堂入室，来到窗明几净的官员家里，犹如进入了仙境一样的城堡。老爷们就成了对她们具有生杀予夺大权的护佑大善人或恶魔的化身；不过，女犯们很快就会习惯这一切新的状态的，但是，她们的话语却停滞在监狱或底舱时代了，会说的话只有："我说不上来""您吃吧，大人""正是的"。另一部分女犯进入了办事员和看守们的内室，成了"后宫"女眷；第三部分，也是最大的一部分女犯则进入了移民的房舍，能够得到这些女人的，都是比较有钱的，跟当地官员交好的移民。甚至处在考验期的苦役犯也能够得到女人，只要他有钱，在监狱这方一亩三分地里有点势力就行。

在科尔萨科夫哨所驻扎地，新来的女犯人也是会先关押在单独的牢房里。本区的区长和移民监事官一起研究决定，哪些男性移民和农民应该得到老婆。优先考虑的是那些已经有良好家业和品行端正的人。这些为数不多的中选人都会得到一个通知：命某某某于某日到哨所驻扎地，到监狱里来领取女人。到指定的那一天，从纳伊布奇到哨所驻扎地的大路上就可以见到络绎不绝的人在往南走，当地人不无嘲讽地说，他们全都是新郎官和未婚夫。他们那天的样子是有点迥异于路人的，有迎亲的意思，有人穿着大红的衬衫，有人戴着从农场主人那里借来的不合头围的大帽子，还有的穿着锃亮的高筒皮靴子，从哪里买的，怎么买的都不得而知。当大伙都来哨所驻扎地之后，就被放进了女监，让他们和女犯们相处一下。最初的大半个小时，免不了难为情和窘相毕露；"未婚夫们"就在床铺旁边逶巡，不发一言地、拘谨"相看"坐在那里的女犯。大家都一本正经地挑选着；不用顾及这些女人外表的丑陋、衰老和一副囚犯才有的萎靡不振的样子，大家都非常务实地一边挨个打量着女人们，一边根据面相盘算着："哪个女人会是个好主妇？"若是"看上眼"了一个年轻点的或者是半老徐娘样子的妇女，男人就坐到她的身边去，开始和这位妇女推心置腹地谈起话来。女人会问，他那里有没有茶炊，房子的盖顶是什么，放的盖板还是干草苫的。男的就一板一眼地回答她的问题，即他有茶炊，有一匹马，还有一头两岁口的小牛。家业方面的问答一结束，双方觉得亲事已成的时候，她才敢问他该问的问题：

"您以后不会欺负我吧？"

谈话就以此为结束信号。女人就可以登记到某个屯子的某位移民家里去，一个公民的婚礼就宣告完成了。移民就这样带着自己的同居女人回家去了。为了装个面子，不至于看起来太寒碜，男人会用兜里最后那几个钱，雇一辆大车一同回屯子。女人到家的第一件事就是烧起茶炊，邻居们看到这家袅袅上升的炊烟，就特别地羡慕，聚在一起议论，某某人有老婆啦。

岛上并没有女人可干的劳役重活。这倒是实情，女人们会在官署里擦擦地板，会在菜园子里浇浇水，缝缝补补破麻袋，但是，经常性的和固定性的强制性劳作，是没有的，大概，以后也不会有。监狱把女流放犯人都交由殖民区了。在押解她们来岛上的时候，就完全不考虑惩罚和矫正的问题，而是只想着她们的生儿育女的能力和操持家务的可能性。按照《流放犯管理条例》第345条的规定，女流放犯人被允许"出嫁之前应受雇于近便处屯内老住户，以获取衣食有供"。但是，这项条款实际上是对法律的规避，且是对通奸罪和姘居的遮遮掩掩。住在移民家中的女流放犯和移民，不是长期雇用的女工，而是姘居者，是经过了当局认可的不合法的妻室。官方的文件和命令将这种姘居称为"共同经营家业"或者"共事家业"[106]，男女双方在一起的行为说是"组成了自由家庭"。可以说，除了少数特权阶层的女性和那些追随丈夫一起来到岛上的女人之外，全部的女苦役犯人都变成了姘妇。这已经被视为一种惯例。别人给我讲过，在弗拉基米罗夫卡，有一个女犯人拒绝当姘妇，她宣称自己是到这里来服苦役的，不是为了别的什么乱事儿。她的话使大伙都目瞪口呆。[107]

流放地形成了一种对女性流放犯人的特殊看法，在各个流放殖民广为流传，即女流放犯人既是一个人，也是一个操持家务的主妇，还是比家畜地位都低的女奴。西谢卡屯的移民们曾经往岛区长官那里递交了一份这样的申请："恳请大人为我们分派奶牛和操持家务的女人。"岛区的长官呢，在与乌斯科沃的移民们谈话的时候，向他们许下一连串的诺言，其中就有一项是关于女人，当时我就在场，他答应他们说："来了女人，我是不会忘了给你们留下的。"

"女人们都是秋天才从俄罗斯转运过来的，而不是春天，这没什么好处，"一位官员跟我说道，"冬天一到女人们都无事可做，帮不上男人，只是多出来了一张嘴吃饭。因此，会省钱的从业主们都不愿意在秋天领回女人。"

这种谈话就类似于，秋天的时候担心冬天一到饲料价格昂贵，而干活的马即将闲置一样。人的尊严、女性气质和女苦役犯人的正当情感都完全不在考虑的范畴之内；仿佛这所有的特质都因女犯人的犯罪而被毁于一旦，或者就在她们被收监和押解的过程中丢弃了一样。至少，在对女犯人进行肉体惩罚的时候，完全不去顾及她的可能的羞耻心。但是，对她们人格的侮辱毕竟还没有达到用暴力逼迫其嫁人或者是同居的地步。有传闻说是，在这方面也有暴力使用问题的，那是无稽之谈。至于说海岸上有绞刑架，底下还有地牢等传闻，均不足为信[108]。

女人年老色衰、与从业移民宗教信仰迥异以及行为放荡等，在登记为同居者的时候，都不会成为妨碍的因素。我不仅在年轻的移民家里见过50岁以上的同居女人，甚至还在一位刚过25岁的看守家里见到过年龄更过分的呢。有的上了年纪的母亲和女儿一起来苦役地；两个女人同时成了移民的同居者，两个女人竞赛一样地开始生孩子。和俄罗斯人同居的，不仅有天主教徒、路德派教徒，甚至还有鞑靼女人和犹太女人呢。在亚历山大哨所的一户房舍中，我看到一个俄罗斯女人，为一大群吉尔吉斯人和高加索人张罗饭菜，她是一个鞑靼人——或者按她的说法，是一个车臣人——的同居女人。亚历山德罗夫斯克最有名的鞑靼人是科尔巴莱依，他的同居者是俄罗斯女人，叫罗布申娜，他们一起已经生了3个孩子了[109]。流浪汉在这里也有家室，35岁的流浪汉伊万住在杰尔宾斯科耶，他甚至笑容满面地对我说，他有2个同居女人呢，"一个就在本地，另一个是登记在尼古拉耶夫斯克"。还有一些移民与来路不明的女人同居在一起，生活了10年有余，跟夫妻没什么两样，但是，连女人真实的姓名和原籍何处仍然一问三不知。

对于移民和同居女人，他们在一起过得怎么样这个问题，通常都会回答：过得挺好。有不少的女苦役犯人也告诉我说，以前在老家的时候总是挨丈夫的欺辱，为了一小块面包就被毒打和谩骂，而在这里，在苦役地，她们总算是见到了盼头。"谢天谢地,现在跟一个好人过日子,他知道心疼我。"流放犯人一般都知道体贴自己的女同居者,爱惜她们。

"这里缺少女人,男人自己要耕地、做饭、挤奶、缝缝补补,"科尔夫男爵对我说,"一旦得到了一个女人,就会对其关爱备至。您看看,他们都把女人打扮得挺好。女人们在流放犯那里是相当被敬重的。"

"不过呢,这也免不了女人们脸上被打得青一块紫一块的。"我们谈话时也在场的科诺诺维奇将军插了这么一句。

吵架、动起手来、打得身上青一块紫一块通常也都是避免不了的,但是,毕竟移民们在教训自己的同居女人的时候,心里是不托底的,因为也害怕:他知道,同居女人并不是他的合法妻子,随时有可能走掉,离开他跟别人同居。其实呢,流放犯爱惜同居女人也不是完全出于这种心理。虽然萨哈林的家庭结合方式粗糙而草率,但是,也会产生真挚的爱情呢,有时候也挺令人羡慕的呢。在杜埃,有一个女苦役犯人,她患有癫痫病,他的同居男人也是一名苦役犯人;他就像是一名热心的看护一样照料着这个女人,我对他说,照料这样的一个女人对你来说很不容易吧,然而,他非常愉快地回答我说,"没什么呀,大人!她也可怜呢!"在新米哈伊洛夫卡的一户移民家里,同居女人很久以前就失去了双腿,白天黑夜都躺在屋子中央的一床破被子里,就是这个男人照料她,当我劝他说,可以让同居女人住到医院里去、那样不是更方便一些吗,这个男人回答的也是这句话:她也太可怜了。

在正常的、普通家庭类别之外,还会有一些自由组合的家庭,正是这些家庭类别的存在,流放区"妇女问题"才恶名远扬。这些被人为地、假意地撮和在一起的家庭令人一见就心生反感,显然,这样的家庭在监狱和囚犯们的恶劣氛围侵蚀之下,早已经腐败不堪,并且在家庭土壤中滋生出来一种浑浊之气。许多男男女女在一起生活，同居一室，因为流放地就这样，就这么过日子；同居，在殖民地成了一种传统秩序，而这些人呢，生性软弱，没有主见，只好屈从这样的秩序，尽管并没有人使用强制来逼迫他们。在新米哈伊洛夫卡，一个50多岁的乌克兰老妇人和她的儿子一起被流放到此地，他们是因为儿媳妇被发现死在水井里而被判刑的，家里还有老头子和孙子们呢，但是这老太婆在这里却和别人同居，可能，连她自己也觉得这么做太丢脸了，所以一般从不在人前提起这件事。她鄙视自己的同居者，但是，却又跟他睡在一起：流放地就是这样的呀。这样的家庭里，家庭成员之间的关系隔阂而生疏，以至于生活在同一个屋檐下，一起同居了5至10年，仍然不知道对方的诸多生活细节：比如对方多大年龄了，原籍是哪个省，父称叫什么等……如果你问女人，她的同居者年龄多大，她无精打采地、目光茫然地回答道："鬼才知道呢！"男人要是去上工或者去某个地方玩纸牌了，女人就在家里根本不起床，不做饭，饿着肚子懒得动弹；要是有邻居来串门，那她就会欠着身子，打着哈欠，开始诉苦，她可是"因为丈夫才进来的"，她被流放那可是被冤枉的："见他的鬼呦，是小伙子们打死了人，倒把我弄来服苦役。"同居者回到家里一看：没吃没喝，跟这女人也没话可说；哪怕你烧上茶炊呀……可是家里既没有茶，也没有糖……看着躺在床上萎靡不振的同居女人，自己也立即感到苦闷和灰心丧气，饥肠辘辘的感觉和生活毫无指望的沮丧袭上心头，也就长叹一声，直挺挺地也倒在了床上。这种家庭的女人外出卖淫，一般都会受到男人的鼓励，被看成是好营生。去卖淫挣钱，男人会认为女人是有用的牲畜，很敬重她呢，男人会亲自为她烧茶炊，在她大发脾气的时候，男人会忍气吞声不发一言。这样的女人会经常地更换自己的同居者，选择更富裕的，即谁有钱就跟谁，谁有酒就跟谁。或者呢，也会因为情绪苦闷，换换口味，走马灯似的换人同居。

女苦役犯人都会有一份犯人的口粮,她会和同居男人共同食用;有时候,女人的这份口粮就是全家唯一的食物来源,因为女同居者是官方认定的正式帮工,所以,移民必须为雇帮工而向当局缴纳佣金,即他必须从一个区到另一个区运送货物,或者给哨所搬运10根原木。而且这种支付形式是务农的移民才必须履行的义务,对住在哨所驻扎区的流放犯人不作要求,他们什么都无需支付。女苦役犯服役期满,就会被登记为强制移民,但是,也就不能够再领取口粮和囚犯衣服;如此一来,在萨哈林,一旦转为女性强制移民,对女犯的境遇改变丝毫没有好处:因此领取口粮的女流放犯人要比强制移民活得轻松一些,服刑的期限越长,对女人就越有利;如果她被判的是无期徒刑,那么,这就意味着,就可以无限期地领取自己的口粮份额了。女移民取得农民身份相对比较容易,一般来说,6年时间就可以了。

目前,在殖民区,自愿追随丈夫前来的自由民身份的妇女要比女流放犯人数多一些,但是,她们与全部女犯人的比例是2∶3。我登记过的自由民妇女人数是697名,女苦役犯人、女强制移民和女农民是1 041名,也就是说,在殖民区,自由民妇女人数占到了殖民区成年妇女的40%。[110] 促使妇女们背井离乡,追随犯罪的丈夫来到流放地的原因是各种各样的。一些女性是出于爱情和怜悯。另一些呢,是坚信只有上帝才能让丈夫和妻子分离。第三种妇女呢,由于没有脸面在家乡待下去了。在愚昧的农村,丈夫干的丑事总是会牵连到妻子,比如就是妻子到河边洗个衣服,也会有人嘲笑她是苦役犯的老婆。第四种情况就是被丈夫的花言巧语骗到了萨哈林,上当受骗了而已。不少犯人还在押送的船上的时候,就往家里写信,说萨哈林这个地方很暖和,说土地很多呀,粮食很便宜呀,长官都很好心呀;到了监狱里,他们写的还是这一套说辞,有的能连写几年,花言巧语也不断翻新。事实证明,他们对无知而又轻信的妻子们的算计总能得逞[111]。

最后一种人，第五种原因，不少女性仍然处在丈夫道德观强烈的影响之下，很可能，她们自己本身就参与了丈夫的犯罪行为或者是因丈夫的犯罪而获得了利益，只是由于证据不足才侥幸地逃过了法律的制裁。第一种和第二种原因是最为常见的：这类女性具有献身精神和怜悯心，本身就对生活有不可动摇的信念。在自愿追随丈夫前来赴苦役地的，除了俄罗斯妇女之外，还有鞑靼女人、茨冈女人、波兰女人和犹太女人[112]。

自由民妇女来到萨哈林岛上，所遭遇的一切也并不那么特别顺遂。下面记述的就是一个典型事例。1889年10月19日，志愿者商船队的"符拉迪沃斯托克"号轮船，搭乘了自由民妇女、男女少年和儿童，总共有300名，抵达了亚历山德罗夫斯克。他们从符拉迪沃斯托克坐船航行了3至4昼夜，饥寒交迫，没有热乎的食物。据医生讲给我听的内容，在这些中间，有26名乘客患上了猩红热、出了天花和麻疹。轮船到达的时候已经很晚了。船长担心天气有变，就要求连夜卸货。在夜里的12点到2点之间卸货工作展开了，妇女们和孩子们都被关进码头上的船坞库里和货物的堆场中，病人被挑出来放在防疫站的隔离棚子里。乘客们的行李就胡乱地扔在拖驳船上。及至清晨，就有消息传来了，汹涌的大浪冲断了拖驳船的缆绳，船翻进大海里去了。顿时哭叫声四起，一个女人丢失了行李和300卢布的现款。事故的调查记录把所有的一切罪责都推到了暴风雨的头上，但是，其实，转天就有人在监狱的苦役犯那里发现了丢失的财物。

自由民妇女在最初上岛至萨哈林的时候，受到的打击可想而知。岛上荒凉的景象和苦役生活令其深受震撼。她会绝望地说，跑来投奔丈夫，本来也知道会很苦，没有抱什么幻想，但是，现实竟如此之可怕却是她万万没有想到的。她与那些早于她到来的妇女们一经攀谈，对她们的日常生活状况略加窥视，她就明白了，她和她的孩子们肯定会葬身此地的。虽然丈夫的服刑期还有难熬的 10 至 15 年呢，她已经开始不住嘴地念叨大陆了，而且对此地的家业完全不再热衷，认为那些事对她来说，根本不值一提，她对家业不屑一顾。她就是白天黑夜地以泪洗面，数落丈夫，说那些在故乡的亲人，就可能永世不能相见啦，而丈夫呢，在她的面前，除了深深的内疚之外，只能难过地沉默，但是，有时候气不过了，就发火，就开始打女人，责骂她就不该到这个该死地方来。

如果自由民妇女身无分文地来到岛上，或者带来为数不多的、只够买上一座房舍的钱，老家又不能给她和丈夫再寄钱过来，那么，他们很快就会陷入饥饿之中。没有收入来源，也求告无门，她和孩子只好分享丈夫作为苦役犯人从监狱中领取的那份定额口粮，但那仅仅够一个成年人果腹而已[113]。女人们日复一日地焦虑：有什么可吃的，拿什么喂饱孩子。饥饿终日，为怎样糊口夫妻之间经常争吵不休，总觉得前路渺茫，渐渐地，女人的精神也麻木了，心肠也变硬了，她意识到，在萨哈林吃不饱饭就谈不上感情啦，最终，她会像其他妇女一样，"靠出卖自己的肉体"去赚几个铜板。丈夫也同样变得对一切都冷漠了，他也顾不上要什么清白的名声了，这都已经不重要了。年纪到了 14 至 15 岁的女儿和她们一样，也会沦为赚钱的工具；母亲会在家里为她们招徕顾客，或者是女儿去跟有钱的移民同居，跟看守姘居。自由民妇女在此地做这种事完全不用费力气，所以游手好闲者居多。在哨所驻扎区，本来就是无事可干，而在屯落里，特别是那些北方区的屯落，是没有什么家业可忙活的。

除了贫困，除了懒散，自由民妇女第三个不幸的来源就是她们的丈夫。丈夫可以狂喝烂赌，喝光输光自己的那份犯人定额口粮，乃至于输掉妻子和孩子的衣服。他还可能重新犯罪，或者干脆逃跑了。我在萨哈林走访时，特姆区的一个强制移民贝舍维茨，被控告抢劫杀人，被关进了杜埃监狱的单人囚室；他的妻子和孩子就只好住进兵营附近的家属窝棚；家里的房舍和农事都扔下不管了。在小特姆屯，强制移民库钦连科逃跑了，撇下了妻子和孩子孤苦无助。即使丈夫没有杀人，也没有逃跑，那妻子每天也要为他担惊受怕，怕他挨打，怕他受罚，怕他受伤，怕他生病，怕他突然死掉。

岁月流逝，韶华不再；丈夫服完了苦役期和强制移民期，开始为恢复农民身份而忙碌。过去的一切都被忘却了，被原谅了，随着重返大陆日子的临近，一种新的，理想的幸福生活又在憧憬之中了。然而，结局常常是不遂人愿的。常常是妻子得了肺病离开了人世，丈夫孑然一身返回大陆，或者是妻子成了遗孀，茫然四顾，不知何以为寄，何处立锥。在杰尔宾斯科耶，自由民亚历山德拉·季莫费耶娃离开了自己那个信奉莫罗堪教的丈夫，跟放牧人阿吉姆私奔了，就住在阿吉姆那肮脏拥挤的窝棚里，给放牧人还生了一个女儿，她原来的丈夫只好又找了一个同居女人，姘居在一起。在亚历山德罗夫斯克，自由民妇女舒利吉娜和费吉娜也都离开了自己的丈夫，去和别人姘居。涅尼拉·卡尔宾科死了丈夫，改嫁给了一个强制移民。苦役犯丈夫阿尔图霍夫逃出去流浪去了，他的妻子叶卡捷琳娜是自由民，只好去给别人当姘妇了[114]。

注释：

[103] 根据俄国（1857—1860）第十次全国人口普查结果，男女比例是 100∶104.8。

[104] 这个数字仅用来确定苦役犯的性别构成情况，不能拿来评价男女两性的道德水准。苦役地女犯较少，不是因为她们道德比男性更高，而是因为生活制度本身和生理性特点决定了女性较少受到外界的影响，犯下严重刑事罪行的机会较少。她们不在机关供职，不去军队从军，不外出打零工，不会去森林里劳作，不会下矿井，不在海上作业，因此，不会有职务犯罪，不会违反军纪，也不会犯那些需要男人的体力

才可能实施的罪行,例如劫掠邮政车、在大路上拦路抢劫等勾当。文章还指出只有男人,才会犯下诸如猥亵儿童、强奸妇女、诱奸少女以及其他违反自然的罪行。女性的犯罪在害人致死、虐待致残、销毁罪证方面比男性更为常见,杀人犯罪在男性犯罪中为47%,在女性中却占到了57%。至于投毒杀人,在女性不仅相对占比要多一些,而且绝对数字也比男性要多。1889年,萨哈林全岛三个区的女性投毒犯的数量等于男性的3倍之多,相对占比是23倍。尽管如此,来到殖民区的女性还是比男性少。尽管每年都有成批的自由民妇女上岛,男人仍然是具有压倒性的多数。这种性别比例上的悬殊状况,对殖民区来说是不可避免的。只有当流放刑罚终止,外来移民大批涌入的时候,同流放犯社会融合,或者我国也出现一个类似英国女慈善家弗里尔小姐那种号召良家女孩到萨哈林成家的人物的时候,这里的男女比例才能达到平衡。

[105] 谢尔巴克医生在自己的一篇小品文中写道:"卸货工作直到第二天的早晨才结束。剩下的事情就是接收被押送到科尔萨科夫哨所的流放苦役犯人,签署各项往来凭证。第一批有50名男犯人和20名女犯人,很快犯人就送到了。从名单上来看,男犯人都没有什么手艺,女犯人岁数又非常大。就是给分派过来的都是鸡肋。"(见《与苦役流放犯在一起》,《新时代》第5381期)

[106] 例如,曾经下达过这样的一道命令:"同意亚历山大区区长1月5日第75号申请报告内容,准许亚历山德罗夫斯克监狱的女流放苦役犯人阿库里娜·库兹涅佐娃转移至特姆斯与强制移民阿列克谢·沙拉博夫一起共事家业。"(1889年第25号令)

[107] 确实很难想象,如果女人们拒绝姘居在一起,她们还有什么地方可住呢。流放地没有专门的女监。医务主任在1889年写就的一份报告中认为:"来到萨哈林之后,她们就必须为自己的栖身之处着想……为了得到一个立脚之所在,一些人就只好不惜一切手段了。"

[108] 我个人始终对这些传闻持怀疑的态度,但我仍然对消息的来源进行了实地走访,搜集了一切可能的起因。听人说,三四年以前,岛上的总督根采将军,不管本人愿不愿意,就把亚历山德罗夫斯克的一个苦役犯外国女人,分派给了前警监。还有科尔萨科夫区的女犯人雅格尔

斯卡娅想离开与其同居的强制移民科斯特里亚科夫,就因此被抽打了30鞭子。同一个区的强制移民雅罗瓦迪上告说,他的女人拒绝与其同居,当局下了命令:"某某某,去揍上一顿再说!""抽多少下呢?""70鞭子!"女人虽然受了刑,但并没有屈服,最终还是跟了另一个强制移民马洛维奇金同居去了。马洛维奇金可是对她至今仍是称赞有加。强制移民列茨维佐夫是一个老头子,他把自己的女同居者和强制移民罗金抓了现行,就去当局告发此事。当局说:"叫她过来!"女人就过来了。"你算个什么东西?为什么不愿意和列茨维佐夫同居?脱光了揍一顿!"列茨维佐夫听令就亲自动手来揍她。打也打了,女人最后也没有服软。我走访的时候,她已经不再是列茨维佐夫的同居女人了,而是和罗金同居了。上述情景都是移民们向我讲的真实事件。要是女苦役犯性格刁钻泼辣、生性放荡,常常变换同居者,偶尔也会遭到惩罚。但这种情况还是比较少的,必须有男同居者一方的告发才行。

[109] 在上阿尔姆丹的鞑靼人家里,我登记了一个名叫叶卡捷琳娜·彼列罗娃的女同居者,他们二人还生了一个孩子;这个家里的帮工是伊斯兰教徒,家里的住客也是伊斯兰教徒。雷科夫斯科耶屯的阿芙朵吉亚·麦德韦杰娃的移民同居者也是伊斯兰教徒,名字叫穆罕默德·乌斯杰-诺尔;在下阿尔姆丹,路德教派的移民佩列茨基的同居者是一个犹太女人,名字叫做烈亚·佩尔穆特·博罗;在大塔科伊,流放犯出身的农民卡列夫斯基和阿伊努女人同居在一起。

[110] 1879年至1889年,即海运开始的最初10年,志愿船队的船只运送了8 430名男女苦役犯和1 146名自愿跟随罪犯的家庭成员上岛。

[111] 有一名犯人竟在信中吹嘘,他有一枚外国银币。这类信件都是吹得天花乱坠,硬说过得有多好。

[112] 也有丈夫追随妻子前来流放的。在萨哈林就有3名这样的丈夫:他们是亚历山德罗夫斯克的退役士兵安德烈·纳伊杜什、安德烈·佳宁和杰尔宾斯科耶的农民日古林。日古林是一个老头子,随着老婆和女儿来到此地;他整天装疯卖傻,像个醉汉一样,被邻里街坊当成傻子耍笑。还有一个德国老头子,是带着老婆子和儿子来到这里的,他连一句俄语也不会说。我问过他,多大岁数了。他说:"我生于1832年。"他

用德语回答之后,又用粉笔在桌子上写1890,再减去1832。

[113] 这位自由民妇女是一位合法的妻子,但是,她与自己的邻居的处境大相径庭。邻居是女苦役犯,非法的同居者,每天可以领到官方发放的3俄磅面包。在弗拉基米罗夫卡,有一个自由民妇女被怀疑是杀害丈夫的嫌犯,理由是如果她被判为苦役犯,就会得到口粮,也就是说,这样一来,她的生活处境就会比受审以前大为改善。

[114] 《流放犯管理条例》也涉及了自由民妇女。第85条规定:"自愿追随丈夫的自由民妇女不应受到任何监管,也不应使之与其丈夫分离。"在俄国的欧洲部分或者是志愿船队的船上,她们的确是自由的。但是,当她们进入西伯利亚,进入鱼龙混杂的环境中,在她们与苦役犯队伍一道同行或者乘车的时候,押解的士兵根本就无暇区别对待她们了。我就在外贝加尔见过这样的场面:男人、女人、小孩混杂在一起下到小河里去洗澡,押解的士兵围成一个扇形,任何人都不能逾越过去,小孩子也不能有例外。根据《条例》第173和253条的规定,自愿追随丈夫前来的妻子"在到达前往地点之前,可以领取衣物和伙食",所领取的数量会和犯人是相等的。但是,《条例》并无明确的说明,这些妇女应该如何穿越西伯利亚,步行还是乘车。第406条规定,经由丈夫同意,她们可以暂时离开流放地,回到俄国短时间驻留。如果丈夫死于流放地或者因新的罪行而必须解除婚约,其妻子可以按照第408条之规定,返回俄国居住,路费由国家拨付。符拉索夫描述过流放苦役犯的妻子和子女们的处境。他们唯一的错误是命运使他们成了流放犯的家属。符拉索夫认为:"这是我国全部流放制度中最为阴暗的一面。"我在前面已经阐述了关于各区各屯里自由民妇女分布的不平衡现象,以及地方当局对她们的漠视。读者不会忘记杜埃监狱中的家属窝棚吧。在那里,自由民妇女及其子女的住处与大通铺的群居囚室毫无二致,环境令人作呕。杜埃本来就是全岛最恶劣的、最贫困的地方,还要和犯人喂养的猪狗们混杂生活在一起。所有这一切都说明,地方当局在殖民和开发并推进农业方面,是何等的工作不力。

第十七章　居民的家庭状况：年龄、婚姻和出生率

> 居民的年龄。流放犯人的家庭状况。婚姻状况。人口出生率。萨哈林儿童的生活状况。

萨哈林官方统计的流放地居民的年龄数据固然比较准确，比起我自己搜集的资料也更显得全面，但是，却什么也说明不了。首先，此类数据具有偶然性，他们采集的来源与自然条件和经济水平不相关联，而是以法律方面的理论为前提，受制于已有的惩罚制度和主管监狱事务的官员们的个人意志。随着对流放地制度以及对萨哈林流放地的认识在某种程度上的改变，对居民人口年龄结构的梳理方式将随之改变；与之相适应的是，妇女人口迁到殖民地的数目将会成倍地增长，或者西伯利亚的铁路线开通之后，这里的自由移民将会增多。其次，在流放地，在严格的管控制度下，这种人口统计数据与正常生活条件下的地方人口结构，比如，切列博维茨县和莫斯科县的年龄统计，是完全不同的。举例来说，在萨哈林，老年人口所占的比例微乎其微，然而，这不并是因为岛上条件恶劣，死亡率高造成的，而仅仅是由于大多数的流放犯人，一旦服满刑期，就会趁着还未及年迈，赶紧离开萨哈林岛回到大陆去了。

目前，在殖民地，人数最多的是 25 至 35 岁的年龄段人群（占 24.3%），紧随其后的是 35 至 45 岁的年龄段人群（占 24.1%）[115]。格里亚兹医生把 20 至 55 岁之间这个年龄段的人称为工作人群，在殖民区这个年龄段之内的人占到了 64.6%，也

就是说，这个数字比在俄罗斯高出了近一倍半[116]。然而，可惜的是，萨哈林殖民地的工作人群年龄和生产劳作人群比例高，甚至还有过剩的情况，完全不是繁荣的象征；它表明这里的劳动力过剩严重，尽管他们在萨哈林建设着城市，铺设着日渐畅通的道路，但劳动力所处的状态是庞大的饥饿人群、工作不饱和、没有熟练的工作技能。各种建筑物造价昂贵，与此相对应的是大批劳动力的毫无保障和贫困的生活，不由得使人将现在的殖民地与远古时期联系起来，那个时候，也会有人为的的劳动力过剩的情况，他们被驱使着去建造庙宇和教堂，而这些处于生产年龄段的人群都处于极度贫困和极端的饥饿状态之中。

0至15岁的儿童所占比例也很高，达到了24.9%。与俄国的同类数据相比，它是低的[117]，但是，考虑到殖民区家庭生活条件比较恶劣，这个比例又是不低的。由于萨哈林妇女的生育率高，而此地婴儿死亡率不高（下面我们还会讲到这个问题），儿童所占比例还会提高，甚至会赶上俄国内地的平均值。这很好，因为除了各种殖民考虑之外，有可亲近的子女是流放犯人的精神支柱，这比任何东西都能让犯人精神振奋，会增加他们对此处与自己的俄罗斯故乡并无二致的认同感；而且照料孩子可以让流放的妇女免于游手好闲；儿童所占比例很高不好的方面在于，不事生产的年龄段人群对居民生活的耗费靡多，儿童只能加重居民的经济负担；进一步加剧了居民的贫困状况，在这一点上，殖民区比起俄国农村的处境更为不利：萨哈林的儿童及至长大，到少年时或者成年，就会离开殖民地到大陆去，如此一来，殖民区为他们所耗费的一切均化成了泡影，不会有任何的回报。

在萨哈林这个尚未成熟却正在发展时期的殖民区里，有希望成为未来基础的年龄段人群所占比例微乎其微。全殖民区内，只有185名15到20岁的人，其中男性89名，女性96名。他们当中呢，只有27人可以说是真正的殖民区的后代，因为他们或是出生在萨哈林，或是在父母被押解来萨哈林的路途中出生的，其余的人都是辗转流转迁徙过来的。但，就是这 27 名萨哈林人，也只是在等待着有朝一日和双亲或者是丈夫一起回到大陆上去。几乎所有这 27 人的父母，都是服刑期满的富裕农民，目前留在岛上只是为了使自己的财富有所增加而已。比如，亚历山大屯的拉契科夫一家就是这种状况。甚至，一个自由民的女儿玛丽亚·巴拉诺夫斯卡娅，出生在奇比萨尼，今年已经 18 岁了，她也不想留在岛上，会和丈夫一起离开这里，回到大陆上去。21 年前在萨哈林出生的人，今年已经 21 岁了，在萨哈林已经一个都不剩了。全岛殖民区 20 岁的人只有 27 名，其中 13 人是流放来此地的流放犯人，7 名是追随丈夫来此地的女性，还有 7 个人就是流放犯人的子女。他们的心仪之地是符拉迪沃斯托克和阿穆尔[118]。

在萨哈林岛上，共有合法家庭 860 户，自由同居家庭 782 户，这一组数据完全能够确定殖民区里流放犯人的家庭状况了。一般来说，只有一半的成年人才有可能享受到家庭生活的好处。亦即殖民区里所有的妇女都是有配偶的，相应地，另一半成年人，将近三千名男子在此地只好过独居生活。当然，这个状态是具有偶发性的，并不稳定，经常会发生变化。例如，每年的大赦令一到，监狱里都会放出上千名的犯人，这些人会到新的地块上去，成为新的强制移民，殖民地中没有成家的单身汉数量就会激增；在我离开萨哈林之后不久，那里的大量移民被征召去修建西伯利亚铁路的乌苏里区段工程，这样一来，这个单身汉的比例就下降了。无论如何，流放犯人组建家庭这个进展是相当的缓慢的，对于殖民区至今组建家庭的困难境况，有人归结为此地单身汉数量过于庞大[119]。现在，接下来的疑问当然还有，为什么殖民区有如此众多的非法家庭或者是自由组合的家庭？为什么所有的与流放家庭相关的数据分析都会指向一个疑问：为什么流放犯人会千方百计地回避建立合法的家庭关系？实际上，不算上自愿追随丈夫的自由民妇女的话，岛上的不合法家庭会是合法家庭的4倍之多呢[120]。省长大人在向正在做笔记我谈到此事的时候，称这种状况是"令人发指的"，他说这话的意思，当然，不是在怪罪流放犯人。大多数的流放犯人都是宗法制的拥护者，都是笃信宗教的人，他们也愿意缔结合法的婚姻关系。经常有婚姻关系并不合法的夫妻，向当地长官请求准许在教堂举行结婚仪式，但是大多数人的这类请求均会遭到拒绝，原因既不在于地方行政当局的生硬管理，也不是流放犯人自身有问题。而真正的根源是：流放犯作为被判刑者被褫夺了公民权的同时，他作为配偶的夫权也同时丧失了，他本人对于原来的家庭来说，已经不存在了，和死了没什么两样；但是，即使如此，他在流放地也不能根据其服刑后的具体情况来取得缔结合法婚姻关系的权利。他还必须受制于留在俄国内地的、原先的配偶所拥有的公民权。服刑的流放犯人必须征得原配偶的同意，才能解除判刑以前的婚姻关系，重新结婚。原来的配偶一般都不会同意离婚：有的人是出于宗教信仰，认为离婚是一种罪孽；另一些人认为，离婚毫无意义，多此一举，特别是当两个人都已经年过40了的时候。"这时候还要结哪门子的婚呢！"妻子收到丈夫要离婚的信件之后，都会忿忿地想："这条老狗，他想的倒挺美！长没长心啊！"还有的妻子拒绝的原因单纯就是怕麻烦，想到的是，多一事不如少一事，办离婚肯定得花钱，也不知道该去哪里申请，从哪开始办理手续。流放犯人无法缔结合法的婚姻，有的时候原因在于，所需的文案的流程过于繁琐，无论巨细，都必须刻板地照章办事，手续之繁琐，足以令流放犯人望之生畏；有时候，即使他们会糜费不少钱款来请人写好文书，向当局缴纳了印花税和电报钱，最后还是毫无办法地放弃了努力，意识到自己是不可能有合法的家庭了。许多流放犯人根本不曾建档，即使建有以往积存的档案，其中有关配偶和家庭的情况完全没有任何的记载或者干脆记载不清楚、记错了；而且除了原始档案，没有任何其他的文件，能够证明流放犯人以前配偶的情况[121]。

在殖民区里登记的合法婚姻信息，可以在户籍册中查到；但是，因为合法婚姻在这里实在是稀有的奢侈品，不是任何人都能够享有的权利，所以，这些信息远远不能说明本地居民对合法婚姻的真正的需求；这里结婚不是根据需要，而是根据可能与否，才会举行教堂婚礼。在这里，统计正式结婚的平均年龄，才是一件毫无意义的事情；想根据这一类数字来确定早婚或者晚婚，这是不可能的。因为多数的流放犯人在举行教堂婚礼之前，已经有过很长时间的家庭生活经验了，所以，在教堂举行婚礼的一对所谓新人已经是儿女成群了。从户籍册上的登记信息里只能发现明显的一点，即近10年来结婚的夫妇，举行婚礼的时间大多都在1月份；一年中三分之一的婚礼都集中在这一个月。秋季婚礼次数也多，但是跟1月份相比还是太少了，这一点和国内农业县份的情况十分得不一样。这里流放犯人的子女都是自由民，在正常情况下，都会无一例外地早婚；新郎一般是从18至20岁不等，而新娘子从15至19岁不等。但是从15至20岁这个年龄段的自由民女孩要比男孩多，男孩一般在到结婚年龄之前就会离开萨哈林岛。因此，很有可能的是，因为年轻的未婚夫人数不足以及或多或少的出于经济方面的考虑，年龄相差悬殊的的婚姻也别多；年轻的自由民女孩，几乎还是小女孩呢，就由父母做主嫁给了人到中年的强制移民或者农民。经常会有士官、上等兵、医助，录事和屯监举行婚礼，但是这些人青睐的，只是那些15至16岁的少女[122]。

婚礼一般是很寒酸和乏味的；据说，在特姆区，有时候婚礼办的很热闹，特别热闹的是乌克兰人的婚礼。在亚历山德罗夫斯克，因为有一间印刷所，所以流放犯人可以印制请柬，提前分发给来参加婚礼的客人们，这也成了当地的一个传统。苦役犯印刷工人平时厌倦了印刷各种禁令，他们很乐意有机会露一下自己的手艺，因此，结婚请柬的外观和文案堪比在莫斯科印请柬的水准。管理当局为每场婚礼发放一瓶酒。

流放犯人们都认为，殖民地的生育率是很高的，这已经成了此地男人嘲笑女人的一个说辞，他们经常一本正经地讽刺和挖苦女人们。据说，此地的妇女们特别容易受孕是萨哈林的气候使然；连一把年纪的老太婆都能受孕，甚至在俄罗斯被认定没有生育能力，也不指望能生孩子的女人都受孕了。女人们就像是急于让萨哈林住满人似的，经常会有生育双胞胎的事情。在弗拉基米罗夫卡，有一位中年妇女，她的女儿已经成年，听说了不少有关双胞胎的传闻，期待她自己也能生出一对双胞胎来，当她被告知，只生了一个之后，感到很是伤心失望。她还对助产士说："您再找找看嘛。"但是，其实呢，在这里，双胞胎的出生率并不比俄国国内县份的比例更高。至1890年1月1日前的10年间，殖民区共出生了新生儿2 275名，其中双胞胎仅有26名[123]。所有关于受孕率较高和容易怀上双胞胎的各种传闻，只说明了流放犯人对在此地生儿育女的强烈的向往，以及出生率对殖民地的重要意义。

由于此地居民人数的波动性较大，像涨潮和退潮一样，像赶集一样，来来去去，因此，要确定最近几年的平均出生率，简直是无法办到的，完全是一种奢望；特别是数字资料，我以及其他人收集到的，都十分有限；最近几年的居民人口的统计完全没有，我翻阅了官方的资料之后，觉得弄清楚这个问题太难了，从中得出的数据十分令人怀疑。只能据此作出大概的出生率，并且仅限于目前这个时段。1889年，全部四个教区共出生婴儿352名；俄国国内一个约7 000名居民的地区，每年的婴儿出生率差不多就是这样[124]。1889年，殖民区的居民人数恰好也是7 000

多人。显然，这里的出生率只是略微地比俄国国内的总平均数（49.8）和一个县份（比如切列博维茨县）的平均数（45.4）高出一点而已。也可以说，实际上，萨哈林这一年份（1889年）的出生率也和俄国国内的出生率差不了多少，几乎一样，而因为两个地区的出生率一样高，但是一个地区妇女人数较多，而一个却相对较少，这就明显说明了，妇女较少的地区的妇女受孕率比较高。因此，可以承认萨哈林妇女的受孕率要比俄国国内的妇女高出了许多。

流放犯人处于常年的饥饿，处于常年无望的对家乡的思念之中，经常行为乖戾，行动并不自由，这一切恶劣的流放条件并没有影响流放犯人的生育能力；反过来说呢，流放犯人的生育能力强并不能说明他们的境遇有多么好。妇女受孕率高以及随之而来的高生育率原因在于：首先，流放犯人住在殖民区里无所事事，丈夫或者同居的男人对强制从事的家业不上心，还有的人并没有什么外出务工赚钱的机会，生活极其单调，性欲的满足成了他们空虚生活的唯一娱乐；其次，殖民区里的妇女大多数都处于育龄阶段。除了这两个最直接的原因之外，可能还存在一些无法直接观察到的远端原因。也许，应当将旺盛的生育能力视为大自然赋予居民们的一种斗争的手段，让他们以此和有害的、破坏力强的外在因素争斗，在这里当然首先是与人烟稀少、少有女性等不自然的秩序抗争。人类面对的威胁越大，生育率就越高。从这个意义上说，艰苦条件也是出生率高的原因[125]。

在近10年间出生的2 275名婴儿当中，秋天出生的最多，占到了29.2%。春季出生的最少，占20.8%，在冬季出生的占26.2%，这个时段高于夏季的24.6%。即从8月到2月这半年的时间里，妊娠和生育的数字最庞大，这个时间段里，昼长夜短，是最为适宜的时期，比起阴天雨夜的春夏两季要好得多了。

目前，萨哈林岛上共有儿童2 122名，包括来这里之后至

1890年已经满15岁的少年们。在他们当中，随父母从俄国来到此地的有644人，在萨哈林出生或者在押解来萨哈林的途中出生的，有1 473人；我没有查明出生地的儿童，有5个。第一类儿童几乎占到了三分之一，他们在随父母来岛上的时候已经到了记事的年龄，他们想念和留恋原来的故乡；第二类就是萨哈林的本地生人了，他们并没有见过比萨哈林更好的地方，他们只对萨哈林有念想，把萨哈林当成自己的家乡。一般来说，这两类儿童的差别很大。比如说，第一类儿童里，私生子的比例仅占1.7%，而在第二类儿童中间，非婚生子的比例达到了37.2%[126]。第一类儿童称自己是自由民；他们都是在父亲或者是母亲受审判之前就已经怀上的或出生的。他们享有一切公民应该享有的权利。而在流放地出生的儿童，无法对自己命名，所属地位尴尬。以后他们可以被登记为纳税阶层，可以称为农民或者市民，而他们目前的社会地位却只能是——流放苦役犯人的私生子，强制移民的女儿，女屯民的私生女儿等等。据说，当一位贵族妇女，流放犯人的妻子，在听说她的孩子在户籍册里被注明为强制移民之子的时候，当场情绪崩溃，伤心地大哭起来。

第一类儿童里面几乎已经没有需要哺乳的4岁以下的婴幼儿了，他们大多已经进入所谓的学龄阶段。第二类萨哈林出生的儿童，还都处于幼童阶段，年龄越大，同龄人的人数越少，如果我们用图表来展示这些儿童的年龄，就会发现它有一个明显的、急剧下降的曲线。这类儿童当中，1岁以内的，有203名，9到10岁的，有45名，15岁到16岁的，就只有11名了。以此类推，出生在本地的20岁的年轻人一个也不剩了，少年和青年都是外来人口。现在，岛内结婚的男女双方都是外来的人口。萨哈林本地出生的少年儿童奇缺，原因在于死亡率比较高，以前那些年岛上的女性人口较少，因此，生的孩子就相对较少，但实际上，这是外流人口过多造成的。成年人离岛回到大陆上去的时候，是肯定不会把孩子留在这里的，而是一起带走。萨哈林本地出生的孩子们的父母都是在孩子问世之前就已经开始了服刑期的，等孩子生下了，长大到10岁左右时，大多数父母都已经取得了农民的身份并要离开这里回大陆了。外来儿童的境遇则是相反的，当他们的父母被判流放到萨哈林岛上的时候，他们的年龄正好是5至8岁或者10岁；等到父母熬过苦役期，成为强制移民的时候，外来的儿童们已经长大成人了，在父母为取得农民身份而奔忙的时候，他们的孩子已经开始工作了。在全家终于可以前往大陆定居的时候，孩子已经往返符拉迪沃斯托克打工了。无论如何，不管是外来的还是本地出生的儿童，最终都不会在殖民区留下来。这就是到目前为止，还不能把萨哈林的哨所驻扎区和屯落称为殖民区的确切原因，它们更像是迁徙活动的临时中转站。

在萨哈林，新生儿的降生对一个家庭来说并不是令人欣喜的；没有人有闲心给他唱摇篮曲，倒是不绝于耳的咒骂声少不了。父亲和母亲念叨的，都是没有东西可喂他吃呀，在萨哈林学不到好呀，"最好是让仁慈的上帝发发善心，把孩子带走吧"。如果孩子哭闹不止，家里的大人们就会恶语相向："闭上嘴吧，还不滚到一边去！"但是，无论怎样心烦呵斥、怎样谩骂诅咒，在萨哈林，毕竟只有孩子才是最令人有益身心的，是最被需要的，是最让人心有慰藉的，流放犯人们对此心知肚明，他们对孩子是极为珍视的。是孩子为粗野而庸俗不堪的萨哈林家庭带来了温柔、纯洁、温良和喜悦。孩子本身是无罪的，但是，他们在这个世界上最爱的是自己那有罪的母亲和当过强盗的父亲。如果说，一条狗对主人的眷顾，尚能打动被囚禁在监狱中、早已忘却什么是爱抚的流放犯们，那么，一个孩子对他的依恋会是多么珍贵的呀！我曾讲过，孩子的存在，对流放犯人来说，是他们的精神支柱，现在我还要补充说，孩子是唯一能让男女流放犯人活下去的动力，是让他们免于绝望和彻底堕落的唯一因素。有一回，我走访两名自由民妇女，她们两个人都是自愿追随丈夫来到这里的，住在同一座房舍中，其中一个女人是没有孩子的。在我停留在她们房子里的那段时间里，这个没有孩子的女人就一直抱怨自己的命有多么苦，嘲笑自己是个大傻瓜，到萨哈林这个鬼地方来了，真该死，她说话的时候，神经紧张，双拳紧握，也不管丈夫就在场，她的丈夫一直就在旁边，不停地用负疚的神情望着我，而与此同时，另一位有几个孩子的女人，却一句怨言也没有说。我当时就想，没有孩子的女人的处境可真可怕呀。记得还有一次，我入户采访，见到了一个鞑靼男孩，3岁左右，戴着一顶圆檐的小帽子，眉眼之间距离很宽。我对孩子说了几句爱抚的话，他那个父亲，是一个喀山来的鞑靼人，原本是一脸冷漠的站在一旁，听到我和孩子说的话之后，突然间，脸上绽放出了笑容，特别快活地点了点头，对我的话表示赞同：他的儿子确实是一个好孩子。我觉得，这个鞑靼人在这一时刻是非常幸福的。

　　萨哈林的儿童是在什么样的氛围下成长的，他们的心灵经受了怎样的影响，读者们在上述的记录中是可以有所了解的。在俄国的城市中、农村里被视为可怕的景象，在这里却是司空见惯的场面。一队队的戴镣铐的囚犯逶迤走过，孩子会用冷漠的眼神目送，毫无惊奇；戴着镣铐的囚犯吃力地运送沙石，孩子们就跟在后面吵闹、推搡，毫无同情。他们玩的是扮演士兵和犯人的游戏。他们会在街上对着小伙伴们大喊："看齐！""稍息！"有时，他们也会把玩具和面包装进背囊里，跟妈妈说："我要逃跑了。"妈妈就会开玩笑地来一句，"当心点哦，别让哨兵给你一枪"；他扮成逃犯跑到街上去，而玩伴们扮成了士兵，开始四处抓他。萨哈林的儿童对逃犯、用树条抽打犯有过错的人、实行鞭刑这类的词汇张口就来，他们知道行刑员、戴镣重刑犯、同居者是怎么一回事。我在上阿尔姆丹走访的时候，在一户人家里，大人都没有在家，家里只有一个10来岁的小男孩，他的头发是浅色的，有点驼背，光着脚；苍白的脸上长着巨大的雀斑，像是大理石上的纹路一样。

"你父亲叫什么名字呀？"我问他。

"不知道。"他回答。

"怎么不知道呢？你和父亲住在一起竟不知道他叫什么吗？不害臊吗？"

"他不是我的真父亲。"

"什么不是真父亲？"

"他是母亲的男人呗。"

"你的母亲是改嫁的还是寡妇呀？"

"寡妇呗。她就是因为丈夫才来这里的。"

"她就是因为丈夫才来，这是什么意思呀？"

"她打死了他呀。"

"你还记得自己的父亲吗？"

"不记得了。我是个杂种嘛。我妈是在喀拉那个地方生的我。"

萨哈林的儿童都长得很瘦，面色苍白，很蔫，不活泼；他们的穿着粗布破衣裳，总是想吃东西。读者从以下的内容便可获知，儿童的死亡原因几乎全是因消化系统的疾病所致。永远处在半饥半饱的状态之中，有时候一连几个月就只有一种芜菁甘蓝可充饥，家境尚可的也就是以一种咸鱼充饥，低温和潮湿的生活环境慢慢地侵蚀着儿童的机体，促使其骨骼衰老化，肌体发生退行性变化；如果不是还有向外迁徙这条路，那么，过了两三代人之后，殖民区就可能出现各种因营养不良而出现的疾病类型。目前，针对强制移民和流放犯人家庭的儿童的所谓官方"抚养费"数额为：1 至 15 岁儿童每月是 1.5 卢布，孤儿、残疾儿、畸形儿以及孪生子，每月是 3 卢布。儿童能否得到救助，完全取决于管理官员的个人意志。对"最为贫困人群"的理解是不一样的[127];即使领得到这区区的1.5或者3卢布也全都归于儿童的父母支配。有这么多的任意支配者来分配这笔微薄的抚养费,再加上父母本身的赤贫和冷酷心肠,孩子真正能用上这笔费用的甚少。其实,这种名不副实的抚养费早就应该废除了。它不能降低贫困程度,反而会掩饰贫穷,反而会使不明就里的人觉得,萨哈林儿童的生活是有所保障的。

注释:

[115] 这是我编制的年龄统计表

年龄	男性	女性
0—5 岁	493	472
5—10 岁	319	314
10—15 岁	215	234
15—20 岁	89	96
12—25 岁	134	136
25—35 岁	1 419	680
35—45 岁	1 405	578
45—55 岁	724	226
55—65 岁	218	56
65—75 岁	90	12
75—85 岁	17	1
85—95 岁	0	1
未采集到年龄人数	142	35

[116] 切列博维茨县的劳动力年龄人群占到总人数的44.9%,莫斯科县这个年龄段的人群占45.4%,坦波夫县则占42.7%。详见1885年出

版的尼科尔斯基的著作《坦波夫县的人口与患病率统计》。

[117] 切列博维茨的儿童占比为 37.3%，坦波夫县这个数字约为 39%。

[118] 从上表所列的统计表中可以清楚看到，儿童的男女性别比例在小时候是相差无几的，而到了 15 至 20 岁以及 20 至 25 岁之间，女性就明显地比男性多啦。再往上，在 25 岁至 35 岁之间，男性的人数几乎多出女性一倍以上，在中年人和老年人群体中间，男性的数量占到了压倒性的多数。老头子的数量奇多，老婆子人数剧减。这个情况至少说明了，在萨哈林的家庭里，是缺乏养生的经验和传统的。值得一提的是，每次到监狱走访，我都觉得，那里的老年人要比殖民区的多一些。

[119] 尽管如此，殖民地初期的巩固并不取决于区内家庭单位的发展状况；我们都知道，弗吉尼亚的繁荣局面早在妇女输入之前就已经形成了。

[120] 单纯从数字的角度来看，可能会得出一个结论，即教堂形式的婚礼对俄国的流放犯人来说并不合适。比如，从 1887 年的官方数据来看，亚历山大区有 211 名女性苦役犯，她们中间只有 34 人举行了合法的婚礼，而 136 人是与苦役犯和强制移民同居在一起。特姆区那一年的数据是有 194 名女性苦役犯人，只有 11 人与合法的丈夫一起生活，而其余 161 人都处于与别人同居状态。在 198 个屯落里，只有 33 人是正式结婚的，118 人是和别人同居。科尔萨科夫区没有一个女性苦役犯是与丈夫一起生活的；115 名女犯人都处于非法婚姻状态之中。在 21 个屯落里，只有 4 个人的婚姻是合法的。

[121] 例如，沙霍夫斯科伊公爵在他的著作《萨哈林岛体制研究》一书中写道："很多分类档案中经常忽略宗教信仰和婚姻存续关系，特别是，没有该人是否同俄国原配办理过离婚手续的记载，这就为再次结婚设置了障碍，要想在萨哈林岛上核实此类情况，特别是通过宗教法庭来办理离婚，几乎是不可能完成的任务。"

[122] 在萨哈林，军士，特别是屯监，被认为是炙手可热的未婚夫人选；这些人呢，也知道自己的身价，对求亲者和她们的双亲都是一副倨傲的态度，作家列斯科夫不喜欢这种人，称这些人是"喂不饱的假正

经畜生"。10年间，缔结了多少这种不相称的婚姻啊。例如，十四等文官迎娶了苦役犯的女儿，七等文官娶了强制移民的女儿，大尉也硬是娶了强制移民的女儿，商人娶了流放犯出身的女农民，女贵族嫁给了一名强制移民。这些知识阶层的人娶流放犯女儿的事情尽管并不常见，但是，却被人们津津乐道，对殖民地的风气也不无影响。1880年，一名苦役犯在杜埃迎娶了一名基里亚克女人。我在雷科夫斯科耶登记过一个11岁的孩子，他的妈妈就是基里亚克人。但是，俄罗斯人和异族人之间的婚姻比较少见。别人给我讲过一个屯监的故事，说他和一个基里亚克女人生活在一起，那个女人生了一个儿子并想受洗，以便以后举行教堂婚礼。伊拉克利神父就认识一个娶了格鲁吉亚女人的雅库特流放犯；这两个人都不懂俄语。至于伊斯兰教徒，即使到了流放的境地也不愿意放弃自己的一夫多妻制呢，有些人就有两个老婆；亚历山德罗夫斯克的贾克桑比托夫有两个老婆，一个叫巴德玛，另一个叫萨辛娜；科尔萨科夫的阿布巴基洛夫也有两个老婆——一个叫贾努斯塔，一个叫维哈尼撒。在安德烈-伊万诺夫斯科耶，我遇见了特别漂亮的鞑靼美女，她呢，只有15岁，是她的丈夫花了100卢布从其父亲那里买来的；她丈夫不在家的时候，她就坐在床上，那些移民们就在他家的门槛外鬼头鬼脑地看她。

[123] 这些数据都是我从教堂的出生登记簿上摘录的，这里只有信仰东正教的居民信息。

[124] 根据杨松的统计，出生率在每千人49.8或者将近50。

[125] 像是荒年啦，战争啦以及类似的剧变会降低出生率，而那些连续不断的类似遭囚禁、被流放、受奴役等灾难虽然死亡率高，却能够刺激强化出生率。某些精神上退化了的家庭，却有着很强的生殖力。

[126] 第一类儿童中的非婚生子，都是女苦役犯带来的儿女，多数是被判刑之后出生在监狱之中；在自愿追随丈夫或者双亲来流放地的女人家中，完全没有这种私生子。

[127] 如何发放救济金，是仅指肉眼可见的跛子、断臂、驼背，还是也包括那些痨病患者、智力发育不全者或者是盲人，这一切都取决于官员们如何理解残废和畸形的概念。

第十八章　流放犯的劳动技能：务农、狩猎和捕鱼

> 流放犯人的劳作。务农。狩猎。捕鱼。洄游鱼类：
> 大马哈鱼和鲱鱼。监狱的渔业状况。流放犯的手艺。

我在前几章已经提及，早在萨哈林成为流放地的初期，有关让被流放的苦役犯人和强制移民从事屯垦农业的想法就已经出现了。这个想法本身的巨大诱惑力在于：土地耕作显然具有能够占据流放犯人全部身心的必要元素，可以让犯人因对土地的依赖而矫正其恶行。而且这种劳作对大多数犯人来说是可以胜任的，因为我国的劳役制度的主要针对的都是农民出身的流放犯，非农民阶层出身的苦役犯和强制移民只占流放犯人的十分之一。这种想法确实付诸实践了；至少到目前为止，在萨哈林，流放犯人们从事的主要劳作是务农，殖民区也一直被称为农业殖民区。

在萨哈林岛上，自殖民区有史以来，每年的耕种劳作从未停止过；随着村屯居民的增加，耕种的面积也在不断地扩大。此地的农业劳作不仅是强制的，而且是相当繁重的；如果说，苦役犯人劳作的基本特征，就是强制的和由"劳动强度高"而引起体力上的不放松的话，那么，在这个意义上，对流放犯人来说，萨哈林的农业屯垦的确就是最为合适的劳作了；直到目前为止，这种劳作一直在满足严酷的惩办目的。

至于这里的农业劳作有何种效率，是否满足了殖民区开发的需要，这在萨哈林流放地兴建之初直至现在，都是众说纷纭的，甚至是尖锐对立的。一部分人认为，萨哈林本是一个肥沃的岛

屿，在他们的工作总结和通讯里，甚至在拍发出去的电报里，都以一种兴奋之情表述说，流放区已经能够自给自足，不需要国家负担其开销；另一部分人对萨哈林的农业持否定的态度，认为在岛上培育农作物是不可思议的事情。这种截然的分歧产生的原因就在于，很多对萨哈林农业发表意见的人，对那里的实际情况是毫不知情的。殖民区建立之初并未经过仔细的勘察；从科学的观点来看，这个岛以前的农业情况是一片空白[128]，人们仅仅是根据一些不典型的特征，比如，地理纬度、临近日本、因岛上生长竹子和黄檗树等，就据此评判岛上的自然条件和农业作物种植的可能性。对那些偶然到访萨哈林最容易凭第一印象评判一切的记者而言，碰到的天气的好坏与否，在那些农舍里能否招待他们吃到黄油面包，偶然到过的地方是会像杜埃一样的阴森可怕，还是会像西扬查那样表面还是有点活力，都具有决定性的意义。大多数被任命来主持、管理农业殖民区的官员们的出身，既不是地主，也不是农民，从前对农业从未涉足，完全一窍不通；他们为了写报告，每次利用的都是屯监搜集、提供的资料。当地的农学家专业能力有限，无所作为，他们的报告都写得十分片面，由于才出校门，毕业就来到此地，因此，他们就照抄理论，做点官样文章，实际上，使用的资料也都是公署里更下一级小官吏们打来的报告[129]。有人认为，好像最可靠的资料的来源，是来自那些直接在田里耕种的人们。其实呢，这种来源并不可靠。流放犯人们的恐惧，即害怕失去救济、害怕官府不再贷给他们种子、害怕会被终生留在萨哈林，导致了他们总是把耕地的面积和实际收成少报一些。富裕的流放犯人不需要政府的救济了，但是也不说真话，在他们这已经不是因为害怕，而是出于莎士比亚所描述过的奥菲利亚之父波洛涅斯式的顾虑，即他们不得不同时承认，那片云彩既像骆驼，又像鼬鼠。他们敏锐地跟踪一切社会中流行的思潮，如果地方行政当局对农业持有否定的态度，他们会立即随声附和；如果管理机关中对流行的思想持有相反的看法，那他们也会改口说，感谢上帝，萨哈林的日子不错，收成还可以，只是人们都被惯坏了，等等。为了讨好官府，他们巧舌如簧，撒谎成性。比如，他们摘了麦地里最大的一株麦穗，用它来哄骗米丘尔，后者对其深信不疑，认为此处获得了大丰收。到访的人经常会被展示硕大的、人头一般的马铃薯，还有半普特重的胡萝卜、西瓜等。这些到访者看了这些奇异的产品，当然也就会相信，萨哈林的小麦收成绝不会低于种子 40 倍的产出神话了[130]。

我在萨哈林走访的时候，这里的农业问题正处在一个说不清、道不明的特殊时期。省长、萨哈林的总督和各区的长官们都不相信萨哈林本地农户的劳动生产率；对他们来说，流放犯人从事农业生产劳动的实验已经完全失败了。如果再继续坚持殖民区开发以农业生产为主要方向，那么，就会徒然地浪费国家的资金，使这些人平白地受折磨。我当时记录的省长的原话就是这样的：

"岛上的流放殖民区不甚成功啊。应该给这些人另寻一条挣钱的路子，农业充其量只能是一种辅助生存的手段而已。"

很多下级官吏对此也持同样的看法。他们在上司面前也会毫无顾忌地抨击岛上过去的做法。流放犯人自己在被问及生活如何的时候，回答的时候都是烦躁不安，非常绝望，一脸苦笑。尽管如此，在上上下下对农业都持有一致的悲观看法的同时，流放犯人们仍然会按时令耕种，行政当局也继续向他们发放种子贷款，对萨哈林农业最感到灰心的萨哈林总督照样发布命令，强调"为了让流放犯人安心务农"，凡是在其经营的地块上经营效益低下的强制移民，"无论如何"，不得转入农民阶层（1890 年第 276 号令）。这种矛盾的心理实在是令人费解。

目前为止，官方报告中所提供的已耕种土地的数字都是虚假的和与实际情况相差甚远的（1888 年第 366 号令），谁都无法准确说出每一户到底平均拥有多少土地。农业督导官认为，每个地块的平均面积是1555平方俄丈或三分之二俄顷。在气候较为适宜的科尔萨科夫区，这个数字为935平方俄丈。这些数字可能是不准确的，除此之外，这些数字的统计意义因为每一户土地使用的不平衡而下降了：从俄国带了钱财来此地的人或者是在此地成为富裕农户的人，可能会拥有3至5俄顷甚至8俄顷的土地，与此同时，很多的经营户，特别是科尔萨科夫区，有些人只拥有几平方俄丈的土地。由此可见，耕地的绝对面积每年都在增长，而使用的地块的面积却不见增加，并且成为不变的量值[131]。

耕种的种子由国家每年以借贷的方式交给农户。1889年，在土地条件最好的科尔萨科夫区，"使用的全部种子是2060普特，其中私人种子仅占165普特；在种地的610人中，只有56人用的是自己的种子。(1889年第318号令)"根据农业督导官提供的资料显示，每个成年居民使用种子3普特18俄磅，平均数最低的还是南方各区。有趣的是，气候条件最好的区农业的经营情况却是比北部区还差，然而，这又并不妨碍它事实上就是最好的区。

在北方的两个区，从来没有过一次无霜期能让燕麦和小麦完全成熟。两年里，只有过一次让黑麦成熟了的无霜期[132]。春天和初夏几乎都是在寒冷的天气中度过的；1889年，在7月和8月里都是严寒的天气，7月24日就开始了恶劣的秋季天气并一直持续到10月底。可以与寒冷作斗争，进而把改良萨哈林的粮食作物当成一个大有可为的任务，这是没问题的；然而，这里致命的东西，是极大的湿度，这是完全难以战胜的因素。岛上雨量过大，贯穿粮食作物的抽穗期、扬花期、灌浆期，特别是成熟期，因而，地里不会长出颗粒饱满、完全熟透的、干燥的粮食来。由于雨水过多，粮食也不会在收割之后及时地运出来，只能任其在雨水泡过的地里，成捆地发霉腐烂、发芽。特别是在春播作物的收割期，几乎与连绵的雨季吻合，总是赶上下雨，有时候从8月一直到深秋季节,阴雨连绵,庄稼全都撂在地里任凭雨打风吹。农业督导官在自己的报告中,绘制了一份5年来萨哈林收成的平均水平图表,用它来说明一个被岛区长官称为"空洞无物的臆测",在这一段时间里收成是种子的3倍。另外一组数字也可以证明这个数据:1889年,收获的粮食平均到每个成年人口是11普特,即是种下的种子的3倍。收获的粮食成色也很差。有一次,岛区的长官去查看强制移民们送来换取面粉的粮食样品,发现其中至少半数以上根本就不适合作为种子留存,另一半是遭受了霜打之后根本就没有成熟的粮食(1889年第41号令)。

这样收成极差的情况下,一个经营户若要糊口,则必须拥有不少于4俄顷的好地块才能够做到。因为收成不行,既不能雇用工人,也不能有什么剩余粮食;不用到很久的将来,这里的流放犯移民就会意识到,实行单耕制,不见休耕和施肥的地块会耗尽土壤地力。所以,"必须尽快采用合理的耕作制度和轮作制度",但是,如此一来,土地和劳动力的需求就会更大,农业就会成为毫无效率和不停亏本的生意,人们也就不得不彻底放弃这个产业。

看来,只有农业中的另一个分支——蔬菜种植,可以不仅仅依赖自然条件,而是依靠经营户本身的知识和勤奋,就可以在萨哈林取得不俗的成绩。很多家庭整个冬季都以食用芜菁甘蓝度日的情况,说明当地的菜园种植是有其效果的。我在亚历山德罗夫斯克的时候,正值7月,一位太太向我诉苦说,在她的小菜园子里,还没有开始扬花期,可是人家科尔萨科夫区的农舍里都开始采摘一篮子一篮子的黄瓜了。从农业督导官的报告里可以读到,1889年,在特姆区,每个成年人的平均收成是4.1普特的白菜和约2普特的各类根块作物,在科尔萨科夫区是4普特白菜和4.125普特的根块作物。同一年,在亚历山大区,平均每个成年人的收成是50普特马铃薯,特姆区的收成是16普特,科尔萨科夫区是34普特。一般来说，马铃薯的收成都不错，这不仅仅有数字作为佐证，而且，我在那里看到的情况也是如此；我没有见过成囤成袋的种子，没有见到过流放犯人吃白面包，尽管此地的小麦种植多于黑麦，然而我在每户房舍里见到的都是马铃薯，还听到居民们抱怨，马铃薯在冬天里烂了不少呢。随着萨哈林城市生活的发展，日常的市场需求也出现了；在亚历山德罗夫斯克，已经画出了一块专门的地方，让女人们在那里卖蔬菜，街上也会常常见到，流放犯人在那里卖黄瓜和青菜。在南部的某些地方，比如，在头道沟屯，蔬菜种植已经是相当重要的产业了[133]。

粮食种植，被认为是流放犯人的主要经营产业。能够提供补贴性收入的次要劳作产业是狩猎和捕鱼。以狩猎者的观点来看，萨哈林可谓是脊椎动物种类谱系极其丰富的地区。对加工者来说，最为珍贵、数量最多的是貂、狐狸和熊[134]。黑貂在全岛均有分布。据说，近来由于采伐过度和森林火灾频发，黑貂已经退居到远离居民点的森林里去了。我不知道，这种说法是否属实；我在弗拉基米罗夫卡走访的时候，就在屯口处，屯监用手枪射杀了一只黑貂，当时黑貂正在爬过原木涉溪水到对岸去，我遇到的从事狩猎的流放犯人，一般都是在距离屯落不远的地方打猎。狐狸和熊也在全岛都有分布。以前，黑熊是不伤害人的，也不伤害牲畜，被认为是性情温驯的动物，但是，自从流放犯人在在河流的上游定居之后，砍伐森林建屯，这样就截断了黑熊觅食鱼类的路径，而河里的野鱼一直是黑熊的主要食物来源，自此，萨哈林的户籍册和"死亡原因统计表"上才列出了一个"死亡原因"，叫"熊咬致死"，目前，黑熊在岛上肆虐，已经成为此地自然界的一大威胁，是需要进行认真重视的现象。此地还有鹿和麝，水獭、獾、猞猁。有时还会碰到狼，白鼬和老虎比较少见[135]。尽管野兽是如此之多，但是殖民区的狩猎并没有形成一种像样的产业形态。

此地的流放犯人中的富户都是因为经商发家的,一般主要是经营毛皮,他们都是用廉价的东西,用酒精从异族人那里换来毛皮,但是,这种交换不算是狩猎所得,只是一种变相的贸易而已。流放犯人中,猎人出身的不多,他们大部分算不上是猎户,而是爱好打猎而已,打猎的时候,猎枪很差,也没有猎狗,就是为了取乐子。打到猎物之后,售价极低,或者直接就换了酒喝掉了。在科尔萨科夫,一个强制移民卖给我一只他打来的天鹅,要价是"3卢布或者是1瓶伏特加酒"。由此可见,在流放殖民区,狩猎永远不会成为一种行业,原因就在于,这里是流放殖民区。狩猎业要发展,从事狩猎的人就必须是自由、勇敢和健康的人,而大部分的流放犯人都是性格懦弱的人,他们总是犹豫不决,胆小如鼠,神经衰弱;他们在原来的家乡不是猎人,也不会使用枪械,他们那被压抑的心灵与狩猎这种自由行业的要求格格不入,一个强制移民宁愿冒着可能受罚的危险,去宰杀官府贷给他们养家的牛犊,也不愿意去猎杀雷鸟和兔子。再说,来到流放殖民区的都是矫正级的杀人犯,大力地发展狩猎业也许并不合适。不能允许过去的杀人犯经常地杀戮动物,不断地重复野蛮的虐杀行径,例如,宰杀受伤的鹿,或者用牙齿咬断鹌鹑的喉管,等等。

萨哈林的主要资源和未来发展前景,可能,是令人信心大增的和值得幸福憧憬的,但,它并不是某些人认为的在提供毛皮的狩猎业或者是煤炭的矿业开发上,而是在对洄游鱼类的捕捞业上。被河流冲进了大海的那部分,不,也许是全部物质,每年都以洄游鱼类的方式,又会返还给大陆。马哈鱼,或叫大马哈鱼,属于鲑鱼类,个头的大小,鱼身的颜色和味道都与我国的鲑鱼相类似,它们主要栖息在大洋的北部,到了一定的时期就会向北美和西伯利亚的某些河流洄游,其洄游的势头强劲至不可阻挡,其数量浩大至不可胜数,它们洄游的速度极快而逆水冲上,直到最上游的山涧溪流之间而止步。在萨哈林,一般都是在7月底和8月上旬是大马哈鱼的汛期。在这个汛期里,鱼群数量之大,鱼群洄游的速度之快,那种急切和不同寻常的长途跋涉,没有亲眼见过这种景象的人,是怎么也不会真正想象出来的。仅仅从河面上的动静就可以判断鱼群的速度和拥挤的程度,那时刻的河面上就像是沸腾的开水一样,河水泛起一股鱼腥味,船桨划不动了,稍微一动就会撞上鱼群,把鱼撞得飞起来。在河口处,大马哈鱼肥壮、有力,不停地逆流疾驰游弋,拥挤、饥饿、摩擦、在树墩和乱石之间的冲撞,使鱼群精疲力竭,大马哈鱼变得消瘦了,鱼身布满血痕,鱼肉疏松而苍白,鱼的牙齿向外突出;它们已经变得完全面目模糊了,不了解此中内情的人会将它们看成是另一种鱼,不再称它们为大马哈鱼,而是叫做龅牙鱼。鱼群的体力越来越弱,已经无力再逆水而游,就只好随流水进入河湾或者树墩下面,埋头在河岸边,这个时候,人们在河边伸手就可以捞到大马哈鱼,甚至连熊也能用熊掌从水里直接捞鱼。最后,在生殖交配和饥饿的双重折磨下,鱼群开始大批地死亡,这种现象在江河的中游就已经出现,等到了上游,岸上就会遍布死鱼,散发出浓重的腐败的臭味。鱼群在交尾期经历的这种苦难,被称为"死亡追逐",因为它们不可避免地死去,没有一条鱼能够活着回到海里去,所有的鱼都会死在河流当中。彼得堡科学院的院士、动物学家米登多夫说:"不可抑制的交配欲望导致奄奄一息,直至死亡,这是竞逐思想的光芒;这样的理想竟然寄寓在迟钝而湿冷的鱼类头脑之中!"

鲱鱼的洄游也同样壮观,它们会在春天固定的时间出现在海岸线附近,一般是4月的中下旬。鲱鱼也是以庞大的鱼群方式洄游,目击者的表述是,"数量多到不可想象"。判断鲱鱼的每一次来临只需注意到以下现象:在海面上涌起大片的白色泡沫带的时候,在海面上巨大的空间里,成群的海鸥和信天翁不断上下翻飞，鲸鱼正在向空中喷射水柱，大批的海狗正在四处追逐，这是鲱鱼行进的征兆。场面何其妙哉！接下来在阿尼瓦湾追逐鲱鱼的鲸鱼们是如此之多，它们会将克鲁森施滕的海船团团围住，使船只不得不"小心翼翼"地靠向岸边。在鲱鱼洄游期间，大海像是一锅沸腾的开水一般[136]。

甚至也不可能来大约估算一下，每次鲱鱼洄游期间，在萨哈林的大小河流以及沿岸地带里，究竟可以捕捞的渔获是多少。估算出多高的数字都不为过啊。

总之，可以毫不夸张地说，如果能够进行大规模的合理组织捕捞洄游鱼类，况且日本和中国又早已经拥有贸易市场，萨哈林的定期捕捞业会获得上百万的收益进项。当日本人才拥有南萨哈林、捕捞业刚开始初创的时候，日本人每年的获利数额就约有 50万卢布。据米丘尔估算，仅凭在萨哈林南部熬炼鱼油这一项业务，就需要 611 口大锅和 15 000 立方俄丈的木柴为燃料，鲱鱼一项每年就可挣到 295 806 卢布。

自从俄国人占领了南部萨哈林之后，渔获的捕捞业一蹶不振，直至今日。捷伊杰尔在 1881 年写道："这里不久之前还是一片的繁荣景象，阿伊努人衣食无忧，商人们获利颇丰，如今这里是一片萧条。"[137] 捕捞业目前是由北方两个区的流放犯人从事的行业，规模谈不上，聊胜于无。在特姆河流域走访的时候，正好赶上大马哈鱼已经洄游至河源头地带，但是，只能偶尔在河边的绿色草地上看到几个捕鱼者的身影，他们就是用系着鱼钩的长长的杆子将半死的鱼从河里拖拽到岸边而已。最近几年，地方行政当局为了给强制移民增加收入，已经开始向他们定制、收购腌鱼。移民们可按一个低价或者是以借贷的方式拿到盐巴，然后监狱再以一个高价向他们收购腌鱼，对他们进行鼓励，但是，这项微不足道的新收入，还有一点必须提及：那就是据犯人们说，用当地移民腌制的鱼做成的汤，总是会有一种令人恶心的、难闻的臭味，鱼的腥臭味也一点没有去掉。移民们并不会捕鱼和制作腌鱼，也没有人教会他们这项技能；目前监狱占据了最好的下网滩涂，分给移民的都是乱石滩和岩壁。移民们自己制作的网具常常因与石头和树墩挂碰而损毁。我在杰尔宾斯科耶走访的时候，那里的苦役犯人是为监狱捕鱼的。岛上的总督科诺诺维奇将军下令把移民们召集在一起，给他们讲话，呵责移民们去年卖给监狱的鱼根本不能食用。他说："苦役犯人们是你们的兄弟，也是我的儿子，你们这样做是在欺骗官府的同时，也欺骗了自己的兄弟和我的儿子。"移民们对他的讲话当然信服，但是，从脸上的表情来看，却并非如此。明年兄和儿子们可能还是要吃发臭的腌鱼的。甚至，即使移民们学会了腌鱼，这项新的收入也不会持久，因为卫生监督机构或早或迟会禁止食用在河流源头附近捕到的鱼类。

8月25日，我到访了杰尔宾斯科耶监狱的捕鱼网滩。连绵不停的阴雨使周围的自然景色看上去阴沉沉的；岸边的路很滑，很难走。一开始我们去了仓房，那里有16名苦役犯，正在由一个叫瓦希里安卡的人领着做腌鱼，瓦希里安卡以前是塔甘罗格的打鱼人。已经有150桶鱼腌好了，大约有2 000普特重。给人一种印象，即要不是瓦希里安卡来这里做了苦役犯，那这地方可没有人知道该拿这些鱼怎么办啦。从仓房里出来到了岸上，看见有6个苦役犯人正着快刀在收拾鱼，他们回手就将鱼的内脏抛进了河里；河水已经被染得通红，浑浊不堪。遍地都是散发着熏人的鱼腥味的烂泥和混合着鱼血水的垃圾。对面还有一群苦役犯人，浑身精湿，打着赤脚，正在往水里下一张不大的渔网。我在的时候，看他们撒网了两次，每一次都打上来满网的鱼呢。大马哈鱼外表整个已经面目全非了。所有鱼的牙齿都向外凸出，背部弯曲，全身布满血痕。几乎每一条鱼的肚子上都粘有绿色的或者褐色的排泄物，这是鱼排出的流体粪便。被抛到岸上的鱼，若不是在水中就已经没有了气息，或者在渔网中只是稍微挣扎几下就毙命的话，那也很快会断气的。身上没有红斑血痕的鱼，那都是很少见的，会被称为银疙瘩；这种鱼会被小心地放好，但是，不是为了给坐监狱的人当伙食来源，而是要留作"晒腌鱼"之用。

这里的人对于洄游鱼类的习性还没有完全掌握，还没有意识到，应该去河口或者是河流的下游处区进行捕捞作业，因为，越是往上游走，洄游鱼的口味就越差。我在阿穆尔河上乘船航行时，听当地的老住户居民说，只有在河口处才能捕捞到卖相较好的大马哈鱼。到了上游那些地方，大马哈鱼就变成了凸牙鱼啦。我在轮船上也听别人谈话，说，是时候对捕捞业进行统一规划了，即应该禁止在上游捕鱼[138]。例如，在上游的特姆河流域，监狱和强制移民捕捞到的都是一些消瘦异常的、奄奄一息的鱼，而日本人呢，却在河口处用排桩截住鱼的通道，大肆捕捞，到了下游呢，基里亚克人捕来用以喂狗的鱼，都要比特姆区给人吃的鱼更肥壮和美味。日本人总是满载而归，他们的帆船甚至连大海船都是装满了渔获。波利亚科夫于1881年在特姆河口见到过的那艘造型好看的船，很可能，今年夏天就来过这里。

为了让捕鱼业成为一门真正的产业，必须把殖民区设置在靠近特姆河口或是波罗那亚河口处。但，这还不是唯一的条件。还必须让流放犯人不必与自由民竞争，因为任何一种行业，只要有利益冲突的情况，那么，自由民总是要占上风的。而且，现在，同移民们竞争的还只是日本人，他们因为要交关税，所以像海盗一样滥捕，竞争者还有一些官吏，他们有权把条件较好的网滩给监狱做捕捞使用，而在不久的将来，随着西伯利亚铁路的开通和船运业的发展，这里丰富的鱼产和毛皮业会吸引更多的自由民到岛上来；一旦开始大批移民，真正的捕捞业就会兴起，流放犯人就不会是以产业人的身份加入进去，而是作为雇工参与捕捞作业，随之而来的，就是对流放犯人劳动的苛责，说他们在许多方面都不如自由民，甚至不如满洲人和朝鲜人；从经济观点来看，流放犯居民会被认为是岛上的累赘。随着岛上自由民的增加和捕捞加工业的发展，国家也会越来越认同保护自由民利益更为公正和更为合理，从而导致流放地的关闭。如此一来，渔业会是萨哈林的财富之源，但不会是流放殖民地的财源了^[139]。

关于海带的采捞，我已经在毛伊卡的记述中提到过了。从事此行业的移民在3月1日至8月1日期间，一般可以赚到150至200卢布；其中三分之一会花在伙食费上，流放犯人一般会把净剩的三分之二带回家去。这是一笔可观的收入，但是，遗憾的是，能挣到这笔钱的，目前只有居住在科尔萨科夫区的强制移民。工人们的劳动报酬是计件领取的，所以，工资的多寡直接与流放犯人的勤恳品质和有无熟练的劳动技巧相关联，不是每一个犯人都具有相关的劳动品质，因此并不是人人都能去毛伊卡干活挣钱^[140]。

流放犯人中间，有不少的木工、细木匠人、裁缝和其他的手艺人。但是，大多数人都没有一技之长，或者只会种地。有一个流放犯人会钳工手艺，他倒是会制作别尔丹式的步枪，他已经做了4支，卖到大陆去了，另一个人会制作特别的钢链，也有人会雕塑石膏像；但是所有这些制作出来的别尔丹式的步枪、钢链、各种贵重的小匣子，对于殖民区的经济状况并无代表性，就像南部区有人在海岸边上常年收集鱼骨或者有人拾捡海参一样，都是一些不足挂齿的偶然现象。在犯人制品展览会上展出的那些精巧珍贵的木制品，只能说明，会有个别技艺超群的细木工匠沦落至此来服苦役了呗；但是，他们的技能是和监狱毫无关系的，因为监狱不会给他们的产品进行推销，也并非是监狱造就了苦役犯们的技能；直到现在，监狱充其量也就是在享受工匠们的劳动成果而已。工匠们提供的劳动完全超出了此地人们的需求。一个苦役犯人对我说："就是造出假钱来也是没有地方可花的。"木匠们每天才挣20个戈比，还要自己负担伙食费，裁缝干一天只够换瓶酒喝[141]。

如果现在把流放犯人的各项收入相加，并平均到每一个人身上，那么得出来的数字是相当可怜的，除了必须要向国家出售粮食之外，狩猎、捕鱼和其他的收入都算上，平均只有29卢布21戈比[142]。就是这样，每户平均还欠国家31卢布51戈比。由于收入的总额中还要将犯人的伙食费、官府的救济以及老家寄来的钱包括在内，流放犯人的做工收入主要来自官府派活，所付的工钱有时可能故意高于实际的应付数额，那么，上述所说的平均收入就有一半是不可信的啦。欠官府的数额比实际数字还要高出不少呢。

注释：

[128] 未被了解的地方。（原文为拉丁语）

[129] 萨哈林总督1890年曾在一份农业督导官的报告上批注了这么一段话："终于有了这么一份报告，虽说还不够完善，但至少，这份报告有了可供依据的、通过观察得来的数据，并且经过了专家的整理，并不是为了取悦上级而写的东西。"他把这份报告称为"向着良好方向的第一步"；就是说，在1890年之前，大家写报告都是为了取悦上级。后来科诺诺维奇还说，1890年以前萨哈林农业数据的唯一来源是"凭空臆测"。

[130] "一位新任农学家（普鲁士的臣民）来到了萨哈林，"一位通讯记者在1886年第43期的《符拉迪沃斯托克》如此写道，"这个农学家为了显示自己的功绩，于10月1日举办了一场萨哈林农业展览会。展览会的展品均来自亚历山德罗夫斯克和特姆区以及官办农场……移民们提供的粮食展品毫无特别之处，他们只是冒称产自萨哈林，实际上是从有名的格拉乔夫商行订购的种子。特姆区的强制移民西乔夫拿来当展品的小麦还附有特姆区区长的证明，说当年的收成已经达到了70普特，后来被揭穿是骗局，展品都是精心挑选出来的。"这个展览会的情况在同一

家报纸的第50期也被提到过,上面是这样描述的:"那里有不少个头惊人的蔬菜展品,比如重达21.5俄磅的洋白菜,13俄磅重的萝卜,3俄磅重的马铃薯,等等,我敢说,就是在欧洲的中部,都找不到这么好的蔬菜展览样本。"

[131] 随着人口的增多,寻找可供耕种的地块的难度越来越大。覆盖着阔叶林、榆树、接骨木和其他树种的地方,就是那种土层深厚肥沃的沿河绿地已经十分罕见啦,到处都是沼泽、冻土地带、山地,上面满是针叶林,下面是积水的涝洼地。甚至在萨哈林岛的南部,河谷地带都是被限制在树木稀疏的山包和烂泥沼之间。这样的山包和泥沼地与北极地带毫无二致。塔克伊山谷和毛伊卡之间的,就是大面积的泥沼地带,在这里,种植物是让人绝望的;也许,在这种泥沼地,筑路是有可能的,但是,改变此地的气候可就不属于人类的权力了。尽管萨哈林南部的地域辽阔,但是,至今,能够找到的可耕地、适合种植蔬菜的地块以及建立农场的成片耕地,仅有405俄顷(见1889年第318号令)。然而,以符拉索夫和米丘尔为首的一个委员会,专门负责研究萨哈林流放殖民区的可耕地问题,他们认为,萨哈林岛的中部更有利于垦殖土地,那里适合的土地应该是不少于200 000俄顷的,南部"可达220 000俄顷"。

[132] 详见冯弗里肯的《1889年萨哈林岛农业状况报告》。

[133] 至今为止仍不知道为什么此地不适合洋葱种植。这种蔬菜的短缺是靠一种能长在这里的土地中的熊葱(茖葱①)来补充的。这是一种鳞茎属的植物,味道很冲,哨所的士兵和流放犯人认为,这是一种能够防止坏血病的植物,每年冬天,哨所和监狱都会储备上百普特这种植物,由此可见,这种病症在此地的常见程度。据说,熊葱味美,且有营养;但是,就是在室外,要是有谁吃了添加这种东西的食物走近我,我都会感到恶心得要命。

[134] 详见尼科尔斯基著《萨哈林岛及其岛上的脊椎动物》一书。

[135] 一般狼都远离人的住处躲避,因为它们怕家畜。这种说法看

---

① 原文为拉丁语。

上去不可思议，我可以举一个类似的例子：布谢写过，阿伊努人第一次在生活中见到猪这种动物的时候，吓得不轻；米登多夫也提到过，在阿穆尔河上刚出现羊的时候，狼根本不敢动它们。萨哈林岛西北部的野生鹿群尤其多；它们冬天聚集在冻土带，而春天的时候，根据格林的记录，它们就去海边，舔舐那里的盐巴，可以在岛屿这部分地区的开阔平原上看到数量极其庞大的鹿群。野鸟当中，有大雁、各种野鸭子、白色的山鹬、松鸡、榛鸡、麻鹬。它们的交配期会延续至 6 月。我是在 7 月来到萨哈林岛上的。当时原始森林里已经完全空寂了；岛上毫无生气，因而对某些观察家的话难以苟同，他们说，这里会有堪察加的夜莺、山雀、鸫鸟和黄雀的身姿。倒是有不少黑乌鸦在聒噪，没有喜鹊和椋鸟的影子。波利亚科夫在萨哈林只见到过一种家燕，据他说，这种燕子也是偶然才来到这个岛上的，是迷路了，误入而已。有一次，我觉得草丛里面看起来是有一只鹌鹑；但是定睛一看，是一只很好看的小野兽，名字叫金花鼠。在北方区这是最小的哺乳动物啦。根据尼克利斯基的记载，这里没有老鼠，可是殖民区早期的文件里却有"蝙蝠、鼠洞和老鼠"的字样。

[136] 一位通讯作者说他见过一种日本渔网，这种网可以撒到海中 3 俄里的范围中去，一头固定在海岸边上，形成一只大口袋状，源源不断的鲱鱼被悉数打捞上岸。布谢在自己的札记中曾这样说："日本渔网很密实，而且相当的大。一张撒入海中的渔网能覆盖距岸边约 70 俄丈的海上方圆。令我大为吃惊的是，日本人在拽网至离岸边 10 俄丈的时候，就只能暂停，将其搁置，因为这一网中的鲱鱼实在太多，60 个渔工都使尽全力，仍难以让其再往岸上靠近……收网工每摇一下连着渔网收口的橹柄，都会惊起一片沸腾的鲱鱼。他们说都不敢摇橹了。"布谢和米丘尔都对鲱鱼的渔汛情况和日本人的捕捞活动做过详细的描述。

[137] 《海洋报》1880 年第 3 期。

[138] 还有，阿穆尔河里的鱼类颇丰，捕捞业却组织无方，群龙无首，说起来好像是因为捕捞单位不愿意花大钱从俄罗斯聘请专家来指导。比如，这里主要的捕捞种类是鲟鱼，可是并不能收获到鱼子，哪怕这里的鲟鱼和俄国的鲟鱼外观上是一样的。本地渔民们的技能就停留在

晒点鱼皮而已。捷伊杰尔曾在1880年第6期的《海洋报》上写道，以前阿穆尔河也成立过一家渔业公司（股东为几个资本家），也曾计划展开大规模的捕捞活动，亲自品尝了鱼子，并且据说他们自己报出的鱼子售价每俄磅足有200至300银卢布。

[139] 对于那些现在就住在小河的河口附近和海边的流放犯人来说，捕鱼就是一个辅助性的经济来源，能够获取一定的补贴，但是，为了干这个，就必须向他们提供像样子的渔网，将以前在家乡就从事过此类营生的人安置在此处，等等。

[140] 由于西南沿海一带出产海菜，气候相对温和，在我看来，这里是唯一合适萨哈林流放殖民的地区。1885年，在阿穆尔边疆区召开的一次研究学会的会议上，目前从事捕捞的业主谢苗诺夫做过一次有意思的报告，其内容刊载于《符拉迪沃斯托克》1885年第47和第48期。

[141] 至今，那些工匠们也只能在哨所的长官们和富裕的流放犯那里才能找到活儿干。当地的知识界倒也令人"敬佩"，他们付给工钱时一向大方。也有医生把鞋匠当成病人收治进医院，以方便鞋匠给他儿子缝制靴子。还有的官员把女裁缝收做女仆，以便其无偿地为自己的妻子和女儿缝制衣服。当然，这些都是一些令人难过的例外。

[142] 根据农业督导官的统计数据。

第十九章　流放犯的生活概况：饮食、
　　　　　　着装、礼拜与识字

> 流放犯人的饮食。囚犯吃什么、怎么吃。囚犯的着
> 装。囚犯的精神生活。学校的地位。人口识字率。

萨哈林的流放犯人是由官办伙食供给的，定量是：每天 3 俄磅面包，40 佐洛特尼克①肉，15 佐洛特尼克粮米和价值 1 戈比的各种调料。在斋戒日，肉食就会改为 1 俄磅的鱼类。为了确定这份供给食单在多大程度上与流放犯的实际饮食需求匹配，仅仅依赖例行的在办公室里鼓捣出来的数字是不行的，那种计算方法在意的是比较，而且会从各种国内外居民饮食配给数额的表面数据，来谈此地的伙食供给关系。如果在萨克森和普鲁士的监狱里，犯人们一周只吃三次肉，每次食肉量不超过 0.2 俄磅，如果坦波夫省的农民每天食用 4 俄磅的面包，那么，这就能说明萨哈林的囚犯们每天在食用大量的肉类和面包了吗？绝不是。这只能说明，德国的监狱管理者们害怕被人们指责为虚伪的慈善家，至于坦波夫省的农民，只是在他们的伙食中，面包所占的比例较大而已。这里重要的是在实施的过程中，不是从数量上，而是要从质量上，对某种居民群体的伙食情况进行具体的分析，并且对该居民群体居于其中的自然条件和饮食风俗等进行研究；没有严格的个案分析，得出的结论就会是片面的，大概，那是只有形式主义者才会信服的结论吧。

有一次，我和农业督导官冯·弗利肯先生一起从红谷返回亚

历山德罗夫斯克:我乘坐四轮马车,他则骑马随行。当时天气炎热,森林里更是闷得上不来气。在哨所至红谷的大路上,因犯们都光着头,汗流浃背地在干活。在我乘坐的马车驶近他们的时候,他们可能是把我当成过往的官员了,突然间就拦下了马车,开始向我告状了。说发给他们的面包没法下咽。我跟他们说,他们最好是向长官们申诉此事。但他们对我说:

"我们跟总典狱长达维多夫说过了,他说我们是想叛乱。"

发给他们的面包确实太差了。把面包一掰开,在太阳映衬下,面团子里面还有水珠呢,还粘手,看上去又滑又脏,拿在手上根本不会有食欲。他们给我看了好几份,都根本没有烤熟,是夹生的,面粉质量很差,掺杂了大量的水分。这种面包都是在新米哈伊洛夫卡做的,是在总典狱长达维多夫的监管下制作的。

由于在制作过程中大量地掺假,制作犯人额定口粮中 3 俄磅面包的面粉的使用量实际低于定额。[143] 那些负责制作面包的苦役犯,在上文提到的新米哈伊洛夫卡卖掉自己那份面包配额,自己靠吃烤面包时的边角料过活。在亚历山德罗夫斯克监狱里吃饭的苦役犯,可以吃到合乎规定的面包;而住在监狱外面的苦役犯,发给他们的面包就差一些;远离哨所驻扎地之外干活的犯人,吃的就是最差的了。换句话说,在岛区长官和典狱长的眼皮子底下,面包的质量还是过得去的。为了在制作的面包里掺假,面包制作者和管理监狱伙食的看守们,把在西伯利亚早已经心照不宣的那一套多端诡计都用上了,比如,用开水把面粉直接烫熟,这一招还是最无害的;为了增加面包的重量,特姆区以前还把土筛细添加进面粉。类似的胡作非为之所以畅通无阻,是因为官员们不可能整天坐在面包房里进行监视,或者去检查每一份面包,而来自犯人们的申诉却是永远没有可能上传至主管伙食的任

---

① 1 佐洛特尼克约为 4.266 克。

何一级部门[144]。

无论面包是好吃还是不好吃,一般来说,没人会把口粮都吃掉的。囚犯们吃口粮都是有算计的,因为按照我国监狱和流放地早已经确立起来的一般习俗,官办伙食供给的面包的作用就犹如流通的硬币一样管用。囚犯们用面包抵工钱,付给打扫牢房的人,付给替他干活的人,付给那些对他好的人;他攒着面包买一些针头线脑或肥皂之类的;他为了使自己的那少得可怜的、齁咸的、单调的饮食再多一点、再丰富一点,就拼命地囤积面包,然后在"赌档"换取牛奶、白面包、糖、伏特加……高加索一带出生的人大多因病不能吃黑面包,所以尽量都把这种面包换出去。如此一来,如果表格上列的3磅面包是足额的,那么,当你熟知了面包的质量和监狱的生活条件之后,这份口粮的价值完全是魔幻的,数字已经失去了它应有的效力。肉只吃腌的,鱼也是腌的[145],在汤里煮着吃。监狱里的汤呢,是一种半液体的麦片和马铃薯粥,里面漂浮着红色的肉片或者鱼片,有些官员盛赞这汤很不错,但他们自己却不敢吃。那些汤,即使是为病人煮的,也散发着很咸的味道。监狱里是否有到访者,是否有轮船即将到港,有没有看守或厨师在厨房里吵架,这一切都会影响汤的味道、颜色和气味,尤其是那气味最要命,加了辣椒和月桂叶子也无济于事。咸鱼汤在这方面显得是特别的臭名昭著,原因很清楚:首先,这种产品很容易变质,所以,他们总是急于先做那些已经开始腐烂的鱼;其次,苦役犯移民在上游捕获的那些奄奄一息的、遍体鳞伤的鱼也会进行煮食;在科尔萨科夫监狱,有很长一段时间,囚犯们食用的都是咸鲱鱼汤,据医务部的主任说,这种汤没什么味,鲱鱼很快就化成小块了。但小块的骨头的存在让汤难以下咽,会引发胃肠道黏膜炎。囚犯们经常因难以下咽而往小盆子里吐汤,多久吐一次不得而知,但这是常有的事[146]。

犯人们怎么吃饭？像食堂这样专门吃饭的地方是没有的。每到中午，囚犯们就像呆头鹅一样，在厨房所在地的营房或者棚子外面排成长长的队伍，就跟我们等在铁路的售票窗口一样。每个人手里都拿着盛汤的盘子，一般这个时候，汤已经煮好了，就"焖"在锅里。充当伙夫的苦役犯人就用一柄长勺给每个犯人的盘子里来一勺汤，这一勺里可能有两片肉，也可能一片也没摊上，这可要看伙夫的心情。后面才轮到的犯人，等到的就不是汤了，而是锅底比较浓稠的菜粥，但会再次兑上水来分发[147]。囚犯们打到自己的那一份饭，就立即走到一边去，边走边吃，有的席地而坐，有的回到自己的铺位上去吃。至于是不是所有人都吃到饭了，是不是还有人没打到饭，是不是有人睡着了没吃上饭，是不是有人想更换自己那份，那就没有人管了。如果有人对在厨房里忙活的人说，在苦役地，有不少精神上受到压抑而导致心理畸形的人，他们需要有人关照，劝他们吃东西，甚至要用强制的手段强迫他们来吃东西，那么，这种意见在这里只会引起伙夫们的莫名其妙的表情，他们只能回答："大人，这我可就不懂了。"

在那些领取官府口粮的人中间，只有25%至40%的人在监狱的伙房里就餐，其余的人会领出自己的口粮，然后自己烧饭吃[148]。这样的人分为两类：一部分人是把口粮领出来以后，和自己的家人或者是搭伙经营的人一起吃；另一部分人是被分派到监狱以外的地方去做工，他们就在工地上起火烧饭，这些人干完活之后，如果不下雨的话，如果不是累到无法支撑一头倒下的话，他们就会在铁皮锅子里为自己煮饭，如果是又累又饿，就不愿意支锅烧火了，那就干脆吃一口咸鱼或者生鱼就完事。如果他在午饭时间睡着了，或者是他早就卖掉了、输光了自己的口粮，还有口粮变质了、被雨水打湿了，等等，这都与看管人员不相干，没人管。有一些人一天就吃光了自己三四天的额定口粮，就只好只靠面包果腹或者干脆就饿着。而且，据医务主任说，在海边或者河岸上干活的人会捡冲到岸边上来的那些蚌壳类和鱼来充饥,在森林里干活的人会采摘各种野菜食用,其中有些是有毒的植物。矿业工程师坎佩尔证实说,有的犯人在井下劳作时会啃脂蜡来充饥[149]。

在被解除苦役的第二年,也有少部分是第三年,强制移民仍然可以领取官府的定额口粮。此后,他就必须自食其力,自己养活自己了。在已有的文献里和官署的办公厅里,是找不到有关强制移民的饮食状况的统计数字和正式的资料的。但我从个人走访所得到的印象和在当地收集到的数据来看,殖民区的主要食物种类应该是马铃薯。在一年中的大部分时间里,家庭的主要食物就是马铃薯、萝卜和芜菁甘蓝。只有在鱼汛期才能吃到新鲜的鱼,比较富裕的人才能吃到上好的熏咸鱼[150]。至于肉,可就别想了。那些有奶牛的人,宁愿卖掉牛奶也不愿意喝它;他们不用陶器罐子来盛牛奶,而是把它装进瓶子里,这就表明,它是要卖出去的。总的来说,那些强制移民非常乐意出售自己地块上生产出来的东西,有时候宁愿自己挨饿也不会去吃它们。在移民看来,比起自己的健康,他们更需要的是钱:攒不够钱,那就甭想回大陆啦。等到了大陆再放开肚皮吃呗,那时候再顾及健康就行了。能吃的野生植物可不少:樱桃啦,浆果啦,悬钩子啦,蓝莓啦,蔓越莓啦,越橘啦,等等。可以说,生活在殖民区的流放犯人,主食基本上就是植物类食品,至少,对那里的大多数人来说,这是毫不夸张的事实。不管怎么说,他们的食物构成中,脂肪的含量是相当低的,很难说,这些出了监狱的强制移民能比在监狱伙房里吃饭的人幸福到哪里去[151]。

发给囚犯们的衣服和鞋子似乎是够穿的。苦役犯们,无论是男是女,每年都会领到粗布衣服和短皮大衣各一件,而萨哈林岛上的士兵干活并不比苦役犯人少,一身制服却必须穿三年,一件军大衣要穿两年才会换发。至于鞋,犯人每年可领到四双便鞋和一双水靴子，而士兵只能领到一双皮靴子和两副半鞋后掌。不过，士兵的卫生条件较好，他总还有一张床，有被褥，有可以在恶劣天气里躲避雨雪、烤干衣物的住所，而苦役犯只能任凭自己的衣物放烂发馊。因为没有行李，一般只能和衣而卧，或者睡在臭气扑鼻的破衣服堆里。他们没有可以烤干衣物的地方；苦役犯有的时候就是穿着湿答答的衣服睡觉。因此，在苦役犯人没有得到更为符合人道的待遇之前，究竟发给他们多少衣服才是满足其需要的问题，是没有答案的。至于衣服鞋子的质量问题，情况和面包如出一撤：谁住得离上级长官比较近，谁得到的衣物就比较好一些，谁被分派到监狱外面去做工，谁得到的衣物就差一些[152]。

现在我们来谈一下精神生活，即如何满足高级需要的问题。殖民区本来就属于矫正性质的机构，但是，在萨哈林，却根本没有专门从事矫正罪犯工作的机构和人员；有关此事，也未见任何的指令。在《流放犯管理条例》中未见任何的条款涉及此事。只是有寥寥数语提及，在必要时，押解的军官和军士可以动用武器制服犯人，或者此地的神父有"传播宗教"的道德义务，需要向流放犯人宣讲"获得恩宠的幸运"。大家都认为，教会和学校应该在矫正工作中起到首要的作用；其次，自由移民也有义务用自身的威望、端正的品行以及言传身教来促进道德水平的改进。

在宗教方面，萨哈林隶属于堪察加、千岛群岛和布拉戈维申斯克主教区[153]。主教同时兼任三个教区的职务。历任主教都不止一次来萨哈林巡视。他们都是像普通的神职人员一样，旅行的时候，行装简朴，一路风尘仆仆，历尽艰辛。他们到这里为教堂奠基、为各种建筑物祈福[154]，并到监狱中去巡视，安抚犯人，为囚犯们赐福，指点迷津。关于各位主教们的活动，从保存在科尔萨科夫教堂里的记事录中可见一斑，古力主教大人曾在上面批阅道："据我所知，即使他们（指流放犯人）不是全部都有信仰和忏悔之意，至少许多人都是有信仰的。当我1887年和1888年进行劝喻的时候，不是别的因素，正是忏悔的诚意和笃信的信仰，使他们都伤心地哭泣了。监狱的使命除了应该对罪行进行惩罚之外，还必须唤起被囚禁者的善良之感，尤其不能再让已经身陷囹圄的人再度陷入绝望的深渊中。"他的观点也被教会的低级教士所接受。萨哈林的神父总是回避惩罚活动，不是把流放犯人看成是罪犯，而是将他们都一律视为普通人。在这方面，传教士比那些喜欢擅自做主越权的医生和农艺师们表现出了更多有益的行为和对使命的深刻理解。

在萨哈林宗教史中，至今仍占据着显著位置的是西梅翁·喀山斯基主教大人，移民们都称呼他为谢苗神父，在七十年代，他曾在阿尼瓦和科尔萨科夫教堂司职神父。早在南部萨哈林的宗教"史前"时期，即还没有开辟出道路而且也没有俄国移民的时候，那时候只有少量的军人分散地驻扎在南部。谢苗神父几乎在荒漠中度过了自己的年华，他总是坐着狗拉爬犁或者鹿拉爬犁游走在一个个居民点之间，夏天的时候，经常是沿着海岸走，或坐小帆船以及徒步走过原始森林；他有时会被冻僵在半途中，被漫天的大雪埋住过，也曾经病倒在无人烟处，忍受过蚊蝇叮咬的折磨，经常处在被黑熊袭击的危险中。神父多次在湍急的河流中翻船遇险，在冰冷的河水中挣扎；但这一切，他都以非凡的乐观精神忍受下来了，他称荒漠孤烟地是可爱之处，从来不抱怨他所经历的艰辛困苦。在同各级管理者和军官们的交往中，神父从不孤僻清高，是一位出色的同伴，在谈话中，神父总能不失时机地纳入宗教话题。关于苦役犯人，他是这样说的："在造物主的面前，我们大家都是平等的。"他把这话写进了自己著名的公文中，内容是申请让一名苦役犯担任执事[155]。在他任职期间，萨哈林的教堂极其简陋破败。有一次，当他为阿尼瓦教堂的圣像影壁做祈福的时候，他对于教堂的贫困状况做了如下的说明："我们既没有时钟，也没有祈祷书，但是对我们来说，最重要的是，主在此地。"我在记述神父窝棚的时候已经提到过这位神父了，士兵们和流放犯人已经将他的事迹传遍了整个西伯利亚，现在，在萨哈林周边一带，谢苗神父是一位颇具传奇色彩的人物。

目前，在萨哈林有四座教区教堂：分别位于亚历山德罗夫斯克、杜埃、雷科夫斯科耶和科尔萨科夫[156]。教会已经不那么寒酸。神父的一年的薪资是1 000卢布，每一个教区教堂都有唱诗班，穿正式的服装。礼拜天和各大节日都会举行祈祷仪式。头一天的夜晚还会举行彻夜祈祷，第二天早上九点钟开始做弥撒，一般不做晚祈祷。此地居民成分的特殊构成并不会让神父们负有额外的义务，他们举行活动的内容和国内乡村神父并无不同，也是在节日举行祈祷仪式、涂圣礼和在主日学校授课。单独开导、单独劝诫的个案事例[157]，我还没有听说过呢。

在大斋期，苦役犯也要斋戒祈祷；这样有三个早上就等于假期。当沃耶沃达监狱和杜埃监狱的戴镣铐的犯人要进行斋戒祈祷的时候，教堂的周围布满了岗哨。据说，这个场面令很多人不太愉快。做苦役活儿的犯人通常并不到教堂里去。他们总是利用每个节假日休息，缝缝补补，或是去采摘浆果。此外，当地的教堂节假日很拥挤，一般习惯上，经常到教堂里去的，都是那些穿便服的自由民，即干净的教民。比如，我在亚历山德罗夫斯克走访的时候，每次教堂礼拜，前排的座位都是被官员及其眷属所占据；后排才是穿得花枝招展的士兵的家属和看守的妻子们，最后边，紧靠墙边的，才是市民打扮的移民和充任录事文员的苦役犯们。怎么能够设想让光着头、背上缝着苦役犯的标志、戴着镣铐或者是戴着连车镣铐的一群犯人进入到这里呢？在我提出了这个问题的时候，一位神父的回答是："不知道。"

如果住得够近便，移民们就会到教堂里持斋、举行婚礼或者也为小孩子做洗礼。神父会亲自去往偏远的村屯，在那里为苦役犯人们"主持斋戒"并处理一些其他事宜。希拉克利神父在上阿尔姆丹和小特姆屯有自己的"主教助理"。他们由苦役犯人沃亚宁和雅克文科担任,每逢礼拜,就由这两个人来诵读《圣经》。希拉克利神父每到一个屯落,都会有人奔走相告:"快来做祈祷哦!"没有教堂的礼拜堂的地方,祈祷仪式就在营房或者移民的房舍里进行。

我在亚历山德罗夫斯克的时候,有一天晚上,本地的伊戈尔神父来拜访我,他只是略坐了一会,就说要去教堂主持一场婚礼。我就跟着他一起过去了。教堂里的蜡烛已经点燃,唱诗班的歌手们都一脸落寞地站在唱台上,等待着一对新人的到来。不少的女苦役犯和自由民妇女都挤在教堂内,她们都焦急地伸长脖子看着门口。忽然,一阵低语声传了过来,有个人在门口挥了一下手,说,"来了!"歌手们立即开始清理自己的嗓子。人群从门口涌了进来,有人严肃地喊了一声。终于,一对新人入场了。新郎是一名苦役犯,充任这里的排字工,25岁左右,身穿礼服,上了浆的白领折成了硬角,打着白色的领带;新娘也是苦役犯,年纪要比新郎大个三四岁的样子,身上穿的是镶有白色花边的蓝色长裙,头上插着花朵。傧相和排字工友们都系上了白色的领带。伊戈尔神父从圣堂里走出来,在经坛上站定,开始长时间地翻动《圣经》,他一开始朗读:"上帝赐福于……"婚礼就算正式开始了。当神父把礼冠戴到新郎和新娘的头上、并祈求上帝赐福给这对新人的时候,现场的妇女们的脸上流露出无比的感动和深感幸福的表情,她们似乎已经忘记了,这一切都是发生在监狱的教堂里,是在远离故乡的苦役地进行的婚礼。神父对新郎官说:"新郎,你要向阿夫拉姆那样得到荣耀……"婚礼结束之后,人们就走出教堂,教堂的更夫立即吹灭了蜡烛,一股油脂气味弥漫开来,惆怅的情绪随之在人们的心底升起。我们走出教堂,站在门口的台阶上。外面天上在下雨,暗黑的夜里,人头攒动。有两辆四轮马车停在台阶下面,一辆是新婚夫妇乘坐的,一辆还空着。

"神父,请光临吧!"大家一起邀请道,生怕他不肯前往一样,黑暗的夜色下,几十双手伸向伊戈尔神父,他被扶上了另一辆马车,随大家一起去新婚夫妇家里了。

9月8日那天,正好是一个节日。我在做完了晨祷之后,和一名青年军官一道走出教堂。正巧遇见此时有四名苦役犯人抬着一名死者路过。四名犯人都是衣衫褴褛、面容憔悴,长相鄙俗,很像国内城市的贫民;后面跟着的两个准备换班抬死人的犯人,也是同一副模样。跟随的是一个女人领着两个孩子,一个面色黝黑、穿着自由民服装的格鲁吉亚人,看来,这就是被称为克尔鲍吉亚尼公爵的录事了,这队人走得挺急,想来是怕错过神父啊。从克尔鲍吉亚尼嘴里得知,死者是女自由民良丽科娃,她的丈夫是个强制移民,到尼古拉耶夫斯克去了,良丽科娃留下了两个孩子,克尔鲍吉亚尼是租住在她家的房客,正在犯愁,如何来安顿这两个孩子才好。

我和同伴无事可做,在安魂祈祷还没有结束的时候,我们就出发去了墓地。墓地距离教堂有一俄里远,就在海边那里,在又高又陡峭的山上。我们上山的时候,送葬的队伍已经赶到了,显然,安魂祈祷一共也就两三分钟就结束了。从山上朝下面望去,人们抬着棺材一起一伏地上下颠动,那男孩拉着女人的手,怕跟不上送葬队伍,只好一路在小跑。

墓地的另一面非常开阔,可以俯瞰哨所驻扎区和周围地区的景色。相反方向的大海,在阳光的照射下,一派安宁。山顶上,是许多的坟茔和十字架。有两座比较高大的十字架,分别是埋葬了米丘尔和被犯人杀害的典狱长谢利瓦诺夫的坟墓。苦役犯的坟墓上所立的十字架一律是很小的,样子也是大同小异的,并无铭文。人们在一段时期里还是会记得米丘尔的,但是,所有长眠在这些小十字架下面的杀人犯、潜逃犯、生前戴镣铐的囚犯,没人会记住他们。充其量，会有个老车夫，在俄国的森林里或者草原上，在夜晚的篝火旁，为了给大伙解闷，讲上一段，过去在某个村屯里曾经参与抢劫的奇闻逸事罢了。听故事的人呢，在漆黑的夜色里，觉得毛骨悚然，而就在这时，猫头鹰叫了一声，而这些，就算是对亡灵唯一的追思了罢。倒是有一个流放犯，是个医助，他的十字架上刻着一首诗：

> 过路人！请让这首诗提醒你，
> 世上的一切都是过眼云烟……

结尾是：

> 再会，我的伙伴们！我们将在欢乐的清晨相逢！
> ——叶·费多罗夫

新掘的坟坑里，竟有四分之一深的积水。抬棺材的苦役犯们都气喘吁吁，满脸淌汗，但他们嘴里还是说着和葬礼毫无关系的事情。最后，终于把棺材摆放到新坟坑的边沿上。棺材就是用木质板材仓促地钉上的，并没有上漆。

"放吧？"有人说了一句。

棺材就这样被哐啷一声推进了水里。一锹一锹的泥土拍打着棺材的顶部，伴着咚咚的响声，泥水也飞溅起来。苦役犯人们一边铲土，一边继续闲聊无关痛痒的话题。倒是克尔鲍吉亚尼一脸焦虑地看着我们，无所适从地摊开两手，诉苦说：

"我往哪里安顿这两个孩子啊？这下可有事干了！我去找过典狱长，恳求他再分派过来一个女的，可他就是不干呢。"

名叫阿廖沙的小男孩大约三四岁的样子，那个女人一直拉着他的手，他站在那里，往坟坑里张望，他的外衣根本不合身，袖子老长，穿着一条褪了色的蓝色裤子；膝盖处打着一块蓝色的补丁。

"阿廖沙呀，你妈妈在哪里呀？"我的同伴问他。

"给埋……进去了！"阿廖沙说着，还笑着用手指着坟坑[158]。

在萨哈林岛上，一共有 5 所学校，不包括杰尔宾斯科耶那所学校，因为那里并没有老师，无法开课。1889 年至 1890 年，入学儿童总计为 222 名：144 名男孩，78 名为女孩，平均每个学校有学生 44 名。我到达岛上的时候，正值暑假期间，所以我没有看过他们上课的情形，本地的学校生活，可能比较独特，一定有点意思。可惜我无缘一探究竟。普遍的共识是，萨哈林的学校处在极端的贫困和简陋之中，他们的存在是偶然的，可有可无，没有什么存在感，因为谁也不知道，它们还会不会存在下去。岛区长官公署里的一位年轻而有教养的官员负责主管这些学校，但是呢，他就像一个国王在进行统治，而不是具体管理学校，实际主持各个学校运行的是个区的区长和监狱的典狱长。教师都是由他们进行挑选和任命的。苦役犯人在学校里给孩子们上课，这些人在家乡的时候并不是从事教育工作的，不知道、也没有和孩子们打交道的任何经验，也没有经过任何培训。他们在这里每个月可拿到手 10 卢布的报酬。行政当局认为不能支付更高的工资了，所以，无法聘请到自由移民来这里任教，他们的工资应该不能少于 25 卢布。显然，学校的教学在行政当局眼中是无足轻重的，因为就连流放犯出身的屯监，这并不是一个固定的职位，只管为官吏们跑腿、学舌、办杂事，就能每个月挣到 40，甚至 50 卢布呢[159]。

在包括成人和儿童的男性居民中，识字的人能占到 29%，女性居民中，这个比例是 9%。这 9% 的比例完全是学龄女童构成的，亦即萨哈林的成年妇女全都是大字不识一个的文盲、睁眼瞎；教育事业与妇女人群无关，她们的愚昧无知令人震惊，我觉得，在哪里都没有遇见过跟这里的女流放犯人一样愚昧无知的人群。在从俄罗斯迁徙过来的儿童中，识字的孩子占25%，而在萨哈林本地出生的儿童中，识字的儿童所占的比例仅为9%[160]。

注释：

[143] 《男女流放苦役犯人伙食供给标准》是依据1871年7月31日沙皇签署的军队伙食章程制定的。

[144] 在食物制作中注水掺假，是一种欲罢不能的魔鬼伎俩，要顶住它的诱惑是很难的。很多人就因为无力摆脱它，良心甚至生命都不要了。我曾提到过一位典狱长谢利瓦诺夫，他就是因为责骂苦役犯人在面包制作中掺假注水、分量不足的事情，被制作面包的苦役犯杀害。实际上，在食物制作中注水掺假是获利颇丰的。例如，在亚历山德罗夫斯克监狱，需要为2 870人烤制面包。如果在每一份口粮中克扣出来10佐洛特尼克，那么，每天可结余300俄磅的面粉出来。用这种手段，烤制面包是一本万利的。再进一步说，贪污了10 000普特的面粉，完全可以在两三年中从犯人的口粮中一点一点地补齐就完事了。

[145] 监狱里偶尔也用新鲜的肉来熬麦麸粥；这就意味着，有那么一头牛被熊咬死了或者官办农场的公牛或母牛倒霉，恰好死了一头。但是，犯人们都害怕类似的死于非命的牲口并拒绝食用。波利亚科夫就写过这样的段落："本地的咸肉质量糟糕低劣；原材料所用之肉是公家的牛，这些牛都在破败、难走的路上干活累得奄奄一息，而且即便不是在半死不活的状态下被割断喉咙，也是前一天晚上就被弄死了。"在鱼汛期，犯人们每人可吃到1俄磅的鲜鱼。

[146] 这些事情行政当局都心知肚明。至少岛区长官本人就在一份报告上批注了这样的意见："在当地为流放犯人们提供伙食的程序之中，存在着一些不能不令人怀疑的情况。"（1888年第314号令）如果官员们能够说，他一星期或者一个月的伙食都由流放犯人给预备，而他恰恰感觉良好，这就意味着，监狱里是单独为他准备了小灶。

[147] 充任伙夫的犯人经常出错，伙食按份来说有时候会多出来，

有时候又会不够,这从做饭的配料就可以看出。1890 年 5 月 3 日,亚历山德罗夫斯克监狱有 1 279 名犯人就餐;准备放入锅中做汤的原料有:13.5 普特猪肉,5 普特大米,1.5 普特面粉用来勾芡,1 普特盐,24 普特马铃薯,还有三分之一普特的桂叶和三分之二普特的辣椒。同样是在这所监狱,9 月 29 日有 675 人就餐,准备放入锅中做汤的原料有:17 普特鱼肉,3 普特米,1 普特面粉,0.5 普特盐,12.5 普特马铃薯,六分之一普特桂叶和三分之一普特的辣椒。

[148] 5 月 3 日,在亚历山德罗夫斯克监狱,2 870 名犯人中有 1 279 人在伙房内就餐,而 9 月 29 日 2 432 名犯人中,只有 675 人在监狱里伙房里就餐。

[149] 行政当局和当地的医生认为,犯人们所获得的供给在数量方面也是不足的。根据我在医务报告中所见到的数据,日常每一份口粮中所含的营养配比应该是这样的:蛋白质为 142.9 克,脂肪 37.4 克,碳水化合物 659.9 克;斋戒期:蛋白质 164.3 克,脂肪 40.0 克,碳水化合物 671.4 克。根据艾利斯曼的统计,我国工厂的工人伙食平时的脂肪含量应是 79.3 克,斋戒期这个数值是 67.4 克。按卫生学的原则,一个人干活越多,体力消耗越大,时间越长,他就应补充到越多的脂肪和碳水化合物。读者从上述数据可以判断出来,犯人要想从面包和汤中汲取到相应的营养成分是希望不大的。夏季的四个月里,矿井上劳作的犯人可以多领一部分口粮,包含 4 俄磅的面包、1 俄磅肉和 24 佐洛特尼克的荞麦米,通过地方行政当局的申请,筑路工地的苦役犯人们也得到了同样份额的口粮。1887 年,按照监狱管理总局局长的想法,提出了一个问题:"在不损害饮食功能系统的前提下,通过改变现行萨哈林岛上的供给定额标准,达到削减流放苦役犯给养花费目的的可行性",并且要依据多博罗斯拉文倡导的方法进行试验。从这位已故教授的报告中可以看到,教授的意见是,"在没有对这些流放苦役犯人的劳动和赡养条件进行详尽地研究的情况下,贸然改变已经实行多年的食物定额,是不妥当的,因为当地发放的面包和肉类的质量概念并不准确",即便这样,他还是认为限制一年内昂贵的肉类供应是可行的,并给出了三类定额标准,即两种是平时食用的荤食,一种是斋戒期食用的。在萨哈林,这几种食物定额

标准都提交给了专门的委员会来审核了。医务主任是该委员会的主持人。参加了该委员会审议工作的萨哈林医生们,真的是无愧于自己的崇高天职。他们毫不踌躇地宣布,鉴于萨哈林整年的严酷气候条件、不论何种天气下繁重的劳作强度,现在的食物定额标准是不够吃的,多博罗斯拉文教授倡导制定的食物定额,尽管在肉类方面有所缩减,但是制作成本高出了现有的标准。针对需要降低口粮的费用一项,这也是研究新定额的主要核心问题,医生们提出了自己的主张。但是他们提出的不符合监狱管理总局节约的要求。他们在报告中写道:"节约一项在物质供应方面不会有成效,但是,代之而来的,是犯人们劳动的质量的改善和工作的数量的推进,病人和身体羸弱者的数量将会减少,犯人的健康状况将会有大幅的改善,这对于萨哈林的殖民开发事业大有裨益,以后的强制移民也将会有充沛的精力和强壮的体魄。"对监狱卫生保健状况有兴趣的人都应该好好读一读这份报告,即意在改变供给定额、降低伙食成本的《萨哈林岛区长官公署案卷》,其中汇集了20份各种报告、公函和命令。

[150] 商店里一条熏干的大马哈鱼卖30戈比。

[151] 正如我已经提到过的那样,当地的异族人会食用大量的脂肪性食物,这毫无疑问会帮助他们抵御低温的侵袭和难耐的潮湿。有人对我讲过,东海岸的某些地方或者在临近海岸的岛屿上,俄国的渔业加工户也开始在食物中添加少量的鲸鱼油了。

[152] 在马申斯基大尉率人沿着波罗那亚河架设电话线的时候,给那些干活的苦役犯劳工配发的单衣短到只够儿童穿着的尺寸。囚服的样式因循守旧,还不方便一个劳作的人活动转身,所以,在码头卸货或者是在筑路工地上没有一个囚犯会穿前襟很长的粗呢子上衣或者长款衬衫;实际操作上,这种不方便很容易解决,一卖了之或者压根就换掉不穿,农民的装束最适合干活啦,大多数流放犯穿的都是便装。

[153] 因为千岛群岛现归属于日本,所以将其称为萨哈林主教布道区更加准确。

[154] 有关马尔基米安主教为科里利昂岬灯塔祈祷之事详见杂志《符拉迪沃斯托克》1883年第28期。

[155] 他的公文写法是别具一格的。他向上级申请让一名苦役犯人担任初级执事的报告是这样写的:"至于我为什么没有一名正式的执事的问题,它的解释是宗教法庭无人可以指派,如果说以前曾经指派过,此地的教堂生活条件也不足以让圣堂之仆久留不去。往事如烟,就连我本人也不得不离开科尔萨科夫,去我可爱的荒漠之地:人去楼空也。"

[156] 雷科夫斯科耶教区的小特姆屯里有一座教堂,这里面只是在圣安东节的时候才举行祈祷仪式,而科尔萨科夫教区有三座教堂呢,分别位于弗拉基米罗夫卡、十字架屯和加尔金-弗拉斯科耶。萨哈林的教堂和礼拜堂全部是由监狱出资、苦役犯充劳工兴建的,只有一座科尔萨科夫的教堂是由"骑士"号和"东方"号船员以及哨所驻扎地的军人们捐资修建的。

[157] 在自己撰写的刑法学教科书中,符拉基米罗夫教授指出,苦役犯人转入矫正期应该有一个正式的仪式对其宣布。可能,在这里,他指的是《流放犯管理条例》第 301 条。根据该条例,宣布苦役犯进入矫正期,应该由典狱长邀请神职人员到场聆听,等等。但是,这一条的可操作性不强。要是照章执行起来,那岂不是要像做法事一样,天天请神职人员来了吗?另外,举办那样隆重的仪式和监狱的苦役氛围也不相称呢,实际上,就连在节日里应该免除苦役犯的劳作的法律条款都不能得以贯彻呢。根据规定,矫正期的犯人比考验期的犯人享有更多机会免除劳作,但是,要是每次都这样细分起来,既浪费时间又麻烦。

[158] 在我登记的所有人员中,信奉东正教的人数占到了 85.6%,天主教徒和路德派教徒为 9%,伊斯兰教徒为 2.7%,剩下的人是犹太教徒和亚美尼亚的格列高利教徒。天主教的神父每年从符拉迪沃斯托克到这里来一次做"法事",届时,北部两个区的天主教信徒都要赶到亚历山德罗夫斯克"赴圣",而且总是在春季道路最泥泞不好走的时候。有的天主教徒跟我诉苦说,神父来这里的次数太少了,孩子出生很长时间都不能受洗。许多父母怕孩子不受洗会夭折,就请东正教的教士代行"受洗"仪式。我还真的见过父亲和母亲是天主教徒,而孩子是属于东正教的。如果一名天主教徒死了,但又没有本教的神父来主持临终礼,也就只好请俄国神父"代行法事",任凭他赞颂"圣主"。我在亚历山德

罗夫斯克走访的时候，有一名路德派教徒来找过我，他是在彼得堡被判纵火罪才被送来这里的。据他说，萨哈林的路德派教徒组成了团体，他为了证明自己的说法，还给我看了一枚印章，上面刻的是"萨哈林路德派教徒团社印鉴"。路德派教徒经常在他的家里聚会，一起祈祷和交流思想。鞑靼人的阿訇，犹太人的拉比是自选出来的。当然，这都不是正式的。亚历山德罗夫斯克正在修建清真寺，出资人叫瓦斯·哈桑·马迈得，当时38岁，是一名英俊的黑发男子，生于达吉斯坦省。他向我咨询，像他这样的，一旦服满了刑期，可否会被允许前往麦加朝觐。亚历山德罗夫斯克的别西斯科耶有一架早已经弃置不用的风车，好像建这架风车的是一对鞑靼夫妇。他们两口就自己动手，伐木、搬运、锯木，没用任何人帮忙，这样坚持干了3年。这个鞑靼男人一取得农民身份就立即回到大陆去了，他把风车捐给了官府，而不是送给鞑靼同胞，原因是他对这些人没有选他当阿訇心怀怨恨。

[159] 亚历山大区的区长在其1890年2月27日提交的报告中指出，为了完成岛区长官之命，需要聘请自由阶层的人士或者是强制移民，来取代目前在村屯学校代行教师职务的流放苦役犯人，但是，他指出，在他的辖区里，自由阶层的人士或者是强制移民当中根本没有可以胜任教师工作的人。"鉴于此，"他写道，"根据受教育的程度来找从事教师工作的人选是办不到的。我可不敢保证在我住在我受命管辖的区域里，有哪个强制移民或者流放犯农民，能担当教书之事。"尽管区长说不想让流放苦役犯来充任教师，但是，流放苦役犯都经他批准和任命，继续在学校里教书。为了避免此类自相矛盾的情况，最为简单易行的办法是从俄国或者西伯利亚延聘称职的教师，让他们能够拿到和屯监一样多的薪水。不过，归根结底要改变的是对学校教育工作的认识，不要把教师这项工作看的比屯监岗位还要卑下才行。

[160] 根据部分资料和谈话来看，有文化的人要比文盲能够更顺利地度过自己的刑期；文盲者中再度犯罪的比较多，而有文化的人就比较容易取得农民身份；比如我在西扬查走访中登记了18名粗通文墨的男性，其中有13名是取得农民身份的人，都是识字的人，也就是说，几乎所有识字的成年人都取得了农民身份。监狱里还没有形成教成年人识字

的风俗,尽管漫长的冬天里,犯人们都闲呆在监狱无所事事!不能离开监狱,也没有任何事情可做,就是枯坐发呆;我觉得,在这种时候,他们其实会愿意学习文化的。

第二十章　自由民种类：士兵、屯监和知识阶层

> 自由民居民。驻军部队的基层士兵。监狱里的看守。知识阶层。

士兵们，被称为萨哈林的"拓荒先锋队"，因为他们在苦役地开辟之前就已经在此驻扎了[161]。从19世纪50年代萨哈林被占领时起，直到19世纪80年代，士兵们除了必须完成服役条例所规定的直接义务之外，他们还需要完成全部那些现在由苦役犯承担的劳作。那个时候的萨哈林岛就是一片荒芜人烟之地，岛上既没有村落，也没有道路，更没有牲畜，士兵们必须自己动手建造营房和屋舍，开辟道路，肩扛背驮地运送各类物质。如果工程师或者是学者来岛上出差，驻军就会分派给他们几名士兵来协助工作，代替了马匹来负重。矿业工程师罗帕京写道："我穿行于萨哈林原始密林的最深处，根本就不能想像用骡马或者是其他的牲口来驼运那些行李物品。因为要徒步翻越萨哈林那些陡峭的山隘是极其困难的。山上倒下的树木纵横交错，当地的竹林密不透风。因此，1 600俄里的路途我都是要徒步行走的。[162]"而跟在他的后面，背负着他的全部辎重行李的，当然就是士兵们了。

那个时候，原本就为数不多的兵力分散驻扎在萨哈林的西岸、南岸和东南沿岸；士兵们所居住的驻扎点，被称为哨所。那些地方当时起了巨大的作用，类似现在的屯落，被视为未来殖民区的雏形，现在却早已经被弃置不用和被遗忘了。在穆拉维约夫哨所驻扎地，曾有一个步兵连驻守，在科尔萨科夫哨所驻扎着西

伯利亚第四营的三个连和一个炮兵排；而在其他的哨所里，比如马尔耶哨所和索尔图奈哨所，仅各有 6 名士兵驻防。6 个人远离自己的连队，和连队相隔数百俄里，由一名军士负责指挥管理，甚至有的时候，还由非军人管理，这些士兵的生活可想而知，就跟荒岛上的鲁滨逊过得差不多。日子凄凉，单调而烦闷。如果哨所正好是位于在海岸边上，夏天的时候，偶尔还会有船过来给士兵们送些食物给养；冬天的时候，神父会来到这里"主持斋戒"，神父们身穿皮衣皮裤，不象是神父，反倒是像基里亚克人一样。只有各种灾祸能让士兵们的生活有所不同：有的士兵因坐船出事故被浪头卷入大海里了，有的遇到熊、被熊舔了，有的外出被大雪埋住了，有的遇到逃犯被袭击了，有的染上坏血病……士兵们要么在大雪封门的时候，枯坐在营房里百无聊赖，要么就经常置身在原始密林中，像绿林好汉一样，开始变得"横行霸道、胡作非为、胆大妄行"，偷窃成风，连军用物资也敢偷，还有的因为调戏女苦役犯而受到审讯[163]。

由于各种勤务繁杂，士兵们根本就无暇学习军事，甚至连从前学会的都已经忘记了，和他们一样荒废了业务的还有那些军官们。所以，他们的队列行进让人哭笑不得。每次检阅的时候都会洋相频出，引起上级长官的不满[164]。士兵们的军务是极为繁重的。哨兵执勤下了岗之后，立即就要去押解犯人，押解结束之后，又要上岗，再不就得去刈草或者去卸公署衙门所需的海运货物；白天黑夜都得不到休息。他们住的营房拥挤不堪，寒冷而肮脏，和监狱的牢房并没有什么区别。直至 1875 年，科尔萨科夫哨所的士兵们都是住在关押流放苦役犯人们的监狱里；连那里的警卫室都像阴暗的囚室一样。辛佐夫斯基医生写道："也许，对流放苦役犯人来说，此种恶劣的居住环境是被准许的，毕竟是作为一种惩罚的手段，但是，士兵为什么要被如此对待呢？他们凭什么要受此种惩罚呢？简直莫名其妙。"[165] 他们的伙食也像犯人吃的一样低劣粗糙，穿得也是衣衫褴褛。外出执行任务时，衣服总是不够穿。士兵们在原始森林中追捕逃犯，最耗费衣服和鞋袜了，以至于在南萨哈林，有一次，人们错把士兵当成了逃犯，直接向他们开枪射击了。

目前，在萨哈林岛上有四支驻军部队：分别驻守在亚历山德罗夫斯克、杜埃、特姆和科尔萨科夫。据1890年1月的统计数字，各部队叠加共有士兵1548人。他们仍然还像从前一样，承担着超出了他们体力和智力极限的繁重的劳务，当然，这些任务也不符合军人服役条令的范围。是的，他们已经不再劈山筑路、建房舍，但是，下了岗哨，出操结束之后，他们还是得不到休息，就会被立即派去押解犯人、刈草、追捕逃犯。生产经营事务占据大量的士兵勤务，常常导致押解犯人的人手不足，站岗的士兵就不会有人轮换，哪怕三班轮换。8月初，我在杜埃，当地驻军的60人都在刈草，其中有一半的人，为此项作业要徒步行走109俄里。

萨哈林的士兵温驯和善，沉默寡言，警觉性高，比较冷静；我只是在科尔萨科夫哨所的驻扎地，见到过喝醉酒在街上耍酒疯的士兵。他们都很少唱歌，要是唱起来，就总是只唱那一首："十个姑娘呀，还有一个我，姑娘往哪去呀，我就随着走哇……"原本是一首唱起来应该令人快乐的歌，然而，士兵们一唱起来，就有了无限的哀怨之情，包含了深深的思乡意味，引起了他们对萨哈林荒凉自然景色的无限厌倦。士兵们逆来顺受地忍耐着一切的艰难困苦，对一切危及生命和健康的危险置之度外。当然，他们毕竟是一些粗鲁之人，不免无知愚昧，头脑简单。由于无暇接受应有的培训和训练，对于军人的天职和荣誉认识不到位，因此，经常犯错误就在所难免，这是他们总是成为现行秩序的破坏者的原因，有时候，还会沦落成与他们看管的和追捕的罪犯同流合污的人[166]。士兵们的智力和他所履行的职务不相称的时候，自身的缺陷暴露得就更加明显了。例如，当他们成为监狱看守的时候就是这样。

按照《流放犯管理条例》第27条之规定，在萨哈林，"监狱的看守人员由看守长和看守组成，具体的人数为：为每40名苦役犯指定一名看守长，为每20名苦役犯指派1名看守。看守长和看守每年都由监狱管理局负责确定。"每40名苦役犯指派3名看守。1个看守要管理至少13名犯人。如果设身处地的想一下，在一个好心肠和勤勉的看守的监督下，13个苦役犯劳作、吃饭、熬过极难熬的监禁生活，而且，看守之上还设有典狱长，典狱长之上还有区长，如此等等，那么，一切接下来就完全顺利了呗。但是，在实际工作中，监狱管理问题至今还是萨哈林苦役地最为薄弱的一环。

目前，在萨哈林，约有150名看守长，看守是其2倍还多。担任看守长的是粗通文墨的军士、当地驻军中退役的列兵以及平民；后者的数量相当稀少。现役士兵人数占看守长职位的6%，而普通的看守几乎全是驻军指派的现役士兵。是的，在看守人手不足的情况下，《流放犯管理条例》允许由当地的驻军指派士兵担任看守，结果就是，有些来自西伯利亚的年轻士兵本来就连押解任务都不能胜任，却被指派去当了看守，说是"临时性的"或"出于极端需要"，但是，这种"临时性的指派"有的竟持续了10年之久，"出于极端的需要"竟不断扩展为：73%的看守职务都是由当地驻军的士兵担任的，谁知道呢，再过个2至3年，也许，这个数字会攀升到100%呢。应该指出的是，驻军长官出于军务的需要，总是把能力比较差的士兵分派给监狱做看守，而把优秀的士兵留在部队里[167]。

在监狱里看守很多，但是，制度缺位，所以，看守往往会成为行政当局施政的失衡因素。岛区长官本人就深有体悟。几乎是每天，他都要下令处分看守：要么是把一些人做降薪处理，要么是把一些人干脆解职了事。原因在于，有的看守是行为不端，拒不执行命令，有的完全是配不上职务，玩忽职守，有的呢，监守自盗，看管粮食就偷盗粮食，看管赃物就偷盗赃物；还有一种，就是被派到船上去站岗，不仅不能维持秩序，反而带头盗窃船上所承运的希腊核桃；还有盗卖官府的斧子和钉子的，侵吞官府马匹饲料的。他们与苦役犯勾连在一起，同流合污。从这些发布的命令中，我们得知，有一个列兵出身的看守长，自己在监狱值班的时候，事先拔掉了窗户上的钉子，从那里爬入了女监囚室，图谋不轨，意欲上演一出桃色事件；还有一个看守长，自己倒是没去，但是，在深夜里把一个列兵，也是一个看守，放进了女监的单人囚室里。看守们这种四处留情的放荡行为可不仅仅限于在监狱的女监囚室中上演。我不止一次在看守们的住处见到过未成年的少女，我一问她们是谁，这些女孩就回答说："我是这里的同居女人。"走进看守的住处，常常可见此种情景反复上演：看守本人长得膀大腰圆，大腹便便，油光满面，穿着敞着怀的坎肩，脚蹬嘎嘎作响的新靴子，端坐在餐桌旁，安闲地"啜茶"；窗户旁边，却是一个大约只有14岁的女孩呆坐在那里，脸色惨白，一脸憔悴的样子。看守一般都自称是军士，看守长，他会告诉访客，女孩是苦役犯人的女儿，她可已经16岁了，是他的同居女人。

在监狱值班的时候，看守们会允许犯人们赌纸牌，自己也会参加到赌局中去；他们常和流放犯人一起酗酒狂欢，盗卖酒精；有的处分命令中指出，有的看守在犯人面前，公然抗命，不服从，且犯浑，无礼顶撞上级，最后，发展到用棒子猛击苦役犯的头部，造成了严重的伤残。

看守们都是一些粗野无知的人，整日就知道醉醺醺地与苦役犯人们赌牌，和苦役犯中的女犯人打情骂俏，喝酒闹事，寻欢作乐。脑子里没有纪律观念，对看守工作异常懈怠，毫无威望可言，只有负面的榜样作用。流放犯居民们对他们毫无尊敬之意，不把他们放在眼里，很轻蔑。对他们的见面是以"你"相称，认为他们是"冷血动物"。行政当局也不关心如何去提高看守们的威望，可能，觉得怎么做都是白费力气罢了。所以，官员们和看守说话都是以"你"相称，想怎么骂就怎么骂，根本就不顾及有犯人在场。动不动就能听到官员们在斥骂看守："你这个蠢货！还看什么看！"或者："你这个狗屁不通的糊涂虫！你懂什么！"这里不尊重看守的有力佐证就是，许多看守"被指派从事和他们的职位不相称的勤务"，说得通俗一点，就是给官员们当下人，当跑腿的听差。出身特权阶层的看守，总是以当看守为耻，总要想方设法表现"鹤立鸡群"，比自己的同行高贵：有的看守把肩上的绶带弄得宽一点，有的直接就戴一个军官的帽徽，还有的看守，因以前的职位是十四等文官，便在涉及到自己的公文里不写自己是看守，说自己是"劳务和工役管理人"。

因为萨哈林的看守对于监管苦役犯人的宗旨从无透彻的理解，所以，自然而然地，随着时间的推移，坐在监狱里监管犯人本身缩减为工作的全部内容，逐渐演变成了现在的无序形态。所有的监管只是士兵在监室外看管犯人就行，吆喝他们，"不许大声喧哗"，向巡视的上级长官敬礼；在苦役犯们劳作的工地现场，看守们挎着他们自己都不懂如何射击的枪，这倒是万幸，手里拿着根本就锈得拔不出鞘的腰刀，叼着烟卷，百无聊赖，一脸茫然地看着苦役犯们干活。在监狱里，他们是一些只管开门和关门的杂役工，而在工作的现场，他们就有点多余了。尽管每 40 个苦役犯就配备 3 个看守，1 个是看守长，2 个是看守，但经常可以见到的现象是，40 至 50 个苦役犯在仅有一个看守值班的情况下，或者干脆就根本没有看守在场的情况下劳作。假如有一个看守在值班岗位上，那么，另一个肯定在官办的店铺附近游荡，对过往的官员们点头哈腰地致意，第三个看守那就肯定跑到谁家里去长吁短叹去了，或者不疼不痒地跑到医院候诊室排队去泡病号了[168]。

关于这里的知识阶层，也不得不说上两句。管理苦役地和流放地的工作是一桩繁重的、令人心生厌恶的工作，管理人员的职责和誓言是惩戒别人，每时每刻都要克服内心的厌恶和恐惧。服务地区的偏僻和荒凉，薪资菲薄，寂寞无聊，经常接触到的都是一些剃了光头的犯人、戴着镣铐的重刑犯、刽子手、空耗时间的鸡毛蒜皮式的工作、无谓的争吵，特别是对邪恶的环境束手无策，这一切都令人提不起精神。从前都是那些随遇而安、个人升迁无望的官场失意者才到苦役地来服务，他们对在哪里服务抱着无所谓的态度，只要吃喝玩乐不耽搁就随便了；正常来工作的人是不得已因工作需要被分派到这里了，只要一有机会，他们就会离开这里。不然的话，他们就会沉溺在酒席里，或者精神失常以至发疯，或者自杀了事，甚至会逐渐沉沦在污泥浊水中难以自拔，成为章鱼一样的吸血鬼，也开始横征暴敛，也开始成为酷吏，残忍地挥舞起打人的鞭子……

从官方的正式报告和通讯内容来看，在19世纪60至70年代，萨哈林的知识界具有卑劣失格的特点。当时官员治下的监狱，完全变成了妓院和赌场，成了人们腐败堕落、耀武扬威、草菅人命的场所。这类官员中的典型人物就是那个尼古拉耶夫少校。他曾经在杜埃任区长达7年之久，名字经常出现在各类通讯文章中[169]。他出身于农奴。关于这个粗暴的、完全没有被教化的人，是以什么样的能耐升迁至少校军阶的，不得而知。当一个记者问他，是否去过萨哈林岛的中部，那里的情况如何的时候，这个少校回答道："无非就是山和平原呗，平原和山而已，谁都知道，土壤是火山喷发出来的岩土而已。"你再问他，熊葱是什么东西呢？他回答："第一，熊葱不是东西，是植物。第二，这东西吃下去有好处，味道不错；是的，吃下去会胀肚，可是谁又在乎呢，这又不是和太太们一起玩耍。"他下令用木桶代替运煤的小车，说是这样更便于在巷道里滚动；他还下令把苦役犯人装进木桶里，在河岸边上来回滚动，说："你看着吧，滚上个把小时，一个活蹦乱跳的人就会立马变成一摊子稀泥。"他教士兵们查数的办法是让他们赌钱。他的理论是："对那些不会喊犯人囚号的看守，第一回就罚他20戈比，罚他一回两回的，他就明白了，这可不划算。你就看吧，他自己就开始拼命地学数数了。"类似的荒谬之事不少，对在杜埃的士兵们产生了恶劣的影响：发生了士兵们向苦役犯人出售自己配枪的事情。有一次，少校要惩罚一个苦役犯，他向犯人事先叫板，说这次一定要整死他，果然，他将这个苦役犯折磨死了。事故发生之后，尼古拉耶夫少校被送交军事法庭，被判服苦役。

我曾经问过某位岛上的老移民，他是否经历过岛上的好官呢？老人一开始沉默不语，回想了半天，终于说："什么样的都有哇。"没有个地方像萨哈林一样，往事那么容易忘却。主要的原因可能在于，这里的居民流动性太大了，每5年就要有一次大轮换；其次，本地的办公机构档案材料总是残缺不全。20至25年前的事情就算得上是积年往事了，早已经被忘得精光，湮没在历史之中。能成为物证的，只有那些建筑物，人嘛，只有一个米克留科夫老头子了。除此之外，还有那么一二十件奇闻轶事在流传。当然了，也还有一些数字统计表，但那可都是不足为信的，因为当时的行政当局并没有搞清楚，岛上究竟有多少苦役犯人，逃跑了多少，死亡人数是多少，等等。

萨哈林的"史前"时期一直持续到1878年为止，即以尼古拉·沙霍夫斯科伊公爵被任命为滨海边疆区的苦役流放地主管官员为标志。公爵是一位出色的公务人员，为人诚实可靠。[170]他撰写的著作《萨哈林体制研究》在诸多方面都堪称典范，至今还保存在岛区长官的公署里。尽管他也只是一名公务员，他任职的时候，犯人们的境遇也与先前一样恶劣不堪，但是，无可置疑的是，由于他经常能够与上级和下属交流自己的观察所得，写出了见解独特、坦率面对问题的《萨哈林体制问题研究》，为开启一代新局面奠定了良好的基础。

1879年，志愿者商船队航行活动开始运作，萨哈林的很多职位逐渐由来自欧洲部分的俄国人担任。1884年，萨哈林开始实行新的管理条例，引发大批人员登陆，就像本地人说的那样，新人不断涌入[171]。目前，在萨哈林已经有了三座县城，不少官员和军人及其眷都居住在那里。社会人员的构成已经相当多样化，各界也具有了相当的知识水平。举例来说，1888年，在亚历山德罗夫斯克，业余爱好者们就演出了《婚事》①一剧；也是在亚历山德罗夫斯克，当地的官员和军官们约定好，在各个重大节日，把以前相互走访所需花费的钱款悉数捐出，帮助贫困的苦役犯家庭和儿童，使其成为善款。在这份认捐名单上签名联署的有40多人，使萨哈林的社交界给外界留下了非常良好的印象。这里的主人们待客殷勤，非常热心，与国内的县城相比各方面都不逊色，在东部沿岸地区，萨哈林的社交界被认为是最活跃、最有趣的啦；至少，这里的官员们都不愿意从这里调职到尼古拉耶夫斯克和德-卡斯特里去。然而，正如水手们常说的那样，鞑靼海峡经常会遭受到来自中国海和日本海的飓风的影响，这里的生活也或多或少地受到强风暴，也就是昔日的弊端掠过的影响，况且它毕竟与西伯利亚比邻而居。1884年改革之后，到这里来的人也是鱼龙混杂。只消翻阅撤职查办、移交司法的各项命令、对各级官员违法的处分决定以及本地传说的气温和怪谈中均可窥见其貌。比如，传说中的苦役犯佐拉达列夫，是个有钱人，他与各路官员结交，与这些人寻欢作乐，打牌赌钱；而他的妻子却不是这种

---

① 《婚事》：为19世纪伟大的俄国作家果戈理的两幕喜剧，剧本于1842年发表。

人，见到他与官员们鬼混，就当别人的面上责骂他不该和这些人交往，认为官员们的行为只会有损德行，只能跟他们一起堕落下去。这话也不假。直到现在，一些官员对犯人还是不管青红皂白，动辄拳脚相加，甚至是对那些出身贵族的犯人和那些没有及时摘帽向他致敬的犯人也会大声地呵斥："滚去典狱长那里！领打30鞭！"监狱里的管理至今混乱不堪，两个犯人被认为已经失踪整整一年了，可是实际上他们就在监狱里吃喝，甚至照常被派工出去干活（见1890年第87号令）。并不是每个典狱长都清楚地知道，他们看管的监狱里有多少犯人，每天多少人就餐吃饭，逃跑的人数具体有多少，等等。岛区长官自己明白："一般来说，亚历山大区的管理问题，在各个方面都令人心情沉重，确实需要加以认真地改进；特别是在日常管理方面，文员录事的权力施之过滥，缺乏监督，他们经常胡编乱造，以假乱真。（1888年第314号令）[172]"这里的侦讯机构的乱象，我将在下一章里谈到。先说一下邮政所粗暴的服务态度吧。一般人要想从他们手里收到信件或者电报，得费上三四天的周折，电报收发员的文化水平不高，从来不对电报的内容予以保密。我收到的电报内容，每一封都有译电誊写方面严重错误。有一封我的电报，竟然混进去了别人电报的内容。我为了弄清楚哪一段是我的，哪一段是别人的，要求他们改正错误，结果是，他们竟要求我另付一份电报资费。

在萨哈林的近代史中，也不乏新型的官吏种类，他们是《钦差大臣》中的杰尔日摩尔达和《奥赛罗》中的亚戈的形象混合体。就是一方面，这种官员欺下，对下属挥拳头、抽鞭子、破口大骂；另一方面，他们瞒上，对上级装得彬彬有礼，甚至把自己表现为颇有自由主义思想的人物。

但是，无论如何，陀思妥耶夫斯基式的"死屋"总算是绝迹了。在萨哈林的办公机构里，我也遇到过明理、善良和品格高尚的知识分子，正是由于这些人的工作，才使萨哈林的管理有了足够保障，已经不再可能回到过去了。现在，再也不能把苦役犯人装进木桶里来回地滚动地折磨人了，再也不能抽打犯人致死或者恶意将犯人逼迫致死了，一旦此类事件发生，势必引起本地各界的公愤，阿穆尔和西伯利亚方面的苛责也是无法避免的。恶行或早或晚都会暴露，奥诺尔案件①的公开就是一个佐证，尽管相关人员千方百计予以掩盖，终不免沸沸扬扬，被萨哈林的知识界披露于报端。当然，好人好事也不少见。不久前，在雷夫斯科耶，一位女医助去世了，她在萨哈林服务多年，立志将自己的生命奉献给那些受苦受难的人们；我在科尔萨科夫走访时，有一次，正好赶上一名苦役犯人和他乘坐的小船被冲进了大海，典狱长肖上校不顾风高浪急，立即乘快艇，闯入大海的风暴中，从傍晚一直到夜里2点多钟，在海上巡弋，直到连船带人一起救了回来[173]。

1884年的改革充分表明，流放殖民地的行政人员人数越多，对工作就越有好处。这里工作的复杂性和工作地域的分散性需要一套复杂的机构和大量人员的参与。让主要官员对一些主要职责之外的繁琐之事每一桩都事必躬亲是不应该的。而且，以前岛区

---

① 奥诺尔事件：西伯利亚流放史上最黑暗的事件之一，1893年开始走进公众的视线。阿林比·汉诺夫是萨哈林岛雷科沃监狱里一个不识字的看守，他负责监督建造一条穿过密林和沼泽的新路，这条路将把萨哈林岛中部偏远的奥诺尔定居点和该岛的南部联结起来。他手下的500名犯人分到了极为艰苦的任务：拔除灌木，砍伐树木并将其连根拔起，建筑堤坝和搬运泥土。汉诺夫本人原是一个在卡拉金矿服刑的苦役犯，后被转移到了萨哈林岛，他是一个品格值得怀疑的人。1892年2月至12月，他手下有226人逃离了施工现场，另有70人神秘地死亡。1892年，洛巴斯医生被分配到蒂莫夫斯克地区医院，洛巴斯调查了在奥诺尔定居点死亡的70名苦役犯中的一些人的验尸报告，发现许多报告都是捏造的。有些情形明显是暴力致死的情况，甚至出现了人吃人的情况。尽管有一系列官方调查，但汉诺夫仍然因证据不足而继续任职。然而，有关奥诺尔定居点残暴境况的故事开始传了出去。1893年夏天，克拉斯诺夫从萨哈林岛返回，开始在受欢迎的杂志《本周图书》上写关于"奥诺尔事件"的文章。详情参见《死屋——沙皇统治时期的西伯利亚流放制度》，[英]丹尼尔·比尔著，孔俐颖译，出版社：后浪丨四川文艺出版社，2019年，第325-329页。

长官由于没有秘书和办公随员，每天花费大量的时间起草各种公文、命令和文告，这些案头文牍工作占据了他的大部分时间，使得岛区长官无暇巡视监狱和屯落。各区的区长们除了要主持警察局的各项事务之外，还要给家庭主妇们发放口粮，参加各类委员会，检查各种工作进度，等等。典狱长和他的助手们还要负责侦讯和警察事务。在如此这般的条件下，萨哈林的官员们要么是劳心劳力，就像所说的那样，整天昏头涨脑，要么就是撒手不管，把所有分内的大量工作都推卸给苦役犯人，让他们充任录事做文案。后一种做法在此地极为常见。在地方机构里面，苦役犯出身的录事不仅只是做抄抄写写工作，而且还有的人负责重要文件的起草事宜。由于他们比新来乍到的官员更有经验，更熟知内情，精力比他们更充沛，结果，苦役犯人和强制移民几乎包揽了总督府各部门的呈文案牍事务，甚至部分侦讯工作也由他们完成。持续多年的录事文案，由于其浅陋无知和敷衍塞责，公事档案混乱如麻，只有他们自己知道其中的弯弯绕，如此一来，这些录事更成了不可或缺的无可取代之人了，无论长官们何等严厉，没有他们录事的服务是万万不能了。摆脱这类全能的录事的办法只有一种：那就是任命一两个真正的官员代替每一个录事的工作岗位。

哪里知识分子多，哪里就不可避免地会形成社会舆论氛围，这是道德监督和对每一个人提出道德要求的起点。没有人能够不受惩罚地逃脱于这种监督与要求，甚至就包括尼古拉耶夫少校这种人。毫无疑问，随着社会生活的不断发展，在萨哈林服务公职也会变得不那么令人心生厌恶了[174]，精神失常、酗酒和自杀的比例也会降下来的。

注释：

[161] 详见布谢：《萨哈林岛与1853—1854年的探险活动》。

[162] 罗帕京：《呈送东西伯利亚省总督的报告》，载《矿业杂志》

1870年第10期。

[163] 我在科尔萨科夫警察局见到过一份1870年的《索尔图纳伊河畔布加靖斯基矸石矿场驻扎哨所士兵名册》，上面注明：瓦西里·韦杰尔尼科夫为预备上士，兼任鞋匠、面包师以及伙夫。

[164] 斯姆-因伊①曾说过，1885年将军在接管萨哈林驻军的时候，问过一个担任屯监的士兵："你这个职位配手枪干什么呢？""为了制服流放犯人呢。""那现在就向那个树干开枪！"然后就乱成一团了，这个士兵无论如何都不能把枪从那个枪套中拔出来，在别人帮忙的情况下，才好歹算是掏出了他的枪。他就那样惊慌失措地拿着自己的枪，手足无措。将军只能作罢，不然还不知道会怎样呢，谁知道子弹是会射向树桩子还是飞到当时在场的某个人的身上呢。（见《喀琅施塔得导报》1890年第32期）

[165] 辛佐夫斯基：《流放苦役犯的健康保健状况》一文，载于《健康》杂志1875年第15期。

[166] 在沃耶沃达监狱，有人将一个苦役流放犯人指给我看，他以前是押解员，却在哈巴罗夫斯克协助犯人逃跑了，自己也和他们一起跑了。1890年夏天，在雷科夫斯科耶监狱关押了一名自由民妇女，她被指控犯有纵火罪；她隔壁的单人牢房里关着一个叫安德烈耶夫的犯人，他向管事的抱怨说，一到夜里，负责看押的卫兵就时常过去和这个妇女调笑喧闹，弄得他整夜不能睡觉。区长下达指示把这个囚室换一把新锁。钥匙由区长掌管。但是卫兵们还是把钥匙搞到手啦。区长毫无办法，只好对监狱里的彻夜狂欢装聋作哑。

[167] 这么一来就形成了一个不公正的结果：优秀的士兵在作战部队只可以领到一份口粮，而在监狱里游荡的士兵表现不怎么样，却可以在领了口粮之外，再领一份薪水。沙霍夫斯科伊公爵在《萨哈林岛体制研究》中也指出，"看守人员的主要构成（占到66%）人员是本地驻军部队指派的列兵，他们领取的是12卢布50戈比左右的军饷。这些人大字不识一个，智力水平低下，执行公务时善于姑息养奸，缺少严格的军纪

---

① 作家和社会活动家马沙诺夫的笔名。

养成,但是,却获得了最大限度的行动自由,他们对待犯人方面的行为常常是不合法的,只有少数人例外,要么是粗暴无礼,要么就是低三下四"。现任的岛区长官的意见也是一样的,即"多年的经验证明,由当地驻军部队指派的看守太不可靠了"。

[168] 资历较深的看守每年的薪俸是 480 卢布,一般的看守每年是 216 卢布。服务达到一定的期限还增薪三分之一、三分之二或者翻倍。这样的薪俸已经是相当优渥的了,对一般的小官吏来说,这样的薪酬是很有诱惑力的了,比如,电报员要是有这样的机会的话,会立即去做看守。如果学校的老师什么时候有机会到萨哈林去,给每月 20 至 25 卢布,他们也一定会去做看守,这种担心是不无道理的。

[169] 详见卢卡舍维奇的文章《我在萨哈林杜埃所认识的人们》,载于《喀琅施塔得导报》1886 年第 47 期和第 49 期。

[170] 在 1875 年以前,北萨哈林是由杜埃哨所的指挥官进行管理的,他的上级驻扎在尼古拉耶夫斯克。1875 年以后,萨哈林被分成北萨哈林和南萨哈林两个区,均归属滨海边疆区管辖,民政事务由省总督负责管理,军事方面事务由滨海边疆区部队负责指挥管理。地方事务仍由区长管辖,而且,北萨哈林区的区长是由滨海边疆区和萨哈林岛流放苦役犯总局局长兼任的,其常设机构就在杜埃,而南萨哈林区区长的职位由东西伯利亚第四边防营的营长兼任,他的常设机构在科尔萨科夫哨所驻扎地。因此,区长集地方、军事、民事管理职能于一身。行政机关中全是军人。

[171] 根据这个条例,萨哈林主要的管理权限属于阿穆尔区总督,而地方的管理权属归军队任职的将军。整个岛分为三个区,每一个区的监狱和村屯都由区长统一管辖,这个职位就相当于我们那种县里的警察局长一样。他们也掌管当地的警察局。在每一区里,管理监狱和村屯的都是监狱的典狱长;如果是任命了一个特别的官员来管理,那么,这个职位就叫移民监事;这两个职位都相当于我们概念里的警察局局长。岛区长官下面有办公署主任、会计、司库、农业督导官、土地测量员、建筑师、阿伊努语和基里亚克语翻译、中心仓库主任和医务主任。四支驻军各有参谋长 1 名,校官 2 名和随队医生 1 名;除此而外,各部队还有岛

区部队管理副官1名，其助手和文书各1名。此外，还配备有4名神父，以及和监狱没有直接关系的职位，比如，邮电所长，所长的助手、报务员和2名灯塔管理员。

[172] 花上一天的时间去读那些公文材料，那些典狱长的助手和看守长以及录事们编造的空洞数字、不可信的结论和"空洞的胡编乱造"绝对会令人陷入沮丧之中。我怎么也找不全1886年的《公报》。有的《公报》的页边有铅笔写上了"明显失实"的字样。特别是那些关于犯人和儿童的家庭状况和流放犯人犯罪种类的构成资料更是错误百出。岛区长官对我说，有一次，他需要了解，自1879年起，每年有多少犯人乘用志愿者商船队的船只运至岛上，当地的办公机构缺乏此类数据，就只能向监狱管理总局去询问。一个区长在报告中抱怨说，"1886年之后，尽管我不止一次地要求，但是需要的资料总是交不上来。因为缺少某些必须存档的资料，根本无法提供应该提交的统计报告。比如，要想把1887年1月1日以前的强制移民和农民数量统计清楚，那就会相当的困难。"

[173] 本地的官员在履行自己的职责的时候，经常会面临严峻的危险境况。特姆区的区长布塔科夫徒步往返了波罗那亚河全程，途中患上赤痢，险些丧命。科尔萨科夫区的区长别雷先生有一次从科尔萨科夫去往毛伊卡，乘的是大筏艇，中途遭遇风暴，被迫离开岸上，进入海中，在暴风雨中颠簸了两天两夜，别雷本人、一个苦役犯水手和一名偶然搭乘的士兵都以为这下子要一命呜呼了。但是，他们是在科里利昂岬的灯塔附近被冲上岸边了。别雷先生来到灯塔守护人的住所，一照镜子，发现自己的头上雪白一片，华发早生！士兵上了岸以后一下子就睡沉了，怎么叫都不醒的，一直大睡特睡了40个小时。

[174] 现在这里毕竟还是有了一些娱乐活动的，有业余演出、野餐会和规模不大的晚会；过去连玩纸牌都凑不齐人手。精神方面的享受也相对容易多了。订阅杂志、报纸和书籍成为可能，每天都能收到北方电讯社的消息；不少人家里都置办了钢琴。本地的诗人有了自己的同类和读者群；有一个时期，亚历山德罗夫斯克还发行了手抄本杂志《小蓓蕾》，发行过7期呢；资历较深的官员都居住在设施良好的住宅中，宽敞

且温暖,家有厨师,外出有马,官职较低的官员需要从移民手中租房子,可以租整座房子,也可以租带家具和全套设施的单间。我在一开始提到过的那位诗人,就是一位比较年轻的官员,他租的房间里有很多的圣像,床上有帷幔,墙上有绘有骑士射虎身姿的挂毯。

第二十一章 流放犯在当地的犯罪、审判和刑罚

> 流放地居民的道德面貌。犯罪率问题。侦讯与审判。惩戒。树条抽打和鞭刑。死刑。

一些流放犯对自己受到惩罚很看得开,爽快地承认自己犯了错,有罪。你要是问他,因何事被流放到萨哈林岛上的,这些人一般都会说:"干了坏事呗,流放到这里还能是因为干啥好事了呀。"而另一些人就被流放彻底击垮了,变得精神颓唐,怨天尤人,痛哭流涕,绝望地赌咒发誓说,自己是被冤枉的;还有第三种人,他们认为,受惩罚变成了一种福利,因为只有到了苦役地,才发现上帝是存在的;第四种人呢,一有机会就想逃跑,被抓了,还不惜命地抵抗。尽管有一些人确实是初犯,偶犯,确实是"不幸的人"和无辜者,但也不得不与那些十恶不赦的惯犯还有恶棍们同处一个屋檐下[175]。所以,流放地居民的道德面貌是相当复杂的,是相当混乱和面目模糊不定的,用现存的研究方法来考察,会得出混杂的印象,很难得出某种有价值的结论。通常来说,一般的地方都是用犯罪率数字的高低来评判道德水平是否低下的,但是,在流放苦役地,一般通行的和此种常用的方法也是不合适的。生活在不正常的、极其特殊的环境之中的流放苦役地居民,面对的是独特的约定俗成的犯罪观念和标准,即我们通常认为的轻微犯罪行为,在这里可能是相当严重的;相反,真正严重的大量的刑事犯罪反倒根本不受重视,只因为是在监狱里,这类罪行是普遍存在的现象,几乎是不可缺少的日常生活

内容[176]。

　　流放犯人身上所有的道德缺失和反常行为，同他们长期处于被监禁、遭到奴役、不得温饱以及经常处于胆颤心惊的状态之中相关。撒谎成性、狡诈阴险、胆小怯懦、回避怕事、搬弄是非、小偷小摸以及各种暗中实施的恶行，都是犯人们长期遭受屈辱和不公而用来反抗的手段而已，或者至少在他们看来是重要的自保手段，是借以反抗对他们不尊重的长官们和看守们的手段，他们害怕这些人，把他们看成是自己的敌人。为了摆脱沉重的劳役和严苛的体罚，为了获得一块面包，一小撮茶叶，一点盐，一点烟叶，流放犯人只能靠欺骗行事，因为他们得出的经验是，在为生存而进行的斗争中，欺骗是最有效和最为保险的手段。在流放地，偷窃现象是常见的，更像是一门营生。囚犯们对一切可偷之物都上下其手，像饿狼奔向食物一样，既有不屈不挠的意志，又极度地贪婪，特别是对待吃穿方面可用的东西，更是下手迅猛。他们在监狱里也不收手，互相偷，偷屯子里强制移民的财物，在工地上偷，在轮船上装卸货的时候也是能偷则偷，偷盗的手法极其娴熟，就像经常训练一样。有一次，在杜埃的轮船上，他们偷了一只活羊和一桶正在发酵的面粉，那时，拖驳船还没有离开轮船呢，但是，失窃物品却说什么也找不到！还有一次，船长室竟然遭到偷窃，连舷窗和指北针都被拧下来拿走了；还常听说过，小偷潜入外国轮船上的各个储藏间，偷走银质餐具；卸货船的时候，常常会有成包成捆的货物不翼而飞[177]。

　　流放犯们的娱乐都是暗中进行的，以偷偷摸摸的、不为人知的方式上演。为了弄到正常情况下只值5戈比的烧酒，犯人就要暗中偷偷地去恳求走私的人。没有钱，就用旧衣服或者面包来交换。他们唯一的精神享受，就是玩纸牌，而且只能是在夜里玩，在烛光下，或者是躲到老林子里去。任何暗中进行的秘密享受，只要时间足够长久，不停地重复，就变成了不能放手的嗜好；流放犯人们群起效仿,一个犯人影响另一个犯人,互相模仿对方的行为,最后结果就是,私贩烧酒和玩纸牌这样的小事,导致了难以想象的秩序混乱。前面我已经说过,富裕的流放犯人可以暗中私贩烧酒和白酒挣出一份产业来;就是说,富翁能在这里挣到30 000至50 000卢布的背后,是一大批不断失去自己的口粮和衣服的人。打牌聚赌,像瘟疫一样传染了所有的监狱。监狱俨然已经变身巨大的赌场,而屯落和哨所驻扎地则是赌场的分支机构。赌博的范围异常广泛,听说在偶然抓到当地赌局的庄家的时候,能够发现成百上千卢布的赌资。这些赌局还和西伯利亚的监狱,比如伊尔库斯克的监狱的赌博活动,就有着经常性的联系,苦役犯们认为,只有伊尔库斯克监狱的赌博,才是"名副其实"的赌博呢。在亚历山德罗夫斯克,开设有好几处赌场,其中有一处,就设在第二砖厂街上,后来发生了典型的赌场丑闻:一个监狱的看守输光了所有身家,吞枪自尽了。什托斯纸牌玩法能像烈性酒一样让人头昏脑涨,苦役犯赌输了口粮和衣物,也顾不上饥肠辘辘和冻得瑟瑟发抖,即使遭受了鞭笞,也不感觉疼痛,更令人惊讶的是,在他劳作的时候,在轮船装卸货物的时候,装煤的拖驳船已经接近了轮船的时候,在周围浪涛汹涌之际,有人已经晕得七荤八素,呕吐不止,而赌徒们还在拖驳船上,赌得风生水起,轮船作业的交谈声中夹杂者赌徒们此起彼伏的叫声:"揭牌!两点!全杀!"

身陷囹圄的妇女们的状态是贫穷和屈辱的,这是卖淫大行其道的原因。我在亚历山德罗夫斯克的时候,曾经问那里的人有没有妓女,给我的回答是:"要多少就有多少!"[178]因为需求量极大,无论是年老色衰的,还是长相丑陋的,甚至已经身患三期梅毒的,都在卖淫。连年纪幼小也不会是障碍。我在亚历山德罗夫斯克的街上,就遇到过一个16岁的姑娘,据说是从9岁起就开始卖淫。这个姑娘是有母亲的,但是,在萨哈林,家庭并不能阻止这些姑娘走向毁灭。听说还有的茨冈人，不仅让女儿出卖肉体，而且全家都以经营此道为生。一个亚历山大城郊屯的自由民妇女开设"青楼"，从事卖淫的女孩竟然全是她自己的亲生女儿。亚历山德罗夫斯克的卖淫业具有城市的特征。甚至还开设有"家庭浴室"，而且出现了职业皮条客。

截至1890年1月1日，官方的统计数据表明，受到区法院再次审判的惯犯人数，已经占到苦役犯的8%。有些犯人已经是三进宫、四进宫、五进宫，甚至已经是六进宫啦，累计的刑期从20至50年不等，这类罪犯有175人，占犯人总人数的3%。但是呢，有些惯犯是还没有计算在内，特别是那些因逃跑而屡次受到审判的。逃跑的人数并不精确，况且，很多逃犯被抓回来之后，没有经过法庭的审判，监狱就做了私下处置。流放地居民在多大程度上会再次犯罪，它的比率是怎样的，这暂时还不得而知。是的，这里对再次犯罪是要进行审判的，但是，很多案件会由于罪犯难以找到而终止，有的案件会因为犯罪证据缺失终止，或者是超出了地域的管辖范围被驳回，或者难以取得西伯利亚相关机构提供的必要证据而被中途搁置。由于案件长期拖延，遇到被告身亡的情况或者是被告长期逃亡无法逮捕归案，除了将案件归档也别无他法。这里还有一个重要的原因是，侦讯资料往往不可信，负责侦讯的都是一些毫无经验的年轻人，从来没有受过教育，再有就是，哈巴罗夫斯克的区法庭只凭一纸公文就对犯人进行缺席审判。

在1889年的一年里，有243名苦役犯受到法庭的侦讯，与其他犯人的比例是1∶25，强制移民受到侦讯者为69名，比例为1∶55。被法庭侦讯的农民则只有4名，比例为1∶115。从这样一组数据可以看出，随着地位的改善，随着从流放犯向自由民地位的过渡，每一个级别的受审比例会逐级降低，锐减为原来的一半。这些数字是当年，即1889年这一年的受审数据，而不是犯罪的数据。就是说，其中有不少的案件是以前悬而未结的案件，读者可以从中感受到，萨哈林每年都有许多人是在被侦讯的煎熬中度过的。案件总是一拖再拖，可以想象，这种久拖不决给人们的经济和心理上带来了多么巨大的压力和影响，其后果是很恶劣的[179]。

此地的侦讯工往往交由典狱长的助手和警察局的秘书来执行。按照岛区长官的话来说，即"案件的侦讯在没有足够的证据的情况下就开始了，进展拖沓，程序死板，犯人经常会毫无缘由地受到牵连并被拘禁"。嫌疑犯和被告都是先行看押，关进囚牢。例如，在秃岬屯，一名强制移民被杀，就把4名被怀疑的人关进了黑暗、寒冷的囚牢里[180]。过了几天，3个人被释放出来，剩下1人仍然关在里面；这个人被戴上镣铐，每隔三天才给一顿热乎饭吃；后来看守又加码，打了他100鞭子，他就这样一直监禁在这黑暗之中，饥寒交迫，胆颤心惊，无奈之下，只好承认自己有罪。与此同时，监狱里还看押着一名自由民妇女，她叫加拉尼娜，被怀疑杀死了丈夫；她也是坐在黑暗的囚牢里，每隔三天才给吃一顿热乎饭。一个官员审讯她的时候，我就在场，她声明说，自己已经病了好长的时间，为什么不给我请医生看啊。负责提审的官员转头去问负责的看守，有无此事，为什么拖着不给请医生。看守回答的原话是：

"我向典狱长大人汇报过的，但是典狱长大人就说，'让她死去吧！'"

这种对审判前的监禁（而且是蹲苦役犯监狱的"小黑屋"！）和服刑的监禁之间区别的管理不善，对自由民和犯人之间身份的不加甄别，使我十分震惊。因为当地的区长毕业于法律系，而典狱长以前曾经在彼得堡的监狱里任职。

还有一次，我陪区长一起去囚室转一下，是在一个清晨。4名有凶杀嫌疑的苦役犯人被放出来的时候，他们已经被冻得浑身发抖。加拉尼娜只穿着袜子,脚上连鞋也没有,一直在瑟瑟发抖,一见光亮就把眼睛眯起来。区长下令把她转移到一间光线充足的牢房去。就在那次,我还看见一个格鲁吉亚人,就像一个幽灵一样在囚室门口游移。他已经在黑暗的囚室被关押了5个月之久,只是被怀疑投毒,一直等待着至今也没有开始的侦讯。

在萨哈林,检察长没有助手,因此,没有人对侦讯工作进行监督。侦讯工作的方向和进度完全取决于同案件没有任何联系的偶然因素。我在一份通报里读到这样一段:"兹有雅科夫列娃被杀,目的在于抢劫。作案前受害人被强奸未遂,主要证据是被褥都在床上,床上有鞋后跟铁钉的划痕和鞋印。"这种臆想式的推测就能决定整个案件的命运,在类似的情况下,尸体解剖被认为是不必要的。1888年,一个潜逃的苦役犯杀害了列兵赫洛米亚迪,直到1889年,才根据检察长的要求,进行了尸检。而此时,侦讯工作早已经结束了,案件的全部案卷都已经送交法庭了[181]。

《流放犯管理条例》第469条规定:当地长官不经警方的正式侦讯,有权确定和实施对犯有罪行和过失的流放犯人惩罚,而按照一般刑法对这类犯有罪行和过失的犯人的惩处,不应该超过剥夺特权和财产以及监禁的限度。通常轻微的犯罪案件,在萨哈林由正式的警方法庭审理即可,而警方法庭的管辖归口是警察局。尽管地方法庭具有相当广泛的职权范围,一切轻微案件都归它审理,但是,当地的流放居民却毫无法律的保障可言,不敢伸张正义。只要官员越过法庭和侦讯程序,实行鞭刑和拘押,甚至强迫嫌疑人并将其送至矿井做工,那里的法庭的存在就只是徒有虚名罢了[182]。

重大犯罪案件的审理由滨海边疆区法院负责,但是,这个法庭只是依据来往的公文来裁定案件,既不审讯犯人,也不传唤证人。法庭的每一次裁定还需岛区长官的批准,如果岛区长官对判决有不同的意见，可以自行处理案件，将更改过的判决呈报给枢密院。如果行政主管部门认为，某项罪行过于严重，按照《流放犯管理条例》来惩办罪犯，力度必然不够，那么，它就可以将罪犯移交给野战军事法庭来审理。

对苦役犯和强制移民的犯罪的惩处相当严酷，如果说，我国的《苦役犯管理条例》与时代精神和法制要求相违背的话，那么，首先指的就是这部《管理条例》中有关惩处的条款。这些惩处的办法使犯人的尊严尽失、使其变得更加残忍、使其道德完全堕落，这样一来，这些惩处条款的存在早已经被公认为对自由民是有损害的，但对强制移民还保留着，似乎流放犯的沦落可能性就变小了一样，好像他们不会变得更残忍，不会完全失去人的尊严一样。侮辱罪犯人格的树条抽打、鞭刑、连车镣铐等，使其既要遭受肉体上的痛苦，又在精神上备受折磨，这里是在广泛的范围内使用的。树条抽打和鞭刑适用于任何类型的犯罪处罚，不管是刑事案件还是轻微犯罪；无论是作为肉刑还是作为其他处罚的补充手段，或是一种单独的处罚，这种肉体的毒打总是任何判决中一项必不可少的内容。

最普遍的惩罚，就是用树条子抽打犯人了[183]。《公报》上有记载，在亚历山德罗夫斯克，仅1889年间，就有282名苦役犯和强制移民受到行政处罚：肉体惩罚，即受到树条子抽打的有265人，用其他方式惩罚的有17人。就是说，每100次行政处罚中，鞭刑占了94次。实际上，并不是所有的肉体惩罚都会被《公报》记载：特姆区的《公报》显示，1889年只有57名苦役犯被执行了鞭刑，而科尔萨科夫区只有3人挨了鞭打，而事实上，在这两个区里，每天都有几个人会受到鞭刑，在科尔萨科夫区更别提了，一天要有十几人被施以鞭刑。为了打满30或者100鞭子，惩处的理由可谓五花八门：没完成当天的活儿（比如鞋匠没有缝好三双套鞋，就得挨打）、酗酒了、耍横了、不老实……

如果有20至30人没能完成当天的活儿，那么，这20至30人就一起被施以鞭刑。有一个官员是这样对我讲的：

"犯人，特别是戴镣铐的犯人，总是喜欢各种荒谬的申诉。我被任命到这里，第一次巡视监狱的时候，他们对我提出了多达50份的申诉；我如数收下，但是，我对提出申诉的犯人表明，凡是提出了不值得办理的荒谬申诉的人，都将受到惩处。只有两份申诉是表达了合理诉求的，其余全是胡诌。我就下令对另外的48个人进行鞭笞。下一次再巡视监狱，就只有25个人敢递申诉状了，再往后，就越来越少了，现在已经没有犯人再敢向我递交申诉了。我把他们都调教好了。"

在南部，一名苦役犯被别人告密，对其进行了搜查，找到了一本日记，这被认为是写了诬陷的材料；这个犯人就被施以50下鞭刑和蹲15天的小黑屋，只给水和面包。某个屯监经区长核准同意，对柳托加全屯的居民实施集体肉刑。岛区长官如此描述此事：

"科尔萨科夫区的区长向我汇报了此事，这是一起相当严重的擅自越权做主行事的事件，这是某人胆大妄为，对村民进行了严酷的体罚，尺度之大超出了法律所规定的界限。这件事比较恶劣，令人愤慨，我在分析此事的时候，发现了更加难以容忍的事实，即它不仅仅超出了法律规定的界线和尺度，而且连孕妇都没能幸免于肉刑，不分青红皂白啊，事件的起因不过就是强制移民之间发生了一场斗殴，但斗殴本身并没有造成什么严重的后果。（1888年第255号令）"

对犯了过错的犯人打上30下或者100下树条抽打是非常普遍的事情。这都不取决于犯了什么样的过错，而是取决于是谁下令来处罚犯人，是区长还是典狱长：要是区长，那就有权直接下令用树条子抽打100下，而典狱长则有权下令树条子抽打30下。某监狱的典狱长在这方面一向是恪守职权，只用树条子抽打30

下；有一次，他代理区长职务，他立即把平常职权范围内的份额提高到了100下的树条子抽打，好让这100下抽打成为他代行的新职务的象征；他就一直保留着这个象征，直到区长返回，他结束了自己的代职。随即，他自觉自愿地回到打30下树条子抽打的职责之中。用树条子抽打犯人在萨哈林已经是家常便饭，以至于很多人说到这件事，既不觉得恶心，也不认为有什么好怕的，甚至，在犯人中间很少有人提及此事，甚至，在挨抽的时候都不觉得疼了。

鞭笞用得比较少，缘由在于只有区法院才有权行使这一判决。从医务主任的报告可见下列事实，即1889年，"为了确定对法庭判决的肉体惩罚的承受能力"，医生对67人进行了医学检查。鞭笞，无论其行刑是手法的残忍，还是行刑的场景之不忍卒看，是萨哈林所使用的体罚中最为恶心的一种，尽管是俄罗斯欧洲部分的法学家们制定了对流窜犯和惯犯施以鞭刑的条款，但是，如果他们亲眼观看了行刑的场景，他们想早就会放弃这种处罚了。然而，他们却看不到这种可耻的、损害人的情感的场面，按照《流放犯管理条例》第478条之规定：俄国国内和西伯利亚法庭的各项判决，均要在流放地付诸实施。

我在杜埃监狱，目睹了鞭刑实施的整个过程。一个流窜犯，30至40岁的样子，名字叫普罗霍洛夫，也叫梅利尼科夫，从沃耶沃达监狱逃跑了，自造了一只小筏子，乘上就往大陆方向漂移，但是被岸上的人及时发现了，并派出快艇追了过去。接着，他的潜逃案就立案了。查了他的档案资料之后，突然发现：这个普罗霍洛夫就是去年杀害了哥萨克及其两个孙子的梅利尼科夫。他曾经被哈巴罗夫斯克法院判处鞭刑90下并加戴连车重镣。由于工作疏忽，导致这项判决一直未能实施。如果不是普罗霍洛夫伺机逃跑，这个判决未曾实施的疏漏可能永远也不会被发现，鞭刑和加戴连车重镣的惩罚也就无从提起。而现在，挨鞭子是不可避免的了。在决定用刑的那一天，8月13日，一大早，典狱长、我和医生悠闲走进了办公署；头一天已经下了命令，要在早晨把他，普罗霍洛夫带到这里来。现在，他和监狱的看守坐在外面的台阶上，显然，他并不知道要拿他怎么办。一见到我们，他就站了起来，可能，他一下子明白了，因为他的脸色霎时间变得惨白。

"进去！"典狱长吼道。

进了公署。普罗霍洛夫也被带了进来。医生，那个年轻的德国人，命令普罗霍洛夫褪去衣服，听了一下他的心脏，以便确定这名犯人可以承受多少鞭子抽打。他一秒钟就能决定这个问题，然后就一屁股坐下来，开始写他的检验记录。

"哎呀，你这可怜虫！"他用一副德国腔调来说俄语，好像很可怜这个犯人似的，用笔去蘸墨水，"你戴着镣铐可是够沉的，快央求一下典狱长，给你摘下来吧。"

普罗霍洛夫一言不发；他的嘴唇白得毫无血色，微微颤抖着。

"对你来说，就是那么一回事啦，"医生仍不停地鼓噪，"现在说什么可都没有什么用啦。哎呀，俄国可怜的人怎么这么多呀！哎呀，可怜呐，可怜！"

检验记录写好了，就附在潜逃犯的案件卷宗后面。然后所有人都默不作声。一个录事在记录，医生和典狱长也在记录……普罗霍洛夫还不是确切地知道，为什么把他传唤到这里来，也许是新账旧账一起算？因为猜不到面临的是什么，所以，他心里是七上八下的。

"你昨晚梦到什么啦？"终于，典狱长开始问他话了。

"大人，我不记得了。"

"那你现在可听好了，"典狱长眼睛看着案件卷宗，说，"某年某月某日因犯有谋杀罪被哈巴罗夫区法庭判处90下鞭刑……

你今天要领受这个惩处决定了。"

典狱长用手掌拍了拍犯人的前额，用训诫的腔调说：

"你这都是为了什么哦？为什么你的脑袋瓜儿总觉得自己聪明呢？总是逃啊逃，觉得逃了比较好，结果呢，越逃越糟啊。"

我们所有人都起身，走到"看守房"去，那里是一座灰色的、营房一样的建筑。军医助理站在门口，央求典狱长，像是乞讨一样：

"大人，准许我观看行刑吧。"

看守房的正中间，放置了一条有倾斜坡度的长条凳，凳子上有用于捆绑手脚的孔洞。刽子手托尔斯蒂赫膀大腰圆，是个铁塔一般的大力士，没有穿外衣，只是搭一件坎肩[184]，敞着怀，他向普罗霍洛夫点了点头，后者一声不吭地趴到长凳上去了。托尔斯蒂赫也不出声，不慌不忙地把犯人的裤子拉到小腿肚上，然后开始一板一眼地捆绑犯人的手脚。典狱长心不在焉地看着窗外，医生来回踱着步子，手里还攥着一支滴剂。

"要不，先给你一杯水？"他问。

"大人，看在上帝的分上，行行好吧。"

终于，普罗霍洛夫被捆好了。刽子手拿过来了三叉皮鞭，不紧不慢地摆弄着鞭子。

"挺住啊！"他用不高的声音提醒了一句，并没有高高扬起手臂，而是像要试试一样，打下了第一鞭。

"一……下！"看守用念经一样的声音数数了。

一开始，普罗霍洛夫并没有喊出声，脸上的表情也没有太大的变化。但是，紧接着，全身都因疼痛而痉挛起来，不是喊叫，而是大声地嚎了起来。

"两下！"看守查数的声音也大了起来。

刽子手站在犯人的侧面，鞭子落下去的位置正好是横在犯人的身体正中。每打5鞭子，刽子手就挪步到另一侧，好有半分钟让犯人喘息一下。普罗霍洛夫的头发粘在前额头上，脖子胀得老粗；5 至 10 下的鞭打之后，身上的鞭痕已经由红色变成紫色，再由紫色变成了青色；每一皮鞭下来，身上都是一道血印子。

"大人啊，"皮鞭的啸叫和哭嚎声搅在一起了，"大人，饶了我吧！"

打过了 20 至 30 下之后，普罗霍洛夫已经只能像个醉鬼一样地发出呓语了：

"我可太倒霉了，我没救了……我干什么了呀，遭这种罪啊？"

再后来，他已经开始伸长脖子，像是要呕吐一样……继而，语不成声了，只剩下喘息和呻吟了，从开始行刑，好像已经过去了整整一个世纪那样漫长。然而，看守仍然在高声喊着："42！43！"离打满 90 鞭子还早呢。我离开这里，走到外面去了。外面的街道上，一片寂静，但我觉得，看守房里那刺耳的声音能够传遍整个杜埃。一个穿着便装的苦役犯，正从看守房旁边路过，他朝房子那里瞥了一眼，他的脸上，甚至走路的姿势里都流露了内心里的恐惧。我又走进看守房，看守还在数呢，我又退出来了。看守仍然在数鞭数。

终于，90 鞭打满了。普罗霍洛夫的手脚被立即松开，看守上去帮他站立起来。被鞭打过的部位伤痕叠加，又青又紫，鲜血淋漓，向下滴落；上下牙齿不停地打战，脸色蜡黄，冷汗不住地流淌下来，眼神已经处于错乱的状态。当有人把一杯药水递给他喝的时候，他痉挛着咬住了杯沿……看守用冷水给他浇了头之后，就把他带到警察分局去了。

"这次鞭刑因为谋杀罪判的，他的潜逃罪还要单独判的。"我们往回走的时候，大家这样给我解释。

"我太愿意看行刑的场面了！"军医助理兴高采烈地说道，他非常满意自己把这个恶心的场景看了一个够，"太喜欢看啦！这些坏蛋！这些该死的家伙……把他们都绞死才好呢！"

肉体惩罚不仅使犯人变得冷酷和残暴，而且也让在场观看的人变得野蛮和残忍。甚至连受过教育的人也不例外。至少我没有看出来，受过大学教育的官员们对待行刑场面与这个军医助理、士官学校或者神学校的毕业生有什么不同。有些人已经如此适应用树条子或者皮鞭子抽打犯人这种事了，他们变得相当野蛮，已经开始从这种对犯人的肉体处罚中找到乐趣了。据说，某个监狱的典狱长在对犯人施以肉刑时，竟然是一直吹着口哨的；还有一个典狱长，在听着犯人的惨叫时，竟然幸灾乐祸地对着犯人说道："你喊什么呀？你喊上帝就能听到了吗？别喊了，别喊了，挺住！抽得再狠点，用力抽！猛抽！"还有的典狱长，下命令把犯人的脖子困在凳子上，专门来听犯人憋屈的呻吟声，打了5至10下之后，他就到别处去逛个一两个小时，然后再接着下令打犯人剩余的鞭数[185]。

军事巡回法庭由当地军官组成，并经岛区长官任命工作；该法庭审理的案件以及各项判决均须省长核准同意。以前，等待判决的犯人，一般是要在牢房里特别难熬地上两三年的时间，现在，电报就可以决定他们的命运了。案件到了野战军事法庭，判决基本上都是：处以绞刑。省长有时候会将死刑减缓为鞭刑100下，重镣监禁，终身矫正。但如果是杀人犯，死刑改变为缓刑的可能性很小。省长对我说："我一般都同意对凶杀犯处以绞刑。"

在执行死刑的晚上和夜里，神父都要接受犯人的忏悔。临终忏悔由忏悔和谈话组成。一个神父给我讲述了下面的故事：

"我最初担任神职的时候，才刚满25岁，有一次，赶上沃耶沃达监狱的两名被判了死刑的死囚犯人要做临终的忏悔，他们是为了抢劫1卢布40戈比而杀害了一名强制移民，被判了绞刑。我走进了他们的囚室，因为毫无经验，心下生怯；我吩咐不要把门关上，让看守留下来。但是犯人却对我说：

"'神父,不要害怕,我们不会杀害您的,您请坐吧。'

"我就问:'往哪里坐呀?'

"他们指了床铺让我坐下。我坐到了一只装着水的木桶上,然后,又鼓足勇气,挪到了床铺上坐到两个犯人中间。开始问他们的省籍等诸如此类的问题,随后就进行祈祷,可是就在此时,一抬头,发现,监狱的人们正抬着绞刑架从窗户外面经过,为绞刑做着各种准备。

"'这是什么?'犯人问道。

"'这个嘛,'我跟犯人说,'可能是看守要搭个什么架子。'

"'才不是呢,神父,这是要吊死我们用的。神父,都这样了,您能不能给我们弄点酒来喝呢?'

"'不知道,'我说,'我去问一下。'

"我去找了列上校,并说,犯人想喝酒。上校给了我一瓶酒,为了不让人说闲话,他命令值守的军士把监狱看守都支走了。我在哨兵那里找了酒杯来,就回到了犯人们所在的囚室。倒满了酒杯。

"'等一下,神父,'他们说,'您先喝一杯,不然我们不敢喝的。'

"我只好先喝了一杯。没有任何的下酒菜。

"'好吧,'他们说,'酒一下肚,就什么都想明白了。'

"他们就继续忏悔,过了约有一两个小时,突然间,命令到了:

"'拉出去!'

"然后,他们就被绞死了,我从那时起,好久都心有余悸,不敢踏进黑暗的房间。"

死亡的恐惧和绞刑的场景,对于被判处了死刑的犯人具有强烈的震慑作用。在萨哈林,还没有哪一个死刑犯人,能够精神抖擞地走上断头台呢。苦役犯切尔诺舍伊杀害了店铺老板尼基金,在被处以死刑之前，他需要从亚历山德罗夫斯克被带到杜埃，就在旅途中，切尔诺舍伊突发膀胱痉挛，就只好走停停；他的同案犯金扎诺夫一路上倒是絮叨个不停；行刑前两个人穿好了尸衣，听人诵读临终祈祷文。在处决杀害尼基金的凶手时，其中一个同案犯没等听完临终祈祷文，就当场昏厥过去了。这伙杀人犯中最年轻的一个，名字叫帕祖辛，刚给他穿好尸衣并开始念祈祷文，忽然间，上面来传达命令，他已经获得赦免，死刑改为其他刑罚。可以想象，这个人在这短暂的瞬间，经历了多么漫长的人生啊！整夜同神父的谈话，庄重的临终祈祷，清晨之前的半杯酒，"拉出去"的口令，尸衣和临终祈祷，然后是被赦免的狂喜，然后是同伙被处以绞刑，而他要承受100下皮鞭的抽打，在第5下抽打之后的昏厥，最后，是被戴上连车镣铐禁锢起来。

在科尔萨科夫区，有11人因杀害阿伊努人而被判处死刑。处决之前的一整夜，官员和军官们都没有合眼，而是来来回回地踱步，喝茶。大家都有一种心神不宁的感觉。更没有想到的是，有2名死刑犯半夜的时候吞食了剧毒的草乌头，给看管死囚的卫队带来了极大的麻烦。区长听见了外面人声嘈杂，有人向他报告了，两名死刑犯已经吞毒而死。行刑之前，他早已经心知肚明，但还是硬着头皮，厉声质问卫队长：

"共有11名犯人被判处死刑，这里我只看见了9名。另外那2名呢？"

卫队长倒是想正式报告一下，又不敢，无奈只好神经质地小声嘟囔：

"那就把我绞死好了。就绞死我得了……"

当时正是10月初，早上的天色灰蒙蒙的，又冷又暗。由于恐惧，死刑犯人们的脸色变得蜡黄，脑袋上的头发扑簌簌地随风飘动。一个官员在宣读判决书的时候，由于紧张，全身都在颤抖，这样一来，他自己根本看不清公文上判决书的字迹，他就那么口齿不清地、结结巴巴地读完了。还是神父穿着黑色的法衣,让9名死囚挨个亲吻他手中的十字架。间或还向区长耳语,小声恳求说,"看在上帝的分上,快放了他们吧,我可受不了了……"

接下来是一整套的仪式:给每个囚犯穿上尸衣,把他们送上绞刑架。当最终9个人都被绞死了的时候,半空之中"一长串"在晃荡,这是区长在向我讲述这次行刑的时候所用到的词儿。在把被处以绞刑的人从绞刑架上放下来的时候,医生发现其中还有1人竟然还活着。这个偶然的发现其实是有着特别的意义:监狱的人,包括刽子手等,他们都对犯人的罪行了如指掌。他们早就知道,这个犯人在那次暴行中是无辜的,是不该处以绞刑的。

"但是,他被再次施以绞刑了,"区长结束了自己的叙述,"后来,有整整一个月,我都不能安然入睡。"

注释:

[175] 本地总督的属下、监狱督查官卡摩尔斯基告诉我说:"如果从100名苦役犯人中能挑出15至20个品行端正的人来,那绝不是我们采取了矫正措施的结果,归根到底,我们应该感谢我们的俄国法庭,他们给我们送来了这么多的、还有点指望的犯罪分子。"

[176] 在这个地方,如果有人流露出对自由这种最高幸福的自然的和不可遏制的憧憬,那很可能被看作是一种犯罪的倾向,出逃可是一种严重的刑事犯罪行为,会被加重苦役并施以鞭刑;如果强制移民即便是出于良好的动机,收留逃犯住宿,也会被因此罚作苦役。如果成为强制移民之后,并不思家业,懒惰成性,经常酗酒,那么,岛区长官就会把他罚到矿井上去做苦役一年。在萨哈林,负债累累也被看作是刑事犯罪。对负债的惩罚还包括禁止强制移民获得农民身份。警察局移送那些被认定为懒惰成性、不事家业、拖欠官方贷款的人去服苦役1年,岛区的长官会对这种决定完全核准的,为了让移民还清欠款,就派他们去萨哈林公司干活(1890年第45号令)。简而言之,正常条件下,有些过错

也就是警告训诫、拘留一下或是监禁而已,而流放犯人经常会因为某些轻微的过失,就会有苦役或者鞭刑上身。另一方面呢,倒是监狱中或是村屯里的偷盗行为,往往很少受到严厉的处罚,这一点如果完全相信官方的数据,那么,就会完全得出一个不实的结论,即流放犯人比自由民更尊重别人的财物……

[177] 苦役犯人都是在干活的时候偷偷把成袋的面粉抛进水里,然后,夜里的时候,再伺机捞出来。一名船上的大副告诉我说:"一眼照看不周,大批的货物就被偷光了。例如,在卸成桶的咸鱼的时候,这些犯人会把自己的口袋里、衬衣里和裤子里……都塞得满是咸鱼。他们也是吃尽了苦头!逮到了就是要挨上一顿毒打,不由分说,劈头盖脸地揍……"

[178] 警察局给我提供的名单上,每周都接受医生检查的,只有30名妓女。

[179] 1889年有171名苦役犯因为逃跑在法庭受审。某位姓柯洛索夫斯基的涉逃案件是1887年7月开始审理的,因证人未能出庭而中止。1883年9月开始审理的一起越狱案件一直毫无进展,直到1889年才由检察长建议交由滨海边疆区法院予以判决结案。列斯尼科夫案件开始于1885年3月,审结已经是1889年2月了,等等。1889年审理的案件中,逃跑案是数量最多的一种,占到70%,紧随其后的是谋杀和蓄意谋杀,占14%。如果不把逃跑案件计算在内,则凶杀案件能占到全部案件的一半。凶杀案是萨哈林最为常见的犯罪种类,这可能与流放犯人一半以上都是因为杀人案被判流放的有关。本地的杀人犯再次犯下同样的罪行是屡见不鲜的。我在雷科夫斯科耶走访的时候,官办的菜园子里有一个苦役犯人用刀将另一个人割喉了,据他交代说,就是不想再干活了,因为一旦受审就可以坐在禁闭室里,啥也不干了。在秃岬一个名字叫普拉斯金的年轻人就因为几个银币打死了自己的朋友。1885年出逃的苦役犯们袭击了阿伊努人的屯子,可能仅仅是为了寻求刺激,他们对全村男女进行了肆意的侮辱,对妇女进行了强奸,把儿童都吊在房梁上。多数的凶杀案都情节十分残忍,起因荒谬,令人震惊。这类凶杀案件的审理时间漫长得可怕。一桩案件1881年9月开始审理,结案时间已经是1889年4

月了;另一桩案件1882年开始审理,结案却是在1889年8月了。我说的那桩残害阿伊努人的案件至今没有结案:"残害阿伊努人的案件是由野战军事法庭审理,11个流放苦役犯人被判处死刑。但是,不知道为什么,警察局将另外5个人也判处死刑。此事已经向萨哈林岛区长官提出申诉报告,日期分别是1889年6月13日和10月23日。"更换姓名的案件更是久拖不决。有一桩案件是1880年3月开始的,一直持续至今,因为没有收到雅库特省出具的公文;另一桩案件开始于1881年,还有第三桩,案件开始于1882年。有8名苦役犯因"伪造纸币和使用假钞"而受审,作案的地点就在萨哈林,这些犯人在为外国轮船卸货的时候,到商店去买烟叶和伏特加,支付的是伪造的假钞。那个被盗走了56 000卢布的犹太人,就是因为伪造假钞才被流放到萨哈林来的。他已经服刑期满,整日衣冠楚楚,身穿呢大衣,戴着礼帽和金表,在亚历山德罗夫斯克的大街上旁若无人地走着。他和看守和官员们说话时一向慢条斯理,和声细语。而且就是因为这个卑鄙的家伙的告发,另一个拖家带口的犹太人,一个农民,被抓起来了并上了镣铐,被军事野战法庭判处"谋反罪"成立,需要终身服苦役,但是,在经过西伯利亚来此地的路上,用伪造的手法将统计名册上的刑期改为了4年。在一份《1889年年度审讯情况通报》上,记载了一起"科尔萨科夫地方驻军仓库失窃案";1884年已经开始对被告进行审讯,但是,"关于本案何时开始审理,何时结案的信息,在南萨哈林区的区长存档文件中未见有所记载,审判工作究竟何时结束不得而知";结果是,1889年经萨哈林岛区长官签署意见,交由区法庭审理,需要再次对罪犯进行审讯。

[180] 根据《流放犯管理条例》,当局在拘捕流放犯人的时候,可以不受法律程序的束缚;只要有嫌疑,可以在任何情况下对流放犯人进行拘捕。(参见第484条)

[181] 以前,发生过案件神秘撤销或"莫名其妙"被终止的情况(参见《符拉迪沃斯托克》1885年第43期)。比如,野战军事法庭宣判的一个案子的卷宗就被人偷走了。符拉索夫先生在自己的报告中提到过发生在一个名字叫艾孜克·沙皮尔的苦役犯身上的事情,这个苦役犯被判处了无期徒刑。本来这个犹太苦役犯住在杜埃,以贩卖酒精为生。

1870年，他被控告奸污了5岁的小女孩。尽管证据确凿，案件却被撤消了。承担这个案件审理工作的是驻地哨所的军官，这个军官连自己的手枪都抵押给这个犹太人了，还欠了犹太人一大笔钱呢；等到案件从军官手中移交的时候，所有的能给艾孜克·沙皮尔定罪的证据都湮灭了。艾孜克·沙皮尔在杜埃有很大的影响力。有一回，哨所驻扎地的司令官问，艾孜克·沙皮尔在哪里，给他的回答竟是："他老人家去赴茶会啦。"

[182] 在安德烈-伊万诺夫斯科耶，甲在一个雨夜丢了一头猪，乙被怀疑，只因为乙的裤腿上沾满了猪屎一样的泥巴。对乙的住处进行了搜查，但也没有找到猪。即便如此，屯里的议事会仍然决定没收乙的一头猪，因为觉得他可能窝藏了赃物。区长核准了这个判决，尽管他也觉得这个判决并不公正。"我们要是动辄就对村屯议事会的判决进行否认，"他对我说，"那萨哈林就没有管事的法庭了。"

[183] 以前是为了防止犯人逃跑和方便辨认苦役犯人，才在犯人的后背上缝上特有的标志，才给犯人剃一半的头发并为其戴上脚镣，现在，这一切都失去了最初的作用，只剩下了对犯人的羞辱性的惩罚。《流放犯管理条例》规定，一块长宽各2俄寸的方形布条，必须与囚犯的衣服在颜色上有所区别。以前犯人奉上的标志是黄色的，但是后来，这种标志与阿穆尔河外贝加尔的哥萨克的衣服撞色了，所以，科尔夫男爵下令改成了黑色绒布质地。但是，在萨哈林这种罪犯的标志已经无所谓了，遍地都是，谁会在意呢。剃阴阳头那样的事也少见了，只有那些逃亡被抓回来的、犯罪待审的和必须加戴重镣的犯人才被剃阴阳头。在科尔萨科夫区这一套都取消了。《在押犯人管理条例》规定，脚上镣铐的重量在5至5.5俄磅之间。我只见过一个被上了镣铐的女犯人。就是那个外号叫"小金手"的盗贼。处于考验期的犯人必须戴镣铐，但是，《流放犯管理条例》允许在犯人生产劳作期间酌情下镣铐，实际上，无论干什么镣铐都是妨碍活动的。因此，大部分的流放犯人都是不戴镣铐的。就是《在押犯人管理条例》规定的终身流放的苦役犯都要戴手铐脚镣，也是无法实行的。并不是所有的犯人对戴手铐脚镣都能够泰然处之的。我就见过一些年龄不轻的犯人，一遇见生人，就会用衣襟遮盖住自己的刑具。我有一张照片，上面是在杜埃和沃耶沃达监狱的犯人们正在外面

的工地上干活。那些戴镣的犯人们都是极力不让镣铐露出来的。显然，作为一种羞辱性的惩罚，在许多的情形之下算是达到了目的，但是那样在犯人心里植下的屈辱感，根本不能算是一种简单的羞愧。

[184] 他被判流放到苦役地，是因为他砍下了自己妻子的头颅。

[185] 亚德林采夫讲述过某位德米多夫审讯的过程。德米多夫为了迫使一个罪犯说出所有的犯罪细节，将犯人的妻子抓来让刽子手拷打，尽管这个犯人的妻子是个自由民，是自愿跟随丈夫来西伯利亚的，其实是享有免于被肉体惩罚的权利的人；后来又把犯人才11岁的女儿抓来拷问，女孩子被吊了起来，刽子手用树条子不顾头脚地抽打了她，还用皮鞭子抽了几下子，女孩子要水喝的时候，给她的竟是一条咸鱼。本来德米多夫还要用皮鞭继续打她，但是刽子手受不了了，拒绝了执行命令。亚德林采夫对此总结道："德米多夫的残忍是他长期管理流放犯人，久而久之受到熏陶的自然后果。"（见《西伯利亚的苦役犯的境况》，载《欧洲导报》1875年第11和第12卷）1875年，符拉索夫在自己的报告中，提到过一个中尉，名字叫叶夫福诺夫。这个人的全部弱点在于，"一方面他放任苦役犯所住的牢房变成了像赌场、酒馆一样的乌烟瘴气之地，成为了滋生犯罪的温床；而另一方面，他阵发性的残忍使他管理的那些苦役犯都变得十分凶残。有个罪犯为了逃脱致命的鞭刑，在受刑之前就打死了看守"。

第二十二章 萨哈林逃犯：重新犯罪的原因、出身和类别

萨哈林的逃犯。逃跑的原因。逃犯的出身、逃犯的类别及其他。

有一个著名的 1868 年委员会曾经指出，萨哈林主要的和最重要的一个优势，就是它作为一个岛屿的地理形态。在这个被波涛汹涌的大海分隔于大陆之外的岛屿上，建起一座庞大的海上监狱是顺理成章的："望洋兴叹，插翅难飞"，完全可以实现罗马式的荒岛流放，逃跑只能是一种幻想。其实呢，未必。萨哈林自流放地初创时期，就不是一个与世隔绝之地[186]。横亘在大陆和海岛之间的海峡，在冬季就会完全冰封，夏季成为监狱不可逾越之高墙的海水，冬季以来就变得既光滑又平整，像是一望无际的田野一样。任何一个人，只要他愿意，就能徒步穿越或者是乘坐狗拉爬犁横渡海峡了。即使是在夏天，海峡也并不是完全不可逾越的：它的最狭窄之处位于波哥比和拉扎列夫两个岬角之间，两点之间的距离只有六七俄里，在波澜不兴的晴天里，就是乘坐基里亚克人的简易小船，也可以顺风顺水地走上百俄里。即使在海峡的宽阔处，从萨哈林这方的岸上，也可以清晰地看到大陆的海岸；被雾气笼罩的土地和它起伏的山峦日复一日地召唤和引诱着苦役犯们：向他们许诺自由与故乡。除了上述的自然条件之外，这个著名的委员会还忽略了，或者说，是根本没有预见到，犯人可以不向大陆逃跑，而是向岛上的腹地逃跑。与往大陆方向逃跑

相比，在岛上逃亡引起的麻烦更多，所以，岛屿的地理形态并不像这个委员会表述的那样，如铁桶般牢固。

然而，岛屿的地理优势还是有的。从萨哈林出逃并不容易。流窜犯本来就是越狱的高手，他们也都坦率地承认，从萨哈林岛逃跑，比从卡利斯克和涅尔钦斯克苦役地要困难多了。萨哈林监狱的管理极其松懈，防范环节薄弱，行政管理体制老旧，就是在这种情况下，监狱人满为患，犯人逃跑的比例不高，至少不像典狱长们期望的那样高吧，对他们来说，犯人逃跑，是他们"灰色收入"的重要来源之一。官员们承认，若不是犯人对自然障碍心存恐惧，那么，就凭苦役工作地点的分散性和防范之松懈，岛上只会剩下喜欢在此地生活的人啦，也就是说，一个人都不剩啦。

但真正可怕的、能够阻碍人们逃跑的自然因素还不是大海。不可逾越的是萨哈林一望无际的原始莽原和山脉，常年的潮湿、散不开的浓雾、四望无人的荒凉、吃人的黑熊、饥寒交迫和蚊蝇叮咬、冬季的暴风雪和酷寒，这些不利的因素才是看守们的好帮手。在萨哈林的原始森林里，爬过那些布满枝干纵横的倒伏树木之山峰是万分艰难的，韧性十足的藤蔓和树枝密林令人举步维艰，沼泽地和各种溪流深不可测，动辄水没及腰胸，蚊虫猖獗肆虐，就是一个吃得饱饱的自由民，一个昼夜也走不出 8 俄里；遑论被监狱生活折磨得已经奄奄一息的犯人呢。在密林之中，只能吞吃腐败了的食物和用盐巴充饥，并且，在原始森林中是无法分辨方向的，一昼夜，走来转去，都走不出 3 至 5 俄里。而且，他被迫不能走直线，只能东躲西藏地转圈子，以免被巡逻队抓获。通常情况下，出逃在外面，过个一两个星期，极少的挺过一个月，逃犯就会被饥饿、腹痛和寒热病折磨得形销骨立，被各种蚊虫叮咬得遍体鳞伤，腿脚浮肿，伤口遍布，衣衫褴褛地毙命于森林中；有的逃犯强撑着往回走，祈求上帝发发慈悲，让他碰上一个士兵或者基里亚克人，把他弄回监狱也就罢了。

犯人不在劳动和悔改中寻求生路，而是希望逃跑获得救赎，主要的原因在于他心中的生存意识尚未泯灭。如果他不是那种在任何地方都能孤独生活、安然过活的哲学家，那么，想让他不跑，那是不可能的，也是不应该的。

促使犯人从萨哈林出逃的首要原因是他对故土的眷恋之情。只要一听苦役犯们谈话聊天，你就会感受到，对他们来说，要是能在故乡生活，那该是多么大的福气啊！说到萨哈林，说到这里的土地、人、树木、气候，谁能不带着轻蔑的嘲笑、反感和懊悔呀，但一说到俄罗斯，就一切都变得美好无比了，令人陶醉不已了；简直不能想象俄国还会有不幸的人，只要能住在图拉省或者库尔斯克省，天天看见农舍，饱饱地呼吸俄国的空气，就已经是至高无上的幸福啦。上帝啊，受穷可以，生病可以，聋哑也行，受侮辱被侵害也能忍，但发发慈悲吧，让我们死在老家才好！有一个苦役犯老太婆，曾被分派给我当了一段时间的女仆，她呀，对我的行李、箱笼、书籍、被褥都赞不绝口，就是因为这些东西都不是萨哈林的，而是来自大陆那边；神父们到我这里来做客的时候，老太婆根本不愿意去祈求神父们的赐福，在她看来，萨哈林哪里会有真正的神父呢。对故土的思念之情，表现为经常的回忆往事，那些悲伤的、触动心底伤痛的过往，伴随着幽怨、苦涩的泪水浮上心头；有时候，这些回忆伴随着不切实际的期望，看上去完全是因思乡情切而近于癫狂，其荒诞不经的表达令人震惊，有时候看上去完全是处在一种不可置疑的神经失常状态[187]。

促使犯人从萨哈林出逃的另一种原因，是他们对自由的向往。这是人身上固有的品质，在正常的条件下，是人身上的高尚品质的特征之一。流放犯人在年纪轻轻、身强力壮的情况下，他总是要尽其所能逃得更远，逃到西伯利亚或者俄罗斯去。常见的是，他会被抓住，送去审判，押解回原来的苦役地，但是，这都不是令他害怕的事情；在漫长的徒步押解途中，在穿越西伯利亚的整个行程中，在经常性的变换监狱、变换狱友、变换看守并且承受旅途的各种风险的过程中，自有其诗意所在，比起一直在沃耶沃达监狱或者工地上做苦役，这种生活更接近于自由。随着年岁的增长，体力衰弱，渐渐对自己的两条腿失去了信心，犯人逃跑的目的地也比较近了，比如跑到阿穆尔一带或者就跑到原始老林子里躲避，或者到山上去，到只要离开监狱就行的地方去，只要不看监狱那令人恶心的墙壁和同监舍的狱友就行，只要听不到哗啦哗啦的镣铐声和苦役犯人的谈话就行。在科尔萨科夫哨所驻扎地，住着一个流放苦役犯人，名字叫阿尔图霍夫，是一个已经60多岁的老头子，他的逃跑方式是这样的：随身带了一块面包，锁上了房舍的门，先是逃到离哨所连半俄里都不到的一座山上。坐在那里，看原始森林，观大海，望天空发呆；在那里坐了3天之后，回到家里，取了一点食物，返身再跑回山上……一开始，他为跑掉受过处罚，到了现在，大家都笑话他。有些人逃跑，就是为了在外面闲逛上一个月再说，一个星期也行，哪怕一天也好哇。哪怕只有一天，可这一天属于我啊！对自由的向往是一些人周期性发作的激情，只有酗酒和癫痫可以类比；据他们讲，这种激情到一定的季节或者特定的月份就会出现，所以，有些苦役犯一旦发觉要"发病"了，赶紧跟长官报告说明情况。对所有的逃犯，通常是不问青红皂白，上来就是鞭笞或者树条抽打。但是，很多逃跑行为，从头到尾，其非理性和不可思议之处令人震惊，一些有家有口的人、相当清醒的人和相当老实的人在什么准备都没做的情况下，出逃了，没有带食物，没有合适的衣服，没有计划，当然也没有目的，明知道自己必定会被抓到，冒着失去健康和监狱长官信任的危险，冒着失去自己那相对的自由的危险，有的还冒着失去微薄薪水的危险，冒着冻毙于路上的危险，冒着被击毙的危险，如此种种，这种荒谬的行为应该对萨哈林的医生，即有权决定是否处罚犯人的人，有所提醒，即这不是一种犯罪，而是一种病态。

促使犯人逃跑的第三种原因，就是最普遍的终身惩罚。在我国，众所周知，苦役犯在服过苦役之后，只能以强制移民的身份最终取得在西伯利亚定居的权利；被判服苦役的人，就会远离正常的人际关系，并且失去了有朝一日回到他们中间的希望，对他以前出生、长大的并生活其中社会来说，他已经不存在了，"社会性地死了"。苦役犯人们都是这样说自己："死了就变成孤魂野鬼了，回不去了。"正是这种彻底的绝望和悲观促使犯人下定决心出逃：出逃，改变命运，再坏还能怎样呢！如果他出逃了，人们会这样议论他："他去碰碰运气也好。"如果他被抓并押回来了，那么，人们的说法就换了，"不走运呗""这次没交上好运气"。只要终身流放制度存在，逃跑和流窜就是不可避免的，它是一种必需的恶行，甚至作用相当于安全阀门一样。如果有某种可能剥夺流放犯逃跑希望，无法让他们进坟墓之前改变命运、回到老家，那么，流放犯压抑的心情，会因无处发泄而表现出某种比逃跑更残忍、更可怕的方式来。

促使犯人逃跑的第四种原因比较普遍，就是一种侥幸的心理，以为不会受到惩罚，以为逃跑也是合法的。尽管实际上，逃跑很难成功，会招致更为严酷的惩罚，被认为是更为严重的刑事犯罪。这种奇怪的侥幸心理在那一辈人的心中由来已久，源于早期处理这种事情尺度比较宽泛。那时候，逃跑确实是轻而易举的，甚至得到了某些官员的默许。如果犯人谁也不出逃，管理的官员和典狱长会认为，这是上帝对他们的惩罚。因为只有犯人成批成批地逃掉了，工厂的管理官员和典狱长才笑逐颜开。要是能在发放冬装的10月1日之前，逃跑了30至40人的话，那么，这通常就意味着，这30至40人的半长款皮大衣就是典狱长的囊中之物了。按照亚德林采夫的话来说,那时的官员在接收一批新来的犯人的时候,一般都会大声吆喝:"想留下的,就来领衣服,想逃跑的,就不用领啦!"官员们的这种行为似乎是让逃跑合法化了。这种态度对整个西伯利亚的居民影响深远,那里至今都不把逃跑视为一种过错,一种犯罪。流放犯自己讲述自己的逃跑行为时,才不难过呢,总是哈哈一笑或者懊恼一下,这次没有跑掉,指望他们悔改或者是为逃跑行为感到良心不安,那是不可能的。在我与之交谈过的逃犯当中,只有一个病恹恹的老头儿痛悔自己的逃跑行为,现在,他因多次逃跑而被戴上了连车镣铐,但是,即使这样,他也不认为自己的逃跑是犯罪,而是干了糊涂事而已,他说:"年轻的时候嘛,那是太糊涂啦,现在老了,只好遭罪。"

促使犯人逃跑的个案原因就多种多样了。有的人对监狱的作息制度不满,有的人对监狱的恶劣伙食不满,有的人因为某个官员的残暴而心存不满,有的人是因为懒惰,不会干活,有的人是因为生病不愿意呆了,有的人是出于意志薄弱,有的人是受到了别人的挑唆,有的人就是想冒险一下……有的犯人成群结队地逃跑,仅仅是为了在岛上自由地闲逛,这种游荡伴随着杀人越货,滋扰居民,引起事端。有的人还为了复仇而逃跑。列兵别罗夫在追踪逃犯科里缅科的时候,打伤了他,并将他押解至亚历山德罗夫斯克监狱。科里缅科痊愈之后,再次出逃,这次,他只有一个目的,找别罗夫报仇。他径直朝巡警走过去,巡警就对列兵别罗夫说:"带走你的人吧,算你走运,这次还押送这家伙。"别罗夫就押着他走了。一路上押解的士兵和犯人还边走边聊天呐。正值秋天,疾风劲吹,天气寒冷……他们就停下了抽烟。在列兵正要竖起领子,点燃烟斗的时候,科里缅科夺过了他手里的枪,一枪毙命,打死了列兵别罗夫,然后,就若无其事的回到了亚历山大哨所驻地。旋即被逮捕,不久以后就被处以绞刑。

促使犯人逃跑的原因也少不了爱情的因素。流放苦役犯阿尔乔姆，他姓什么我已经不记得了，是个20岁的年轻小伙子，原来在纳伊布奇的公事房当看门人。他爱上了一个住在纳伊布奇河沿岸屯里的阿伊努女人，据说是两厢情愿的。但是呢，他突然被怀疑偷东西，作为惩罚，他就被调回科尔萨科夫监狱了。这样一来，阿尔乔姆离自己心爱的女人就有90俄里的距离了。为了和自己的心爱的人约会，他就从纳伊布奇哨所监狱逃跑了，直到一颗子弹打中了他的腿。有的时候，促使犯人逃跑的原因还包括逃犯是被狱友诈骗的对象。这既是出于对金钱贪婪使然，也是一种卑劣的背叛行为。有些老流窜犯，在逃跑和不断冒险中度过了自己的一生，如今已经头发花白，但并不思悔改。每当有一批新来的犯人进入监狱，他们就暗中在人群中窥视，物色那些富裕的人（一般新来的犯人随身都带有钱财），引诱他们一起出逃。把新来乍到的犯人说动了心并不难。新犯人出逃了，老流窜犯就在原始森林里将其杀掉，再返回监狱。另一种黑幕更为普及，就是为了弄到那3卢布的赏金，官府对抓住逃犯的人给予的奖赏。做这种勾当，要在事先和士兵或者是基里亚克人暗中串联勾结，几个苦役犯逃出监狱，在指定的地方，在原始森林里或者是海边上，与士兵会合。士兵呢，就把他们当成抓到的逃犯押解回监狱。按照押解回来的人头领取了赏金。当然了，这几伙人要进行坐地分赃。当你看到，身材瘦弱且个子矮小的基里亚克人，手持木棍，押解了6至7个虎背熊腰的彪形大汉的时候，不免会哑然失笑。有一次，我还见过，体形瘦小的列兵廖某，一次就押解过来11名逃犯。

直到最近，监狱对逃犯的统计工作都疏于分析整理。但是至少可以肯定，逃跑次数最多的犯人，是那些对老家和萨哈林气候差异比较敏感的犯人。首先就是来自高加索、克里米亚、比萨拉比亚和小俄罗斯的人。要是偶然看到逃犯或者追捕回来的逃犯姓名列表，有时候在50至60人的名单中几乎见不到一个俄国姓氏，全是什么苏莱曼、阿桑或者哈桑之类。毫无疑问的是，无期徒刑和刑期较长的犯人，比第三类犯人逃跑的当然会多，住在监狱里面的，比住在监狱外面的，逃跑的要多。年纪轻的和新来的犯人逃跑的也会多。但女犯人比起男犯人来，逃跑的要少很多。对女犯人来说，除了逃跑成功的难度系数较大之外，还有一个原因，就是他们在苦役地很快就会形成牢固的家庭羁绊关系。对妻子和子女的义务，一般来说，也会让男犯人放弃逃跑的想法。但是，有时也未必。合法夫妻比同居者逃跑的当然少。在我所走访的农舍里，我也问过那些流放犯的女人，同居男人到哪里去了。她们常常回答我说："谁知道哇？总是像鬼魂一样四处游荡。"

除了平民出身的流放犯会出逃，来自特权阶层的囚犯也会逃跑。在科尔萨科夫警察局，我在翻阅资料的时候，发现也有贵族逃跑的，并且在逃跑的途中还犯有杀人罪，被判处80还是90下的鞭刑。臭名昭著的谋杀犯拉季耶夫，因杀害了第比利斯文科中学的校长而被判处流放到萨哈林，在流放地科尔萨科夫当中学教员。1890年，在复活节的夜里，他纠集了流放犯、神父的儿子尼科尔斯基以及另外的3名流放犯一起逃出了监狱。复活节之后传来了消息，说是3个逃犯穿着"上等人"的便装，在通往穆拉维约夫哨所的方向的路上奔逃。但是，却没有看见拉季耶夫和尼科尔斯基，据推测，可能是流窜犯们怂恿他们2人逃跑，却在途中杀掉了他们。目的是掠取这两个人的钱财和衣物。某位姓科某某的大司祭的儿子，也是因杀人罪被判处流放，但是，他逃回了俄罗斯，再次犯罪杀了人，又重新被流放回了萨哈林。有一天早上，我见到了他，那是在一个矿场附近，他骨瘦如柴，两眼茫然四顾，穿着夏季长外套，裤子上破洞褴褛，他睡眼惺忪，清早的寒意令他瑟瑟发抖，他走到我身旁的典狱长跟前，摘掉了头上的制式帽子，露出了自己的秃头，向典狱长哀求着办什么事情。

关于发生出逃行为最多的季节，我收集了一些数字信息。现在就用这些数字来举例说明。1877年、1878年、1885年、1887年、1888年和1889年一共有1501位流放的苦役犯人出逃。这个数字平均到每个月呢，那就是：1月份，117人出逃；2月份，64人出逃；3月份，20人出逃；4月份，20人出逃；5月份，147人出逃；6月份，290人出逃；7月份，283人出逃；8月份，231人出逃；9月份，150人出逃；10月份，44人出逃；11月份，35人出逃；12月份，100人出逃。如果画成曲线图表，就可以清楚看到，出逃的最高峰是夏季的几个月份和最寒冷的1月份。显然，在暖和的天气里是最适合出逃的，这也是监狱外苦役作业较多的季节，正逢洄游的鱼汛期，原始森林里浆果都已经成熟，移民们栽种的马铃薯也成熟了，而海面一旦结冰，萨哈林就不再是岛屿了。春秋两季有大批的新犯人进岛，也是造成夏冬两季犯人出逃人数居高不下的原因之一。三四两个月份出逃者最少，因为，在这两个月里，河流都在解冻开河，无论是在原始森林里，还是在强制移民家里，都不可能弄到食物来果腹，强制移民们一到春天也是坐在家里，一筹莫展地挨饿受冻。

1889年，从亚历山德罗夫斯克出逃的犯人数量占年度逃亡人数的15.33%；从杜埃和沃耶沃达监狱出逃的犯人占出逃总人数的6.4%，这两所监狱除了看守之外，还有持枪的卫兵看管犯人。而特姆区监狱的逃犯占到了9%。这些数字只是一个年度的统计数据。如果从岛上全部在册的苦役犯人的情况来看，在不同时期都出逃过的犯人不少于60%。也就是说，在监狱中或者在街道上，您见到的每5个人中就有3人曾经出逃过啦。在和苦役犯们交谈的时候，我得出了这样的结论：所有的苦役犯都出逃过。没有谁，在这么漫长的苦役期里，不想着给自己放个"大假"的[188]。

一般来说，出逃的想法，在来萨哈林的途中，在轮船的大通铺上，在阿穆尔的驳船上，就开始酝酿了；那些从苦役地跑出来的老流窜犯，向年轻的苦役犯们介绍岛上的地理、萨哈林的苦役制度、监狱的管理情况以及从萨哈林出逃可能遇到的好处和难处。如果在犯人中途流转的监狱，能够对犯人分类，把那些流窜惯犯和新来的犯人分别关押，可能，新来的犯人就不会那么快就要出逃了。有的时候，甚至在刚下船的时候，交接的手续刚办完，犯人就逃跑了。1879年，一批犯人刚到不久，紧接着就有60人一起打死了守卫的士兵，集体出逃了。

为了出逃，也根本不用做任何的准备，不需要做像柯罗连科的优秀小说《索科林岛人》中所描述的那些筹备工作。逃跑行为是被严令禁止的，各级长官已经不再放纵此类事件的发生，但是地方监狱的生活条件艰苦、管理松懈和苦役繁重，以及那里的地势特点，都决定了在大多数情况下，不可能制止逃跑行为。如果今天不能从监狱敞开的大门里跑出去，那么，明天就混在只有一名士兵看守的20至30人的队伍里，隐没在去原始森林里干活的树后跑掉；有的没有从原始森林里跑掉，就会等上一两个月，在被分派给某个官员当仆从的时候，或者是到移民家里当帮工的时候再逃出去，都有机会。只有少数人的出逃，才需要搞事先筹备啦，欺骗官员啦，敲开门窗啦，以至于挖地洞啦，等等，岛上这么干的也就只有戴连车镣铐的犯人、关小黑屋的重刑犯以及沃耶沃达监狱的犯人，也许还有那些在矿井下劳作的苦役犯人，所以，在从沃耶沃达监狱至杜埃的沿线，都布满了岗哨和巡逻的警察。从那里出逃是极度危险的，但是，可乘之机是每天都有的，多数情况下连乔装打扮啦，耍个花招啦，都没有必要，只有那些爱冒险的人才这么干呢，例如，绰号"小金手"的女犯人出逃的时候，就乔装打扮了一回，穿上了士兵的制服，把自己伪装成是一个列兵。

大多数逃犯都是向北方逃跑,奔向波哥比和拉扎列夫两个岬角之间最狭窄的海边,那里基本是无人区,没有巡逻队的踪迹。可以从那里的基里亚克人的手里搞到小船,或者是自己动手做小木筏子,渡海过去;如果是冬天出逃的,赶上好天气的话,两个小时就能跑到对岸。渡海的位置越是靠北,就越接近阿穆尔河口,这就意味着,冻死饿死的危险已经很小了;在阿穆尔河口,坐落着许多基里亚克人的村屯,尼古拉耶夫斯克城已经很近了,再往前就是马林斯克、索菲伊斯克和哥萨克的军屯。出逃的犯人可以在这些地方打一个冬天的零工,甚至有的官员也愿意向这些出逃的可怜人提供安身之处和吃食。也有的逃犯出逃之后,不辨方向,东西南北不知该往哪里去,只好在原地转圈子,走来走去,还是走回了原来出发的地方[189]。

不少的犯人出逃了之后,就想在监狱附近横渡海峡。这可是需要极大的勇气和特别的幸运的机会的,尤其是需要有多次经验积累起来之后,痛切地理解了北向之路需要经历穿过原始森林的艰辛和冒险性。从沃耶沃达和杜埃监狱逃跑的犯人都是流窜惯犯,他们在离开监狱的第二天,就会一刻也不迟疑地下海横渡海峡。他们并不会考虑海上的风暴或者危险,驱使他们下海的是本能的恐惧和对自由的渴望;就是被淹死在大海里,不也是自由的天地嘛。他们通常会在距离杜埃以南5至10俄里处下水,往阿格涅沃方向去,在那里完成小筏子的制作,然后就往大雾弥漫的对岸划桨而去,尽管这里的海面宽度约有60至70海里,风高浪急,海水冰冷。我在那里走访的时候,从沃耶沃达监狱跑出去了一个流窜犯普罗霍洛夫,就是那个梅利尼科夫,我在上一章里曾经讲过他的故事[190],他的逃跑路线就是这样的。但是,无情的大海是不会怜悯任何人的,那些乘坐小筏子或者平底船出逃的,不是被海上的风浪打碎了船只,就是被风浪无情地抛回了岸边。

有一次，逃犯们偷了一艘矿业勘探部门的快艇出逃了[191]。还有一次，逃犯就藏匿在他们装货的大轮船上逃走了。1883年，苦役犯人弗兰茨·基茨藏在"凯旋"号轮船的煤仓里出逃了。当他被发现、并从煤仓里面被拖拽出来的时候，他对所有的问题的回答只有一句话："快给我水喝，我5天没有喝到一滴水啊。"

不管逃犯们是怎样到达大陆的，总之，他们会继续向西逃亡。靠乞讨维持生命，靠打个短工过几天，或者是偷窃一切可偷之物，他们偷牲口、偷蔬菜、偷衣物，一句话，所有能吃、能穿、能卖掉的东西都不在话下。这些逃犯一旦被抓捕，就会在监狱里先关上好一阵子，然后经过案件审理，带上本次的犯罪记录，押送回岛屿他原来的苦役地。读者们想必也已经有所耳闻，案件卷宗显示，有不少人都已经跑到了莫斯科希特罗夫市场啦，甚至跑回了老家。巴列沃屯的面包师傅加里亚齐，看上去是个挺老实的人，一派天真率直，是个很善良的人，他就给我讲述了，他逃回老家的故事，讲他怎样他回到了村子里，怎样见到了老婆和孩子，又怎样被抓回，又怎样再次被流放至萨哈林，现在连他的第二个刑期都快服满了。有过传说，报纸上也登载过一个消息，说的是一个美国捕鲸船曾经收容过逃犯，并且将他们带到了美国[192]。这，当然也是有可能的，不过我走访中还没有见到过实际的例子。美国的捕鲸船一般都在鄂霍次克海作业，很少会行驶到萨哈林，更别说有机会行驶到萨哈林岛最为荒凉的东岸、并且在那里遇见逃犯了。据布尔库斯基先生所叙述（《呼声》1875年第312期），在密西西比河右岸的印第安人聚居区，住着成帮结伙的萨哈林苦役地逃犯。如果真的存在这些帮派的话，他们肯定不是乘捕鲸船离开的，很可能是经过日本而转道去了美国。无论如何，不往俄国逃亡，而是去海外的人即使不多，但是肯定会有的，这是无可置疑的。早在19世纪20年代，我国的苦役犯就从鄂霍次克海岸的晒盐场逃亡至"暖和的地方"，即萨德维茨群岛①[193]。

对于出逃的苦役犯,人们的惧怕当然是十分强烈的,这也是对逃跑行为和逃犯的惩处十分严苛的原因。如果是一个很有名的犯人从沃耶沃达监狱或者是重镣囚室出逃了,那么,谣言就会传遍萨哈林,不仅居民中间会引起恐慌,就连大陆上的居民也会闻之色变。据说,有一次,一个名字叫布洛哈的犯人逃跑了,消息传到了尼古拉耶夫斯克,在居民中引起了巨大的惊慌,以至于地方警察局长拍过电报查询此事:布洛哈出逃是否属实?[194] 犯人出逃对社会的主要危害在于:首先是助长了社会上的流窜歪风;其次,逃犯们一旦出逃,就立即处于一个非法的状态之中,多数情况下,必定会重新犯罪。在累判累犯的惯犯当中,占到绝大多数的犯人都是逃犯;迄今为止,萨哈林岛上最凶残和最粗野的犯罪行为,都是逃犯做出来的。

目前,防止出逃最为有效的手段就是镇压。这些手段在一定程度上会降低逃跑的数量,但也只能局限于此。无论多么完美的惩处手段,都不可能杜绝出逃的可能性。超出惩罚限度的镇压手段就不在有效了。这是不言自明的,对苦役犯来说,即使哨兵用枪口对准了他,他还是会照样接着逃跑的。同样的道理,即使海上正在掀起狂风巨浪,逃犯明知自己有可能葬身海底,他们还是不会望而却步,止步不前的。超过一定的惩处限度之后,惩处措施本身就会成为促使犯人逃亡的原因。例如,增加出逃者的服刑年限,只能是加诸有期徒刑和长期徒刑的犯人身上,这就会促使这类犯人继续潜逃。总的来说,在与出逃的斗争中,惩罚措施难以起到应有的作用,只能是与立法的宗旨背道而驰。因为我国的立法宗旨在于以惩办来矫正犯人的行为。当监管人员的主要精力和智识,日复一日地消耗在使用肉刑来制止出逃的时候,就已经

---

① 即现在的夏威夷群岛。

谈不上矫正的初衷了。这只能以此种手段让犯人变得更像野兽了，以至于这里变成了野兽出没地。再说，惩办的措施毫无实际的效用，首先，它会令在出逃事件中无辜的本地居民感到压抑；第二，惩罚性地关进高墙重门后的单人囚室、黑囚室、戴上镣铐、戴连车重镣，这所有的拘禁种类，只能使犯人进一步丧失劳动能力。

所谓改善犯人生活的任何人道手段（无论是多提供一块面包或者是给予未来生活的希望）都会大幅度地降低出逃的数量。我只举一个例子：1885年有25名强制移民出逃，而1886年农业获得丰产之后，1887年就只有7名强制移民出逃了。基本上强制移民出逃的比率要比苦役犯人少得多，流放犯中的农民则完全不想逃跑。从科尔萨科夫区出逃的人很少，因为那里的收成要好一些，大部分人是短期徒刑，气候较为温暖，比起北部萨哈林来说，相对容易获得农民身份，在这里苦役期满后，不必重返矿场讨生活。犯人们生活压力小一点，轻松一些，出逃的可能性就小一些。因此，应当承认，最有希望的措施便是改善监狱的管理水平，建造教堂等场所，兴办学校和医院等机构，保障流放犯人的家庭所需，及时支付工资，等等。

前面我已经叙述过这样的"黑幕"，即士兵、基里亚克人和负责追捕逃犯的相关人员，每抓捕到一个逃犯并押解至监狱，都会从官方获得3卢布的赏金。毫无疑问，这种赏金的数额对于每一个饥饿的人来说，都是具有相当的诱惑力的，结伙弄钱，扩大"被抓捕、被发现和被打死"的逃犯数额的积极性不减。因而，这种抓捕的"高效"并不能抵消3卢布所唤起的不良动机和对岛上居民造成的恶劣后果。士兵和被抢劫的强制移民，在没有那3卢布赏金的情况下，他们也是必须追捕逃犯的。而那些并不是出于职责所在或者因个人安危受损，而仅仅是因为自私的获利动机才去做追捕逃犯的事情，必然会把追捕逃犯变成一种下流的勾当。因此，这3卢布只会是对一种卑劣风气的纵容。

根据我收集到的资料来看，在总共1 501名逃犯中，有1 010名被抓获或自愿返回；找到时已经死亡或者追捕过程中被击毙的有40名；有451人失踪或者杳无音信。由此可见，萨哈林的逃亡者中有三分之一是属于下落不明的。我是从《公报》上摘取这些数据的。自愿返回的逃犯和被抓捕归案的逃犯，发现时已经死亡的和追捕中被击毙的逃犯，都没一个具体的单独列表的数据信息，因而，到底发放了多少赏金，多少逃犯在士兵的枪弹下一命归天[195]，统统都是不得而知的内容。

注释：

[186] 与世隔绝之地（原文为拉丁语）。

[187] 在我国的符拉迪沃斯托克，官员和海员们中间不乏思乡病的患者；我就亲眼见过两个精神已经失常的官员，一个是军法官，一个是军乐队指挥。他们不是囚犯，在自由的、相对来说还是健康的生活环境中尚且如此，可见，在萨哈林这种状况有多么的普遍。

[188] 我还记得有一次坐快艇去轮船，看见一只驳船正从轮船的船舷下驶离，上面坐满了抓回来的逃犯。有些人心情低落，面色阴沉，有些呢，还满不在乎，哈哈大笑；其中有一个逃犯双脚因冻伤坏死都截掉了。他们都是从尼古拉耶夫斯克被抓回来的。看着这些挤满驳船的逃犯，我都能够想象，还有多少逃犯在大陆和岛上之间奔突啊！

[189] 有一次，一个逃犯在杜埃偷了一只罗盘以便一直向北躲过波哥比岬那里的边防警戒线，然而正是这只罗盘把他们引向了边防警卫队的所在。有人对我说，近一段时间以来，苦役犯们为了躲避有警戒的西海岸，已经开始尝试走另外一个路线，就是朝东走，往内斯基湾方向，沿鄂霍次克海的海岸，向北一直走到玛丽亚和伊丽莎白海岬，然后南转到普隆戈岬的对面偷渡。听说，这条路线正是著名的鲍格丹诺夫所选的，这位鲍格丹诺夫是在我到萨哈林走访之前逃跑的。不过事实也未必就是如此。确实，整个特姆河流域倒也有一条基里亚克人走的小路，也

散落着一些他们的屯落,但是,绕行内斯基湾的路又长又难走;应当考虑到波利亚科夫从内斯基湾往南走吃了多少苦头,这样一来从内斯基湾往北走的旅程要经历多少艰难险阻也就值得了。

[190] 1886年6月29日,一艘军用船只"通古斯"号在驶至距杜埃20海里处,船上的人发现了海面上有一个黑点;当船只驶近的时候,人们发现这是一艘由四根原木扎成的木筏,上面是一堆树皮做底,不知道哪里来的两个人坐在上面,他们的身边还有一小桶淡水、一块半大圆面包、有面粉、斧子、大约1普特面粉、少量大米、两支硬脂蜡烛、一块肥皂和两块砖茶。直到把他们救上船以后,才得知,他们是杜埃监狱的犯人,6月17日就从监狱逃跑了(到获救时刻他们已经度过了12天的逃亡生涯),他们东漂西荡,为了"回到俄罗斯去"。过了两个小时,海上就刮起了风暴,船只未能停靠萨哈林。试问,如果这两个人没有获救上船,那么,在这样的天气里会发生什么呢?详见《符拉迪沃斯托克》1886年第31期。

[191] 1887年7月,"蒂拉"号轮船正在杜埃的码头装煤。按惯例,煤是用驳船装载好之后,再由汽艇牵引驶向轮船的。傍晚的时候,起风了,接着风暴要来了。"蒂拉"号轮船不能在码头上久留,就到德-卡斯特里湾避风了。拖煤的驳船只好在杜埃附近被拖上岸,汽艇则返回了亚历山大哨所驻扎地,躲到小河里暂避。夜里,天气稍有好转的时候,汽艇上有苦役犯人组成的水手们将一封来自杜埃的电报呈了上来,电报命令快艇立即到海面上营救被风暴卷离岸边的驳船和船上面的人员。看守根本不疑有他,马上放开快艇,离开小河出海了。但是,本应该向南驶往杜埃方向,快艇却驶向了北方。上面一共有7名男性和3名女性。到了早上,天气变得更糟了。到了霍埃岬附近,快艇的机舱进水了;9名逃犯落水身亡,被大浪冲上了海岸,只有一个人,过去当过船上的舵手,死命抓住了一块木板才幸免于难。这个唯一获救的犯人,姓库图佐夫,现在在亚历山大哨所的煤矿上给一个矿山工程师当仆役。他还给我斟过茶呢。这个人长得十分魁梧,皮肤黝黑,相当英俊,年龄在40岁上下,神情不卑不亢,却野性十足,使我一下子就想到了《格兰特船长的女儿》中的汤姆·埃尔顿这个人物形象。

[192] "美国捕鲸船收留过来自鲍塔尼别伊的逃犯,他们也会收容那些来自萨哈林的逃犯。"涅尔钦斯基·斯塔罗日如是说。《莫斯科导报》1875 年第 67 期。

[193] 《鄂霍次克的流放苦役犯》,载《俄罗斯往事》第 22 卷。文章讲了一个有意思的故事。1885 年日本的报纸上出现了一则新闻,说在札幌附近有 9 名外国人乘坐的船只失事,当局听说后派人前往救援。这些外国人对救援官员表示,他们是德国人,他们乘坐的帆船失事后,被一艘小艇所救。后来他们被送至札幌和北海道。在这里和他们交谈都是用英语和俄语,但是他们不懂这两种语言,只会说"日耳曼、日耳曼"。后来才得知,他们当中有哪个人是船长,当地图拿给这个船长并询问他出事的地点的时候,他用手指比划了半天,也认不准哪里是札幌。问什么都语焉不详。当时,一艘我国的巡洋舰停泊在那里的北海道。日本总督就请求舰长派了一名德语翻译过去帮忙。舰长派了一位自己的大副过去了。大副怀疑这些人就是萨哈林的流放苦役犯人,就是那些在逃跑途中侵袭了科里利昂岬灯塔的家伙们,大副决定试探一下他们:他让所有人都排成一排,突然间用俄语下达口令:"向左转!齐步走!"其中一个所谓外国人没绷住,立即就迈开了腿,这一下子就露馅了,这些狡猾的俄底修斯到底属于哪个民族一目了然了。此事还可参见《符拉迪沃斯托克》,1885 年第 32 期和第 38 期。

[194] 这个布洛哈以逃跑闻名,并且以在逃期间残害基里亚克人家而被广为人知。最近他一直被戴重镣和戴手铐关押。总督和岛区长官在视察在押重镣犯的时候,岛区长官就下令解除了他的镣铐,让他保证不再逃跑。有意思的事,这个布洛哈竟是出名的信守承诺。他挨了鞭打的时候,一直在喊:"使劲打吧,大人!使劲打!这是我活该呀!"很可能,他不会再跑了。苦役犯也喜欢信守承诺的好名声。

[195] 《流放犯管理条例》规定,在确定量刑程度的时候,要区别逃跑和暂时离开,区分逃跑的范围是在西伯利亚之内还是之外,区分是第一次逃跑还是第二次、第三次或是已经第四次,以此类推。对苦役犯来说,3 日之内被抓住或者逃跑了却 7 日之内主动返回,都不应算作逃跑。而对强制移民来说,上述期限将会提高一倍至 14 天,逃到西伯利亚

以外的比起在西伯利亚以内的,被视为更严重的犯罪,判罚也更重;这种区分可能考虑更多的是,跑到俄国的欧洲部分比起在西伯利亚的某省逃亡,恶意更大,更令人紧张。对流放苦役犯最轻的惩罚是40下鞭刑,延长苦役期4年,最重的刑罚是鞭刑100下,终身服苦役,3年之内戴连车重镣,考验期里监禁20年。参见《苦役犯管理条例》第445、446条,1890年版。

第二十三章　流放犯居民的疾病与死亡情况：医疗与医院

流放地居民的生病与死亡。医疗机构。亚历山德罗夫斯克医院概况。

1889 年，在萨哈林三个区里，老弱病残且丧失了劳动能力的男女苦役犯人总数为 632 人，占所有犯人总数的 10.06%。就是说，在 10 个人中间，就有 1 个人是体弱或者丧失了劳动能力的人。那些所谓的劳动力人口，给人的印象也并不是完全健康的。在男性的流放犯人中，人们是见不到营养充分、体态良好和面色红润的居民的；甚至连那些游手好闲、什么也不干的强制移民看上去也是骨瘦如柴和面色蜡黄的。1889 年夏天，在塔来加的筑路工地上，在 131 名干活的苦役犯中，有 37 人处于生病的状态之中，在岛上的长官来此地视察时发现，这里的没生病的人也"模样吓人：衣衫褴褛，许多人就是赤裸着上身，被蚊子叮咬得遍体鳞伤，树枝在身上的划伤随处可见，但是，没有叫苦连天的人"（1889 年第 318 号令）。

1889 年，有 11 309 人次就医问诊；提供了上述数字的医疗报告，并没有将流放犯和自由民区分开来，但是，这份医疗报告的撰写人指出，大多数患者是流放犯。一般情况下，士兵都在军医处看病，官员及其眷属在家中就医治疗。因此，可以判定，这 11 309 人次就诊的人群基本是流放犯人及其家属。即，流放犯人及其家属每年平均就诊次数为一次以上[196]。

关于流放地居民的患病率,我只能根据1889年的医务报告作出评判,但,遗憾的是,这份报告所附的病历手册资料并不完全,我还需要借助教堂存留的出生洗礼和死亡登记档案,来补充近十年来的死亡数据。任何人的死亡原因,都由神父按照医生和医助出具的死亡证明抄录,许多内容并不真实[197]。但是,总的来说,教堂的这份案卷比起医院病历手册,就是半斤八两而已,都差不了多少。这就清楚了:两份资料的来源都不充分,因而下面读者将要读到的关于此地患病率和死亡率的内容,仅仅是冰山一角而已,而绝非一个全景图。

医务报告中所例举的传染病和流行病这两种疾病,至今在萨哈林岛没有大范围传播的情况。1889年,罹患麻疹的患者有3人;猩红热、白喉和格鲁布肺炎则连一个病例也没有。这些疾患的致死病例主要是儿童。据教堂的案卷记载,十年间,死亡的病例为45人,其中就有死于具有流行病特征的"咽颊炎"和"喉炎",我发现,这两种病症可以在短时期内造成大量的儿童死亡。此地的流行病一般会在9月份或10月份,即志愿船队把生着病的儿童带到殖民的时候开始。疾病流行的时间很长,但是,传染力不强,范围并不广泛。因此,在1880年,科尔萨科夫区附近,10月份开始流行"咽颊炎",到了下一年的4月份,只有10名儿童死亡;白喉是1888年在雷科夫斯科耶开始流行的,从秋天一直持续了整个冬季,然后传到了亚历山德罗夫斯克和杜埃,到1889年10月份才终止于这两个地方,也就是说,疫情持续了整整一年;有20名儿童死于此次白喉流行。有记载的天花流行只有一次,但是,十年间,罹患此病死亡的有时18人;亚历山大一个区就发生过两次天花流行,一次是在1886年的12月份延至翌年的6月份,另一次发生在1888年秋天。日本诸岛和鄂霍次克海附近曾经发生过严重的天花流行性疫情。有些地方,因疫情,整个部落,都湮没于这种疾患,比如阿伊努人,即为此况。万幸的是，现在这种病已经绝迹了，抑或至少是没有再听说有患者了。基里亚克人的麻子脸是常见的，但这是生了痘症（水痘①）而导致的，这种流行病在异族人中间一直没有销声匿迹呢[198]。

关于伤寒病，医务报告中记载了 23 次，死亡率为 30%，其中回归热和斑疹伤寒各有 4 次，没有死亡病例。在教堂的登记册中，记载伤寒病和热病 50 次，但不是流行的，都是属于各案病例，散见于十年间的四个不同的教区。我没有在任何资料上读到过伤寒病流行的报道。可以肯定地说，没有发生过大规模流行的情况。医务报告中记载了北部两区的肠伤寒的患病情况，发病原因是饮用水被污染，监狱和河流附近地区土壤污染严重，而且居住之处人口密集拥挤。尽管我个人走遍了所有的医院和农舍，在萨哈林北部地区还一次也没有遇到过伤寒病例；有些医生对我说，岛上根本没有这些病。我对此可并不认同，颇为怀疑。至于回归热和斑疹伤寒，是都在岛上发生过的，都是通过外面传入的，情况与猩红热和白喉是相同的；应该认为，萨哈林岛不是适合传染病传播的地区。

"难以确诊的是寒热病"，此病共有记载 17 次。医务报告中是如此描述这种病的形态的："多在冬季月份发病，主要症状是忽冷忽热，有时伴有斑疹[199]和普遍性的压迫性的中枢头痛，寒热症状会持续 5 至 7 天，然后迅速康复。"这个类型的病症在此地相当常见，特别是在北方各区，但医务报告中记载的病例不足 1%。原因在于，患了此病的人，基本上都不去就医，多数人都是靠硬挺挨过疾病，如果需要卧床休息，那就在家里的炕上躺着。据我本人在岛上短暂停留的体会，这种病主要是因伤风感冒而来，在相当阴冷潮湿的天气里，在原始森林中劳作，或者是在矿井下干活，然后一般都是露宿于户外所导致的。所以，在筑路

---

① 原文为拉丁语。

的工地和新建的移民屯落,这种病患比较常见,这是真正的萨哈林寒热病①。

1889年,有27人罹患格鲁布肺炎,死亡占到三分之一。看来,这种疾病对流放犯和自由民的侵害都是一样的。在10年间,教堂里的登记册上记载有125次病例,28%的病例发病在五六月份。这个时间气候非常恶劣,天气变幻无常,犯人被分派到各处,远离监狱、外出干活的季节开始了。46%的病例发生在12月、1月、2月和3月,即冬季月份[200]。格鲁布肺炎高发的主要原因是本地冬季的酷寒天气,早晚温差极大,在恶劣的天气中劳作。1888年3月24日,区医院医生比尔林先生在(我带回来的一份手抄件)医务报告中写道:"我对流放犯中急性肺炎的发病率居高不下而常常感到忧心忡忡";比尔林医生认为,致病主要原因在于,"三个苦役犯需要肩拉背扛直径6至8俄寸、长约4俄尺的原木走上8俄里的路程,原木的重量为25至35普特。走在冰天雪地之中,身上是厚重的棉衣,呼吸和血液循环都因剧烈运动达到极限",等等[201]。

痢疾,或者赤痢,在医务报告中记载的只有5次。1880年,杜埃发生过;1887年,在亚历山德罗夫斯克发生过;10年间,教会的案卷记载有8人因患此病死亡。在较早的资料和报告当中,经常会提及这种疾病,可能,在那个时候,痢疾和坏血病一样,都是很常见的疾病。病患多为苦役犯、士兵和异族人,与此同时,有资料表明,患病的主要原因是食物粗糙、生活条件极差导致[202]。

亚洲霍乱在萨哈林岛上从未流行过。我见过罹患丹毒和坏疽病的患者,显然,这两种病是当地医院的常见病例。1889年,没有出现百日咳的病例。间歇性发热有记载的为428次,并且仅亚

---

① 原文为拉丁语。

历山德罗夫斯克一个区就占了一半以上的病例；医务报告指出，患病的主要原因在于，为了保暖，一般都把室内门窗紧闭，造成空气流通不畅，房舍附近土壤污染严重，整个移民屯就位于行洪区，人们就在周期性洪水泛滥的地方劳作，等等。所有这些不健康的生活条件固然存在，但，尽管如此，萨哈林并不是疟疾高发的地区，我在各处的农舍走访的时候，没有发现疟疾患者，也没有听说哪一处有疟疾肆虐。很可能，医务报告中记载的患者原来在老家的时候就得过此病，来到岛上时脾脏就已经肿大异常。

萨哈林仅有过一例炭疽病的死亡病例。岛上没有发现过鼻疽和恐水病。

在全部的死亡病例中，死于呼吸器官疾病的占到了三分之一，其中肺结核占到了15%。教会的死亡登记册中只是记载了基督徒的病死原因，但是，还应该把死于肺结核的伊斯兰教徒人数补充进去，这样一来，死亡的人数就相当的惊人了。总之，萨哈林成年人患有肺结核的比率非常之高；在这里，这种病可能是危险系数最高的疾患了。一般病患的死亡时间基本上都在12月，也就是萨哈林一年中最冷的时候，还有在3月和4月，同样酷寒。9月和10月是死亡病例较少的月份。下面是死于肺结核的年龄比率：

0 至 20 岁	3%
20 至 25 岁	6%
25 至 35 岁	43%
35 至 45 岁	27%
45 至 55 岁	12%
55 至 65 岁	6%
65 至 75 岁	2%

从表上可见，萨哈林最容易死于肺结核的年龄段是 25 至 35 岁和 35 至 45 岁，这正是年富力强的劳动力人群[203]。大多数肺结核病的死者是苦役犯（占死亡人数的 66%）。这是我们有充分的理由得出一个结论，即在流放地殖民区，肺结核死亡病例居高不下的原因，主要是监狱集体大通铺监室生活居住条件恶劣和苦役劳作繁重不堪，监狱伙食不能在餐饮方面为其体力消耗提供相应的补给。酷寒的气候、沉重的劳役、出逃的艰辛、被关在小黑屋的苦痛、大通铺监室生活的不得安宁、食物中脂肪含量严重不足、对故乡的无奈思念，这就是萨哈林肺结核病高发的主要原因。

1889 年，梅毒病例的登记数量是 246 次，5 人死亡。医务报告所记载的都是二期或者三期梅毒患者，属于老病号。我遇见过梅毒患者，他们给人留下的印象是，作为病人都很可怜；这些人渐入老境、无人照料，这种情况说明，此地的卫生监督是缺位的，实际上，流放犯居民人数很有限，完全可以做到尽善尽美。我在雷科夫斯科耶走访的时候，看见了一个患有梅毒性肺病的犹太人，他很早就放弃了治疗，病情不断恶化，家人都厌恶地盼着他快一点死掉，而医院距离他的住处就只有半俄里之遥！教堂死亡登记册上，死于梅毒的教徒有 13 例之多[204]。

1889 年，登记的坏血病患者有 271 人，6 人死亡。教会死亡登记册上的坏血病死者为 19 人。20 至 25 年前，这种病在岛上是比较常见的，近十年来，已经少了很多。以前，死于这种病的大多是士兵和犯人。那个时候，很多主张在岛上建立殖民区的来访者们盛赞熊葱这种植物，说它是治疗坏血病的良药。他们说，那个时候，居民们到了冬天都储存成百普特的熊葱。坏血病曾经在鞑靼海岸肆虐一时，生活条件相对恶劣的萨哈林怎么可能幸免呢。现在，这种病经常会在随志愿船队上岛的犯人身上发现，医务报告对此予以证实了。亚历山大区的区长和监狱的医生都对我说过，1890年5月2日，"彼得堡"号轮船进港，在下船5 000名犯人中，其中坏血病患者超过了100人，有51人被医生命令直接送进医院或医务站。患者中有一个波尔塔瓦来的乌克兰人，我在医院里遇见了他，他对我说，他在哈尔科夫的中央监狱里就得上了坏血病[205]。这种病症的起因是食物失调；除此以外，萨哈林也有死于衰老消瘦症的，但是并不都是老年人死于此病，而是正值工作年龄的人。死者中有27岁的、30岁的、35岁的、43岁的、46岁的、47岁的、48岁的……这不大可能是医务助理或者神父的笔误吧。教会的死亡登记册记载，死于衰老消瘦症的未满60岁的壮年人，竟有45例之多。俄国流放犯的平均寿命还没有明确的统计，但是，从外表上看，萨哈林人都未老先衰，苦役犯和强制移民年龄一过40岁，看上去都跟老头子一样。

医院里并不经常会遇到因精神病而前来就诊的患者。1889年，有病例记载的神经痛和痉挛患者只有16人次[206]。显然，只有那些被强制送进医院的患者才会得到治疗；脑炎、中风和痴呆症患者就治数为24人次，死亡10人；癫痫患者就医情况为31人次；神经分裂症就医人数为25人次。我已经说过，在萨哈林，精神病患者是不必隔离的；我在科尔萨科夫村走访的时候，发现精神病患者与梅毒患者都混住在一起，而且还听人说，其中有一名精神病患者还感染了梅毒。其他精神病患者都无人照料，和健康人一样干活、同居、出逃、受审。我在哨所驻扎地和村屯里都见过不少的疯子。在杜埃监狱，一个以前的士兵疯了，每天口中振振有词，一直在说空中和天上的海洋啊，自己的女儿娜杰日妲和波斯萨赫啊，他打死了基督派来的教士啊。我有一次在弗拉基米罗夫卡走访的时候，看见过一个名字叫维特利亚科夫的人，服满了5年的苦役，带着一副傻兮兮的、白痴一样的表情，径直走到屯监雅先生面前，友好地和他握手。屯监大吃一惊："你怎么这样和我打招呼呢？"原来，维特利亚科夫是想请求，发给他一把木工斧子。他说："我要搭个窝棚,还要盖一座木屋。"然而,大家早就知道,他被认定是一个疯子。医生诊断认为,他是一名患有偏执狂症状的病人。我问他,你的父亲叫什么名字?他说:"不知道。"但,最后,还是给了他一把斧头。我说过,神经错乱、早期进行性的痴呆症和其他病症的患者,得不到需要的精心治疗。所有这些人都要和健康人一起劳作。一些人在来到岛上的时候,就已经疾病缠身了;或者已经开始发病了;例如,苦役犯格罗多夫,在教会的登记册上记载的死因就是进行性痴呆症,他是因预谋杀人而被判刑的,很有可能的是,在他犯罪的时候,就已经处于病态了。对岛上的其他患者来说,后来致病的原因很多,对于一个心理不够坚强、神经脆弱的人来说,在岛上的每一天,每一时刻都有足够的诱因,促使他发疯[207]。

1889年,肠胃疾病就诊登记人数为1 760人次。十年间,死亡338人;其中儿童占有66%;对儿童来说,最危险的月份是7月,特别危险的是8月,8月死亡的儿童占总数三分之一。成年人因为胃肠方面的疾病死亡最多的也是在8月份,可能的原因是,这个月正值渔汛,与食量过度、暴饮暴食有关。胃卡他症在当时是极为常见的病。高加索人经常会主诉他们患有"心痛症",就是因为食用了黑麦面包和监狱里熬的菜汤,经常呕吐不停。

1889年,妇科病的就诊登记人数不多,总共有105例。实际上,在殖民区,几乎没有健康的妇女。医务部主任参加了一次苦役犯伙食委员会召开的会议,会议记录显示,"近70%的女性流放苦役犯长期患有妇科病"。有的时候,被成批送上岛来的女性犯人竟没有一位是健康的人呀。

最为常见的病是结膜炎,这个病在异族人中最为流行[208]。此地是否还有更为严重的眼部疾患,我并不清楚,因为,在医务报告中,关于眼病患者,只是笼统地说了一个数字:就诊次数221例。在农舍走访的时候,我曾经遇到过独眼的人、两眼失明者和患有角膜白斑的人，也见过失明的儿童。

1889年，因外伤、脱臼、骨折和挫伤等外科疾患就诊的人数为1 217人次。这些都是劳作时发生的各种不幸事故造成的、逃跑途中（被枪弹射伤）和打架斗殴导致的。其中还有4例受伤者为女苦役犯[209]，是被同居男人毒打致伤的。冻伤患者据记载也有290人次。

在10年间，非自然死亡的东正教徒有170人。其中有20人是被处以绞刑的，另外还有2名是被不知名的人吊死的；自杀事件中死亡的有27人，在萨哈林北部一般是吞枪自尽，而在萨哈林的南部则是吞食草乌头而死；还有不少人死于非命：有淹死的、冻死的、被倒下来的树砸死的；还有一个人是因为被狗熊撕咬而死的。除了这些原因之外，还有心脏麻痹、心力衰竭、中风、全身麻痹以及类似的死因，教堂的死亡登记册上，因"猝死"的亡故者有17人，死者岁数都是22至40岁，只有一人超过50岁。

关于流放殖民区的患病情况，我能说的只有这么多。尽管此地的传染病发病率相当低，但是，各种疾病的发病率叠加在一起，发病率已经不能说是很低了。上面所引述的各项具体疾病的就诊数字也说明了这一点。1889年，前来就诊求医的患者数量是11 309人次。由于多数犯人在夏季里会到远离监狱的生活和劳作，那种地方配有医助的也是少数，大多数村屯地处偏远，天气多变，没有可能出门并到较远的医院去就医。因此，这个就医数字主要是包括了那些居住在哨所驻扎地、离医疗点比较近的居民。根据医务报告上的数据，1889年，死亡人口为174人，就是1.25%的病死率。单看这个死亡率指标，会产生一种错觉，即觉得萨哈林是世界上最为健康的地方；但是，这个必须与下列因素放在一起加以考虑：在毫无特殊的情况下，儿童死亡数占到了全部死者的一半以上，老年人占到了死者的四分之一以上，而在萨哈林，儿童人数不多，老年人几乎没有，因此，12.5%的病死率实质上都是青壮年劳动力。再说这项指数要比实际死亡的人数低得多，因为得出这项指标的基数是15 000名居民，即比实际所有的居民数多出一半呢。

目前，在萨哈林，共有三处医疗点，分别在亚历山德罗夫斯克、雷科夫斯科耶和科尔萨科夫，一个区有一个点。那些门诊部，按过去的叫法，都被称为区医院，那些接收病人住院治疗的房舍和偏厦都被叫做病区。每个区配备了一名医生，负责整个医疗管理的运作医务主任是一位医学博士。驻军单位有自己的医院和医生。军医常常代理监狱医生的职务：例如，我在那里的时候，正好赶上医务主任外出参加监狱医疗展览会，监狱里的主管医生恰好又递交了辞呈，亚历山德罗夫斯克的区医院就暂时由军医代管。我在杜埃的时候，赶上对犯人行刑，当时也是由军医暂时代理监狱医生行使职责。岛上的医院依据的是地方医疗机构管理条例，由监狱财政出资管理。

我再谈一下亚历山德罗夫斯克的医院。它由几个病区的板房构成[210]，可容纳180张病床。我快走到医院门前的时候，看到医院新建的病房在太阳的照射下熠熠闪耀，粗大的原木散发出松油特有的香味。药房里一切都是崭新的，闪闪发亮，甚至这里还塑有俄国著名医学家泡特金的半身雕像，那是一个苦役犯看着照片雕塑出来的。"不太像呀。"医助看着雕像这样说道。药房里照样还放着很多巨大的箱子，里面都是树皮[211]、草根[212]之类的药用植物。再往前走，就是患者住的病房了。中间是长长的杉木地板铺就的过道，两侧是床铺，都是木板床。有一张床上，躺着一个杜埃来的病号，他的颈部被割伤了，伤口长达半俄寸，伤口外翻，已经风干，病人一直在呼哧呼哧地喘着粗气。病人说，他干活的时候，被倒下的重物砸到了，伤到了肋骨，他要求住医院，但是，医助不收留他。他受不了这种侮辱，在一气之下决定自杀，不活了，就想切断自己的喉管。现在好了，脖子上连个绷带也没有给他扎，伤口也没有上药。他右边的病号是一个中国人，离他躺的地方就三四俄寸，生了坏疽；左边的病人是长了丹毒的苦役犯……在另一个角落里，也是一名丹毒患者……外科病人身上的绷带都是污脏不堪的悬臂带，脏到令人怀疑，就好像是用脚踩过之后戴上的。医助和护士的责任心都很差，对医学业务一窍不通，给人的印象实在是不怎么样。只有一个在被判刑之前当过医助的苦役犯，名字叫索靖，熟悉俄国的风土人情，可能，这里只有他一个人是热心服务病人的。在这些医务人员中，他是唯一一个不会让医神艾斯库拉彼奥斯蒙羞的人了。

我友情出演①，接诊了一些门诊病人。门诊室就在药房的隔壁，也是不久前新建的，散发着木料的味道和油漆的味道。医生接诊的桌子周围有一圈的木制围栏，就像是银行的柜台一样。病人在看病时，无法接近医生，多数的时间只能隔着一段距离和医生讲话。一生的身旁还坐着一位值班的医助，他一言不发地坐在那里，把玩手中的铅笔，很像是考场里的监考。还有一个带着枪的看守站在接诊室的门外，木然地看着走来走去的男女患者。这些奇怪的场景让很多病人手足无措。我觉得，没有一个梅毒患者或者是一个妇女，能当着带枪的看守和那么多的男人面，坦然地讲述自己的病情的。患者倒是不多。来就诊的，多半是得了萨哈林寒热病或湿疹、心口痛或者是装病的。来就诊的苦役犯都央求医生给他们开出病假条。有一个男孩子脖子上生了脓疮，需要割开排脓。我就吩咐给我一把手术刀。医助和两名男人从旁边的椅子上一下子就跳了起来，跑到一旁去了。过了一会儿，拿了一把手术刀给我。手术刀极钝，不好使，他们却嘴硬说，不可能的，

---

① 契诃夫曾经在1879年至1884年间就读于莫斯科大学医学系，毕业后在下诺夫哥罗德一带行医；终身行医，出诊从不收取诊费，霍乱流行期间，曾经负责20多个村子的防疫，没有报酬，也没有助手。至于写作，在大学期间就已经开始，是行医、创作两不误的典范。

不久之前这里的工匠才磨过的，医助和那个男人腾地站起来，又跑了，两三分钟之后又拿了一把手术刀过来了。我动手开始割脓疮，第二把手术刀也不好使。我吩咐再拿一些石炭酸水过来。拿是拿来了，却等了好一阵子呢。看得出来，这里不经常使用这种东西，既没有搪瓷盆，也没有消毒棉球、探杆、像样的医用剪刀，甚至，连水都不够用哇。

这间医院的就诊数量平均每天 11 人，年平均就诊人数（以 5 年为期）为 2 581 人次。日平均住院人数为 138 人。医院配有主治医生[213]和医生各 1 名，医助 2 名，助产士 1 名（一个人要负责两个区的产科）和杂役工若干名，说起来很可怕，这里的杂役工竟然达到了 68 名之多，男性 48 人，妇女 20 人。1889 年，这间医院的全年开支是 27 832 卢布 96 戈比[214]。据 1889 年的医务报告记载，在三个区进行法医解剖和开棺验尸为 21 次。另外，还对 7 例硬伤病例、58 例孕妇和 67 人能否承受法庭判决的肉体惩罚能力出具了医学证明。

我从医务报告中摘录了相关医疗器械的配备情况。清单如下：三个区共有妇科器械 1 套，喉科器械 1 套，极限温度计 2 支，但都已经摔碎，体温计 9 支——其中 2 支已经破损，高温温度计 1 支，套针 1 支，普拉瓦注射器 3 支——其中 1 支针头已经断掉，镀锡喷雾器 29 只，剪刀 9 把——其中两把已坏，灌肠器 34 只，排液管 1 根，大杵臼 1 只——已坏，刮刀带 1 条，拔火罐 14 只。

据《萨哈林岛地方民用医疗机构医药消耗情况通报》显示，三个区在同一年度消耗盐酸 36.5 普特、氧化石灰 26 普特、石炭酸 18.5 普特、铝试剂①56 俄磅、樟脑 1 普特多、甘菊 1 普特 9 俄磅、奎宁皮 1 普特 8 俄磅、红辣椒 5.5 普特（《公报》中没有指

---

① 原文为拉丁语。

出酒精的消耗量）、橡树皮 1 普特、薄荷 1.5 普特、山金车 0.5 普特、蜀葵根 3 普特、松节油 3.5 普特、橄榄油 3 普特、树果油 1 普特 10 俄磅、碘仿 0.5 普特……除了石灰、盐酸、酒精、消毒水和绷带材料之外，按《公报》的统计，一共消耗了 63.5 普特的药品。看起来，萨哈林居民可以夸口说，他们在 1889 年可是使用了大量的药品呢。

法律中涉及到流放犯人健康的条款有以下两则：1. 有害于犯人健康的工作，即使犯人自愿承担，也不准许从事该项劳作；（《俄国议会最终处置意见》，1886 年 1 月 6 日，第 11 条）2. 孕妇在整个怀孕期间以及产后的 40 天须解除劳作。在此期限之后，以不危害母婴的健康为宗旨，酌情减少哺育婴儿的妇女的劳役。女性苦役犯人的哺乳期限为一年半。详见 1890 年版《流放犯管理条例》第 297 条。

注释：

[196] 1874 年科尔萨科夫区就诊人数和总人数的比例为 227.2∶100。见辛佐夫斯基医生所写《流放苦役犯的健康状况》一文，载于《健康》杂志 1875 年第 16 期。

[197] 而且，我就见识了一些这样的诊断，例如，哺乳过分、发育不全、心脏内症、内脏衰竭、器官炎症、怪异肺炎、施皮尔氏症等等。

[198] 详见瓦西里耶夫的《萨哈林岛之行》，刊载《法医文库》1870 年第 2 期，对这种病于 1868 年在整个萨哈林肆虐的情况以及 1858 年为异族人进行了牛痘①接种的情况，上述文献均有所记载。为了消除出水痘时身上的奇痒无比，基里亚克人的方法是用提炼过的海豹油涂抹全身。因为基里亚克人从不洗澡，所以生病的时候，会比俄国人更痒；他们身上的麻坑都是因为奇痒无比而挠抓不停留下来的。1858 年在萨哈林一度流行过真正的天花病毒，危害极大，一个基里亚克老人对瓦西里耶夫医

---

① 原文为拉丁语。

生说，三分之二的人都死掉了。

[199] 斑疹（原文为拉丁语）。

[200] 在1889年7月、8月、9月这三个月里，并没有一例此类病症的患者发病。就是10年间，在10月份发病的也仅有一例；10月可以说是萨哈林最有利于健康的月份。

[201] 而且，我在这份报告里发现了一处细节："苦役犯人承受着极其残忍的鞭刑，常常被打到奄奄一息才会被送进医院。"

[202] 瓦西里耶夫医生在萨哈林岛经常会遇见饱受赤痢病困扰的基里亚克人。

[203] 我请读者们不要忘记，这两个年龄段分别占流放犯居民的24.3% 和24.1%。

[204] 在亚历山大哨所驻军地，梅毒患者是最多的。在医务报告中，其原因被总结为这里有大量新的登岛犯人和他们的家属聚集，部队、工匠和前来定居的移民也人数众多，杜埃和亚历山德罗夫斯克航线上的各种轮船都要在此锚定或者避风，很多的夏季打短工的人也会在此聚集。报告中制定了防治梅毒的措施：1. 每个月1日至15日为苦役犯体检季；2. 对上岛的新来犯人进行体检；3. 每个星期对疑有风化问题的妇女进行体检；4. 对已有的梅毒病例进行医学观察。但是，尽管这些体检和观察措施都非常到位，仍然有相当比例的梅毒患者没有出现在登记册中。

[205] 在中心监狱和轮船大统仓的居留时间较长的犯人最容易患上坏血病，犯人们成批地登岛后很快就会被确诊。一名通讯作者写道："最近由'卡斯特罗马'号运来的犯人，原本都很健康，现在也得上了坏血病。"载《符拉迪沃斯托克》1885年第30期。

[206] 得了头痛病和坐骨神经痛的苦役犯经常被怀疑装病，不会允许去医院就诊看病。有一次，我见到一群苦役犯正在苦苦哀求典狱长准他们假，放他们去医院看病，但是典狱长一概拒绝了他们，不管他们中谁有病，谁没病。

[207] 例如，受到良心的谴责，思念家乡，经常性的自卑，孤独以及和犯人之间的各种龃龉……

[208] 瓦西里耶夫医生认为："基里亚克人的眼盲症是茫茫雪野反射的严重后果……我的经验告诉我，在雪地里连续呆上几天，眼睛就会患上眼黏膜炎。"苦役犯人非常容易患上这种雪盲症。有时候会有成批的犯人一起患上此病，他们就只好靠手摸索着，一个拉着一个走路。

[209] 报告的撰写人总是用这样的观点来解释这种情形，即"把流放苦役犯中的女犯分派给流放移民同居，对这些女性犯人来说具有强制的性质"。有些苦役犯不想去干活，就自残，比如会砍掉自己右手的手指头。当然装病不出工的花样很多，他们用烧红的硬币像烙铁一样烫伤自己的皮肤，故意把自己的腿冻伤，把某种高加索的药粉撒在伤口上和故意抓破的创面上，看上去伤口溃疡面又肿又脏，一副流脓淌血的既视感。一个犯人还把鼻烟末塞进了自己的尿道，等等，不一而足。他们最喜欢的是装成那些从滨海州给押送过来的异族人。

[210] 医院的占地面积为 8 574 平方俄丈，由 11 栋建筑构成，分为三个区域：1. 行政楼，包括药局、外科、候诊区、专有病房、妇科，伙房和祈祷室，这部分是医院的主体部分；2. 两栋分别作为男性和女性梅毒治疗专区的建筑、伙房和看守室为另一个部分；3. 传染病专科独占了两栋建筑。

[211] 树皮（原文为拉丁语）。

[212] 根（原文为拉丁语）。

[213] 他也是医务部主任。

[214] 病号服和床单的花费就占了 1 795 卢布 26 戈比，食物消耗了 12 832 卢布 94 戈比；药品、外科器械以及各种设备花掉了 2 309 卢布 60 戈比；行政支出和杂费 2 500 卢布 16 戈比；医务人员薪水支出 8 300 卢布；房屋修缮支出是由监狱负担的，仆役不用支付工资。现在，我请大家比较一下，莫斯科省的谢尔普霍夫县的地方自治医院，修建得很豪华，使用的设备也都符合现代化的要求，1893 年，日平均住院人数 43 人，门诊就医人数 36.2 人（一年为 13 278 人），那里的医生每天要做大型的手术，进行流行病学监测，填写详细的病历表等。可以说这是最好的县级医院了。在 1893 年，县自治会为它提供的拨款是 12 803 卢布 17 戈比，其中还包括了房屋维修费用 1 298 卢布，雇用杂役支出 1 260 卢

布。(详见《1892—1893年谢尔普霍夫县的地方自治医疗卫生组织概述》)萨哈林的医疗开支极高,但是,消毒还停留在使用"氯化石灰"的水平上,医院里也没有通风设备,病人在伙房食用的菜汤总是用腌肉来做,又咸又馊,难以下咽。这可是我在那里亲眼所见的。就是在不久以前,还因为"伙房的做饭用具和设备未能运到",病人们只好在监狱的伙房里用餐呢(见岛区长官第66号令)。

Антон Павлович Чехов
Остров Сахалин

图书在版编目(CIP)数据

萨哈林旅行记/(俄罗斯)契诃夫著;冯玉芝译.
上海:上海译文出版社,2025.1.--(译文经典).
ISBN 978-7-5327-9736-3

Ⅰ.I512.64
中国国家版本馆 CIP 数据核字第 2024H5B231 号

萨哈林旅行记

[俄] 契诃夫 著　冯玉芝 译
责任编辑/ 刘晨　装帧设计/ 张志全工作室

上海译文出版社有限公司出版、发行
网址:www.yiwen.com.cn
201101　上海市闵行区号景路 159 弄 B 座
浙江新华数码印务有限公司印刷

开本 787×1092　1/32　印张 12　插页 5　字数 272,000
2025 年 1 月第 1 版　2025 年 1 月第 1 次印刷
印数:0,001—6,000 册

ISBN 978-7-5327-9736-3
定价:68.00 元

本书版权为本社独家所有,非经本社同意不得转载、摘编或复制
如有质量问题,请与承印厂质量科联系。T:0571-85155604